最具震撼力、影响力和感召力的
经典之作！

最具影响力的 经典
演讲词

（关 力 ◎编著）
GUANLI/BIANZHU

值得你感动一生珍藏一生，
足以影响你一生的美文佳作

中国华侨出版社

图书在版编目（CIP）数据

最具影响力的经典演讲词／关 力编著．—北京：中国华侨出版社，

2010.11

ISBN 978-7-5113-0910-5

Ⅰ.①最⋯ Ⅱ.①关⋯ Ⅲ.①演讲–中国–选集

Ⅳ.①I26

中国版本图书馆 CIP 数据核字 （2010） 第 226425 号

● **最具影响力的经典演讲词**

编　著／关　力

责任编辑／文　心

版式设计／丽泰图文设计工作室／桃子

经　销／全国新华书店

开　本／710×1000毫米　1/16开　　印张/22　　字数/288千字

印　刷／三河市华润印刷有限公司

版　次／2011年1月第1版　　2011年1月第1次印刷

书　号／ISBN 978-7-5113-0910-5

定　价／38.00元

中国华侨出版社　北京市朝阳区静安里26号　邮编：100028

法律顾问：陈鹰律师事务所

编辑部：(010) 64443056　64443979

发行部：(010) 64443051　传真：(010) 64439708

网　址：www.oveaschin.com

e-mail：oveaschin@sina.com

人类的声音

　　演讲是一门语言的学问，无论是经过深思熟虑写成的演讲稿，还是慷慨激昂的即兴演说，背后都有数年甚至数十年的口才训练和文化积淀；演讲更是一种机智幽默、激励人心的艺术，它把社会文化、道德伦理、政治军事等有机融汇在一起，把语言的美与生活的真如艺术般完美而巧妙地结合。一次成功的演讲，可以对人类历史文明的进程产生重大的影响；一篇引人入胜的演讲词，往往能给人们带来心灵的享受和情感的震撼。一个人在其一生中，应该阅读一定数量的优秀演讲词，在领略演讲词的精彩语言和严谨思维的同时，体会演讲者所阐述的人生与社会哲理，了解历史和文化知识。这样不仅可以汲取其中的思想精华，增加知识储备，获得艺术熏陶，使自己的人生更加丰富完美，而且可以培养好的口才，提高演讲技巧，为生活和工作提供帮助。

　　编者精选了87篇影响最大、流传最广的演讲词，这些演讲词的感召力不仅体现在演讲技巧的登峰造极上，更在于演讲者伟大思想、情操、责任以及人格魅力的完美结合。本书选编演讲词中，有的引经据典，古朴雄辩；有的直抒胸臆，铿锵有力；有的言简意赅，机敏睿智；有的字斟句酌，发人深思。这些响彻时空的声音，感染和影响了成千上万的人，叩击着一代又一代人的心灵。

　　在体例编排上，本书通过"演讲者简介"、"历史背景"、"演讲词"、"艺术赏析"等栏目，多角度、图文并茂地解析名作，引导读者准确、透彻地把握作品的思想内涵。我们诚挚地期望，通过这些既具经典性和时代性，又具有可读性和实用性的演讲词，读者能够充分享受阅读的乐趣，激发理性思考，进而提升个人的文学素养、演讲口才、自我价值和人生品位。

第一篇　战争·和平
DiYiPian

第二篇　自由·独立
DiErPian

第三篇 公平·正义
DiSanPian

第四篇 思想·智慧
DiSiPian

第五篇　文化·科技
DiWuPian

战争·和平

战争改变历史的进程，英雄决定战争的走势，
荣光与胜利是勇士留在历史天空的宣言。

还有谁比我们更能立于不败之地呢

伯里克利

【演讲者简介】

伯里克利（约公元前495—公元前429），雅典最伟大的政治家和军事家。伯里克利本人出身贵族，却成为民主派的领袖，倡导奴隶主民主政治。从公元前443年到公元前429年，他连续15年担任将军委员会的首席将军，成为雅典的最高领导者。在他的领导下，雅典的文化和国力发展都达到巅峰状态，史称"伯里克利时期"。

【历史背景】

公元前432年，伯罗奔尼撒同盟召集大会，向雅典发出通牒：解散提洛同盟，放逐雅典当时的统治者伯里克利。这些要求当然遭到了雅典的拒绝。公元前431年，伯罗奔尼撒同盟首先向雅典开战，于是，波及全希腊的伯罗奔尼撒战争终于爆发了。本篇演讲就是伯罗奔尼撒战争前，伯里克利向他的雅典同胞们发表的战前演讲。

【演讲词】

雅典同胞们！我们绝不应该对斯巴达人再作任何让步了，这是我们要坚持的立场。

现在的斯巴达人显然和以往一样对我们图谋不轨，他们已经跃跃欲试。在条款中已言明，我们应就彼此的争端作一公平的解决，并且双方都应拥有各自的财产。但迄今为止，他们从不要求公平解决，我们提出时，他们也拒不接受，他们希望用战争，而不是用条款来镇压我们的不服。他们现在一味横行霸道，不再婉言相告了。他们居然命令我们为波提底亚城解围，并训示我们要让爱琴纳独立，还要我们宣告将有关麦加拉的条款宣告无效。他们最后的使节们也来命令我们让希腊独立，他们提议的焦点是有关麦加拉的条款，他们说，我们若宣布条款无效，战争就不会爆发了。我希望诸位之中切莫有人以为我们是为了不废除有关麦加拉的条款这种鸡毛蒜皮的小事，才准备打仗的。即使我们是为了这一件鸡毛蒜皮之事开始备战，诸位以后也不要在内心自怨自艾。因为，就是这一件芝麻小事，诸位的大小目标都包含在里头了。诸位若屈服于这些要求，更大的要求将接踵而来，此例一开，就得永远俯首听命；相反，诸位若能坚持不从，也就是等于明显地告诉他们：他们必须以更平等的地位对待您。

因此，诸位就下定决心吧，或是在你们受伤害前先奴颜卑膝；或是照我所想的进行备战，事无巨细靡遗，绝不让步，也不惧怕保有我们目前已获得的东西。因为基于平等地位而来的最大和最细微的需求，在达成公正的解决前，皆可对他们的邻居构成同样程度的压力。

现在，有关这次战争和双方所拥有的工具，我们在听到详情后，就会坚信我们并不比他们逊色。伯罗奔尼撒人是自己耕种自己的田地，他们没有私人或公共基金。他们缺乏持久和海外作战的经验，他们也缺乏长期作战的资金。这类人既不能组成步兵队，也不能派出登陆兵力。再者，他们没有私人企业，只能就自己本身的资源来花费，而且他们不濒海，不习海战。能支撑他们作战的是其岁收的剩余，而不是强迫性的捐献。再次，耕种斯土的人们并未意识到他们缺乏金钱，他们随时准备开战，他们坚信他们能克服任何危险。而且，据说他们在战争未打完前绝不浪费金钱，尤其是当战争出乎意料地长久。如果是一战决胜负，伯罗奔尼撒人和他们的同盟可以应付全希腊的联军，但是他们无法对与他们所知迥异的资源作战，因为他们没有顾问团，可帮助他们有力地执行决策。他们种族各异，却都有各自相等的一票，每个种族都可提出自己本身的利益，这一原因常使他们在某件事上不能达成一致意见。

关于敌我对比，我想就是这么一回事：他们的缺点我们似乎都没有，而我们还拥有其他方面的最大优点。假如你们在作战期间不扩张领土，不改变原有的立场，我还可以举出我们能够获胜的其他理由。我对于我们内部所出的差错比对敌人的狡诈计谋更为惊惶。

但是，诸位仍需知道我们必须开战，假使我们心甘情愿地供人役使，敌人将肆无忌惮地压迫我们。最大的荣誉来自最大的危险，这句话对国家和个人都适用。我们的祖先曾不顾一切地抵抗米底亚人，他们没有我们今天所拥有的资源，他们甚至放弃已有的一切，他们用商议而不是运气，用勇气而不是武力，打败了野蛮人，他们开发了这些资源，才奠定了我们今天的地位。因此，我们消耗了资源，也必然可维持不败，我们必然尽可能驱逐我们的敌人，并尽力将我们承继的祖先的力量毫不逊色地传于后代。

【艺术赏析】

大敌当前，伯里克利开门见山地指出："雅典同胞们！我们绝不应该对斯巴达人再作任何让步了！"接着列举了斯巴达人的一系列横行霸道的行径，并对双方的力量对比作了透彻的分析，指出："关于敌我对比，我想就是这么一回事，他们的缺点，我们似乎都没有，而我们还拥有其他方面的最大优点。"最后，他豪迈地说："我们的祖先曾不顾一切地抵抗米底亚人……打败了野蛮人……我们必然尽可能驱逐我们的敌人，并尽力将我们承继的祖先的力量毫不逊色地传于后代。"有鉴于此，"还有谁比我们更能立于不败之地呢"？

这篇演讲充满战斗的激情，说理充分，推论严谨，具有极强的说服力和感染力。

德国哲学大师黑格尔在《历史哲学》中有一段评论："那位最有修养、最纯正、最高尚的政治家伯里克利的演讲……宣布了他们的民族所奉行的格言，也就是形成他们自己的人格的格言，他们不但发表了他们对政治关系的见解，以及关于他们对道德和精神的见解，而且发表了他们的目的和行为的各种原则。"这段话可以说是对伯里克利演讲的较好的概括总结。

对马其顿士兵的演讲

亚历山大

【演讲者简介】

亚历山大大帝（公元前356—公元前323），马其顿国王，杰出的军事家和政治家，腓力二世的儿子。少时就师从著名哲学家亚里士多德，醉心于荷马史诗中的英雄人物。公元前336年，其父腓力二世遇刺身亡，时年20岁的亚历山大继承了王位。他在稳定国内局势之后，于公元前334年，以马其顿、希腊联军最高统帅的身份，组织了对东方的大规模远征，即闻名世界的亚历山大远征，历时10年。经过军事远征，亚历山大在辽阔的地域上建立了一个空前庞大的帝国，首都设在巴比伦。正当亚历山大野心勃勃地准备进行新的远征的时候，突然患上恶性疟疾，于公元前323年6月13日病逝，终年仅33岁。

【历史背景】

在远征途中，亚历山大宣布，凡是超过年龄或因残废不能继续服役的马其顿人均就地解除军职，遣送回家，并答应在出发前发给每个人许多钱。他原认为这样做可以鼓励其他马其顿人踊跃参军，然而，马其顿人当时并不理解他，他们感到亚历山大瞧不起他们。因此，在听了亚历山大的话后怨声载道，议论纷纷。亚历山大看到这种情景，立即命令处死13名扰乱军心的士兵，全场顿时鸦雀无声。亚历山大借机发表了这篇著名演讲。

【演讲词】

马其顿同胞们，现在我并不是要阻挡你们回家的愿望。就我个人来说，你们愿意上哪儿去都可以。但是，你们应当想想，假如你们就这样走掉，那你们究竟算是怎样对待寡人的呢？而寡人又是怎样对待你们的呢？因此，我打算先从我父亲腓力说起，这是应该的，也是适当的。腓力起初看到你们的时候，你们不过是些走投无路的流浪汉，大多数人只穿着一张老羊皮，在小山坡上放几只羊。为了这几只羊，还常常和边界上的伊利瑞亚人、特利巴利人和色雷斯人打个不休，而且往往吃败仗。后来，是腓力叫你们脱下老羊皮，给你们穿上大衣，把你们从山里带到平原上，把你们训练成能够对付边界敌寇的勇猛战士。因此，你们才不再相信你们那些小山村的天然防卫能力，而相信你们自己的勇气。不仅如此，他还把你们变成城市的居民，用好的法律和风俗把你们变成文明的人。腓力使你们当上原先那些欺压你们、抢劫你们财物和亲人的部落的主子，再也不当他们的奴隶和顺民。他把色雷斯大部并入了马其顿版图，夺取了交通便利的沿海城镇，给你们的家乡带来了商业，使你们能安全地开发自己的宝藏。然后，他又让你们当上多年来叫你们怕得要死的色雷斯人的老太爷，他还制服了福西亚人。从你们家乡通往希腊的道路原来既窄又难走，后来他把它开成又宽又好走的大路。过去，雅典和底比斯一直在伺机毁灭马其顿，但他后来降服了他们。我们马其顿不再向雅典和底比斯交纳贡赋，相反，他们现在必须争取我们的允许才能生存。现在，我们大家正在分享我父亲腓力的这些功业。后来他又进入伯罗奔尼撒，把那个地方的人也搞得服服贴贴。然后，他被宣布为全希腊的最高统帅，远征波斯。他赢得这么高的威望，并不只是为了他自己，主要还是为了马其顿。

我父亲为你们大家完成的这些崇高的事业，就其本身而言，确实是很伟大的；但跟寡人的成就相比，不免显得渺小。我从我父亲手里继承下来的，只有几只金杯银碗，还有不到 60 塔仑的财宝，可是他欠的债务却多达 500 塔仑。后来，我自己又借了 800 塔仑。当时我们的国家不可能让大家过舒适的生活。就是从这样的起点，我带领你们出发，开始远征。虽然当时波斯人是海上霸主，但寡人还是一举打通了赫勒斯滂海峡。然后，又用我的骑兵打垮了大流士的许多督办，于是就在你们的帝国的版图上加上爱奥尼亚和伊欧利亚的全部区域，福瑞吉亚和利地亚；米莱塔斯是在寡人围攻之下夺到手的；其余各地都是投降的。这些胜利果实我都和你们分享。

对于埃及和西瑞尼，我不费一枪一箭就拿到手，那里的东西都归你们。叙利亚盆地、巴勒斯坦和美索不达米亚现在也为你们所有。巴比仑、巴克特利亚和苏萨也属于你们。利地亚的财富、波斯的珍宝、印度的好东西还有外边的大洋，通通归你们所有。你们有的当了督办，有的当了近卫军官，有的当了队长。在经历这么多的艰难困苦之后，留给我自己的，除了王位和这顶王冠之外，还有什么呢？除了你们已经占有的和我为你们保存的东西以外，谁也指不出我还有什么财产。我并未为我个人保留什么东西。因为我跟你们吃一样的饭，睡一样的觉——不，对于你们当中有些人，我很难说我跟他们吃的东西一样，他们吃得可讲究呢！我还知道，我每天比你们起得早，为的是让你们安安静静地在床上多睡一会儿。

可是，你们也许认为当你们忍受劳累和痛苦的时候，我自己则是轻闲自在地坐享其成。但我要问，你们当中有谁真正感觉他为我受的苦和累比我为他受的还多呢？或者，你们当中那些负了伤的人，不论是谁，可以把衣服脱下来叫大家看看，我也脱下来叫大家看看。我的全身，至少是前面，没有一个地方没有伤疤。没有一种武器——不管是近距离的还是远距离的，不曾在我身上留下伤痕。这是事实！在肉搏中我挨过敌人的刀；不知道挨过敌人多少箭；还受过弹弓子弹的打击；棒打、石击则更是不可胜数。这一切都是为了你们，为了你们的荣誉，为了你们的财富。我带着你们以胜利者的姿态走遍陆地、海洋、河流、山脉和平原。我结婚，你们也结婚。你们中许多人的孩子将和我的孩子结为血肉相连的亲戚。还有，对你们当中有些人欠的债，我不是好管闲事的人，都未加追究。而你们的薪饷确实也够高，每当攻下一个城镇时，你们还都分了那么多战利品。我实在不明白你们怎么会欠下公家的债。但我不管这些，而是把你们欠下的债务通通一笔勾销。而且，你们大多数都得到了金冠。这是你们英勇功勋的纪念，也是我对你们关怀爱护的象征，是永远磨灭不了的纪念品。不论谁牺牲了，他的死都是光荣的，葬礼也都是隆重的，多数烈士还在家乡立了铜像，其父母受到尊敬，还豁免一切捐税和劳役。

自从我率领你们远征以来，还没有一个人是在溃逃中死掉的。现在，我本来打算把你们当中那些不能再参加战斗的人送回家乡，成为乡亲们羡慕的人，但是既然你们都想回家，那你们通通都走吧！到家之后，告诉乡亲们，就说你们的国王亚历山大打败了波斯、米地亚、巴克特利亚、萨卡亚，征服了攸克西亚、阿拉科提亚和德兰吉亚，当了帕西亚、科拉斯米亚以及直至里海的赫卡尼亚的主人；他曾越过里海关口以远的高加索山，渡过奥克苏斯河和塔内河，对了，还有除了狄俄尼索斯之外谁都未曾渡过的印度河，还有希达斯皮斯河、阿塞西尼斯河、布德拉欧提斯河，如果不是因为你们退缩的话，他还会渡过希发西斯河；他还曾由印度河的两个河口闯入印度洋，还越过了前人从未带着部队越过的伽德罗西亚大沙漠；在行军中还占领了卡曼尼亚和欧瑞坦地区；当他的舰队由印度驶回波斯海时，他又把你们带回苏萨。我再说一遍，你们回家之后，告诉乡亲们，就说你们自己总算回了家，但把国王扔下了，把他扔给你们曾经征服过的那些野蛮部族。当你们当众宣布这件事的时候，毫无疑问，这在人世间一定算得上"无上的光荣"；在老天看来，也一定够得上"虔诚无比"。你们走吧！

【艺术赏析】

这篇演讲最大的特点就是动之以情、晓之以理。通过开诚布公、入情入理、感人肺腑的演讲，亚历山大深深地打动了马其顿士兵的心。首先亚历山大以事实来说服和感化马其顿人，回顾了其父亲的丰功伟绩，讲述了马其顿国家从弱到强的历史，以及父亲带给他们的荣耀和巨大改变，随后讲述了自己的赫赫战功、雄才伟略、骁勇善战，他试图告诉听众，他将领军驰骋欧亚非大陆，建立一个地跨三大洲的前所未有的大帝国，并由此带给士兵财富和荣耀。

亚历山大演讲结束后，士兵们还呆在那里，既不言语，又不动作，也不想走开。第二天，约1万名不宜继续服役的马其顿士兵愉快地踏上了回家的路程。亚历山大最终获得了他们的理解和支持。

要么胜利，要么死亡

汉尼拔

【演讲者简介】

汉尼拔·巴卡（公元前247—公元前183），北非古国迦太基的统帅、政治家。出身名将之门，少年时代多次随父出征，骁勇善战，机智勇敢，战斗中善以出其不意之策取胜。26岁时任驻西班牙军队统帅。公元前218年，汉尼拔率数万军队翻越阿尔卑斯山，远征意大利，大败罗马军。这在当时是史无前例的壮举。后来，汉尼拔以先进技术改造自己的步兵，在公元前216年的卡内交战中再次大败罗马军队。公元前203年，奉召回国，曾主持迦太基国务。由于政敌的逼迫和罗马的进攻，他只得出走叙利亚，最后于公元前183年服毒自杀。

【历史背景】

《要么胜利，要么死亡》是汉尼拔率军翻越阿尔卑斯山后，准备向意大利出击时的战前鼓动演讲。

【演讲词】

你们在考虑自己的命运时，如果能记住前不久在看到被我们征服的人溃败时的心情，那就好了。因为那不仅是一种壮观的场面，还可以说是你们处境的某种写照。我不知道命运是否已给你们戴上更沉重的锁链，使你们处于更紧迫的形势。你们的左面和右面都被大海封锁着，连一艘可用于逃遁的船只也没有。环绕着你们的是波河，它比罗纳河更宽，水流更急；后面包围着你们的则有阿尔卑斯山，那是你们在未经战斗消耗、精力充沛时，历经艰辛才能翻越的。

士兵们，你们已在这里同敌人初次交锋，你们必须获胜，否则便是死亡。命运使你们不得不投身战斗，它现在又站在你们面前。如果你们获胜，你们就能得到即使从永生的众神那儿也不敢指望得到的最大报酬。我们只要依靠勇敢去收复敌人从我们先辈手里强夺的西西里和萨迪尼亚，我们就会得到足够的补偿——罗马人通过多次胜利的战斗所取得和积聚起来的财富，连同这些财富的主人，都将属于你们。在众神的庇护下，赶快拿起武器去赢得这笔丰厚的报酬吧。！

你们在荒凉的卢西塔尼亚和塞尔蒂韦里亚群山中追逐敌人为时已久，历经如此艰辛危难却一无所获。你们跋山涉水，转战数国，长途劳顿，现在是打响夺取丰富收获的战役，为你们的穷苦取得巨大报酬的时候了。在这里，命运允许你们结束辛苦的努力；在这里，她将赐予你们与贡献相称的报酬。你们不要因为这场战争表面上的巨大规模而担心难于取胜。受藐视的一方往往坚持浴血抗争，而一些以实力著名的国家和国王却常常被人并不费力地征服。

因为，撇开罗马徒有其表的显赫名声，它还有什么可与你们相比的？默默地回顾你们 20 年来以勇敢和成功而著称的战绩吧，你们从赫拉克勒斯支柱，从大洋和世界最遥远的角落来到这里，一路上征服了高卢和西班牙许多凶悍无比的民族。如今，你们将同一支缺乏经验的军队作战，它就在今年夏天曾被高卢人击败、征服和包围，至今它的统帅还不熟悉他的军队，而军队也不知道它的统帅是谁。要把我同他作一比较吗？我的父亲是最杰出的指挥官，我在他的营帐中出生、长大，我荡平了西班牙和高卢，我不仅征服了阿尔卑斯山诸国，还征服了阿尔卑斯山本身。而对方就任仅6个月的统帅是他的军队里的逃兵。如果把迦太基人和罗马人的军旗拿掉，我敢肯定他不知道自己是哪一支军队的指挥官。

你们中每一个人都看到了我的累累战功，同样，我作为你们英雄气概的目击者，能列举每一个人勇敢作战的具体时间和地点。士兵们，我认为这一点很重要。我在成为你们的指挥官前是你们大家的学生，我将率领曾千百次受我表彰和犒赏的士兵，阵容威武地阔步迎击那支官兵互不熟悉的军队。

不论我把眼光转向何处，我看到的都是斗志旺盛、精神饱满的士兵，一支由各个最英勇的民族组成的、久经战阵的步兵和骑兵。你们，是我们最可靠、最勇敢的盟军；你们，迦太基人，即将为你们的国家，并出于最正义的忿恨而出征。我们是战争中的攻击者，高举仇恨的旗帜进入意大利，将以远远超出敌方的胆量和勇气发起进攻，因为攻击者的信心和骁勇总是大于防卫者。此外，我们所受的痛苦、损失和侮辱燃烧着我们的心：它们首先激励我——你们的领袖，其次激励曾围攻过萨贡塔姆的你们去惩罚敌人。如果我们畏缩怯战，它们将使我们受到最严厉的折磨。

那个最为残暴、狂妄的民族认为，一切都应归它所有，听它摆布；应当由它决定我们该同谁交战、同谁讲和；它划定界限，以我们不得逾越的山脉河流把我们封锁起来，而它却不遵守自己规定的界限。它还说，不得越过伊比利亚半岛，不得干预萨贡廷人；萨贡塔姆在伊比利亚半岛，你们不得朝任何方向跨出一步！它掠走我们最古老的省份——西西里和萨迪尼亚，这是件小事吗？它还要掠走西班牙，让我从那里撤走，以便它横渡大海进入阿非利加吗？

我说他们要横渡大海，是不是？他们已经派出本年度的两位执政官，一个派往阿非利加，一个派往西班牙。除了我们用武器保住的地方外，他们什么地方都没有给我们留下。有后路的人可能成为儒夫，他们可以通过安全的道路逃跑，回到自己的国土家园请求收容。但你们必须勇敢无畏。你们在胜利和覆灭之间绝无回旋余地，或者胜利，或者死亡。如果命运未卜，与其死于逃亡，毋宁死于沙场。如果这就是你们大家确定不变的决心，我再说一遍，你们已经胜利了——这是永生的众神在人们夺取胜利时所赐予的最有力的鼓励。

【艺术赏析】

这篇演讲以鲜明的对比显示睥睨敌人的无畏气概和必胜信心，是战前鼓动演讲中颇为成功的典范之作。

演讲一开始，汉尼拔就明确指出当时的形势是背水一战："你们必须获胜，否则便是死亡。命运使你们不得不投身于战斗。"汉尼拔以巨大的热情和坚定的意志鼓励将士们奋勇作战。演讲完毕后，将士们齐声高呼："要么胜利，要么死亡！"

论惩处阴谋家

凯撒

【演讲者简介】

盖乌斯·尤利乌斯·凯撒（公元前100—公元前44），古罗马军事统帅、政治家。公元前60年与庞培、克拉苏结成"前三头同盟"。公元前59年当选执政官。自公元前58年起，8年间屡次征服高卢全境，掠取大量财富及奴隶并送往罗马，权势日重。始于公元前48年的法萨罗战役获胜，追杀庞培入埃及，干涉埃及托勒密王朝内讧，拥立克娄奥派特拉七世为王。公元前45年被元老院封为终身独裁官。破例连任5年执政官，终身保民官，兼领大将军、大教长衔及"国父"尊号。限制发放罗马贫民口粮数额，引起不满，其专制日益招致元老院内贵族共和派的反对，最终于公元前44年3月15日被布鲁图、卡西乌等刺杀。

【历史背景】

公元前63年，卡提利那第三次落选。为此，他决心用武力夺取政权，一边在罗马与其好友预谋焚毁罗城和武装奴隶，一边通过其代理人秘密向伊特鲁里亚的支持者输送金钱，组建军队。罗马政治家卡提利那为夺取罗马执政官的职位而发起暴乱，发生于公元前62年初，卡提利那在作战中阵亡。本篇演讲是公元前 63 年凯撒在元老院所作，目的是对卡提利那集团表明自己的态度。

【演讲词】

各位元老，凡对复杂问题进行慎重考虑的人都不宜怀有仇恨、激情、愤怒或怜悯，以免受其影响。如果视线被这类感情所阻挡，即不易识别正确的事物。此时，任何人都会不再顾及热切希望达到的目的与利益。在思想不受阻碍地活动时，它的推理是正确的；如果激烈的情绪支配了思想，就会成为统辖思想的暴君，而使推理失去力量。

各位元老，我可以很容易地举出不少国王和国家因受怨恨和同情的影响而采取的不明智行动的例子，但我却愿讲述我们祖先的例证，他们抵制了感情的冲动，而以智慧和正确方针指导行动。在我们反对珀西斯王的马其顿战争中，在罗马人民支援下强大起来的罗得斯国曾背信弃义，与我们敌对；在战争结束后，考虑罗得斯人的行为时，我们的先人却没有惩罚他们，以免有人会说对他们作战是为了攫取他们的财富，而不是为了惩罚他们的背信弃义。同样，在整个布匿战争中，尽管迦太基人在和平时期与停战阶段都犯有许多非正义的罪行，我们的祖先却从未借机报复，他们考虑的是与自己利益相宜的，值得做的事，而不是给予敌人以应得的惩处。对于现在这些阴谋家，各位元老，我的意见是最严厉的酷刑也不足以惩罚他们的罪恶；然而多数人总是注意最后发生的事，以罪大恶极者的案件而言，如果惩罚过于严厉，人们就会忘掉他们的罪行，而只谈论对他们的处置。我也确信，像德西穆斯·西兰努斯这样英勇善断的人是从对国家的热忱出发而提出建议的，他对这样重要的事情所持的见解不会出于偏袒或敌意；我知道他的品质和判断力。然而在我看来，我不愿说他的建议是残酷的，但不符合我们的方针。因为，西兰努斯，我敢说，必定是你的担心，要不就是他们的叛逆罪行，才使你这样一位刚当选而尚未就任的执政官提出这种新的惩罚。其实，没有担心的必要。因为我们的执政官才能出众，行动果敢，已命令如此众多的军队整装待命。至于惩罚，我们可以说，在困境和危难中，死亡是痛苦的解脱，而不是折磨；死亡可以结束一切人间苦恼；人死之后就无所谓愁苦，无所谓欢乐了。

但是，我以永生的众神的名义问你，西兰努斯，你为什么不附带提出，先对他们施以鞭笞之后再予处死？是因为波尔久斯法禁止那样做吗？但是其他几种法律禁止对已判刑的公民剥夺其生命，并允许他们流亡。或者是因为鞭笞是比处死更重的刑罚？可是对于犯有如此罪行的人，还有什么刑罚能算是太严厉或太苛刻的呢？如果鞭刑轻于死刑，那么，遵守法律的意义不大，而你不尊重法律倒是得其要领的，这说得通吗？

可能有人要问，对于这些叛国者判刑的严厉性，日后加以责备的将会是谁？我回答，是时间，是事件的进程和命运，它们的变化支配着各个国家，它们将会提出责备。不论落在叛逆者身上的是什么，都是他们应得的惩罚。但是，各位元老，应该认真考虑以什么刑罚来判处别人的是你们。所有导致恶果的先例本都出于良好的用心，但当一个政府被无知或无原则者掌握时，施加于罪有应得的合适对象的任何一种新的严厉刑罚，都会被作为例子援用于那些罚不当罪的不合适的人身上。斯巴达人征服雅典人时，指派了30人统治他们的国家。这30人开始执政时，甚至对一切恶名昭著或众所痛恨的人不经审判一概处以死刑。人民庆祝这一行动，称颂他们的公正。可是，后来他们那种不尊重法律的权力逐渐增大，他们发展到随心所欲、不分好歹地杀人，使全体人民陷入恐怖之中，从而使那被压服和奴役的国家为它轻率的高兴付出了沉重的代价。

同样，在我们自己的记忆中，当胜利的叙拉命令把危害国家的达玛希普斯和其他犯有同样罪行的人处死时，谁不称道这一行动？大家欢呼，认为那些结党营私、以煽动叛乱的行为损害国家的恶人之丧命是理所当然的。然而这个行动却成为一场惨重杀戮的开始，任何人觊觎别人的宅第、别墅甚至金银餐具或服饰，就运用自己的势力把那人列入死囚名单。于是，那些把达玛希普斯被处死视为喜事的人也很快被人置于死地，屠杀迄今未得到遏制，直至叙拉以财宝使其党徒感到餍足方告结束。

当然，我并不担心在西塞罗治理下的这一时期会出现这类无节制现象，但在一个大国里会有各种不同性格的人。在其他某个阶段，换上另一个同样统率着一支大军的执政官，某种错误的指控就可能发生；按照前面提到的先例，执政官可能向元老院的权力挑战，那时谁能制止其进程，或缓和其狂暴？

各位元老，我们祖先的品行和勇气是无所欠缺的；他们的自尊心也从未妨碍他们效法别国值得重视的做法。他们的盔甲和兵器是向撒姆尼人学来的；他们象征权力的标志多数取自伊特鲁里亚人；总之，只要是对他们合适的做法，无论其来自盟友或敌人，他们都非常乐意采用，他们愿意仿效对别人的长处，而不是心存戒备。可是，与此同时他们也采用了希腊人的一种做法，以鞭笞惩罚公民，并对宣告有罪的人处以极刑。然而，当共和国强大起来，众多公民内讧加剧时，人们开始将无辜者卷入定罪范围，并滥施刑罚，于是才提出了波尔久斯法和其他法律，允许已定罪的公民流亡。各位元老，我把我们祖先这种宽容大度视为我们不应采用任何新的严厉手段的有力理由。因为那些艰苦创业、建立了如此伟大的国家的人，同我们这些仅能把祖先光荣地创建的基业维持下来的人相比，肯定具有更大的优点和智慧。那么，你们会问，我的意见是不是应该释放这些阴谋家，从而使卡提利那的军队得到扩充？决非如此，我的建议是：他们的财产应当充公，他们本人应被监禁在足以承担其费用的城市中；从此任何人不得再向元老院提出这一案件，或就此向人民发表意见；并且现在即由元老院宣告，任何人若作出与此相反的行动，就是反对共和国及公众的安全。

【艺术赏析】

凯撒以军事才能和政治手腕著称于世，其所作所为改变了希腊、罗马乃至世界的历史进程。凯撒同时擅长政治演讲和军事记叙，文体简洁生动，有拉丁文典范之称。《论惩处阴谋家》的演讲语词尖刻，主张依法行事，不以极端手段对待卡提利那集团，以免贻患未来，并援用历史教训，力陈利害，具有很强的说服力。

这篇演讲使卡提利那集团的很多人免于一死，并且以恩报德，对其做出更大贡献。

告意大利方面军的演讲

拿破仑

【演讲者简介】

拿破仑·波拿巴 (1769—1821)，法国资产阶级政治家和军事家，法兰西第一帝国和百日王朝皇帝。生于科西嘉岛的破落贵族家庭。巴黎军事学校结业后，任炮兵少尉。法国大革命时期，参加革命军。1799 年发动雾月政变，组成执政政府，自任第一执政官。1804 年称帝，建立法兰西第一帝国。1812 年对俄战争失败，加速了帝国崩溃。1814 年，欧洲反法联军攻陷巴黎，拿破仑被放逐于厄尔巴岛。1815 年再返巴黎，建立百日王朝。滑铁卢战役失败后，被流放于圣赫勒拿岛，于 1821 年病逝。

【历史背景】

这篇演讲是 1796 年著名的蒙特诺特战役前，拿破仑抵达意大利方面军大本营——诰国港口城市尼斯时，向驻守在这里的士兵们发表的。当时，法国国库空虚，意大利方面军物资供应贫乏，又不能从政府那里获得任何东西，唯一的出路只能靠在意大利平原上打胜仗来保证后勤的供应。为了出其不意地出现在敌人面前，并以辉煌的、具有决定性的胜利使敌人震惊，拿破仑下令前进。然而，大本营从战争开始以来就从未离开过尼斯，管理机关的工作人员总是把自己的单位看作不可移动的地盘。他们关心自己生活上的舒适，甚于关心军队的需要。因此，拿破仑叫他们一起远征，把大本营迁移到阿耳班加。3 月 27 日，拿破仑在检阅部队时作了这篇战前演讲。下面是该演讲的部分文字。

【演讲词】

……

士兵们！你们吃得不好，又几乎没有衣服穿。政府得到你们的多多支持，却没有什么能给你们。你们的耐心、勇敢使你们受到尊敬，可是既没有给你们好处，也没有给你们光荣。我即将把你们带到世界上最肥沃的平原地区去！你们将在那里看到巨大的城市、富裕的省份；你们将在那里获得尊敬、光荣、财富。在意大利的士兵们！你们会缺少勇气和坚定吗？

……

在十五天内，你们打了六次胜仗，夺得了二十一面军旗，五十门炮，好几处要塞，还占领了皮埃蒙特最富庶的区域。你们俘获了一万五千名俘虏，打死打伤了一万多人……你们缺乏一切，你们却补充了一切。你们没有炮，却赢得了这些战役；没有桥，却渡过了江河；没有鞋子，却还急行军；你们露宿，可没有烧酒，而且经常没有面包。只有共和主义的军队，自由的士兵，才能经受你们所经受过的艰苦。士兵们，我得向你们致谢！满怀感激的祖国将把它的昌盛部分地归功于你们……而你们目前的胜利，还预示着更大的光荣……那些曾讥笑你们的困苦、为敌人的胜利而高兴的坏人困窘了，发抖了。但是，士兵们！你们不应该回避这一点：你们什么也没有干完，你们仍然有要干的事。都灵、米兰都没有为你们所占有……

大家都渴望把法兰西人民的光荣带给远方！大家都愿意打垮那些打算奴役我们的国王！大家都要赢得光荣的和平，以补偿祖国业已作出的巨大牺牲。大家都想在回到他们的村庄里的时候能够骄傲地说："我曾是征服意大利的部队中的人！"

朋友们！我答应进行这一征服。但是，你们必须明确保证完全履行一个条件，即尊重将被你们解放的人民，亦即严禁实施由你们的敌人阴谋煽动起来的丑恶的劫掠。不这样做，你们将不成其为人民的解放者，你们将会是为人民造成灾难的人。你们就不会是法兰西人民的光荣；他们反而会否定你们。你们的胜利、勇敢、成就，你们在战斗中死去的兄弟们的血，甚至已经得到的尊敬和光荣都会丧失。至于信任你们的我和将军们，我们对于指挥这样一支没有纪律、不受约束、不懂法律、只知暴力的部队，也会感到惭愧。但是，被赋予国家权力、坚持正义、遵守法律的我，将使这一小撮儿没有勇气、没有心肠的人尊重人类和荣誉的法则，即使这种法则正是被他们踩在脚下的……

意大利各族人民们！法国部队将为你们挣断锁链；法兰西人民是全体人民的朋友；你们应该以信任的心情来迎接他们。你们的财产、宗教、习惯将受到尊重。我们是向共同的敌人开战，我们只是对奴役你们的暴君开战。

【艺术赏析】

在这篇演讲词中，我们可以看出拿破仑十分注意激发士兵们的自尊心和荣誉感。当然，他也没有忘记士兵们所面临的实际困难。作为资产阶级的军事家和政治家，他所设想的解决这些困难的方法，就是鼓励士兵出国作战、去掠夺，去对别的民族和人民进行抢劫。例如："士兵们！……我想带你们到世界上最富饶的国家去。富饶的地区和繁华的大都市将受你们支配。你们在那儿将会得到尊敬、荣誉和财富。意大利方面的士兵们！难道你们的勇敢精神和坚忍力量不够吗？"这种露骨的言词，对于政治上无知的军人必然有一种蛊惑作用。

当时，拿破仑激昂的演讲赢得了士兵们的热烈欢呼，激发了士兵们的战斗力。拿破仑曾说过："军队四分之三的战斗力是由士气组成的。"演讲是激励士气的重要手段，我们从拿破仑身上可以看到，演讲又赐给他一柄锋利的宝剑。

生不自由，毋宁死去

德穆兰

【演讲者简介】

卡米尔·德穆兰（1760—1794），法国记者、政治家，在法国大革命期间扮演重要角色，与乔治·雅克·丹东关系密切。因反对罗伯斯庇尔镇压反革命，被送上断头台。

【历史背景】

本文发表于 1788 年 2 月，巴黎人民以及革命群众攻占巴士底狱的前两天。

【演讲词】

君主制与共和制之间有一点区别，仅仅这点区别就足以使人怀着恐惧摈弃君主统治，不惜牺牲一切建立共和制了。民主政体下的人民可能会受骗，但至少他们珍爱美德。他们把权力交给他们确信有道德的人，而不是交给作为君主制基础的流氓恶棍。邪恶、诡谲、犯罪等等共和国之痛疽，却是君主政治健全和赖以生存的要素。黎塞留红衣主教公开承认他的政治原则是"君主应永远避免任用绝对诚实的人"。远在他说这话之前，萨卢斯特就说过："君主身边不能缺少恶棍流氓。相反，他们应惧怕任用诚实与正直的人。"因此，只有在民主政体下，善良的公民才有可能让阴谋与罪犯不能得逞。为了达到这目的，只需使人民受到启蒙。

君主制与共和制之间还有一点区别。提比略、克劳狄乌斯、尼禄、卡利古拉、图密善的统治都以善始。事实上，一切统治开始之时都比较开明，但只是一种假象而已。因此保皇党人嘲笑法国目前的状况，似乎认为它始于暴力与恐怖，故不能持久。

任何事情都使专制君主生气。一个受人爱戴的公民会成为君主的敌手，他会引起内乱，因此就是一个可疑分子。相反，假如他不求闻达，深居简出，这种退隐生活使他引人注目，因此他便是一个可疑分子。假如他很富有，那他就极可能以慷慨馈赠来腐蚀人民，因此，他也是一个可疑分子。你穷吗？那又怎么样！永远正确的皇帝陛下们啊，这人可要严密监视，因为没有人比一无所有的人更野心勃勃了，他是个可疑分子！你生性阴沉、忧郁，或是不修边幅吗？那你一定是因为不满国事而苦恼了，你是个可疑分子。

塔西佗告诉我们，古罗马有一条法律，专门治"不敬君主"之罪，犯此罪者要判处死刑。古罗马共和国的叛逆罪有四种，那就是：在敌国领土上擅离军队私逃；煽动叛乱；管理国库不善；由于不称职而损害了多数罗马人的利益。

但是罗马皇帝们需要更多法律条款，以便给一些城市公民多加罪名。奥古斯都最先扩大了"不敬君主"罪或"革命"罪的范围。他的后任者继续扩大这种罪的范围，以致无人可幸免。最轻微的行动便构成反对国家之罪。看一眼，露一点愁容，表一点同情，叹一口气，甚至一声不响都是犯了"不敬君主"和不忠之罪。处死你的父母或朋友，你也必须欢欣雀跃，否则你自己就完了。公民们，自由必定有很大的好处，因为加图宁愿剖腹自杀，也不愿受国王统治。有哪一个国王比得上有伟大英雄气概的凯撒呢？但加图仍不能忍受凯撒的统治。卢梭说得很对："自由同清白与美德一样，只有在你享有它们时，才会感到满足；一旦失去它们，你就会感到欢乐停止了。"

【艺术赏析】

本篇演讲态度坚决、观点明确、言简意赅，有极大的震慑力和感召力。演讲表达了广大人民要求自由的强烈意愿，促使巴黎人民攻占巴士底狱，掀起了革命高潮。

最后的演讲

罗伯斯庇尔

【演讲者简介】

马克西米连·罗伯斯庇尔（1758—1794），法国大革命时期杰出的资产阶级革命家，雅各宾派政权的领袖，在法国热月政变中被送上断头台。

【历史背景】

1789 年 7 月 14 日，法国人民攻陷了巴士底狱，揭开了法国大革命的序幕。随着革命的深入发展，罗伯斯庇尔积极的革命活动和激进的政治主张赢得了群众广泛信任，他成为雅各宾派的领袖。当时，国外敌人大兵压境，对法国构成严重威胁，国内反革命势力亦极为嚣张，马拉、沙利埃等民主派人士相继被刺杀。在危急关头，罗伯斯庇尔力主实行恐怖政策，然而掌有大权的救国和治安委员会中的大资产阶级代表以及革命中大发横财的"新富人"对雅各宾政权的极端措施深为不满，他们暗地积极活动，散布流言，罗织罪名，对罗伯斯庇尔大加攻击，以图推翻雅各宾派政权。对此，罗伯斯庇尔已经察觉，他也在暗中布置，准备迎头痛击。7月26日，罗伯斯庇尔一大早就来到国民公会，他登上讲坛，发表了这篇经过认真推敲的演讲。

【演讲词】

共和国的敌人说我是暴君！倘若我真是暴君，他们就会俯伏在我的脚下了。我会塞给他们大量的黄金，赦免他们的罪行，他们也就会感激不尽了。倘若我是个暴君，被我们打倒的那些国王就绝不会谴责罗伯斯庇尔，反而会用他们那有罪的手支持我，他们和我就会缔结盟约，因为暴政必须得到工具。可是暴政的敌人，他们的道路又会引向何方呢？引向坟墓，引向永生！我的保护人是怎样的暴君呢？我属于哪个派别？我属于你们！有哪一派从大革命开始以来查出这许多叛徒，并粉碎、消灭这些叛徒？这派别就是你们，是人民——我们的原则。我忠于这个派别，而现在一切流氓恶棍都拉帮结党反对它！

确保共和国的存在一直是我的目标；我知道共和国只能在永存的道德基础上才能建立起来。为了反对我，反对那些跟我有共同原则的人，他们结成了联盟。至于我的生命，我早已把生死置之度外！我曾看见过去，也预见将来。一个忠于自己国家的人，当他不能再为自己的国家服务，不能使无辜的人免受迫害时，他怎么会希望再活下去？当阴谋诡计永远压倒真理、正义受到嘲弄、热情常遭鄙薄、有所忌惮被视为荒诞无稽，而压迫欺凌被当作人类不可侵犯的权势时，我还能在这样的制度下继续做些什么呢？目睹革命的潮流中沙泥俱下、鱼龙混杂，周围都是混迹在人类真诚朋友之中的坏人，我必须承认，在这样的环境下，有时我确实害怕我的子孙后代会认为我已被他们的污秽传染。令我高兴的是，这些反对我们国家的阴谋家因为不顾一切的疯狂行动，现在已和所有忠诚正直的人划下了一条深深的界线。

只要向历史请教一下，你便可以看到，在各个时代，所有自由的卫士是怎样受尽诽谤的。但那些诽谤者也终不免一死。善人与恶人同样要从世上消失，只是死后情况大不相同。法兰西人，我的同胞啊，不要让你的敌人用那为人唾弃的原则使你的灵魂堕落，令你的美德削减！不，邵美蒂啊，死亡并不是"长眠"！公民们！请抹去这句用亵渎的手刻在墓碑上的铭文，因为它给整个自然界蒙上一层丧礼黑纱，使受压迫的清白者失去依赖与信心，使死亡失去有益的积极意义！请在墓碑刻上这样的话吧："死亡是不朽的开端。"我为压迫人民者留下骇人的遗嘱，只有一个事业已近尽头的人才能毫无顾忌地这样说，这也就是严峻的真理："你必定要死亡！"

【艺术赏析】

雅各宾派专政时期实行的恐怖政策在当时是有必要的，因为它关系到共和国的生死存亡。但是后来恐怖范围扩大，被处死的人逐日增多，敌人就千方百计地将暴君和独裁的帽子扣在罗伯斯庇尔头上。在演讲中，罗伯斯庇尔必须为自己正名，反驳敌人对自己的指责。他答辩道，如果说我是暴君，那么暴君理应高高在上。一切人都要俯伏在他的脚下，可现在，敌人非但没有"俯伏"，反而煽风点火，四面出动，必欲置人死地而后快，猖獗之极，究竟谁是君主呢？如果说我是暴君，我赦免他们的罪行，又塞给他们一些黄金，他们定会感恩不尽。可他们剑拔弩张，来势汹汹，这哪里是君主手下的奴才呢？如果说我是暴君，我为什么要推翻国王，独裁者为什么会谴责我呢？我们本应缔结盟约，互相支持。一连串的反诘、强有力的逻辑和无可辩驳的事实将敌人的指责驳得体无完肤。

在驳斥了敌人对自己的指责后，罗伯斯庇尔指出，反对共和国的人已经结成了联盟，但在大革命的潮流中，这些人巧于装扮，"混迹于人类真诚朋友之中"。这种真伪难辨的程度，革命中这种复杂形势，罗伯斯庇尔用一句非常形象的话表现出来："我必须承认，在这样的环境下，有时我确实害怕我的子孙后代会认为我已被他们的污秽传染了。"但罗伯斯庇尔又指出，尽管共和国的敌人善于伪装，他们的"疯狂行为"已和忠诚正直的人划下一道深深的界线，他呼吁人们擦亮眼睛，分清敌友。

最后，罗伯斯庇尔从历史角度指出，自由的卫士历来是要受到诽谤的，这种现象不足为奇。他用充满感情的语言向国民公会的代表发出号召：站稳立场，不要被敌人的伎俩所蛊惑。如果说演讲的前半部分重在说理，驳斥敌人，使用的语言具有论战色彩，那么后半部分语言则具有浓厚的哲理和诗意，多从情感上打动听众，特别是结尾部分，语气坚定，充满气势，给人以回味。

　　虽然罗伯斯庇尔的恐怖统治备受争议，但就演讲艺术而言，这篇演讲精彩而富有感召力，争取了国民公会的支持。

为红旗而斗争

布朗基

【演讲者简介】

　　路易·奥古斯特·布朗基（1805—1881），与马克思同时代的法国早期工人运动活动家，革命家，空想社会主义者。积极参加 1830 年的七月革命，其后加入共和派组织人民之友社，进行推翻七月王朝的活动，成为该社左翼领导人之一。

【历史背景】

　　1830 年，法国七月革命胜利后，广大工人、农民和小资产阶级更加贫困，面对危机，资产阶级政府对人们要求实行社会变革的呼声置之不理。1848 年 2 月，法国爆发了二月革命，推翻了七月王朝，成立左翼资产阶级共和派组成的临时政府。但让人没想到的是，临时政府敌视无产阶级，拒绝工人参与社会管理，拒绝悬挂象征共和国的红旗。这是 1848 年 2 月布朗基针对法国临时政府拒绝在市政大厅上空悬挂红旗的举动所作的演讲。

【演讲词】

我们现在不是生活在 1793 年，而是生活在 1848 年！三色旗不是共和国的旗帜；它是路易·菲利普和君主国的旗帜。

正是这面三色旗指挥了特朗斯诺南大街、韦斯郊区和圣埃蒂安的大屠杀。它曾多次沉浸在工人的血泪中。

人民在 1848 年的街垒上高高地举起了红旗，正像他们曾在 1832 年 6 月、1834 年 4 月、1839 年 5 月在街垒上举起红旗一样。这面旗帜经历过胜利的、失败的斗争，今后它就成了人民的旗帜。昨天，红旗还光荣地在我们的大厦前面飘扬。

今天，反动派无耻地把它扔到污泥中，并且胆敢诽谤、污蔑它。

有人说，这是一面血的旗帜。它是用先烈的鲜血染红的，先烈的鲜血使它成了共和国的旗帜。

红旗倒下对人民是一种侮辱，对先烈是一种亵渎。市卫队的旗帜将会盖上先烈的坟墓。

反动派赤膊上阵了。人们再一次认清了它的凶恶面目。保卫党分子跑遍了大街小巷，进行破口辱骂和恫吓，撕掉公民身上佩戴的红色领章。

工人们！你们的旗帜倒下去了，你们听着，共和国不久将随着红旗倒下去。

【艺术赏析】

这篇演讲词主题鲜明、感情炽烈，全篇结构紧凑、短小精悍，基本上全部是短句，很有力量，称得上是经典之作，具有很强的艺术感染力和号召力。

演讲极大地鼓动了工人的革命热情，为后来的斗争作了思想上的准备。当年 5 月，15 万巴黎工人举行示威游行活动，要求工人参与管理，成立劳动部。

中国的自由与反战斗争

宋庆龄

【演讲者简介】

宋庆龄（1893—1981），著名的爱国主义、民主主义、国际主义和共产主义战士，举世闻名的二十世纪伟大女性。她青年时代追随孙中山，献身革命，在近七十年的革命生涯中，坚强不屈，矢志不移，英勇奋斗，始终坚定地和中国人民、中国共产党站在一起，为中国人民的解放事业，为妇女儿童的卫生保健和文化教育福利事业，为祖国统一以及保卫世界和平、促进人类进步的事业而殚精竭力、鞠躬尽瘁，作出了不可磨灭的贡献，受到中国人民、海外华人华侨的景仰和爱戴，也赢得国际友人的赞誉和热爱，享有崇高的威望。

【历史背景】

1932年，世界反对帝国主义战争委员会决定派调查团来华，重新调查日本侵略中国东北事件，并在中国召开远东反战会议。宋庆龄担任远东反战会议上海筹备委员会主席，负责筹备远东会议。这是宋庆龄于9月30日参加在上海秘密召开远东反战会议时所作的演讲。

【演讲词】

同志们、朋友们：

如果没有帝国主义者和国民党当局的恐怖和干涉，而我们能够公开举行一个会议的话，那就会有成千上万的代表，为中国亿万被剥削人民发出他们的呼声。虽然出席这个会议的代表人数出于明显的理由不得不受限制，可是这个较小的集会仍然充分地代表劳苦大众的利益，代表他们抗议日本以及其他帝国主义者对中国人民的屠杀战争。

我不想笼统地、全面地讲那日益增长的战争危险。可以说，中国早就在战争中，而且侵略中国的战争发展成为世界大战，只不过是短暂的时间问题。

目前是资本主义制度垂死的时代。资本主义正在不顾一切地寻求出路，解决自身的矛盾。资本主义者面前的唯一出路就是加重对人民的剥削和压迫，并准备进行重新瓜分世界市场的新战争。资本主义制度陷入混乱中，越陷越深。日趋衰亡的资本主义的全部特征是：经济制度崩溃，帝国主义对立尖锐化，法西斯主义抬头，民族沙文主义最野蛮的表现登峰造极，对劳苦大众及其领导者施用最残酷的压迫、酷刑和残杀，文化与生产的进步停滞。

但是资本主义制度带来了毁灭它的阶级——无产阶级。无产阶级凭着它生产上所占的地位和明确的阶级利益，已经发展出自己的思想意识，而且今天已经取得领导地位，领导着全世界被剥削和被压迫的人民——一切资本主义国家、殖民地和半殖民地国家里的工人和农民从事斗争。因此，目前的时代标志一个新的社会制度——社会主义的诞生。因为资产阶级和地主的阶级利益与阶级势力妨碍了社会向更高的形式和平地发展，如果生产与分配的工具仍然掌握在少数剥削者手里，群众便不能生活下去，所以无产阶级革命便成为我们这一时代最迫切的社会需要。

资本主义者在战争中寻求自己的生路，劳苦大众必须在革命中寻求自己的生路。

历史很明显地指示我们：战争的破坏性必然一次比一次厉害，战争所带来的灾难必然一次比一次惨重，战争相隔的时间必然一次比一次缩短。但战争并不能解决，而只能加深资本主义制度的矛盾。随着一次次的战争，革命势力积聚了力量，壮大了自己，更加走近它们最后的胜利。

1870~1871年的普法战争产生了巴黎公社；1904~1905年的日俄战争加速了俄国资产阶级民主革命的发展；1914~1918年的世界大战大大地推进了全世界的革命运动，而且使俄国工农革命获得胜利，奠定了大规模的社会主义建设的基础。

很明显，以日本帝国主义为首的瓜分中国的运动将加速整个亚洲和整个资本主义世界的革命势力的发展。

我很想在这里说明我自己对于各种不同形式的战争的态度。战争是一种政治工具，是用以实施一种特定政策的工具。多数的战争是为了征服土地和民族、占领新的市场以及夺取新的原料来源而发生的。所有这些战争都是反人民的。这些战争给终身勤劳的人民带来无穷的忧患和无比的苦痛。战争如不导向革命，便使工人、农民遭受更深的奴役。这些战争以及战后的"和平条约"往往增加规模更大的新战争发生的危机。因此，以自己全部的力量来反对这样的帝国主义战争，"把战争变成内战以推翻资产阶级"，以摧毁统治阶级的政权，便成为广大群众的任务。

现在，帝国主义者为了克服那分裂它们的日益尖锐化的矛盾，正竭力以重新分割中国和发动反苏的干涉战争来取得暂时的妥协。侵略并不从日本对中国的强盗战争开始。远在日本夺取台湾以前，其他帝国主义国家早已控制了中国的一切战略要地，强迫中国人民吸食鸦片，支配中国的财政经济政策，阻碍中国的经济发展并利用中国的军阀和其他反动分子做他们的爪牙，来达到各国帝国主义不同的目标。

孙中山谋求中国独立的努力已经被地主和大资产阶级的国民党所破坏。国民党背叛了1925~1927年的群众运动，并且自那时起，一贯地采取屠杀工农、敌视苏联、向帝国主义摇尾乞怜的政策。正因为国民党采取了这个政策，才使日本帝国主义能够顺利无阻地侵略中国，夺取东北，深入控制华北，而且现在正野心勃勃地向南窥伺，图谋攫取全中国。

也正是这种政策鼓励并帮助英帝国主义者窥伺川西边界；也正是这种政策帮助法帝国主义蓄意侵略云南；也正是这种政策帮助美国在中国建立

财政和政治霸权，帮助国际联盟更进一步实施帝国主义共管中国的恶毒计谋。目前还看不到侵略的终结。这还不过是帝国主义在国民党继续不断的卖国行为的帮助下，从事一国历史上最大规模的掠夺的开始而已。如果人民大众不起来阻止帝国主义列强和他们的国民党傀儡的罪恶行为，中国一定会全部被瓜分，中国人民也将遭受更惨重的奴役。

不仅如此，帝国主义列强将来一定还要以牺牲中国人民为代价，从事彼此间的相互厮杀。战争将继续不断地发生，而在这些战争中，帝国主义列强将利用中国的人力和物力来实现他们自己的目的。今天，中国东北的人民已经在替日本帝国主义当炮灰；将来，全中国的人民，在中国军阀、地主和资本家的帮助之下，将被迫给各帝国主义者充当炮灰。

日本帝国主义正在把东北建造成将来反苏战争的根据地，并且企图扩大它的根据地，想先控制黄河以北的土地，然后加以占领，再进一步侵略内蒙古和蒙古人民共和国，最后征服全中国。至于英帝国主义，它和美国有尖锐的矛盾，和日本帝国主义在亚洲的冲突也在增加，对印度革命怀着畏惧，并对苏联怀抱仇恨。它正在拼命设法组织欧洲帝国主义者的反苏集团，以图延缓帝国主义强盗间不可避免的战争。

这是目前局势的真相。希望从任何帝国主义者或国际联盟那里取得帮助是犯了叛国之罪。希望从国民党的政策中获得生路，简直是愚蠢。国民党今天正在更有意识地、缜密地计划着向日本帝国主义及其他帝国主义作全部的、无条件的投降。国民党的领袖只有一个要求和希望，那就是，希望帝国主义者允许他们继续执掌政权，以便分得一份由蹂躏和榨取中国人民而得来的利益。

只有通过人民大众本身才能获得帮助和生路。中国的亿万民众——在工人阶级领导下的广大农民群众，如果联合起来为粮食和土地而与帝国主义及国民党作斗争，那是不可抗拒的。亿万工人和农民已经在进行这个斗争了。广大的苏维埃区域已经在中国存在许多年，这个事实便是广大的中国人民将走上这同一条道路的希望、诺言和保证。

只有这些斗争才能发展出权力和力量，来解放中国，统一中国，驱逐帝国主义，收回东北和其他失地，给中国人民以土地、粮食和自由，并给各个民族以生存、发展的自由。

只有这些斗争才能把中国从连年战争的无穷苦难与长期资本主义剥削的残暴行为之中解救出来。只有实现无产阶级革命、土地革命与反帝革命，才可以建立使中国将来发展到社会主义社会的基础。

帝国主义的支持者问我们："你们既然反对帝国主义战争和白色恐怖，那么为什么不反对革命中使用武力呢？"

对于这一个问题，我们可以明白地回答："革命阶级为反抗压迫而使用武力是完全有理由的。被压迫人民为争取民族解放而使用武力是完全正确的。在这两种情形之下，武装斗争是必需的。因为反动势力永远不会自动放弃它们的权力。"

帝国主义战争、军阀战争、干涉苏维埃中国或是干涉苏联的战争、对民众的压迫和恐怖行动，这一切都是为了反动的目的。反动的武力只能以革命的武力来对抗。只有在这样的立场上，我们才可以明了目前中国民族革命危机中我们的任务。我们并不是反对一切战争。如果是这样，那我们就会直接受帝国主义者的利用，帮助他们来解除中国人民在目前和将来的斗争中的武装。我们是拥护中国的武装人民反对帝国主义的民族革命战争的。

只有在人民千百万地奋起的时候，中国才能获得解放。法国人民在大革命中反对优势的外国侵略者的斗争，俄罗斯的工农击退一切帝国主义者的联合武力的斗争，这种历史的先例指示了中国人民的出路。

现在有句很流行的问话："中国被压迫的人民如何能够与这样强大的敌人作斗争并获得胜利呢？"可是，我们祖国的历史不是已经给我们一个回答了吗？北伐战争教导我们：革命的武力远胜于反动的武力，而且能够以寡胜众。中国的工农红军屡次与十倍于自己力量的军队作战，而且取得了胜利。武装不是唯一的决定因素；思想意识也是有其作用的。

当然，有力的革命意识和精良的武装配合在一起，是战胜帝国主义和反动势力的最好保证。很明显，东北英勇的义勇军长期的抗日斗争现在还在继续，假如不是惨遭反动政权罪恶地加以破坏，早就达到更高的程度了。

除却蒋介石政府方面的破坏，还有另一个因素阻挠这一运动的进展。抗日义勇军的领袖们畏惧群众，解除了群众的武装，只武装了以地主、豪绅和资本家的阶级观点看来"稳健"的分子。东北的工人、农民不得不拿起武器来反对这些义勇军的领袖——马占山、李杜之流，同时与日本帝国主义者作战。在这样的情况之下，他们就不可能迅速成功了。

中国人民在击败日本以及其他帝国主义的强大的军事机构之前，首先便要从中国的军阀、地主和资本家的枷锁下解放出来。

国民党还在削弱我们广大劳动群众的抵抗力。国民党对于群众进行抗日斗争的任何形式的运动，都予以镇压。国民党以最残酷的方法镇压工人、农民、学生以及它的统治区域里的义勇军。国民党动员了一切可用的武力来大规模地进攻苏区。国民党和日本帝国主义者商谈秘密条件，将东北和华北奉送给日本，而把其余的中国领土贬为帝国主义的殖民地。国民党向外国乞求援助——金钱、武器和子弹，来和中国人民作战，因此就更加完全依赖帝国主义者。这不是生路，这是中国民族的死路。

我们在进行反日、反帝的民族革命战争的同时，必须为建立真正的中国人民政府而斗争。这样的政府只能由工人农民自己来组织。中华苏维埃共和国临时中央政府给中国劳动人民指示了出路，苏维埃政府和工农红军愿与任何军队订立军事协定，抵抗日本帝国主义，这一提议指明苏维埃政府准备与帝国主义作战的认真态度。这些呼吁虽然获得了群众和兵士的同情，但至今还没有得到任何有效的响应。这表明各军事单位的长官要不是亲帝的、国民党的工具，便是没有进行真正斗争的勇气。

总而言之，我们反对帝国主义战争，但是我们拥护武装人民的民族革命战争。只有这样的战争才能把中国从帝国主义的统治下解放出来；也只有当民众从国民党统治下解放出来，建立了自己的工农政府之后，像中国有些地方已经做到的那样，民族革命战争才能胜利完成。

我们坚决反对中国的军阀战争。各派军阀不断地为争夺地盘进行战争。国民党内的各派系不顾民众的利益，不断地为争权夺利而动武。帝国主义各集团利用军阀来扩张自身的利益，并削弱中国。这些战争给中国广大人民和兵士带来了无比深重的灾害。很明显，这些依附国民党和帝国主义者的中国军阀，必须消灭净尽。

最后，我们对全体中国人民，对劳苦大众还有一个呼吁，呼吁大家在反对日本和其他帝国主义的斗争中，即在争取中国统一、独立和领土完整的斗争中，团结一致！让我们团结起来，与那些背叛国家，把我们的国土一省一省地出卖给帝国主义者的人们作斗争！让我们团结起来，用我们最大的力量来保卫那已经由帝国主义统治和封建剥削的羁绊中解放出来的中国工人和农民，他们现在正受着国民党军队第五次而且是最大规模的进攻。这次进攻直接受到美国贷款给蒋介石政府的5000万美元中的1600万美元的帮助，受到美国的飞机、炸弹和飞行教练的帮助，受到日、意、美、法的军舰对国民党的全力帮助（如最近的闽变），受到帝国主义各式各样物质的与精神的帮助。

让我们联合起来保卫苏联，反对干涉苏联的战争！让我们在整个远东，尤其在中国，发动一场强有力的运动，来反对帝国主义战争？

【艺术赏析】

这篇演讲旗帜鲜明地站在中国共产党领导的人民革命和民族解放斗争的立场上，揭露国民党当局出卖民族利益、镇压人民革命的罪恶。

作者深刻地分析了帝国主义侵略战争的原因及其本质，并一针见血地指出，国民党反动统治者正在准备向日本帝国主义及其他帝国主义投降，"希望帝国主义者允许他们继续执掌政权，以便分得一份由蹂躏和榨取中国人民而得来的利益"。作者进而指出，中国人民只有从中国的反动统治阶级的压迫下解放出来，才能打败帝国主义侵略者，实现民族的解放。由此，作者明确地提出：反对帝国主义战争，拥护人民的民族革命战争。

面向全国军民的广播演讲

斯大林

【演讲者简介】

斯大林（1879—1953），苏联重要的领导人之一、国际共产主义运动活动家，对二十世纪的苏联和世界产生了深远的影响。在任期间，他全面推行农业集体化政策，导致了严重的饥荒。他以计划经济的方式实施大规模工业化，使苏联成为重工业和军事大国。同时斯大林也以树立对自己的个人崇拜、对政界和军队的大清洗、对少数族裔的压迫流放闻名于世。第二次世界大战中，斯大林领导的苏联和盟军共同击败了纳粹德国和日本帝国主义，取得了战争的胜利。战后他扶植了东方集团，在冷战中与美国、英国等资本主义国家对峙。

【历史背景】

1941 年 6 月 22 日拂晓，德国法西斯出动了 190 个师——约 550 万人，3500 多辆坦克和装甲车，5000 多架飞机，突然向苏联发动大规模进攻。第一天，德军轰炸了 26 个飞机场，炸毁了 1200 架飞机，不到两周；德军就占领了立陶宛、拉脱维亚的大部分地区，白俄罗斯地区和乌克兰一部分地区。就在这危机时刻，苏联政府成立了以斯大林为首的卫国战争安全委员会，7月3日，斯大林向全国发表了这篇广播演讲。

【演讲词】

同志们！公民们！

兄弟姊妹们！

我们的陆海军战士们！

希特勒德国从6月22日起向我们祖国发动的背信弃义的军事进攻正在继续。虽然红军进行了英勇的抵抗，虽然敌人的精锐师和精锐空军部队已被击溃，被埋葬在战场上，但是敌人又向前线投入了新的兵力，继续向前进犯。希特勒军队侵占了立陶宛全境、拉脱维亚的大部地区、白俄罗斯西部地区、乌克兰西部一部分地区。法西斯空军正在扩大其轰炸区域，对摩尔曼斯克、奥尔沙、莫吉廖夫、斯摩棱斯克、基辅、敖德萨、塞瓦斯托波尔等城市大肆轰炸。我们的祖国面临着严重的危险。

我们光荣的红军怎么会让法西斯军队占领我们的一些城市和地区呢？难道德国法西斯军队真的像法西斯的吹牛宣传家所不断吹嘘的那样，是无敌的军队吗？

当然不是！历史表明，无敌的军队现在没有，过去也没有。拿破仑的军队曾被认为是无敌的，可是这支军队先后被俄国的、英国的和德国的军队击溃了。在第一次帝国主义大战时期，威廉的德国军队也曾被认为是无敌的军队，可是这支军队曾经数次败在俄国军队和英法军队的手中，终于被英法军队击溃了。对于现在希特勒的德国法西斯军队也应当这样说。这支军队在欧洲大陆上还没有遇到过重大的抵抗，只有在我国领土上，它才遇到了重大的抵抗。既然由于这种抵抗，德国法西斯军队的精锐师已被我们红军击溃，这就是说，正像拿破仑和威廉的军队曾经被击溃一样，希特勒法西斯军队也是能够被击溃的，而且一定会被击溃。

至于说我们的一部分领土毕竟被德国法西斯军队占领了，这主要是由于法西斯德国的反苏战争是在有利于德国军队而不利于苏联军队的情况下发动的。问题就在于，德国军队是进行着战争的国家的军队，它已经全部进行充分的动员，德国用来进攻苏联并且集结到苏联边境的170个师已经完全处于战备状态，只等进攻的信号了；而当时苏联的军队还需要进行充分动员，还需要向边境集结。这里还有一个情况起了不小的作用，就是法西斯德国不顾它会被全世界认为是进攻一方，而突然背信弃义地撕毁了它同苏联在1939年缔结的互不侵犯条约。显然，爱好和平的我国是不愿意首先破坏条约的，因此也就不能走上背信弃义的道路。

也许有人要问：苏联政府怎么会同希特勒与里宾特洛甫这样一些背信弃义的人和恶魔缔结互不侵犯条约呢？苏联政府在这方面是不是犯了错误？当然没有犯错误！互不侵犯条约是两国之间的和平条约。1939年德国向我们提出的正是这样的条约。苏联政府能不能拒绝这样的建议呢？我想，任何一个爱好和平的国家都不能拒绝同邻国缔结和平协定，即使这个国家是由希特勒和里宾特洛甫这样一些吃人魔鬼领导的。当然，这是在一个必要的条件下缔结的，即和平协定既不能直接，也不能间接触犯爱好和平国家的领土完整、独立和荣誉。大家知道，德国同苏联订立的互不侵犯条约正是这样的条约。

我们同德国缔结了互不侵犯条约，得到些什么呢？我们保证我国获得了一年半的和平，使我国有可能准备好自己的力量，在法西斯德国胆敢冒险违反条约进攻我国的情况下予以反击。这肯定是我们有所得，而法西斯德国有所失。

法西斯德国背信弃义地撕毁条约，进攻苏联，得到了些什么，又失掉些什么呢？这使它的军队在短期内取得了某种有利的地位，可是它在政治上却输了，它在全世界面前暴露了自己是血腥侵略者的面目。毫无疑问，德国在军事上暂时有所得只是偶然因素；而苏联在政治上大有所得，却是重大的长久的因素，在这个基础上，红军在反法西斯德国的战争中具有决定意义的军事胜利必将日益扩大。

正因为如此，我们全体英勇的陆军，我们全体英勇的海军，我们全体英勇的飞行员——我们的雄鹰，我国各族人民，欧洲、美洲、亚洲所有的优秀人士，以及德国所有的优秀人士，都谴责德国法西斯分子的背信弃义行为而同情苏联政府，赞许苏联政府的行为，并且认为我们的事业是正义的，敌人一定会被击溃，我们一定会取得胜利。

由于强加于我们的战争，我国已经同最凶恶而阴险的敌人——德国法西斯主义展开了殊死的搏斗。我国军队正在同武装到牙齿的敌人英勇作战。红军和红海军正在克服重重困难，为保卫每一寸苏联国土而奋不顾身地战斗。拥有数千辆坦克和数千架飞机的红军主力正在投入战斗。红军战士的勇敢精神是举世无双的，我们对敌人的抗击日益加强。全体苏联人民都同红军一道奋起保卫祖国。

为了消除我们祖国面临的危险，需要做些什么呢？为了粉碎敌人，应该采取哪些措施呢？

首先必须使我们苏联人了解到威胁我国的危险的严重程度，坚决克服泰然自若、漠不关心的心理，克服和平建设的情绪，这种情绪在战前是完全可以理解的，但是现在，当战争使形势根本改变的时候，就是十分有害的。敌人是残酷无情的，他们的目的是要侵占我们用自己的汗水浇灌出来的土地，掠夺我们用自己的劳动获得的粮食和石油。他们的目的是要恢复地主政权，恢复沙皇制度，摧残俄罗斯人、乌克兰人、白俄罗斯人、立陶宛人、拉脱维亚人、爱沙尼亚人、乌兹别克人、鞑靼人、摩尔达维亚人、格鲁吉亚人、亚美尼亚人、阿塞拜疆人以及苏联其他自由民族的民族文化和国家制度，把他们德意志化，把他们变成德国王公贵族的奴隶。因此，这是苏维埃国家生死存亡的问题，是苏联各族人民生死存亡的问题，是苏联各族人民享受自由还是沦为奴隶的问题。必须使苏联人了解这一点，不要再漠不关心，必须动员起来，按照新的战时方式改造自己的全部工作，拿出对敌人毫不留情的气概。

其次，必须使怨天尤人的人和怕死鬼、惊慌失措分子和逃兵在我们的队伍中毫无容身之地，使我们的人在斗争中无所畏惧，并且奋不顾身地投入我们反法西斯奴役者的卫国解放战争。我们国家的缔造者、伟大的列宁曾经说过，苏联人的基本品质应当是勇敢、大胆、不知畏惧、决心同人民一起为反对我们祖国的敌人而战斗。必须使布尔什维克的这种优良品质成为红军、红海军以及苏联各族人民所具有的美德。

我们应当立即按照战时的方式改造我们的全部工作，使一切都服从于前线的利益，都服从于组织粉碎敌人的任务。苏联各族人民现在都看到，德国法西斯主义对保证全体劳动者享有自由劳动和美好生活的我们的祖国，是咬牙切齿、极为仇视的。苏联各族人民应当奋起反对敌人，保卫自己的权利和自己的国土。

红军、红海军和苏联全体公民都应当捍卫每一寸苏联国土，应当为保卫我国的城市和乡村战斗到最后一滴血，应当表现出我国人民所固有的勇敢、主动和机智。

我们应当组织对红军的全面支援，保证大力补充红军队伍，保证供应红军一切必需品，组织军队和军用物资的迅速运输，以及广泛救护伤员。

我们应当巩固红军的后方，使全部工作都服从于这个事业的利益，做到一切企业都能加紧工作，生产更多的步枪、机枪、火炮、子弹、炮弹、飞机，组织对工厂、电站、电话和电报通信设施的警卫工作，整顿地方防空事宜。

我们应当对一切扰乱后方分子、逃兵、惊慌失措分子和造谣分子进行无情的斗争，消灭间谍、破坏分子和敌人的伞兵，在这些方面及时地协助我们的锄奸营。必须注意到，敌人是阴险狡猾的，善于欺骗和造谣。必须估计到这一切，不要受敌人的挑拨。凡是因惊慌失措和贪生怕死而有害防务的人，不论是谁，都应当立即交付军事法庭审判。

当红军部队不得不撤退时，必须运走全部铁路机车，不给敌人留下一部机车、一节车厢，不给敌人留下一公斤粮食、一公升燃料。集体农庄庄员应当把所有的牲畜赶走，把粮食交给国家机关保管，以便运到后方。凡是不能运走的一切贵重物资，其中包括有色金属、粮食和燃料等，都应当绝对销毁。

在敌占区，必须建立骑兵和步兵游击队，建立破坏小组，以便同敌军部队斗争，以便遍地燃起游击战争的烽火，以便炸毁桥梁、道路，破坏电话和电报通信设施，焚毁森林、仓库和辎重。在沦陷区，要造成使敌人及其所有走狗无法安身的条件，步步追击他们，消灭他们，破坏他们的一切活动。

同法西斯德国的战争绝不能看成普通的战争。这场战争不仅是两国军队之间的战争，它同时是全体苏联人民反德国法西斯军队的伟大战争。这场反法西斯压迫者的全民卫国战争的目的，不仅是要消除我国面临的危险，而且还要帮助那些呻吟在德国法西斯主义枷锁下的欧洲各国人民。在这场解放战争中，我们不是孤立的。在这场伟大战争中，欧洲和美洲各国人民，其中包括受希特勒头目们奴役的德国人民，将是我们可靠的同盟者。我们为了保卫我们祖国的自由而进行的战争，将同欧洲和美洲各国人民为争取他们的独立、民主自由的斗争汇合在一起。这将是各国人民争取自由、反对希特勒法西斯军队的奴役和奴役威胁而结成的统一战线。英国首相丘吉尔先生关于支援苏联的历史性的演讲和美国政府关于准备援助我国的宣言就是十分明显的例证，苏联各族人民对此只能表示衷心的感谢。

同志们！我们的力量是无穷无尽的。趾高气扬的敌人很快就会相信这一点。同红军一道对进犯我国的敌人奋起作战的，有成千上万的工人、集体农庄庄员和知识分子。我国千百万人民群众都将奋起作战。莫斯科和列宁格勒的劳动者已经开始成立有成千上万人的民兵队伍来支援红军。在我们反对德国法西斯主义的卫国战争中，在每一个遭到敌人侵犯、危险的城市里，我们都应当成立这样的民兵队伍，发动全体劳动者起来斗争，挺身捍卫自己的自由、自己的荣誉、自己的祖国。

为了迅速动员苏联各族人民的一切力量，抗击背信弃义地进犯我们祖国的敌人，国防委员会已经成立，它现在把国家的全部权力都集中在自己手中。国防委员会已经开始工作，号召全国人民团结在列宁—斯大林党的周围，团结在苏联政府的周围，以忘我的精神支援红军和红海军，粉碎敌人，争取胜利。

用我们的一切力量来支援我们英勇的红军和我们光荣的红海军！

用人民的一切力量来粉碎敌人！

为争取我们的胜利，前进！

【艺术赏析】

这篇演讲开头就与众不同，连用四个称呼概括了各阶层听众之后，又用一个"我的朋友们"，在感情上与听众架起一道桥梁，随即转向向听众报告战争的情况。第一句话"希特勒德国从6月2日向我们祖国发动的背信弃义的军事进攻"交代了这次战争的突然性、严峻性。第二句"虽然红军进行了英勇的抵抗，虽然敌人的精锐师团和他们的精锐空军部队已被击溃，被埋葬在战场上，但敌人又往前线调来了生力军，继续向前闯进"，说明了德军发动的侵略战争的疯狂程度。紧接着向听众们报告祖国面临着的危机状况——苏联西部广大城乡正遭到法西斯的狂轰滥炸，使听众感到形势空前严重，同时激起他们对敌人的无比愤怒。为鼓舞人们的斗志，他采用反问句和设问句连用的办法。前一句反问说明我们的军队决不允许德国法西斯占领我们的国土，后一句设问说明我们的军队一定能粉碎进犯的敌人。紧接着就用被我们称做无敌的两支军队——拿破仑的军队和威廉的军队被击溃的典型事例及眼前德国法西斯军队的精锐师团被苏联红军击溃的事实，说明希特勒的军队也不是无敌的。为了使人们信服这一论断，斯大林又分析了苏联军队失利的根本原因在于敌人背信弃义的突然袭击。敌人蓄谋已久，早已做好军事进攻的准备，"德国用来反对苏联并且集结到苏联边境的 170 个师团，已经处于完全备战的状态，只等待进攻的信号了"；而苏联军队没有丝毫准备，需要进行动员，还需要向边境集结。言外之意是，如果苏联军队事先做好充分战斗准备，就绝对不会出现目前这种局面，就一定能打退他们的进攻。

斯大林为了让公民都积极行动起来，首先指出这场战争是残酷的："我国已经同最凶恶而阴险的敌人——德国法西斯主义展开了殊死的决战。我国军队正在同武装到牙齿的敌人英勇作战。"意在说明军队需要支援，全国各界人民都应积极行动起来。配合军队一道作战。下面又连用两个反问："为了消除我们祖国面临的危险，需要做些什么呢？为了粉碎敌人，应该采取哪些措施呢？"顺理成章地引出他的战略部署。他的部署非常严密，对各种人都进行了分析，对服务战争的各种事宜都进行了安排，并采取相应的措施，这是战胜敌人的必要条件和坚实基础。通篇演讲一气呵成，逻辑严密，充分显示出斯大林作为一个军事统帅的雄伟气魄和镇定自若、指挥若定的大将风度。

这篇演讲有极大的号召力，为苏联公民积极行动投入到反法西斯的战斗中奠定了思想基础。

热血、辛劳、眼泪和汗水
——关于希特勒入侵苏联的广播演讲

丘吉尔

【演讲者简介】

温斯顿·丘吉尔（1874—1965），英国保守党领袖，也是政治家、画家、演说家、作家以及记者，1953年诺贝尔文学奖得主（获奖作品为《第二次世界大战回忆录》），曾于1940~1945年及1951~1955年期间两度任英国首相，被认为是20世纪最重要的政治领袖之一，带领英国获得第二次世界大战的胜利。据传是历史上掌握英语单词词汇量最多的人之一。被美国杂志《展示》列为近百年来世界最有说服力的八大演说家之一。2002年，BBC举行了一个名为"最伟大的100名英国人"的调查，结果丘吉尔获选为有史以来最伟大的英国人。

【历史背景】

第二次大战爆发前，张伯伦积极推行绥靖政策，希特勒看透了张伯伦的胆怯和懦弱，一面用外交上的甜言蜜语迷惑张伯伦；一面四处出击，大举进攻，占领了欧洲大面领土，致使英国孤军作战，军事形势十分严峻。

在盟军节节败退的情形下，张伯伦被迫宣布辞职，解散政府。当天下午，丘吉尔受到国王紧急召见，命令他立即组成新政府。对于国王的这一任命，丘吉尔顿感责任重大，他回到海军部后，立即邀见工党和自由党领袖，建议组成战时内阁，并希望在午夜之前，将内阁名单呈报国王。三天后，即 5 月 13 日，英国下议院召开特别会议，对新政府举行信任投票。在会议上，丘吉尔发表了这篇演讲。

【演讲词】

星期五晚上，我接受了英王陛下的委托，组织新政府。这次组阁应包括所有的政党，既有支持上届政府的政党，也有上届政府的反对党，显而易见，这是议会和国家的希望与意愿。我已完成此项任务中最重要的部分。战时内阁业已成立，由 5 位阁员组成，其中包括反对党的自由主义者，代表了举国一致的团结。三党领袖已经同意加入战时内阁，或者担任国家高级行政职务。三军指挥机构已加以充实。由于事态发展的极端紧迫感和严重性，仅仅用一天时间完成此项任务，是完全必要的。其他许多重要职位已在昨天任命。我将在今天晚上向英王陛下呈递补充名单，并希望于明日一天完成对政府主要大臣的任命。其他一些大臣的任命虽然通常需要更多一点的时间，但是，我相信会议再次开时，我的这项任务将告完成，而且本届政府在各方面都将是完整无缺的。

我认为，向下议院建议在今天开会是符合公众利益的。议长先生同意这个建议，并根据下议院决议所授予他的权力，采取了必要的步骤。今天议程结束时，建议下议院休会到 5 月 21 日星期二。当然，还要附加规定，如果需要的话，可以提前复会。下周会议所要考虑的议题将尽早通知全体议员。现在，我请求下议院，根据以我的名义提出的决议案，批准已采取的各项步骤，将它记录在案，并宣布对新政府的信任。

组成一届具有这种规模和复杂性的政府，本身就是一项严肃的任务。但是大家一定要记住，我们正处在历史上一次最伟大的战争的初期阶段，我们正在挪威和荷兰的许多地方进行战斗，我们必须在地中海地区做好准备，空战仍在继续，众多的战备工作必须在国内完成。在这危急存亡之际，如果我今天没有向下议院作长篇演讲，我希望能够得到你们的宽恕。我还希望，因为这次政府改组而受到影响的任何朋友和同事，或者以前的同事，会对礼节上的不周之处予以充分谅解，这种礼节上的欠缺到目前为止是在所难免的。正如我曾对参加本届政府的成员所说的那样，我要向下议院说："我没什么可以奉献，有的只是热血、辛劳、眼泪和汗水。"

摆在我们面前的是一场极为痛苦的严峻的考验。在我们面前，有许多许多漫长的斗争和苦难的岁月。你们问：我们的政策是什么？我要说，我们的政策就是用我们全部能力，用上帝所给予我们的全部力量，在海上、陆地和空中进行战争，同一个在人类黑暗悲惨的罪恶史上也从未有过的穷凶极恶的暴政进行战争。这就是我们的政策。你们问：我们的目标是什么？我可以用一个词来回答：胜利——不惜一切代价，去赢得胜利；无论多么可怕，也要赢得胜利；无论道路多么遥远和艰难，也要赢得胜利。因为没有胜利，就不能生存。大家必须认识到这一点：没有胜利，就没有英帝国的存在，就没有英帝国所代表的一切，就没有促使人类朝着自己目标奋勇前进这一世代相传的强烈欲望和动力。但是当我挑起这个担子的时候，我是心情愉快、满怀希望的。我深信，人们不会听任我们的事业遭受失败。此时此刻，我觉得我有权利要求大家的支持，我要说："来吧，让我们同心协力，一道前进。"

【艺术赏析】

丘吉尔首次出任首相的这篇演讲摒弃了大段的描述自己感激心情的谦词，一扫这类演讲传统上通常具有的那种客套。演讲开始，丘吉尔直截了当地声明自己接受英王陛下的委托，组成新政府，然后简明扼要地说明了战时内阁的组成，三军机构的充实以及立即要完成的任命。这种别具一格的开头给人一种鲜明的印象，即新政府对未来信心十足，行动果敢有力，办事富有效率，务实精神极强。对于听惯了张伯伦和平许诺和外交空谈的英国议员，对于一次次地怀抱希望而最后又落入严重失望境地的英国广大听众，演讲开头的这一番话确实显得气势非凡，它既与战时的那种紧张气氛相协调，又给人们一个强有力的信号：新政府不像前任政府那样软弱无能、崇尚空谈，满足于花言巧语的外交辞令；新政府是一个敢于行动的负责任的政府。演讲的语言看似平铺直叙，只是如实而简单地交代日常工作，但明白无误地令人感到，张伯伦的绥靖政策彻底结束了，使人精神为之一振，受到鼓舞。接下来，丘吉尔坦率地告诉听众，未来面对的是一场极为痛苦的严峻考验。那么，新政府奉行的政策和追求的目标是什么呢？就职演讲应该对此有明确交代。丘吉尔以自问自答的方式作了十分简明的回答。这一回答并未有什么豪言壮语，也未借用名言警句，但由于在修辞上采用了反复排比、层层递进的句式，因而造成了节奏上的鲜明有力、表达上的慷慨激昂，使演讲的感召力极强，充分表现了新政府临危不惧的严正立场和赢得胜利的英雄气概。丘吉尔回忆这篇演讲时也自豪地说："在我们英国的历史上，没有一位首相能够向议会和人民提出这样一个简明而又深得人心的纲领。"

这篇演讲使备受张伯伦绥靖政策压抑的民众为之振奋，因为他向议会和人民提出这样一个简明而又深得人心的纲领。

一个遗臭万年的日子

罗斯福

【演讲者简介】

富兰克林·德拉诺·罗斯福（1882—1945）出生于纽约，曾就读于哈佛大学和哥伦比亚大学。1910年任纽约州参议员。1913年任海军部副部长。1921年因小儿麻痹致残。1928年任纽约州长。1932年竞选总统获胜。执政后，以"新政"对付经济危机，颇有成效，故获得1936年、1940年、1944年大选连任。罗斯福政府提出了轴心国必须无条件投降的原则，并得到了实施。罗斯福提出了建立联合国的构想，也得到了实施。他63岁时由于突发脑溢血抢救无效去世。

【历史背景】

1941年12月7日，日本海空军部队对美国夏威夷珍珠港进行了突然和蓄谋的狂轰滥炸，导致了美国太平洋舰队的毁灭。美国总统罗斯福获得消息后，于1941年12月8日，在参众两院联席会议上发表了题为《一个遗臭万年的日子》的著名演讲。

【演讲词】

副总统先生、议长先生、参众两院各位议员：

昨天，1941 年 12 月 7 日——一个遗臭万年的日子，美利坚合众国遭到了日本帝国海空军部队突然和蓄谋的进攻。

美利坚合众国当时同该国处于和平状态，而且，根据日本的请求，当时仍在同该国政府和该国天皇进行对话，对于维持太平洋地区的和平有所期待。实际上，就在日本空军中队已经开始轰炸美国瓦胡岛之后一小时，日本驻合众国大使及其同事还向我们国务卿提交了对美国最近致日方的信函的正式答复。虽然复函声言继续现行外交谈判似已无用，但它并未包含有关战争或武装进攻的威胁或暗示。

应该记录在案的是：由于夏威夷同日本的距离，这次进攻显然是多天乃至若干星期以前就已蓄意策划的。在策划过程之中，日本政府通过虚伪的声明和表示希望维系和平而蓄意对合众国进行了欺骗。

昨天对夏威夷群岛的进攻给美国海陆军部队造成了严重的损害，我遗憾地告诉各位，很多美国人丧失了性命。据报，美国船只在旧金山和火奴鲁鲁岛之间的公海上也遭到了鱼雷袭击。

昨天，日本政府已发动了对马来西亚的进攻。

昨夜，日本军队进攻了中国香港。

昨夜，日本军队进攻了关岛。

昨夜，日本军队进攻了菲律宾群岛。

昨夜，日本军队进攻了威克岛。

今晨，日本军队进攻了中途岛。

因此，日本在整个太平洋区域采取了突然的攻势。昨天和今天的事实不言自明。合众国的人民已经形成自己的见解，并且十分清楚这关系到我们国家的安全和生存。

作为海陆军总司令，我已指示，为了我们的防务采取一切措施。

但是，我们整个国家都将永远记住这次对于我们进攻的性质。

不论要用多长的时间才能战胜这次预谋的入侵，美国人民一定要以自己的正义力量赢得绝对的胜利。

我现在断言，我们不仅要做出最大的努力来保卫我们自己，我们还将确保这种形式的背信弃义永远不会再危及我们。我这样说，相信表达了国会和人民的意志。

对敌行动已经存在。毋庸讳言，我国人民、我国领土和我国利益都处于严重危险之中。

信赖我们的武装部队、依靠我国人民的坚定信心，我们将取得必然的胜利——上帝助我！我要求国会宣布：自 1941 年 12 月 7 日星期日日本进行无缘无故和卑鄙怯懦的进攻起，合众国和日本帝国之间已处于战争状态。

【艺术赏析】

这篇仅用了 **6** 分半钟的简明有力的演讲既陈述了事实真相，又分析了战争性质及胜负条件，把激昂愤懑之情融于冷静的分析和判断之中，演讲结构非常严谨，语言精练、毫不拖泥带水和感情用事，句句都是有力的论据，句句都是炙人的烈火，产生了巨大的反响。

演讲收到了巨大效果，仅用了 **32** 分钟，参众两院分别以绝对多数票通过了美国和日本之间存在战争状态的联合决议。

谁说败局已定

戴高乐

【演讲者简介】

夏尔·戴高乐（1890—1970），法兰西第五共和国总统。法国现代史上著名的反法西斯和维护法兰西民族独立的战士。执政期间，积极维护法国的独立自主，并在西方国家中率先与中国建立了外交关系。

【历史背景】

戴高乐在第二次大战期间先后任第四装甲师师长、雷诺政府国防部次长。1940 年 6 月 18 日，即法国贝当元帅向希特勒投降的次日，他在伦敦布什大厦的播音室里，向法国人民发表了这篇著名演讲。

【演讲词】

那些多年身居军界要职的将领们已经组成一个政府。这个政府以我们的军队吃了败仗为由，同敌人接触，意在谋取停战。

毫无疑问，我们的确是吃了败仗，我们陷入敌人陆、空军的机械化部队的围困之中。我们之所以受挫，不仅是因德军人数众多，更重要的是他们的飞机、坦克和战略。正是德军的坦克、飞机和战略使我们的将领们不知所措，置他们于今天的境地。

但是，难道已一锤定音，胜利无望，败局已定吗？不，绝不如此！

请相信我，因为我对自己说的话胸有成竹。我告诉你们，法兰西并没有失败。我们完全可以以其人之道还治其人之身，并有朝一日扭转乾坤，取得胜利。

因为法兰西并不孤立，她不是在孤军作战！她绝不孤立！她有一个幅员辽阔的帝国作后盾。她可以同控制着海域并继续在战斗的大不列颠帝国结盟。同英国一样，她可以得到美国雄厚工业力量带来的取之不尽、用之不竭的资源。

这场战争不仅限于我们这块不幸的土地上，战争的胜败不取决于法国战场的局势。这是一场世界大战。所有的过失、延误和磨难都不会改变一个事实，即世界上仍有种种锦囊妙计，能够最终置我们的敌人于死地。我们今天虽然受挫于机械化部队，将来，我们却可用更高级的机械化部队制胜。世界的命运正系于此。

我，戴高乐将军，现在在伦敦向法国的官兵发出请求，不管你们现在还是将来踏上英国的国土，不管是否持有武器，都同我联系。我请求具有制造武器技能的工程师和技术工人——不管你们现在或是将来踏上英国的国土，都和我联系。

不管风云如何变幻，法兰西的抗战烽火都不会被扑灭，法兰西的抗战烽火也决不可能被扑灭。

明天，我还会像今天一样继续在伦敦发表广播演讲。

【艺术赏析】

戴高乐是著名的演讲家，演讲技巧高超，善于随机应变，抓住听众的心。这篇演讲是他的杰作之一。这篇演讲句简意明，充满爱国主义的激情和必胜的信念，不愧为法国抵抗运动的动员会和号召书。

这篇演讲举起了"争取民族独立"的大旗，领导法国人民开展抵抗运动，使法国人民在黑暗中看到了一线光明，重新点燃了希望之火。他从此成为法国人民心目中的英雄。

黄花岗起义周年纪念会演讲辞

宋教仁

【演讲者简介】

宋教仁（1882—1913），湖南桃源人，近代著名民主革命家。1904年12月与黄兴、陈天华等在长沙组织华兴会，策划发动起义，事机泄露后逃亡日本。1905年参加同盟会，任《民报》撰述，后被推为湖南分会副会长。1907年受派在东北创同盟会辽东支部。1910年在上海主持《民立报》，次年与谭人凤组织同盟会中部总会，任总干事，组织长江流域各省起义。1911年10月武昌起义后积极促成上海、江苏、浙江等地起义，参与筹建中华民国临时政府。1912年任南京临时政府法制院院长。临时政府北迁后，到北京任农林总长。不久辞职回到上海，联合统一共和党等小政团，将同盟会改组为国民党，提出"责任内阁制"和政党政治，试图限制袁世凯专权，引起袁的忌恨。1913年3月从上海北上时，被袁派人刺死于上海车站。

【历史背景】

1910年，孙中山与黄兴、赵声等在槟榔屿议定广州起义计划。会后由黄、赵在香港组成统筹部，并派人至新军、巡防营和会党中活动，向海外华侨募集经费。各地同盟会员纷纷潜入广州。又从香港选派八百人组成先锋队（敢死队）至广州，陆续设立秘密机关三十余处。1911 年 4 月 8 日，革命志士温生才在广州击毙清将军孚琦，被捕牺牲。清两广总督张鸣岐严加戒备，迫使起义计划作改变。在力量尚未集中而又不得不举事的情况下，黄兴率敢死队攻入总督衙门，转攻督练公所，遇清军截击。起义军奋战一昼夜，牺牲一百多人，被迫退却。后广州人民收敛革命志士遗骸 72 具，葬于黄花岗。1912 年 5 月 15 日宋教仁发表这篇演讲。

【演讲词】

最初，同志计划进行方法各有不同。或主从中央入手，如法、葡是，但在我国颇不易为；或主从地方入手，各处同时大举，是亦恐难以做到；最后决定从边远入手。故从前云、贵、广西诸义举，即缘此义而起，因复有去岁广州一役。

先是，黄克强，赵伯先等，立实行机关于香港，内分数部，或掌运输，或主联络，或谋通财与执文牍，谋甚秘密。孙中山先生、黄君克强先后到南洋、美洲一带，募军饷四十余万，兼购最利枪支。广州举义时，枪未运到，而各处同志来者益众，形迹颇露，卫队及警兵渐相缉探，遂决用手枪炸弹，黄君先入城。原拟黄自攻督署，而以赵君攻水师营，其余分三支：一攻旗军；一守南门；一迎新军，入城事成后，则以赵君出江西，黄君入湖南，再分道各省，鼓动响应。此部署大概也。26 日，机关部得黄电，言事泄矣，请改期 27 日。又得黄电，催众往，遂于 28 日出发，到者仅一部分人，而事已一发难收矣。29 日余始到，业知失败，未容展我手眼，爰探得举事时，黄君初以事泄，欲解散，多数人反对，遂仓卒举发。黄君所带无百人，又大半留学生，未习战伐。攻督署时，击死卫队甚多，同志死者亦不少。继而黄君直入后堂，见不惟无人，并器具亦无之，乃知张鸣岐得信最早，已携眷潜逃，因率队外出。而各处陆军益集，黄又击毙数人，而我之队伍已被陆军冲散，黄乃易服出城。其余未出城者，血巷战，至死气不馁。黄只身逃至一买卖铺中，伏数日始脱于难。至初四日，入城调查，死尸计 72 人。黄虽未死，受伤颇剧，余则或伤或逃，尤不可胜纪。噫，亦惨矣！

计此事失败原因有三：一、侦探李某充运军火，为平日党中最得力人，不知实乃侦探，后查明，处以死刑，枪毙之香港；二、从戎者皆文弱书生，素无武力；三、起事仓猝，新军未能响应，诸同志亦多奔赴不及。有此三原因，所以失败。但平心思之，此事究不得以为失败，盖失败一时而收效甚远也。何则？

有此一番变动，遂生出三种观念：一、此番死难诸人，如此猛烈，可使一般人知同盟会非徒空谈，实有牺牲性命的精神；二、此番死义，多属青年，易激起人痛惜之心，而生倾向革命之热诚；三、政府对于此举毫无悔心，人愈恨旧政府而争欲推翻之。有此种种，故武昌一起，天下从风，岂偶然哉？虽谓诸烈士已成有圆满无上之功，未为不可也。愿诸君作事勿看眼前成败，要看后来结果，最远之成败，天下事无不可为矣云云。

【艺术赏析】

《黄花岗起义周年纪念会演讲辞》是一篇情辞痛切的纪念演讲。在这篇演讲中，作者回顾了起义的经过，言辞之间，流露出对起义中牺牲的同志"至死气不馁"的英勇精神的赞叹和痛悼之情。

这篇演讲分析了起义失败的具体原因，并指出起义虽失败，但它对于激励人们的革命精神，唤起广大民众奋起推翻反动的满清统治起了不可估量的作用，实为辛亥革命之先声。

责任—荣誉—国家

麦克阿瑟

【演讲者简介】

道格拉斯·麦克阿瑟（1880—1964），美国五星上将。1903 年西点军校毕业，在菲律宾、日本等地服役。第一次世界大战时在法国作战。后任西点军校校长、驻菲律宾美军司令、陆军参谋长等职。第二次世界大战爆发后任远东美军司令，后撤至澳大利亚，负责指挥西南太平洋地区的盟军。1944 年晋升五星上将。次年任太平洋美军总司令。战后任驻日盟军总司令。1950 年任"联合国军"总司令，参与策划和指挥侵略朝鲜的战争。1951 年 4 月，因侵朝战争失利被免职，返美。1952 年退役。

【历史背景】

《责任—荣誉—国家》是麦克阿瑟于 1962 年 5 月在西点军校接受美国军事学院给他颁发的最高荣誉奖——西尔韦纳斯·塞耶荣誉勋章的仪式上所发表的演讲。

【演讲词】

今天早晨，我走出旅馆的时候，看门人问道："将军，您上哪儿去？"一听说我到西点时，他说："那是一个好地方，您从前去过吗？"

这样的荣誉是没有人不深受感动的，长期以来，我从事这个职业；我又如此热爱这个民族；我无法用语言来表达我的感情。然而，这种奖赏主要并非推崇个人，而是表现一个伟大的道德情操——捍卫这块可爱土地上的文化与古老传统的那些人的行为与品质的准则。这就是这个大奖章的意义。从现在以及后代来看，这是美国军人的道德标准的一种表现。我一定要遵循这种方式，结合崇高的理想，唤起自豪感；同时也要保持谦虚。

"责任—荣誉—国家"：这些神圣的名词尊严地指出您应该成为怎样的人，可能成为怎样的人，一定要成为怎样的人。它们是您振奋精神的起点；当您似乎丧失勇气时由此鼓起勇气；似乎没有理由相信时重建信念；当信心快要失去的时候，由此产生希望。遗憾得很，我既没有雄辩的辞令，诗意的想象，也没有华丽的隐喻向你们说明它的意义。怀疑者一定要说它们只不过是几个名词，一句口号，一个华丽的词句而已。每一个迂腐的学究，每一个蛊惑人心的政客，每一个玩世不恭的人，每一个伪君子，每一个专肇事端者，很遗憾，还有其他个性完全不同的人，一定企图贬低它们，甚至达到愚弄、嘲笑它们的程度。

但这些名词却能完成这些事：它们建立您的基本特性，它们塑造您将来成为国防卫士的角色；使您软弱时能够坚强地站起来，畏惧时有勇气面对自己。在真正失败时要自尊，要不屈不挠；成功时要谦和，要身体力行不崇尚空谈，要勇于面对重压以及困难和挑战的刺激；要学会巍然屹立于风浪之中，但是，对遇难者要寄予同情；要律人也律己；心灵要纯洁，国标要崇高；要学会笑，不要忘记怎么哭；要长驱直入未来，可不该忽略过去；要为人持重，但不可过于严肃；要谦逊。这样您就会记住真正伟大的纯朴、智慧的虚心、强大的温顺。它们赋予您意志的坚忍、想象的质量、感情的活力，从生命深处焕发精神，以勇敢的优势克服胆怯，甘去冒险胜过贪图安逸。它们在你们心中创造奇境、永不熄灭的进取精神，以及生命的灵感与欢乐。它们以这种方式教导你们成为军官或绅士。

您所率领的是哪一类士兵？他们可靠吗？勇敢吗？他们有能力赢得胜利吗？他们的故事您全都熟悉，那是美国士兵的故事。我对他们评估是多年前在战场上形成的，至今并没有改变。那时，我把他们看做是世界上最崇高的人物！现在，我仍然这样看待他们：不仅是具有最优秀的军事品德的人，而且也是最纯洁的人。他们的名字与威望是每一个美国公民的骄傲。在年轻力壮时期，他们奉献出了一切与忠诚，他们无需找别人来颂扬，他们自己写下了自己的历史，用鲜血写在敌人的胸膛上。可是，当我想到他们在灾难中的坚忍、在战火里的勇气、对成功的谦虚，我满怀的赞美之情是无法言状的。他们在历史上成为成功的爱国者的伟大典范；他们是后代的，对子孙进行解放与自由主义的教导者；现在，他们把美德与成就献给我们。在 20 次会战中，在上百个战场上，在成千堆的营火中，我亲眼目睹不朽的坚韧不拔的精神，爱国的忘我精神以及不可战胜的决心，这些已把他们的形像铭刻在他们的人民的心坎上。从天涯到海角，他们已深深饮干勇气之杯。

当我听到合唱队的这些歌曲，在记忆中，我看到第一次世界大战中蹒跚的行列，在透湿的背包的重负下，从大雨到黄昏、从细雨到黎明，疲惫不堪地在行军，沉重的脚踝深深踩在弹痕斑斑的泥泞路上，进行你死我活的斗争。他们嘴唇发青，浑身泥泞，在风雨中哆嗦着，从家里被赶到敌人面前，而且，许多人被赶到上帝的审判席上。我不了解他们出生的高贵，可我知道他们死的光荣。他们从不犹豫，毫不怨恨，满怀信念，嘴边唠叨着继续战斗直到胜利的希望而死。他们信奉"责任—荣誉—国家"；他们在开启光明与真理时，他们一直为此流血、挥汗、洒泪。

20 年以后，在地球另一边，又是肮脏的散兵坑、泥泞的地下洞；那灼热的阳光、倾盆的大雨、荒无人烟的丛林小道、与亲人长期分离的痛苦、热带疾病的猖獗蔓延、战后的恐怖阴森；他们坚定果敢的防御，他们迅速准确的攻击，他们不屈不挠的意志，他们全面决定性的胜利——他们最后在血泊中的攻击，庄严地跟随着您的"责任—荣誉—国家"。

这几个名词的准则贯穿着最高的道德准则，并将经受任何为提高人类文明而传播的伦理或哲学的检验。它所要求的是正确的事物，它所制止的是谬误的东西。在众人之上的战士要履行宗教修炼的最伟大行为——牺牲，在战斗中面对着危险与死亡。他们显示出造物者按照自己意愿创造人类时所赋予的品质，只有神明的援助能支持他们，任何动物的本能都代替不了。无论战争如何恐怖，召之即来的战士准备为国捐躯，这是人类最崇高的进化。

现在，你们面临着一个新世界——一个变革中的世界。人造卫星和火箭进入太空，标志着人类漫长的历史开始了另一个时代——太空时代的篇章。自然科学家告诉我们，花费了50亿年造成的地球，3万万年，才出现的人类，再没有比现在发展更快、更伟大了。我们从现在起，不单要处理世界上的事物，同时要探索宇宙中无穷无尽的、尚未发现的秘密。我们正在迈向一个崭新的无边无际的界限。我们谈论着不可思议的话：控制宇宙的能源；呼风唤雨为我们工作；创造空前的合成物质，补充甚至代替古老的基本物质；净化海水供我们饮用；开发海底作为财富与粮食新基地；预防疾病；延长寿命几百岁；调节空气，使冷热、晴雨分布均衡；登上宇宙飞船；战争中的主要目标不仅限于敌人的军队，也包括其居民；团结起来的人类与某些恶势力的最根本矛盾；使生命成为有史以来最扣人心弦的那些梦境与幻想。

在所有这些巨大变化与发展中，你们的任务就是坚定与神圣的，即赢得我们战争的胜利。你们是职业军人，这是个生死攸关的献身的职业。其余的一切公共目的、公共计划、公共需求，无论大小，都可以寻找其他的办法去完成；而你们就是训练好并参加战斗的，你们的职业就是战斗——决心取胜。在战争中最明确的认识就是为了胜利，胜利不是任何东西可以替代的。假如您失败了，国家就要灭亡，唯一缠住您的公务职责就是"责任—荣誉—国家"。其他人将争论着国内外的、分散人们思想的争论，可是，您将安详、宁静地屹立在远处，作为国家的卫士，作为国际矛盾的怒潮中的救生员，作为战斗的竞技场上的格斗士。一个半世纪以来，你们曾经防御、守卫、保护着解放与自由、权利与正义的神圣传统。让老百姓的声音来辩论我们政府的功过，诸如我们的力量是否因长期的财政赤字而衰竭；是否因联邦的家长式统治力量过大、权力集团发展而过于骄横自大，政治太腐败，罪犯过于猖獗，道德标准降得太低，捐税提得太高，极端分子的偏激而衰竭；我们个人的自由是否像应有的那样完全彻底。这些重大的国家问题无须你们的职业去分担或军事来解释。你们的路标——"责任—荣誉—国家"，抵得上夜里的10座灯塔。

你们是联系我国防御系统全部机构的酵母。从你们的队伍中不断涌现那些战争警钟敲响时手操国家命运的伟大军官。从来也没有人打败过我们。假如您这样做，100万身穿橄榄色、棕卡其、蓝色和灰色制服的灵魂将从他们的白色十字架下站起来，以雷霆般的声音响起神奇的词句——"责任—荣誉—国家"。

战士比任何人更祈求和平，因为他必须忍受战争最深刻的伤痛与疮疤。可是，在我们的耳边经常响起著名哲人柏拉图的不祥之话："只有死者看到战争的结束。"

我已老朽，黄昏将至，我肉体行将入木，声音与颜色也将随之消失，辉煌的往事已在梦境中消逝。这些回忆是非常美好的，是以泪水湿润，以昨天的微笑抚慰的。我以渴望的耳朵聆听着微弱的起床号声的迷人旋律，远处咚咚作响的鼓声，在我的梦境里又听到噼啪的枪炮声，咯咯的步枪射击声，战场上忧伤的低语声。可是，在我记忆的黄昏，我又来到西点，那里始终在我的耳边回响着：责任—荣誉—国家。

今天是我最后一次检阅你们。但是，我希望你们知道，当我死去时，我内心深处一定是这个部队——这个部队——这个部队！

我愿你们珍重，再见了！

【艺术赏析】

尽管此时的他已有82岁高龄，但整篇演讲却娓娓动听，充满了活力。开场白亲切而平易近人，演讲者紧紧围绕"责任—荣誉—国家"三个核心词语展开他的论述，用富有激情的语言描绘出一幅幅波澜壮阔的壮丽画卷。排比、比喻、夸张、引用等大量修辞方法的运用非常得体，绚丽多彩，造成了磅礴的气势和强烈的感染力。

这篇演讲激起了一代又一代青年的爱国热情，促使他们勇敢地承担责任，具有深远的历史意义和现实意义。

睦邻友好的新起点

拉宾

【演讲者简介】

伊扎克·拉宾（1922—1995），以色列政治家、军事家。拉宾在特拉维夫长大，曾在农业学校和美国迈阿密大学受过教育。拉宾1940年底加入"帕尔马赫突击队"（犹太人秘密武装组织），第二次世界大战时参加盟军在叙利亚的敌后作战。1974年至1977年出任以色列总理；1992年起再次出任总理，直至1995年被刺身亡。他是首位出生于以色列本土的总理，以色列首位被刺杀的总理和第二位在任期间辞世的总理。

【历史背景】

1993年9月13日上午11时，巴勒斯坦、以色列和平协议——《巴勒斯坦有限自治原则宣言》的签字仪式在白宫南草坪隆重举行，这是中东和平进程中划时代的里程碑。《睦邻友好的新起点》是拉宾于1993年9月13日在美国华盛顿白宫签署巴以和平协议仪式上发表的演讲。

【演讲词】

今天在此签署的以色列—巴勒斯坦原则宣言，无论是对以色列战争的一名军人来说，还是对以色列人民和散居在世界各地的犹太人来说，都是不容易的。这些犹太人正抱着希望和忧虑的心情注视着我们。对于战争、暴力和恐怖活动的受害者的家属来说，这当然也是不容易的。他们遭受的痛苦是永远无法治愈的。对于以其自身的生命保卫我们的生命，甚至为了我们而牺牲他们的生命的成千上万人来说，这也是很不容易的。显然，对他们来说，这个签字仪式的举行为时太晚了。

今天，在实现和平，也许也是结束暴力活动和战争的前夕，我们永远铭记着他们中的每个人，并永远对他们怀着敬爱的心情。我们来自犹太人民古老和永恒的首都耶路撒冷。我们来自遭受痛苦和悲伤的国度。我们来自这样的人民和家庭：那里的母亲没有一年，甚至没有一个月不为她们的儿子而哭泣。我们到这里来是为了设法结束这种敌对行动，以便让我们的子子孙孙不再经受战争、恐怖和暴力行动带来的磨难。我们来到这里是为了使他们的生命不受到伤害，是为了减轻他们因想到过去而产生的痛苦。我们抱着希望到这里，并祈求和平的到来。

巴勒斯坦人，让我对你们说，我们命中注定要共同生活在同一块土地、同样的土壤上。我们的军人已从鲜血染红的战场上回来；我们亲眼目睹了我们的亲朋好友在我们的面前被杀害；我们参加了他们的葬礼，却不敢正视他们父母的眼睛；我们来自一块父母掩埋孩子们的土地；我们同你们巴勒斯坦人作战，今天，我们用宏亮而又清晰的声音、饱含着鲜血和热泪的声音对你们说："够了！"我们不想报复，也不想记恨你们。和你们一样，我们也是人——都想建立一个家、想栽一棵树，希望友爱，和你们一道像人、像自由人那样体面、和睦地生活在一起。我们今天给了和平一个机会，我对你们说，再次对你们说："够了！"让我们祈祷，我们共同告别武器的一天终将来临。我们希望，我们共同生活的悲惨历史掀开一个新的篇章，一个相互承认的篇章，一个睦邻友好的篇章，一个相互尊重的篇章和一个相互理解的篇章。我们希望，我们将开辟一个中东历史新时期。

今天在这里，在华盛顿的白宫，我们将在两个民族的关系中，在与厌倦战争的父母的关系中，在与不知道战争为何物的孩子们的关系中，拉开一个新的帷幕。

【艺术赏析】

一般而言，这类演讲往往更体现一个国家的政策性，更强调形式，而本篇演讲自始至终以情动人，引起听众和演讲者的共鸣，达到了预期的演讲效果。

这篇演讲促进了中东和平的进程，对于巴基斯坦和以色列的关系具有积极意义。

一个归队老兵的演讲

布什

【演讲者简介】

　　乔治·赫伯特·沃克·布什（1924—），美国第四十一任总统。生于马萨诸塞州密尔顿。1942年菲利普斯学院毕业。第二次世界大战期间，参加海军当飞行员。退伍后到耶鲁大学攻读经济学，1948年获经济学士学位。二十世纪六十年代初开始从事政治活动。1966～1970年为国会众议员。1971～1973年为联合国常任代表。1973～1974年任共和党全国委员会主席。1974～1975年任驻中国联络处主任。1976～1977年任中央情报局局长。1980年当选为副总统。1984年11月再度当选，连任副总统。1988年当选总统。

【历史背景】

　　1990年8月2日，为了将科威特的石油宝藏控制在伊拉克手中，萨达姆·侯赛因下令其军队悍然入侵科威特。伊拉克出动3350辆坦克、几十架军用直升飞机和5个师、约10万人的兵力入侵科威特，整个军事行动只用了不到10个小时。伊拉克的举动使得沙特等海湾国家的安全受到严重威胁，也使海湾地区局势急剧动荡。本篇是布什于1990年8月针对伊拉克入侵科威特一事在五角大楼会议大厅向国防部军官们作的一次演讲。

【演讲词】

今天，我来到这里，是作为一名归队的老兵来向你们发表演讲的。

40多年前，我作为一名航空兵参加了太平洋战争。那场战争的悲惨与残酷，直到现在仍深深铭刻在我的记忆里。当时我们面对的是一个多么凶恨的敌人，一个蔑视人类良知和社会公理的敌人。当战争结束的时候我就想，让我们永远丢掉战争吧，地球再也经受不住，也不应该再经受这样的人类大厮杀。

40多年过去了，人类从没有像现在这样更富理智，更具责任感；战争结束了。东西方的铁幕消融了，社会的物质发展与文明进步成为人类追求的目标；苏联、东欧的政守更富人情味；美、苏两国的裁军正在大踏步地向前推进；这一切都给人类带来无限的希望，战争消失了。和平的曙光再一次照射在人类栖息的地球上。

人类总是用自己理想的色彩来塑造这个世界，他们总是祷告上帝，预祝平安；甚至我们也想，我们将在和平的氛围里进入21世纪。

美国不希望战争。然而，战争还是来了。

10天前，一场不宣而战的战争打破了人类和平的梦幻。一场恶梦醒来，一个国家灭亡了，这是个热爱和平的国家，这是一个从不招惹别人的国家，然而还是被它的强大邻国吞并了。吞并手段之残暴，其借口之荒谬，都是骇人听闻的。

伊拉克对科威特的吞并远远超过了两国冲突的本身。这是一场发生在地球心脏地区的战争；它威胁到世界的发展和人类的文明；由于伊拉克贪得无厌和侵略成性，其威胁增大了。

沙特面临着威胁。美国面临着考验。海湾的安全与美国的利益息息相关；美国不可能也不应当表现得无动于衷。应沙特阿拉伯政府的请求，我们出兵了。

我们从没有像现在这样感觉到责任重大，我们在进行一次越战后的最大的海外军事集结；我们将为正义而战。这是美国军人的光荣和自豪。美国人民支持我们。国会支持我们。我们的盟国支持我们。绝大多数阿拉伯人民支持我们。

我们的目标是：

——伊拉克军队立即全部无条件地撤出科威特。

——恢复科威特合法的政治权力。

——保证沙特阿拉伯和整个海湾地区的安全与稳定。

——保护在国外的美国人的生命安全。

我们将实现这些光荣的目标。谁也不用怀疑美国的强大。更不要冒险去尝试这一点。

【艺术赏析】

演讲语言有激情，态度很坚决，表明了美国的态度和立场，立马引起了听众的共鸣！这篇演讲实质上是一次战争动员令，但演讲者强调自己是"一个归队的老兵"，表示自己与大家共负历史使命，从而达到了与听众相互认同的目的。

第二篇

自由·独立

呼唤自由与独立的声音始终引领着人类前进的步伐，人们赴汤蹈火，前仆后继。

维护神圣的自由火炬

华盛顿

【演讲者简介】

乔治·华盛顿（1732—1799），美国第一任总统，有美国"国父"之称。

【历史背景】

1789 年，华盛顿再一次赢得人民的拥戴，接受总统任命，心情应该是振奋和昂扬的，但华盛顿其时心情却是复杂的，在就职仪式上，他发表了这篇演讲。

【演讲词】

参议院和众议院的同胞们，本月 14 日收到根据两院指示送达我的通知。阅悉之余，深感惶恐。我一生饱经忧患，唯过去所经历的任何焦虑均不如今日之甚。一方面，因祖国的召唤，要我再度出山，对祖国的号令，我不能不肃然景从。然而，退居林下，系我一心向往并已选定的归宿。我曾满怀奢望，也曾下定决心，在退隐之地度过晚年。对此退隐的居所，除喜爱之外，已经习惯；看到自己的健康因长期操劳，随着时光的流逝而日益衰退之时，对之更感需要和亲切。另一方面，祖国委我以重托，其艰巨与繁重，即使国内最有才智和最有阅历的人士，亦将自感难以胜任，何况我资质鲁钝，又从未担任过政府行政职务，更感德薄能鲜，难当重任。虽处于此种思想矛盾中，但我一直认真致力于正确估量可能影响我执行任务的每一种情况，以确定我的职责，这是我所敢断言的。我执行任务时，如因往事留有良好的记忆而使我深受其影响，或因我的当选使我深感同胞对我的高度信任，并为此种感情所左右，以致对自己从未担负过的重任过少考虑自己能力的微薄及缺乏兴趣，我希望我的动机将减轻我的错误，国人在判断错误的后果时，也会适当考虑所以产生此种偏颇的根源。

既然这就是我在响应公众召唤就任现职时所抱有的想法，在此举行就职仪式之际，如不虔诚地祈求上帝的帮助，实极欠妥当，因为上帝统治着全宇宙，主宰世界各国，神助能弥补凡人的任何缺陷。愿上帝赐福，保佑美国民众的自由与幸福，及为此目的而组成的政府，并保佑他们的政府在行政管理中顺利完成其应尽的职责。在向公众和个人幸福的伟大缔造者谢恩之际，我确信，我所表述之意愿同样是诸位及全国同胞的意愿。美国民众尤应向冥冥之中掌管人间一切的神力感恩和致敬。美国民众在取得独立国家地位的过程中，每前进一步，似乎都有天佑的征象。联邦政府制度的重要改革甫告完成；虽然性质不同的集团为数众多，但均能心平气和，互谅互让，经过讨论，卒底于成。若非我们虔诚的感恩得到回报，若非过去似乎已经呈现出预兆，使我们可以预期将来的赐福，这种方式是无法与大多数国家组建政府时所采取的方式相比的。在目前这一紧急关头，产生这些想法，确系深有所感而不能自己。我相信你们与我会有同感，即没有任何一个政府像我们这个新的自由政府这样，从一开始就诸事顺利。

根据设立行政机构条款的规定，总统有责"将他认为必要和有益的措施提请你们考虑"。现在和你们会见的这一场合，我无法详细谈论这个问题，我只想提一提我国的伟大宪法，我们就是根据宪法的规定举行这次会议的。宪法为诸位规定了权力范围，也指出了诸位应该注意的目标。在今天这次大会上，我将不向诸位提出某些具体的建议，而是要颂扬被选出来考虑和采纳这部宪法的代表们的才能、正直和爱国热忱。这样才更适合这次会议的气氛，我的感情也驱使我这样做。我从诸位这些高尚品德中看到了最可靠的保证，一方面，地方偏见或感情以及党派的分歧都不能转移我们统观全局和一视同仁的视线。我们的视线是理应照顾各方面的大联合和各方面的利益。所以，另一方面，我们国家的政策将建筑在纯正不移的个人道德原则的基础上，这个自由政府将以它能博得公民的热爱与全世界的尊重等特点而显示出它的尤越性。

我对祖国的热爱激励我以满怀愉悦的心情展望未来。这是因为在我国的体制和发展趋势中，出现了又有道德又有幸福、又尽义务又享利益、又有公正和宽仁的方针政策作为切实准则，又有社会繁荣昌盛作为丰硕成果的不可分割的统一：这已是无可争辩的事实。这也因为，我们已充分认识，上帝决不会将幸福赐给那些把他所规定的秩序和权利的永恒准则弃之如粪土的国家。这还因为，人们已将维护神圣的自由火炬和维护共和政体命运的希望，理所当然地、意义深远也许是最后一次寄托于美国民众所进行的这一实验上。

【艺术赏析】

从内容上看，这篇演讲主要包括三部分：第一，讲述接受总统职务时的心情和感受；第二，感谢上苍和神明的保佑，呼吁人民的支持；第三，对重大问题表明政府的基本立场。一开始表明自己心情的复杂，语言坦率诚恳；中间感谢上苍和神明的保佑，呼吁人民的支持，语言热情深沉；演讲的最后部分涉及对当前重大事件的看法。一般情况下，总统就职演讲不会提出具体的解决办法，而只是对重大问题表明政府的基本立场。当时，宪法是人们关注的主要问题。在讨论时，只有三个州一致通过，其他州要么激烈反对，要么主张修正和修改。针对这种状况。华盛顿在演讲中特别提到了"我国伟大的宪法"，他用充满激情的语言指出："上帝决不将幸福赐给那些把他所规定的秩序和权利永恒的准则弃之如粪土的国家。"从而强调维护宪法的重要意义。演讲态度诚挚，言词恳切，给人们留下深刻印象。

作为第一任总统，华盛顿的这篇演讲开了美国总统就职演讲的先河。

不自由，毋宁死

帕特里克·亨利

【演讲者简介】

帕特里克·亨利（1736—1799），苏格兰裔美国人。他生于弗吉尼亚，是弗吉尼亚殖民地最成功的律师之一，以机敏和演讲技巧著称。

【历史背景】

18世纪中叶，北美要求独立的呼声越来越高，面对这种情况，英国政府软硬兼施，采用各种手段，力图维持它与北美殖民地的宗主国关系。殖民地某些人由于在利益上与英国有联系，主张效忠英国；有些人对未来谁来统治他们漠不关心，他们愿意向任何一方出售商品，谁给的价钱高就卖给谁；还有些人对于反抗英国感到悲观，极力主张和解。在种种压力下，北美殖民地独立的步伐始终是"慢慢吞吞、勉勉强强"的。第一届大陆会议只字未提独立问题。进入18世纪70年代，莱克星顿已经打响了独立的第一枪，独立已摆到了议事日程上，成为人们谈论的热点问题，然而各种意见仍然争执不休，不能统一。18世纪60年代，亨利就在弗吉尼亚州议会上提出了一系列决议，坚决反对英国向殖民地人民征收印花税。在独立问题上，亨利更是激进派。他主张北美殖民地的人民应该不惜以自己的生命和鲜血来换取独立，摆脱对英国的依附关系。1774年3月23日，他在弗吉尼亚州议会上发表了这篇演讲。

【演讲词】

主席先生：

没有人比我更钦佩刚刚在会议上发言的先生们的爱国精神与见识才能。但是，人们常常从不同的角度来观察同一事物。因此，尽管我的观点与他们截然不同，我还是要毫无顾忌、毫无保留地讲出自己的观点，并希望不要因此而被认为是对先生们的不敬。此时不是讲客气话的时候，摆在各位代表面前的是国家存亡的大问题，我认为，这是关系到享受自由还是蒙受奴役的大问题。鉴于它事关重大，我们的辩论应该允许各抒己见。只有这样，我们才有可能搞清事物的真相，才有可能不辱于上帝和祖国所赋予我们的伟大使命。在这种时刻，如果怕冒犯各位的尊严而缄口不言，我认为这将是对祖国的背叛和对比世界上任何国君都更为神圣的上帝的不忠。

主席先生，沉湎于希望的幻觉是人的天性。我们有闭目不愿正视痛苦现实的倾向，有倾听女海妖的惑人歌声的倾向，可那是能将人化为禽兽的惑人的歌声。这难道是在这场为获得自由而从事的艰苦卓绝的斗争中，一个聪明人所应持的态度吗？难道我们愿意做那种对关系到是否蒙受奴役的大问题视而不见、充耳不闻的人吗？就我个人而论，无论在精神上承受任何痛苦，我也愿意知道真理，知道最坏的情况，并为之做好一切准备。

我只有一盏指路明灯，那就是经验之灯，除了以往的经验以外，我不知道还有什么更好的方法来判断未来。而即要以过去的经验为依据，我倒希望知道，10年来英国政府的所作所为中，有哪一点足以证明先生们用以欣然安慰自己及各位代表的和平希望呢？难道就是最近接受我们请愿时所流露出的阴险微笑吗？不要相信它，先生，那是在您脚下挖的陷阱。不要让人家的亲吻把您给出卖了。请诸位自问，接受我们请愿时的和善微笑与这如此大规模的海、陆战争准备是否相称。难道舰艇和军队是对我们的爱护和战争调停的必要手段吗？难道为了解决争端，赢得自己的爱而诉诸武力，我们就应该表现出如此地不情愿吗？我们不要自己欺骗自己了，先生，这些都是战争和征服的工具，是国君采取的最后争执手段。主席先生，我要向主张和解的先生请教，这些战争部署究竟意味着什么？如果说其目的不在于迫使我们屈服的话，那么哪位先生能指出其动机所在？在我们这块土地上，还有哪些对手值得大不列颠帝国征集如此规模的海陆军队吗？不，先生，没有其他对手了。一切都是针对我们而来，而不是针对别人。英国政府如此长久地锻造出的锁链要来桎梏我们，我们该何以抵抗？还要靠辩论吗？先生，我们已经辩论10年，可辩论出什么更好的抵御措施了吗？没有。我们已从各种角度考虑过，但一切均是枉然。难道我们还要求救于哀告与祈求吗？难道我们还有什么更好方法未被采用吗？毋需寻找了，先生，我恳求您，千万不要自己欺骗自己了。我们已经做了应该做的一切，来阻止这场即将来临的战争风暴。我们请愿过了，我们抗议过了，我们哀求过了，我们也曾拜倒在英国王的宝座下，恳求他出面干预，制裁国会和内阁中的残暴者。可我们的请愿受到轻侮，我们的抗议招致了新的暴力，我们的哀求被人家置之不理，我们被人家轻蔑地一脚从御座前踢开了。事到如今，我们再也不能沉迷于虚无缥缈的和平希望之中了。希望已不能存在！假如我们想得到自由，并拯救我们为之长期奋斗的珍贵权力的话；假如我们不愿彻底放弃我们长期所从事的，曾经发誓不取得最后的胜利而决不放弃的光荣斗争的话，那么，我们必须战斗！我再重复一遍，必须战斗！我们的唯一出路只有诉诸武力，求助于战争之神。

主席先生，他们说我们的力量太单薄了，不能与如此强大凶猛的敌人抗衡。但是，我们何时才能强大起来呢？是下周？还是明年？还是等到我们完全被缴械，家家户户都驻守着英国士兵的时候呢？难道我们就这样仰面高卧，紧抱着那虚无缥缈的和平幻觉不放，直到敌人把我们的手脚都束缚起来的时候，才能获得有效的防御手段吗？先生们，如果我们能妥善利用自然之神赐予我们的有利条件，我们就不弱小。如果我们三百万人民在自己的国土上，为神圣的自由事业而武装起来，那么任何敌人都是无法战胜我们的。此外，先生们，我们并非孤军作战，主宰各民族命运的正义之神，会号召朋友们为我们而战。先生们，战争的胜负不仅仅取决于力量的强弱，胜利永远属于那些机警的、主动的、勇敢的人们。况且，我们已没有选择的余地了。即使我们没有骨气，想退出这场战争，也为时晚矣！我们已毫无退路，除非甘愿受屈辱和奴役！囚禁我们的锁链已经铸就，波士顿草原上已经响起镣铐的叮当响声。战争已不可避免——那么就让它来吧！我再重复一遍，就让它来吧！

回避现实是毫无用处的。先生们会高喊：和平！和平！但和平安在？实际上，战争已经开始，从北方刮来的大风都会将武器的铿锵回响送进我们的耳鼓。我们的同胞已身在疆场，我们为什么还要站在这袖手旁观呢？先生们希望的是什么？想要达到什么目的？生命就那么可贵？和平就那么甜美？甚至不惜以戴锁链、受奴役的代价来换取吗？全能的上帝啊，阻止这一切吧！在这场斗争中，我不知道别人会如何行事，至于我，不自由，毋宁死！

【艺术赏析】

这篇演讲开始时语调舒缓，但随着演讲的进行，调子越来越坚决，言辞越来越峻急，态度越来越激烈。从修辞角度看，这与大量使用排比、反问、感叹、长短句交错等表达手法有密切关系，同时也与使用精练而富有鼓动性的名言警句分不开，尤其是演讲的最后一句话——"不自由，毋宁死"，气势磅礴，铿锵有力，把演讲推向了高潮，给听众深刻的印象。

"不自由，毋宁死"这一警句当时不胫而走，深深鼓舞人们为争取独立而进行斗争，而且两百年来家喻户晓，一直为人们所传颂。

捍卫自由

杰克逊

【演讲者简介】

安德鲁·杰克逊（1767—1845），美国历史上第一位平民出身的总统。他出生之前父亲即去世。他少年时期住在西部边远地区，在那里度过了独立战争年代。他从一名边区律师起家，当过众议员、参议员、州最高法院法官、州民兵少将。第二次美英战争中，他坚韧不拔，肯与士兵共甘苦，被誉为"老胡桃木"。在新奥尔良战役中，他率兵大败英军，振奋全国，成为举国闻名的英雄。他第一次竞选总统时失败，第二次才获胜，是美国第一位民主党总统。

【历史背景】

在总统选举中，杰克逊获胜。这篇演讲是杰克逊于1829年3月4日首任就职时候的演讲。全国仰慕杰克逊的公民都来聆听他的就职演说。

【演讲词】

公民们：

在我即将承担一个自由的民族经过挑选所委派于我的艰巨职责时，

我谨利用这一合乎惯例而又庄严的时刻来表达我被你们的信任所激起的感激之情，并接受我的职守所规定的责任。你们极大的关注使我深信，任何感谢之词都不足以报答你们所授予我的荣誉；同时又告诫我，我所能作出的最好的报答，就是将我微薄的能力热忱地奉献给为你们谋福利尽义务的事业中。

作为联邦宪法的工具，在一段规定的时期内，执行合众国的法律、主管外交及联邦各州关系、管理税收、指挥武装部队、通过向立法机构传达意见、普遍保护并促进其利益等职责将移交给我。现在由我简要地解释一下我将赖以努力完成这一系列职责的行动准则是颇为适当的。

在实施国会的法律时，我将始终铭记总统权力的限制及范围，希望借以执行我的职能而不越权。在与外国的交往方面，我将致力于研究调停各种可能存在和可能产生的争端，以更多地表现出适合于一个大国的克制而不只是一个勇敢的民族所具有的敏感，在公正和体面的条件下维护和平及缔结邦交。

在我可能被要求执行的有关各州权利的措施里，我希望对我们合众国各个自主州的适当尊敬将能激励我工作，我将小心翼翼而绝不混淆他们为自己保留的权利和他们赋予获邦政府的权力。

国家税收的管理———在所有的政府中这都是一件棘手的工作，是我们政府中最微妙和最重要的职责之一，它当然不会只引起我无足轻重的关注。从各个方面来考虑厉行节约，看来将大有裨益。我之所以切望能达到这个目标，是因为它既有利于偿清国债，而不必要的漫长期限是同真正的独立不相容的；也由于它将能抵制政府和个人的肆意浪费的趋势，而政府的庞大开支是极易造成这种浪费的。国会明智地制定了关于公款的拨用和政府官员欠账偿付期限责任的规定，这将大大有助于达到这一良好的目的。

至于旨在充实国家岁入的纳税对象的适当选择，我以为，构成宪法的公正、谨慎和互让的精神要求农业、商业和制造业的巨大利益应当受到同样的关照。也许这一原则唯一的例外在于，对其中任何一种于民族独立必不可缺的产品给予特殊的鼓励。

国内的进步以及知识的传播是极其重要的，它们将能受到联邦政府宪法条例的尽力鼓励。

考虑到常备军在和平时期对自由政府构成的危险，我将不寻求扩大现在的编制，我也不会无视政治经验提供的有益教训，即军方必须隶属于文官政府。我国海军要逐步增强，让它的战旗在遥远的海域飘扬，显示出我们航海的技术和武器的声誉；我们的要塞、军火库和码头要得到维持，我们的两个兵种在训练和技术上要采用先进的成就等等，这些都有审慎的明文规定，恕我不在此絮谈其重要性。但是我们的国防堡垒是全国的民兵，在我国目前的才智和人口的状况下，它一定会使我们坚不可摧。只要我们的政府为民众谋福利，按他们的意志进行管理；只要它保障我们人身和财产的权利，保护信仰自由和出版自由，它定将值得捍卫；只要它值得捍卫，一支爱国的民兵将以坚不可摧的盾来护卫它。我们可能会遭受部分的伤害和偶尔的屈辱，但是成百万掌握作战方法的武装的自由人决不会被外国敌人所征服。因此，对任何以加强国家的这个天然屏障为目标的正义制度，我都乐于尽力给以支持。

对我们境内的印第安部落，我真诚地永久希望遵循一项公正和宽容的政策，我们将对他们的权利和要求给予人道的、周到的考虑，而这种权利和要求是同我国政府的习惯和人民的感情相一致的。

最近表露出来的公众情绪已经在行政任务表里铭刻了改革的任务，字字清晰，不容忽视。这项任务特别要求纠正那些使联邦政府的保护同选举的自由发生冲突的滥用职权的弊端，并抵制那些扰乱合法的任命途径和将权力交给或继续留在不忠实和不称职的人的手中的情况。

在执行这些大致阐述过的任务时，我将努力选择这样一些人。他们的勤勉和才干将确保他们在各自的岗位上有效和忠实地进行合作。为了推进这项公职，我将更多地仰赖政府官员的廉正和热忱，而不在于他们的数量。

我对自己的资格缺乏自信，也许这是很正确的，这将教导我对我的杰出前任留下的公德的榜样无比敬仰，对那些缔造和改革我国制度的伟人们的光辉思想敬慕不已。缺乏自信同样促使我希望得到与政府并列的各个部门的教诲和帮助，以及广大公民们的宽容和支持。

我坚定地仰赖着上帝的仁慈，它的天佑保护了我们的民族于襁褓之中，迄今为止在各种盛衰荣枯之中维护我们的自由，这将激励我奉献热忱的祈祷，愿上帝继续给我们可爱的国家以神佑和美好的祝福。

【艺术赏析】

这篇演讲词最大特点就是简单务实、语言简练，所谈之事无一例外都是和民众生活紧密相连的事情，看上去是一篇例行公事的演说。因做法强硬而著名的杰克逊绰号"老胡桃木"，也是一位演讲大家，他的这篇演讲充满了维护自由的信心和决心，这种决心通过简单的语言来表达，看似简单朴实，实则蕴涵着严谨和实际的巨大力量，具有很强的感染力和号召力。

这篇演讲标志着美国由此进入了一个平民总统统治的时代。杰克逊总统对各方面政务表示出的巨大热情和决心让美国人民看到了希望。

在葛底斯堡国家公墓的演讲

林肯

【演讲者简介】

亚伯拉罕·林肯（1809—1865），美国第16任总统。主张维护联邦统一，废除农奴制，在任期间颁布《解放黑人奴隶宣言》，1865年4月14日被刺杀身亡。

【历史背景】

1863年7月，美国南北战争期间，政府军队和南方军队在葛底斯堡展开了会战，经过三天三夜的激战，政府军终于取得胜利。为了纪念在这次战斗中牺牲的战士，政府在葛底斯堡建立了一座烈士公墓。本文就是林肯于1863年11月19日在公墓落成典礼上的演讲词。

【演讲词】

87年前，我们的先辈们在这个大陆上创立了一个新国家，它孕育于自由之中，奉行一切人生来平等的原则。

现在我们正从事一场伟大的内战，以考验这个国家，或者任何一个孕育于自由和奉行上述原则的国家是否能够长久存在。我们在这场战争中的一个伟大战场上集会。烈士们为使这个国家能够生存下去而献出了自己的生命，我们来到这里，是要把这个战场的一部分奉献给他们，作为最后安息之所。我们这样做是完全应该而且非常恰当的。

但是，从更广泛的意义上来说，这块土地我们不能够奉献，不能够圣化，不能够神化；那些曾在这里战斗过的勇士们，活着的和去世的，已经把这块土地圣化了，这远不是我们微薄的力量所能增减的。我们今天在这里所说的话，全世界不大会注意，也不会长久地记住；但勇士们在这里所做过的事，全世界却永远不会忘记。毋宁说，倒是我们这些还活着的人，应该在这里把自己奉献于勇士们已经如此崇高地向前推进但尚未完成的事业。倒是我们应该在这里把自己奉献于仍然留在我们面前的伟大任务——我们要从这些光荣的死者身上汲取更多的献身精神，来完成他们已经完全、彻底为之献身的事业。我们要在这里下定最大的决心，不让这些死者白白牺牲，我们要使国家在上帝福佑下得到自由的新生，要使这个民有、民治、民享的政府永世长存。

【艺术赏析】

这篇演讲词热情讴歌了勇士们为自由民主而献身的精神，鼓舞活着的人完成他们未竟之事业，为民有、民治、民享的政治理想而奋斗。这是美国文学中最漂亮、最富有诗意的文章之一，通篇演讲不到3分钟。虽然这是一篇庆祝军事胜利的演讲，但它没有丝毫的好战之气；相反，这是一篇感人肺腑的颂辞，赞美那些作出最后牺牲的人以及他们为之献身的理想。

在这篇演讲中，林肯提出了深入人心的"民有、民治、民享"的口号，成为后人推崇的民主政治的纲领。这篇演讲被认为是英语演讲中的最高典范，其演讲手稿被藏于美国国会图书馆，其演讲词被铸成金文，长存于牛津大学。

就任哥伦比亚共和国总统的演讲

玻利瓦尔

【演讲者简介】

西蒙·玻利瓦尔（1783—1830），南美洲北部地区民族独立战争中最为重要的领导人，也是整个拉丁美洲反抗殖民统治的革命运动中最为杰出的领袖。为了永远纪念这位功勋卓越的革命者，他被授予了"解放者"的光荣称号。为了纪念他，美洲有很多城市以"玻利瓦尔"命名。

【历史背景】

1819 年，玻利瓦尔率领部队从安哥斯徒拉山出发，沿途穿过 1200 公里的原始森林，翻越终年积雪的安第斯山之险，历尽千辛万苦，解放了新格拉纳达。接着，玻利瓦尔向盘踞在哥伦比亚境内的殖民军发起进攻，在玻亚米战役中大获全胜，西班牙指挥者巴雷罗和大部分军官以及 1600 名士兵被俘。根据玻利瓦尔的建议，委内瑞拉同格拉纳达联合成立哥伦比亚共和国，玻利瓦尔当选为共和国的最高统帅和总统。本篇演讲就是玻利瓦尔在 1821 年 10 月 3 日的总统就职典礼上发表的。

【演讲词】

刚才我以哥伦比亚总统身份所作的神圣宣誓对我来说是一个道德协定，它成倍地增加了我服从法律和听命祖国的义务。只是出于对最高意志的深切尊重，才迫使我接受了最高行政权力的巨大任务。此外，我对人民的代表们的感激之情，要求我接受这一令人欣愉的使命，继续以我的财产、我的鲜血乃至我的尊严提供服务，保卫这部关系到由自由、幸福和荣誉联结起来的两个兄弟人民的权利的宪法。哥伦比亚宪法将开创一个神圣的纪元，我愿在这一事业中作出牺牲。为此我将走遍哥伦比亚的各个角落，去粉碎厄瓜多尔国民们的枷锁，并在他们获得自由以后，邀请他们加入哥伦比亚。

先生，我期望你们授权与我，以仁慈的纽带联合由天地万物和上帝赐予兄弟情谊的各国人民。在以你们的智慧和我的热忱完成这项工程以后，除了和平以外，再给予哥伦比亚所需的一切：幸福、安逸和荣誉方面，我们什么也不缺了。先生，到那时候，我热切地希望，不要对我的良知和名誉大声疾呼只当一名普通公民的呼声充耳不闻。我感觉到放弃共和国首脑职位的必要性。人民把这个职位视为心灵的元首。我在战争中成长，是一个由历次战斗推上元首职位的人，命运支撑我，胜利确认我留在这个地位上。但是，这些并不是由法律、幸运和民族意志认可的资格。曾经统治哥伦比亚的利剑不是阿斯特雷亚的天平，而是对邪恶天性的鞭笞。有时，天国让这种邪恶降临人间，以惩罚独裁者和警戒各国人民。在和平的日子里，这把利剑没有任何用处。和平来到之日，应该是我的权力结束之时，因为我曾经如此发过誓，对哥伦比亚作过许诺，在一个人民不能确保行使其权力的地方，是不会有共和制度的。像我这样的人在一个平民政府中任职是危险的，是对国家主权的直接威胁。为了自身的自由，也为了大家的自由，我愿做一个公民。我宁要公民的身份而不要解放者的称号，因为解放者的称号源于战争，而公民的身份来自法律。先生，请你们把我的一切头衔改为"优秀公民"的称号吧。

【艺术赏析】

"二等公民"社会地位的屈辱使玻利瓦尔从年轻时就萌发了反殖民统治的思想,他曾发出这样的誓言:"为了祖国,我宣誓,不砸烂西班牙统治者套在我们身上的枷锁,我身心永不安息。"但玻利瓦尔领导的武装起义屡次遭到失败,在斗争中,他终于认识到,没有民众支持,不吸引各地区爱国力量积极参加斗争,要取得胜利是不可能的。由于吸取了教训,被奴役的贫苦大众纷纷参加爱国军,各地起义部队和游击队,也纷纷投到玻利瓦尔的旗帜下,使西班牙殖民军陷于彻底孤立。为共和国的成立作出巨大贡献的是民众,在就任共和国总统时,玻利瓦尔并未忘记这一点。他指出接受总统这一职务,一方面是出于对"最高意志的深切尊重",另一方面也是对于"人民代表的感激之情"。受到人民的拥戴,玻利瓦尔并没有像有些胜利者那样忘乎所以,而是感到肩头上担负着重大使命,认为当选共和国总统"成倍地增加了服务于法律和听命于祖国的义务"。演讲的这一部分语调庄重,言词深沉有力,充满着庄严感和神圣感。

这篇演讲为玻利瓦尔在群众中树立了良好形象,巩固了他的政治地位。

让新的亚洲和新的非洲诞生吧

哈迈德·苏加诺

【演讲者简介】

哈迈德·苏加诺（1901—1970），印度尼西亚民族独立运动领袖，共和国首任总统，生于东爪哇的勿里达，1925 年毕业于万隆工学院。1949 年后任统一的印尼联邦共和国和印尼共和国总统，1963 年宣布为终身总统，1965 年军事政变后被撤销总统职务，并遭软禁。1980 年印尼政府宣布恢复苏加诺的名誉。

【历史背景】

苏加诺任职期间，执行独立自主、反帝反殖外交政策。他是 1955 年万隆会议主要组织者之一，也是不结盟运动主要发起人之一，为亚非人民的团结反帝事业作出重大贡献。《让新的亚洲和新的非洲诞生吧》是他在万隆亚非会议开幕式上的演讲，本文节选了一部分以飨读者。

【演讲词】

在我环顾这个大厅和在此聚会的贵宾的时候，我内心十分感动。这是人类有史以来第一次有色人种的洲际会议。我对我国能够款待诸位感到自豪；我对诸位能够接受五个发起国家的邀请感到高兴。然而，当我回想起我们许多国家的人民最近经历的苦难的时候，我不由得感到悲伤。这些苦难使我们在生命、物质和精神方面都付出沉重的代价。

我认识到；我们今天在这里聚会，是我们的祖先、我们自己一代和年纪更轻的人牺牲的结果。在我看来，这个大厅不仅容纳了亚洲和非洲国家的领袖们，而且容纳了先我们而去的人们不屈不挠、不可战胜的不朽精神。他们的斗争和牺牲为世界上最大两洲的独立主权国家的最高级代表的这个集会开辟了道路。

亚非两洲各国人民的领袖能在他们自己的国家内聚集一堂讨论和商议共同有关的事项，这是世界历史上的新起点。不过在几十年前，我们各国人民的代表往往需到其他国家甚至别的洲去，才能聚会。

今天，对比很鲜明。我们各个民族和国家不再是殖民地了。现在，我们已经取得自由、主权和独立。我们重新当家做主。我们不需要到别的洲去开会了。在亚洲土地上，已经举行几次亚洲国家的重要会议。

如果我们寻找我们这次伟大的集会的先驱者，那我们必须望着科伦坡——独立的锡兰的首都和 1954 年在那里举行的五国总理会议。而 1954 年 12 月的茂物会议表明，走向亚非团结的道路已经扫清，今天我荣幸地欢迎各位来参加的会议就是这种团结的实现。

你们并不是在一个和平、团结和合作的世界中齐集一堂的。在国与国之间，国家集团与国家集团之间，存在着巨大的裂痕。我们不幸的世界支离破碎，受着折磨，所有国家的人民都怀着恐惧的心情，担心尽管他们没有过错，而战争的恶犬仍会再一次被放出笼来。

如果尽管各国人民作了一切努力，竟仍然发生这种情形，那时将会怎样呢？我们新近恢复的独立将会怎样呢？我们的子女和父母将会怎样呢？

出席这次会议的代表们的责任是不轻的，因为我知道，这些关系人类本身生死存亡的问题一定会放在你们的心上，正像它们放在我的心上一样，而亚洲和非洲国家是无法逃避它们对于寻求这些问题的解决办法所负的责任的，即使它们想逃避也做不到。因为这是独立本身的责任的一部分。这是我们为我们的独立而愉快地付出的代价的一部分。

许多年代以来，我们这些国家的人民一直是世界上无声无息的人民。我们一直不被人注意，一直由那些把自己的利益看得高于一切的别的国家代为作出决定，一直生活在贫困和耻辱中。于是我们各个民族要求独立，并且为独立而战，最后终于获得了独立。随着独立的获得，我们就担负了责任。我们对我们自己，对世界和对那些还未出生的后代负有沉重的责任，但我们并不因负有这些责任而懊悔。

今天在这个会议厅里聚集的，就是那些国家的人民的领袖。他们已经不再是殖民主义的受害者。他们已经不再是别人的工具和他们不能影响的势力的玩物。今天，你们是自由的人民、在世界上有着不同的身份和地位的人民的代表。

是的，"亚洲有风暴"，非洲也是如此。在过去几年中发生了巨大的变化。许多民族和国家从许多世纪的沉睡状态中苏醒过来了。被动的人民已经过去了，表面的平静已让位给斗争和活动。不可抗拒的力量横扫了两个大陆。整个世界的心理的、精神的和政治的面貌已经改变了，这种改变的进程还没有完结。世界上到处产生新的情况、新的概念、新的问题、新的理想。民族觉醒和复苏的狂风横扫了大地，震撼它，改变它，把它改变得更好。

我们属于许多不同的国家，我们有许多不同的社会背景和文化条件。我们的生活方式是不同的，我们的民族特性、色彩或主旨——你们愿意怎样称呼它都可以——是不同的。我们的种族是不同的。甚至我们的肤色也是不同的。但是这有什么关系呢？人类是由于这些东西以外的考虑而分裂或团结的。冲突并不起于肤色的不同，也不起于宗教的不同，而起于欲望的不同。

我深信，我们大家是由比表面上使我们分裂的东西更为重要的东西联合起来的。例如，我们是由我们对不论以什么形式出现的殖民主义的共同厌恶联合起来的。我们是由对种族主义的共同厌恶联合起来的。我们是由维护和稳定世界和平的共同决心联合起来的。这些不就是你们接受的邀请书中提到的那些目的吗？

我坦白地承认，对于这些目的，我不是漠不关心的，也不是为纯粹和个人无关的动机所驱使的。

怎么可能对殖民主义漠不关心呢？对于我们来说，殖民主义并不是什么很遥远的东西。我们知道它的全部残酷性。我们曾看到它对人类造成的巨大破坏，它所造成的贫困，以及它终于无可奈何地在历史的不可避免的前进下被赶出去时所留下的遗迹。我国人民和亚非两洲许多国家的人民部知道这些事情，因为我们曾亲历其境。

的确，我们还不能说，我们这些国家的全部地区都已经自由。有些地区也仍然在皮鞭下受苦，没有派代表到这里来的亚非两洲某些地区仍然在这种情况下受难。

是的，我们这些国家的某些地区现在还不是自由的。这就是为什么我们大家还不能认为现在已经达到目的地的原因。只要祖国的一部分还不是自由的，任何民族都不能认为他们是自由的。像和平一样，自由是不可分割的。半自由的事情是不存在的，正如半生半死的事情不存在一样。

我们时常听说："殖民主义已经死亡了。"我们不要被这种话所欺骗或麻痹。我告诉你们，殖民主义并没有死亡。只要亚非两洲的广大地区还不自由，我们怎么能说它已经死亡了呢？

我请你们不要仅仅想到我们印度尼西亚人和我们在亚非两洲各个地区的弟兄们所知道的那种古典的殖民主义。殖民主义也有它的现代化的外衣，它可以表现为由一个国家之内的一个小小的然而是外国的集团进行经济控制、思想控制、实际的物质上的控制。它是一个狡猾的、坚决的敌人，它以各种各样的伪装出现。它不轻易放弃它的赃物。不管殖民主义在何地、何时、如何出现，它总归是一个邪恶的东西，一个必须从世界上铲除的东西。

所以，在我谈到反殖民斗争的时候，我并不是超然的。

在我谈到争取和平的斗争的时候，我也不是超然的。我们中间谁又能对和平采取超然态度呢？

就在很久以前，我们提出理由，和平对我们是必要的，因为要是在世界上我们所在的这个地区爆发战争的话，那就会危及我们不久以前以十分重大代价赢得的宝贵的独立。

今天，景象更黑暗了。战争不仅意味着对我们的独立的威胁，还可能意味着文明甚至是人类生命的毁灭。在世界上有这么一种已经解放出来的力量，没有人真正知道它有多么大的造成恶果的潜力。哪怕是在战争的演习和预演中，它的影响就很可能扩大成为某种不测的恐怖。

没有比维护和平更迫切的任务了。没有和平，我们的独立就没有什么意义，我们国家的复兴和建设也就没有什么意义，我们的革命就无法进行到底。

那我们能做些什么呢？亚非人民所拥有的物质力量是很小的，就连他们的经济力量也是分散而薄弱的。我们不能迷恋强权政治。外交对我们来说也不是一件挥舞大棒的事情。我们的政治家大体上都不是有密集的喷气轰炸机队伍做后盾的。那我们能做些什么呢？我们能做许多事情。我们能把理智的声音贯注到世界事务中。我们能够动员亚非两洲的一切精神力量、一切道义力量和一切政治力量来站在和平的一边。是的，我们！我们亚非两洲有 14 亿人民，远超出世界总人口的一半。我们能够动员我们称之为各国的道义暴力来拥护和平。我们能够向住在其他各洲的世界上的少数派表明，我们多数人是要和平而不要战争的。并且表明，我们所拥有的一切力量总是要投到和平方面的。

这个斗争已经取得一定胜利。我想大家都承认，邀请诸位到这里来的发起国的总理们的活动在结束印度支那战事方面，发挥了不是不重要的作用。

我的兄弟姊妹们，这是一件有历史意义的事件。自由亚洲的某些国家发言，世界各国倾听。它们所谈论的是同亚洲有直接关系的问题。它们这样做就表明，亚洲的事务是亚洲人民自己的事。亚洲的前途可以由遥远的其他民族来决定的日子早已一去不复返。

但是，我们不能够、也不敢把我们的关心局限于我们自己的大陆的事务。今天，世界各国是互相依赖的。没有一个国家能够自身孤立。光荣的孤立也许一度是可能的。但是情况再也不是这样了。全世界的事务也就是我们的事务，我们的将来有赖于一切国际问题——不论这些问题看来可能与我们多么无关——获得解决。

因此，让这个亚非会议取得伟大成就吧！使"自己活也让别人活"的原则和殊途同归的格言成为团结的力量，使我们团结起来，通过友好的没有拘束的讨论，设法使我们每个国家能和平融洽地过自己的生活，并让其他国家也能按照它们自己的方式来生活。

如果我们在这方面获得成功，那这在整个世界对人类自由、独立和幸福的影响将是很大的。谅解的光芒已经再度燃起，合作的支柱已经再度树立。会议成功的可能性已经由于各位今天来到这里而得到了证实。我们的任务是给予会议以力量，使会议具有鼓舞的力量，把会议的言论散布到全世界。

会议如果失败，那将意味着在东方刚露出的谅解的光芒、过去在这里诞生的所有伟大的宗教所期望的这种光芒，将再一次被不友好的乌云所掩盖，使人们得不到它温暖的照耀。

但是让我们充满着希望和信心吧。我们是有非常多的共同之处的。

我希望，会议将证明这样的事实：我们亚洲和非洲的领袖们都了解到，亚洲和非洲只有团结起来才能得到繁荣，若没有一个团结的亚洲和非洲，甚至全世界的安全也不能得到保证。我希望，这个会议将给人类以指导，指出他们取得安全和和平所必须遵循的道路。我希望，它将证明，亚洲和非洲已经再生，不，新的亚洲和新的非洲已经诞生！

我们的任务首先是彼此取得谅解，从谅解中将产生彼此间的更大的尊重，从尊重中将产生集体的行动。我们应当记住亚洲最伟大的儿子之一所讲过的话："说易行难知最难，一旦知后行就易。"

最后，我祈求真主，但愿诸位的讨论有很多收获，但愿诸位的智慧从今日环境的坚硬燧石上击出光明的火花来。

让我们不记旧怨，让我们的目光坚定地注视未来。让我们记住，真主的任何祝福也不如生命和自由甘美。让我们记住，只要有的国家或国家的一部分仍未得到自由，全人类的气概就为之减色。让我们记住，人类的最高目的是把人类从恐惧的羁绊中、从堕落的羁绊中、从贫困的羁绊中解放出来，把人类从长久以来阻碍多数人类发展的肉体、精神和知识的羁绊中解放出来。

兄弟姊妹们，让我们记住，为了这一切，我们亚洲人和非洲人必须团结起来。

【艺术赏析】

苏加诺擅长演讲，被称为"演讲台上的雄狮"。他的演讲热情洋溢、发挥自如、思路清晰，让人由衷地佩服他滔滔不绝的口才。从这篇演讲中可以看出他的演讲风格。

苏加诺的愿望也是当时世界的主题，符合历史潮流，号召亚洲人和非洲人必须团结起来，为争取自由民主富强而奋斗。

在走向坟墓前奋发工作、斗争

蔡特金

【演讲者简介】

蔡特金·克拉拉（1857—1933），国际社会主义妇女运动领袖之一。生于德国萨克森，1910年第二次国际社会主义妇女代表大会期间，她建议把3月8日定为国际劳动妇女节，被誉为"国际妇女运动之母"。第一次大战后参与创建德国共产党。1920~1933年为国会议员，1932年作为最年长议员主持国会开幕式，抨击纳粹法西斯。晚年曾任共产国际执行委员、主席团委员、妇女局书记。1933年病逝。

【历史背景】

蔡特金1878年加入德国社会民主党，1889年积极参与第二国际的筹备工作，当选为书记之一，后来成为左派领导人物。1907年国际民主妇女联合会成立，当选为书记处书记，领导国际妇女运动。这是蔡特金晚年一篇著名的演讲。

【演讲词】

男女同志们，你们表扬我、称赞我，就像夺去了我的力量，因为我想到我想做而没有能够完成的一切；我感到给了我生命和思想的革命和我很遗憾地欠下革命的一切，因为我没有能超过我的力量。同志们，我所做的很自然。我不过是永远服从我的本性，所以不值得赞扬。我不能是别的样子，只能是我这个样子；我不能有另外的行动，只有像我这样行动。河流向山谷流去，它因此受到赞扬吗？鸟儿歌唱，它受到称赞吗？这是很自然的。

我所以革命，是由于内在的必然性使我必须为革命服务。

我不同意赫克尔特同志在这儿对我的赞美，但是我有义务在你们面前表达我的愿望：为了我的发展和我能够做的事情，我很感谢德国的理论和实践，为了实践，我非常感谢我们法国和英国兄弟的历史和范例。但是要提到我为革命服务的意志，请你们允许我丝毫不带资产阶级味道地说几句话：为了我的革命道德，我必须永远感谢俄国革命者、俄国社会民主党和布尔什维克的典范。我在道德上的成就、我为革命事业而献出的精力的源泉首先来自我同俄国革命从 70 年代起就建立的亲密联系。请允许我在这儿再说几句别的话：我不能站在你们面前而不回忆到那些过去是并且将来仍然是我的存在的一部分的人们，不能不回忆到罗莎·卢森堡……我不能抑制我心中的悲痛，她今天不能再站在我的身旁，不在我们中间。我在心中，把这儿的这些鲜花全放在她的坟墓上。

同志们，我太激动，不能为你们作一篇漂亮的演讲。可是，我内心只有一个愿望，你们大家都可以帮助促使这个愿望实现。那就在我还没有看到德国爆发革命以前，就不要到坟墓里去，而去工作，去进行斗争。我的工作和斗争只有一个决心，就是为无产阶级革命，为革命的无产阶级的胜利作出贡献。

【艺术赏析】

这篇演讲言简意赅，语言精练、热烈，表达了为革命奋斗终生的意愿，字里行间充满了战斗激情和乐观的革命主义精神。

从著名演讲《在走向坟墓前奋发工作、斗争》之中，可以看出蔡特金时刻为无产阶级的崇高理想而奋斗的精神，激励着一代又一代为理想而奋斗的年轻人。

我有一个梦想

马丁·路德·金

【演讲者简介】

马丁·路德·金（1929—1968），著名的美国民权运动领袖，1964年度诺贝尔和平奖获得者，有"金牧师"之称。马丁·路德·金为黑人谋求平等，发动了美国的民权运动，功绩卓著，闻名于世。

【历史背景】

马丁·路德·金在成为民权运动积极分子之前，是黑人社区浸信会教堂的牧师。民权运动是美国黑人教会的产物，本文是马丁·路德·金的第一次民权演讲，揭示了民权运动与黑人教会的关系。

【演讲词】

一百年前，一位伟大约美国人签署了《解放黑人奴隶宣言》，今天我们就是站在他的灵魂安息处集会。这一庄严宣言犹如灯塔的光芒，给千百万在那摧残生命的不义之火中受煎熬的黑奴带来了希望。它之到来犹如欢乐的黎明，结束了束缚黑人的漫漫长夜。

然而一百年后的今天，我们必须正视黑人还没有得到自由这一悲惨的事实。一百年后的今天，在种族隔离的镣铐和种族歧视的枷锁下，黑人的生活备受压榨。一百年后的今天，黑人仍生活在物质充裕的海洋中一个穷困的孤岛上。一百年后的今天，黑人仍然萎缩在美国社会的角落里，并且意识到自己是故土家园中的流亡者。今天我们在这里集会，就是要把这种骇人听闻的情况公诸于众。

就某种意义而言，今天我们是为了要求兑现诺言而汇集到我们国家的首都来的。我们共和国的缔造者草拟宪法和独立宣言的气壮山河的词句时，曾向每一个美国人许下了诺言，他们承诺给予所有的人以生存、自由和追求幸福的不可剥夺的权利。

就有色公民而论，美国显然没有实践她的诺言。美国没有履行这项神圣的义务，只是给黑人开了一张空头支票，支票上盖着"资金不足"的戳子，退了回来。但是我们不相信正义的银行已经破产，我们不相信，在这个国家巨大的机会之库里已没有足够的储备。因此今天我们要求将支票兑现——这张支票将给予我们宝贵的自由和正义的保障。

我们来到这个圣地也是为了提醒美国，现在是非常急迫的时刻。现在绝非奢谈冷静下来或服用渐进主义的镇静剂的时候。现在是实现民主的诺言时候。现在是从种族隔离的荒凉阴暗的深谷攀登种族平等的光明大道的时候，现在是向上帝所有的儿女开放机会之门的时候，现在是把我们的国家从种族不平等的流沙中拯救出来，置于兄弟情谊的磐石上的时候。

如果美国忽视时间的迫切性和低估黑人的决心，那么，这对美国来说将是致命伤。自由和平等的爽朗秋天如不到来，黑人义愤填膺的酷暑就不会过去。1963年并不意味着斗争的结束，而是开始。有人希望黑人只要撒撒气就会满足；如果国家安之若素，毫无反应，这些人必会大失所望的。黑人得不到公民的权利，美国就不可能有安宁或平静，正义、光明的一天不到来，叛乱的旋风就将继续动摇这个国家的基础。

但是，对于等候在正义之宫门口的心急如焚的人们，有些话我是必须说的。在争取合法地位的过程中，我们不要采取错误的做法。我们不要为了满足对自由的渴望而抱着敌对和仇恨之杯痛饮。我们斗争时必须永远举止得体，纪律严明。我们不能容许我们的具有崭新内容的抗议蜕变为暴力行动。我们要不断地升华到以精神力量对付物质力量的崇高境界中去。

现在黑人社会充满着了不起的新的战斗精神，但是不能因此而不信任所有的白人。因为我们的许多白人兄弟已经认识到，他们的命运与我们的命运是紧密相连的，他们今天参加游行集会就是明证。他们的自由与我们的自由是息息相关的。我们不能单独行动。

当我们行动时，我们必须保证向前进。我们不能倒退。现在有人问热心民权运动的人："你们什么时候才能满足？"

只要黑人仍然遭受警察难以形容的野蛮迫害，我们就绝不会满足。

只要我们在外奔波而疲乏的身躯不能在公路旁的汽车旅馆和城里的旅馆找到住宿之所，我们就绝不会满足。

只要黑人的基本活动范围只是从少数民族聚居的小贫民区转移到大贫民区，我们就绝不会满足。

只要密西西比仍然有一个黑人不能参加选举，只要纽约有一个黑人认为他投票无济于事，我们就绝不会满足。

不！我们现在并不满足，我们将来也不满足，除非正义和公正犹如江海之波涛汹涌澎湃，滚滚而来。

我并非没有注意到，参加今天集会的人中，有些受尽苦难和折磨，有些刚刚走出窄小的牢房，有些由于寻求自由，曾在居住地惨遭疯狂迫害的打击，并在警察暴行的旋风中摇摇欲坠。你们是人为痛苦的长期受难者。坚持下去吧，要坚决相信，忍受不应得的痛苦是一种赎罪。

让我们回到密西西比去，回到亚拉巴马去，回到南卡罗来纳去，回到佐治亚去，回到路易斯安那去，回到我们北方城市中的贫民区和少数民族居住区去，要心中有数，这种状况是能够也必将改变的。我们不要陷入绝望而不可自拔。

朋友们，今天我对你们说，在此时此刻，我们虽然遭受种种困难和挫折，我仍然有一个梦想，这个梦想是深深扎根于美国的梦想中的。

我梦想有一天，这个国家会站立起来，真正实现其信条的真谛："我们认为这些真理是不言而喻的，人人生而平等。"

我梦想有一天，在佐治亚的红山上，昔日奴隶的儿子将能够和昔日奴隶主的儿子坐在一起，共叙兄弟情谊。

我梦想有一天，甚至连密西西比州这个正义匿迹、压迫成风，如同沙漠般的地方，也将变成自由和正义的绿洲。

我梦想有一天，我的四个孩子将在一个不是以他们的肤色，而是以他们的品格优劣来评价他们的国度里生活。

我今天有一个梦想。

我梦想有一天，亚拉巴马州能够有所转变，尽管该州州长现在仍然满口异议，反对联邦法令，但有朝一日，那里的黑人男孩和女孩将能与白人男孩和女孩情同骨肉，携手并进。

我今天有一个梦想。

我梦想有一天，幽谷上升，高山下降；坎坷曲折之路成坦途，圣光披露，满照人间。

这就是我们的希望。我怀着这种信念回到南方。有了这个信念，我们将能从绝望之岭劈出一块希望之石。有了这个信念，我们将能把这个国家刺耳的争吵声变成一支洋溢手足之情的优美交响曲。

有了这个信念，我们将能一起工作，一起祈祷，一起斗争，一起坐牢，一起维护自由；因为我们知道，终有一天，我们会是自由的。

在自由到来的那一天，上帝的所有儿女们将以新的含义高唱这支歌："我的祖国，美丽的自由之乡，我为您歌唱。您是父辈逝去的地方，您是最初移民的骄傲，让自由之声响彻每个山岗。"

如果美国要成为一个伟大的国家，这个梦想必须实现。让自由之声从新罕布什尔州的巍峨的崇山峻岭响起来！让自由之声从纽约州的崇山峻岭响起来!

让自由之声从科罗拉多州冰雪覆盖的落基山响起来!让自由之声从加利福尼亚州蜿蜒的群峰响起来!不仅如此,还要让自由之声从佐治亚州的石岭响起来!让自由之声从田纳西州的了望山响起来!

让自由之声从密西西比的每一座丘陵响起来!让自由之声从每一片山坡响起来。

当我们让自由之声响起来,让自由之声从每一个大小村庄、每一个州和每一个城市响起来时,我们将能够加速这一天的到来,那时,上帝的所有儿女——黑人和白人,犹太教徒和非犹太教徒,耶稣教徒和天主教徒,都将手携手,合唱一首古老的黑人灵歌:"终于自由啦!终于自由啦!感谢全能的上帝,我们终于自由啦!"

【艺术赏析】

本文是一篇激情飞扬、极富感召力的演讲词,其语言力量主要来自排比句式的运用。这同时是一篇政治演讲词,旗帜鲜明地提出了要求自由、民主、种族平等的梦想。文章文情并茂、语言流畅,那饱满的激情通过形象化的语言表现出来,深深地感染着听众,引起人们的共鸣。

论不合作

甘地

【演讲者简介】

莫罕达斯·卡拉姆昌德·甘地（1869—1948），印度民族独立运动著名领袖，有"圣雄"之称。生于一个土邦的贵族家庭。毕业于伦敦大学。1893年在南非任一印度商业公司的法律顾问，旋即投入反对种族歧视的斗争。1915年回国，节欲苦行，将家财尽数捐为慈善费。鉴于英国未履行让印度自治的诺言，遂发起非暴力抵抗运动，并于1920年倡导不合作运动。长期任国大党主席，把毕生精力奉献给了印度独立事业。1948年1月在制止教派纠纷时被一狂热分子刺死。

【历史背景】

1919年4月殖民当局制造的阿姆利则大屠杀导致反英大起义，次年9月，国大党通过"非暴力不合作"方案。《论不合作》就是这次会议之前作者向马德拉斯的5万多名听众发表的一次讲演。

【演讲词】

有关不合作这个问题，你们已经颇有所闻。那么，什么叫不合作，我们为什么要提出不合作？借此，我愿直抒己见。我们这个国家面临着两个问题：首先是基拉法问题，印度的穆斯林为此心如刀割。英国首相经过深思熟虑，以英国名义许下的诺言已陷入泥淖。由于印度穆斯林的努力，并经英国政府斟酌再三后作出的许诺现已化为乌有，伟大的伊斯兰宗教正处于危险之中。穆斯林教徒们坚持认为——我敢相信他们是正确的——只要不列颠不履行诺言，他们对不列颠就不可能有真心实意和忠诚。如果让一位虔诚的穆斯林在忠诚于不列颠的关系还是忠诚于他的信仰和穆罕默德之间作出抉择，他会不加思索地作出抉择——他已经宣布了自己的抉择。穆斯林们直言不讳地、公开而又体面地向全世界声明，如果不列颠的部长们和不列颠民族违背诺言，不想尊重居住在印度、信奉伊斯兰教的 7000 万臣民的感情，就可能失去穆斯林对他们的忠诚。然而，这对其他印度人来说也是一个值得考虑的问题，即是否要与穆斯林同胞一起履行自己的义务。如果你们这样做，你们便抓住了向穆斯林同胞表达友好亲善和深情厚谊的一个千载难逢的机会，并证明你们多年来所说的话：穆斯林是印度教的兄弟。如果印度教徒认为，你们同穆斯林的兄弟般的血肉情谊胜于同英国人的关系，如果你们发现穆斯林的要求是公正的，是出自真挚的感情的，是伟大的宗教情感，那么我要提醒你们，只要他们的事业依然是正义的，为达到最终目标而做到的一切是正义的、体面的、无损于印度的，你们就要对穆斯林一帮到底，别无选择。印度的穆斯林已经接受这些简单的条件。他们是在发现可以接受印度教徒提供的援助，可以永远在全世界面前证明他们的事业和他们所做的一切是正义的时候，才决定接受同伴伸出的援助之手的。然后，印度教和伊斯兰教将以联合阵线的面貌出现在欧洲所有基督教列强面前，并向后者表明，尽管印度还很懦弱，但她还是有能力维护自己的自尊，并知道如何为自己的信仰和自尊而献身。

基拉法问题的核心就在于此。还有一个旁遮普问题。在过去的一个世纪里，没有任何问题像旁遮普问题那样令印度心碎。我并非没有考虑到 1857 年暴动，印度在暴动期间曾蒙受极大的痛苦；然而，在通过《罗拉特法案》期间和此后所遭受的凌辱，在印度史上却是空前的。因为，在同旁遮普暴力事件有关的问题上，你要求从英国那里得到公正，但你不得不寻求得到这种公正的途径和方法。无论是上议院、下议院还是印度总督和蒙塔古先生，谁不知道印度人民在基拉法和旁遮普问题上的感情？但在议会两院的辩论中，蒙塔古先生和总督大人的所作所为淋漓尽致地向你证实，他们谁愿意给予属于印度并为印度所急需的公正呢？我建议，我们的领导人必须设法摆脱这一困境。除非我们使自己同印度的英国统治者平起平坐，除非我们从他们手中获得自尊，否则我们同他们之间就根本不可能有互相关系和友好交往。因而，有人告诉我，不合作违反宪法。我敢否认这是违反宪法的。相反，我确信，不合作是正义的，是一条宗教原则，是每一个人的天赋权力，它完全符合宪法。一位不列颠帝国的狂热推崇者曾说过，在不列颠的宪法里，甚至连一场成功的叛乱也是全然合法的。他还列举了一些令我无法否认的历史事件以证明自己的观点。如果叛乱就其通常的含意是指用暴力手段夺取公正，我认为无论成败都是不合法的。相反，我反复向我的同胞言明，暴力行为不管能给欧洲带来什么，绝不适合印度。

我的兄弟和朋友肖卡特·阿里相信暴力方法。如果他要行使自己的权力，抽出利剑去反击不列颠帝国，我知道他有男子汉的勇气，他能够看清应该向不列颠帝国宣战。然而，作为一个名副其实的勇士，他认识到暴力手段不适合于印度，于是他站在我一边，接受了我的微薄援助并保证：只要与我在一起，只要相信这个道理，他就永远不会有对任何一个英国人，甚至对地球上任何人施行暴力的念头。此时此刻我要告诉你们，他言必信，行必果，始终虔诚地信守诺言。在此我能作证，他不折不扣地执行了这个非暴力的不合作计划，同时，我要求印度接受这一计划。我告诉你们，在我们这个英属印度的战士行列中，没有哪个人胜过肖卡特·阿里。当剑出鞘的一刻来临——如果确实来临的话，你们会发现他会抽出利剑，而我就会隐退到印度斯坦的丛林深处。一旦印度接受利剑的信条，我将结束作为印度人的生命。因为我相信印度肩负着独特的使命，因为我相信几百年的历史教训已经告诉印度先辈们，人类的公正不是建立在暴力的基础上，真正的公正是建立在自我牺牲、道义和无私奉献的基础上的。我对此忠贞不渝，我将一如既往地坚持这一信念。为此，我告诉你们，我的朋友在相信暴力的同时，也相信非暴力是弱者的一种武器，而我却相信非暴力这种武器属于最强者。我相信，一个最坚强的战士才敢于手无寸铁，赤裸着胸膛面对敌人而死。这就是不合作的非暴力的关键所在。因而，我敢向睿智的同胞们说，只要坚持非暴力的不合作主义，这种不合作主义就没有什么违反宪法之处。

请问，我对不列颠政府说"我拒绝为你服务"，难道这违反宪法？难道我们受人尊敬的主席先生恭敬地辞去所有政府授予的官衔也违反宪法？难道家长从公立学校或政府资助的学校领回自己的孩子违反宪法？难道一个律师说"只要法律非但没有提高反而降低我的地位，我就不再拥护法律"违反宪法？难道一个文职人员或法官提出"我拒绝为一个强奸民意的政府服务"也违反宪法？再请问，一个警察或一位士兵，当他知道自己是被征来效忠于迫害自己同胞的政府时，提出辞呈也违反宪法？如果我到克里希纳河畔对一位农民说，"假如政府不是用你的税款来提高你的地位，相反地在削弱你的地位，你交税是不明智的"难道这也违反宪法？我确信并敢于指出，这没有违反宪法，根本没有！况且，我一生就是这样干的，并没有人提出过异议。在盖拉，我曾在 70 万农民中间工作过，他们停止了交税，整个印度都支持我。没有谁认为这是违反宪法的。在我提出的一整套不合作计划中，无一是违反宪法的。但是，我敢说，在这个违反宪法的政府中，在这个已经庄严地制定了宪法的国度里确有严重的违宪行为——使印度成为一个懦弱的民族，只得在地上爬行，让印度人民忍受强加于她的侮辱才是严重的违反宪法；让 7000 万印度穆斯林屈从于对他们的宗教施行不道德的暴力才是不折不扣的违反宪法；让整个印度麻木不仁地同一个践踏旁遮普尊严的非正义的政府合作才是真正的违反宪法。同胞们，只要你们还有一点尊严，只要你们承认自己是世代相传的高尚传统的后裔和维护者，你们不支持不合作立场就是违反宪法，同这样一个变得如此非正义的政府合作就是违反宪法。我不是一个反英主义者，不是一个反不列颠主义者，更不是一个反政府主义者。但是，我反对虚伪，反对欺骗，反对不公。这个政府坚持非正义一天，就会视我为敌一天——把我视为死敌。在阿姆利则的国会上——我对你们开诚布公——我曾跪在你们中的一些人面前，恳求你们同这个政府合作。我曾信心满怀地希望那些通常被认为是英明的不列颠部长们会安抚穆斯林的感情，他们会在旁遮普暴行事件中完全主持公道。因此我当时说，让我们与他们重归于好吧，握住伸向我们友谊之手吧，因为我认为这是通过皇家宣言给我们传递友谊。正因为如此，我当时才保证给予合作。但是今天，这种信念已烟消云散，这要归咎不列颠部长先生们的所作所为。现在我请求，不要在立法委员会内设置无为的障碍，而要采取真正的、名副其实的不合作立场，这样就会使这个世界最强大的政府瘫痪。这就是我今天的立场。

只有当政府保护你们自尊心的时候，合作才是你们唯一的职责。同样，当政府不但不保护你，反而剥夺你的尊严时，不合作就是你的天职。这就是不合作之真谛。

【艺术赏析】

全篇围绕一个中心展开，主题鲜明、言辞晓畅、说理清楚，论述有理有据，极有说服力，表现了甘地杰出的演讲才能。

这篇演讲使甘地倡导的"非暴力不合作运动"学说深入人心，不仅对印度人民，而且对争取民族独立的亚非人民、反对种族歧视的美国黑人运动以及现代国际政治斗争都产生了深刻的影响。

南方的种族问题

格雷迪

【演讲者简介】

亨利·伍德芬·格雷迪（1850—1889），美国报刊编辑和演讲家。格雷迪生于乔治亚州雅典市，1868年从乔治亚大学毕业。他在佛吉尼亚大学学习了一年法律，但最后放弃法律，选择了从事新闻工作。1876年到1879年，他是纽约《先驱报》驻乔治亚州记者；1879年到1889年，他成为亚特兰大《宪章报》的编辑和产权共有人。

【历史背景】

本文是格雷迪于1889年12月13日在波士顿商会的年会上的讲话，阐述了南北战争结束二十多年后美国仍然存在的种族问题。

【演讲词】

主席先生，在南方的远处，有一块地球上最秀丽最富饶的土地，被一条界线同这个地区分开。这条界线一度标明了无法和解的矛盾，一度洒满了兄弟相残的鲜血。现在，感谢上帝，这界线已经渐渐消失，只留下一丝阴影了。那里是一个勇敢而友好的民族的家园。那里集中了给人类带来欢乐与繁荣的一切条件。那里气候和煦，土壤肥沃，出产温带的一切农产品。在那里，棉花在繁星下好似一片白银，金色的阳光在麦芒中闪耀。风吹苜蓿偷香，雨洒烟叶送馥。那里的崇山峻岭储埋着无尽宝藏；原始森林广阔无垠；江河汩汩，迤逦入海。那区域稳握各种工业必需的三要素：棉花、铁与木材。棉花占牢固的垄断地位；铁矿经探明首屈一指；木材足以供应全国。由于有了这种永恒确保的有利因素，虽然存在暂时的人为不利条件，那里已经发展起一个惊人庞大的工业体系。这个工业体系不靠关税和资本来维持，更不靠充足低廉的资源供给，而是靠神的保证，靠周围的原野、矿山和森林。这个工业体系不是建立在花销很大的农场之中，而是建立在阳光充足的廉价土地之上，这些土地广阔无限、农产丰富、四季如春。这个工业体系日益发展，将光照人寰，令举世瞩目。

如果我刚才的这番话提不起你们的兴趣，那么请听我再说一点，我的同胞，你们南方的兄弟——与我们共命运、共有过去与将来最美好一切的骨肉兄弟——现在正为这个问题苦恼。这个问题能否得到正当的解决，关系到他们的生死存亡。问题的出现并不完全是他们的过失。共和国贩运奴隶的船只从你们的港口启航，运来的奴隶在我们的土地上劳动。你们不会为奴隶贩运申辩，我也不卫护奴隶制度。但是我要在这里声明，由于我们的祖先建立起明智又有人道主义的政府，由于他们把奴隶提携到他们在野蛮故乡时从未梦想到的高度地位，让他们享受到即使在目前解放了的生活中还未享受到的幸福，他们已经给儿孙留下一份极宝贵的储备遗产。奴隶制度在一场战争的风暴中消失了。我像你们一样衷心地感谢上帝，人类的奴隶制已从美国国土上绝迹。

但是解放了的奴隶还在。伴随他们存在的是一个前所未有的难题。请注意这问题的惊人情况：两个完全不同的种族生活在同一块土地上，享有同样的政治权利与公民权利，双方人数大约相等，但掌握的知识与所负的责任却极为悬殊。双方都竭力反对互相溶化，其中一个种族在一百年中充当另一个种族的奴隶，最后在一场毁灭性的战争中得到了解放。这场战争是双方都不打算进行，但又带着怀疑采取的一个试验。这就是这个问题的情况。

果断、头脑清醒、心胸开阔的南方人，他们的天才曾经使美国开国七十年的每一页历史熠熠发光，他们的勇气与刚毅精神已在那五年最残酷的战争中考验，他们曾经用过人的精力白手起家，在炮火余尽、断壁颓垣上建造起锦绣的家园。这些人日日夜夜把上述的种族问题放在心底，记于脑中。他们意识到这问题很严重，那是你们认识不到的。他们知道欠下这友好仁慈的从属种族的债；全世界都仇恨奴隶制，他们知道由于过去维护与保持了奴隶制，欠下世界的债有多么深重。虽然他们的脚步在荆棘中蹒跚，他们的行进受重担的拖累，然而他们并未因此而失去忍耐与信心。忍耐使他们头脑清醒，信心使他们勇气百倍。先生，即使在感情冲动的时刻，在他们心中出现地狱和殷红血迹的模糊可怕阴影时——我祷告上帝使他们永远不要陷进去，他们也没有被恐怖慑服而不去为事业献身！

这就是我们的同胞的性格。但是问题本身的情况如何？我为之说话的南方人民和你们的人民一样诚实、公正、通情达理，如果你处在他们的地位，你会和他们一样具有寻求正确解决与他们息息相关的问题的热情。主席先生，除非你就在此承认南方人民的上述各点，否则我们就无需再说下去了。如果你坚持要说他们是暴徒，指责他们盲目地用棍棒与枪枝去掠夺、压迫另一个种族，那么我就是白白牺牲了我的自尊心并浪费了你们的耐性。但是如果你们承认他们是有常识和具有诚实品质的人，他们正在运用智慧改造一个他们不能完全置之不顾的环境，尽一切努力去引导和控制两个种族中凶恶的、不负责任的人，坦率地承认错误，用耐心重新挽回因感情冲动所失去的东西，时时刻刻意识到一招失误将毁去全局——如果承认这些，我们今晚就可能达到互相谅解。

【艺术赏析】

这篇演讲充满了演讲者的遐想，语言优美，一切都显得那么顺理成章，读起来朗朗上口又铿锵有力。演讲者把南北和解、种族问题娓娓道来，阐明利害，有力地加速了美国南北和解的进程。

我也是义和团

马克·吐温

【演讲者简介】

马克·吐温（1835—1910），美国声名卓著的幽默讽刺作家，号称"文学界林肯"。自幼丧父，家境贫寒，当过排字工、领航员、淘金工人、记者，有丰富的生活阅历。作品有长篇小说《镀金时代》、《汤姆·索亚历险记》、《王子与贫儿》及短篇小说《败坏了赫德莱堡的人》、《百万英镑》等等。

【历史背景】

八国联军侵入北京后，清政府卖国求荣，伙同帝国主义列强血腥镇压义和团运动，马克·吐温同情中国人民，支持中国人民进行反抗斗争。本篇是 1901 年 11 月 23 日，马克·吐温在纽约勃克莱博物馆公共教育协会上作的演讲。

【演讲词】

我想，要我到这里来讲话，并不是因为把我看做一位教育专家。如果是那样，就会显得你们缺少卓越的判断力，并且仿佛是提醒我别忘了我自己的弱点。

　　我坐在这里思忖着，终于想到了我之所以被邀请到这里来，是有两个原因。一个原因是让我这个曾在大洋之上飘流的不幸的旅客懂得你们这个团体的性质与规模，让我懂得，世界上除了我以外，还有别的一些人正在做有益于社会的事，从而对我有所启迪。另一个原因是为了通过对照来告诉我，教育如果得法，会有多大的成效。

　　尊敬的主席先生刚才说，曾在巴黎博览会上获得赞扬的有关学校的图片已经送往俄国，俄国政府对此深表感谢——这对我来说，倒是非常诧异的事。因为还只是一个钟头以前，我在报上读到一段新闻，一开头便说："俄国准备实行节约。"我倒是没有料到会有这样的事。我当即想，要是俄国实行了节约，能把眼下派到中国去的3万军队召回国，让他们在和平生活中安居乐业，那对俄国来说该是多大的好事啊。

　　我还想，这也是德国应该毫不拖延地干的事，法国以及其他在中国派有军队的国家都该跟着干。

　　为什么不让中国摆脱那些外国人，他们尽是在她的土地上捣乱。如果他们都能回到老家去，中国这个国家将是多么美好的地方啊！既然我们并不准许中国人到我们这儿来，我愿郑重声明：让中国自己决定哪些人可以到他们那里去，那便是谢天谢地的事了。

　　外国人不需要中国人，中国人也不需要外国人。在这一点上，我任何时候都是和义和团站在一起的。义和团是爱国者。他们爱他们自己的国家胜过爱别的民族的国家。我祝愿他们成功。义和团主张要把我们赶出他们的国家。我也是义和团。因为我也主张把他们赶出我们的国家。

　　我把俄国电讯看了一下，之后我对世界和平的梦想便消失了。电讯上说，保持军队所需的巨额费用使节约非实行不可，因而政府决定，为了维持这个军队，必须削减公立学校的经费。而我们则认为，国家的伟大来自公立学校。

　　试看历史怎样在全世界范围内重演，这是多么奇怪。我记得，当我还是密西西比河上一个小孩子的时候，曾有同样的事发生过。有一个镇子也曾主张停办公立学校，因为那太费钱了。有一位老农站出来说了话，说他们要是把学校停办的话，他们不会省下什么钱。因为每关闭一所学校，就得多修造一座牢狱。

这如同把一条狗的尾巴用作饲料来喂养这条狗，它肥不了。我看，支持学校要比支持监狱强。

你们这个协会的活动和沙皇以及他的全体臣民比起来，显得具有更高的智慧。这倒不是过奖的话，而是说我的心里话。

【艺术赏析】

马克·吐温是位出色的演讲家，以诙谐的风格和精妙的比喻著称。全篇演讲妙趣横生，表达了对中国人民的真挚感情。

这篇演讲幽默而辛辣地谴责了八国联军对中国的侵略，赞扬了义和团的爱国主义精神，并揭露了沙俄企图进一步霸占中国的野心。

最后一次演讲

闻一多

【演讲者简介】

闻一多（1899—1946），本名家骅，湖北浠水人，现代著名诗人、学者、民主战士。少年时即开始创作诗歌。早年参加文学社团"新月社"。1922年赴美留学，专习美术、文学。回国后，先后在北京艺术专科学校、南京国立第四中山大学、武汉大学、青岛大学、清华大学任教，并致力于古典文学研究。抗日战争期间及战后一直在昆明西南联大执教。1944年加入民主同盟，次年任民盟中央执行委员、民盟云南支部宣传委员兼《民主周刊》社长。这期间，国民党反动派的腐败与血腥统治造成的黑暗现实使他拍案而起，毅然走出书斋，积极投入到反独裁、争民主、反内战的斗争中。1946年7月14日，在参加追悼李公朴的大会后，于归家途中被国民党反动派暗杀。

【历史背景】

《最后一次的讲演》是作者在爱国志士李公朴先生追悼大会上的演讲。抗战胜利后，国民党反动统治者坚持独裁和内战的方针，企图消灭共产党及其领导的解放区和人民军队。他们不顾全国人民和世界进步舆论的反对，一方面撕毁政协协议，悍然发动全面内战，一方面血腥镇压国统区人民的民主运动。1946 年 7 月 11 日，国民党特务在昆明暗杀了民盟中央委员李公朴，激起人民群众的极大义愤。7 月 14 日，昆明一千多名民主青年和各界爱国民主人士在云南大学致公堂举行追悼会，悼念李公朴先生，控诉国民党反动派的血腥暴行。

【演讲词】

这几天，大家晓得，在昆明出现了历史上最卑污、最无耻的事情！李先生究竟犯了什么罪？竟遭此毒手。他只不过用笔、用嘴写出、说出了千万人民心中压着的话，大家有笔有嘴有理由讲啊，为什么要打要杀，而且偷偷摸摸地杀！

今天，这里有没有特务？你站出来，你出来讲，凭什么杀死李先生？暗杀了人，还要诬蔑人，说什么"桃色案件"，说什么共产党杀共产党，无耻啊！无耻啊！这是某集团的无耻，是李先生的光荣；李先生在昆明被暗杀，是李先生的光荣，也是昆明人的光荣！

去年"一二·一"昆明的青年学生为了反对内战遭受屠杀，现在李先生为了争取民主和平也遭遇了反动派的暗杀，这是昆明无限的光荣！

反动派暗杀李先生的消息传出后，大家听了都摇头，这些无耻的东西，不知他们是怎么想的，他们的心是怎样长的。其实也很简单，他们这样疯狂害怕，正是他们自己在慌啊！在恐怖啊！特务们，你们想想，你们还有几天？真理是一定胜利的。反动派的无耻，就是李先生的光荣。反动派的末日，就是我们的光明！

现在，有人要打内战，只是利用美苏的矛盾，但是美苏不一定打呀！现在四外长会议已经圆满闭幕了。美苏间不是没有矛盾，但是可以妥协，事情是曲折的，不是直线的，我们的新闻被封锁着，不知道英美的开明舆论如何抬头，但是从事实的反映我们可以看出：

第一，现在司徒雷登出任美驻华大使，司徒雷登是中国人民的朋友，也是教育家，他生长在中国，受美国教育。他住在中国的时间比住在美国的时间长，他就如一个中国的留美生一样，从前在北平时也常见面，他是真正知道中国人民的要求的。不是说司徒雷登有三头六臂，而是说，因为美国人民的舆论抬头，美国才有这改变。

其次，反动派干得太不像样了，在四外长会议上不要中国做二十一国和平会议的召集人，这说明人民的忍耐有限度，国际的忍耐也是有限度。

李先生赔上了一条性命，我们要换来一个说法，"一二·一"四烈士倒下了，年青的战士们的血换来了政治协商会议的开会；李先生倒下了，也要换来一个政协会议的召开，我们有这信心！

"一二·一"是昆明的光荣，是云南人民的光荣。云南光荣的历史，远的如护国，近的如"一二·一"，这些都是属于云南人民的，我们要发扬！

反动派挑拨离间，卑鄙无耻，他们以为联大走了，学生放暑假了，我们就没有人了吗？特务们，你们看，今天到会的一千多青年又握起手来了，我们昆明青年决不让你们这样蛮干下去！

历史赋予昆明的任务——民主和平，我们昆明的青年必须完成这任务！

我们要准备像李先生一样，前足跨出大门，后脚就不准备再跨进大门。

【艺术赏析】

闻一多在会上慷慨陈词，怒斥反动当局的暴行，对反革命、反人民的白色恐怖表示了极度的愤慨和蔑视，显示出不畏强暴、不惧牺牲、大义凛然的英勇气概。

闻一多先生在会后即被反动派暗杀。他的牺牲使这篇"最后的演讲"更闪射出辉映千古的壮烈的光彩。

历史将宣判我无罪

菲德尔·卡斯特罗

【演讲者简介】

菲德尔·卡斯特罗（1926—），古巴共产党中央第一书记，前国务委员会主席、部长会议主席。生于种植园主家庭。1950年获哈瓦那大学法学博士学位。1953年7月26日，率领一批青年攻打蒙卡达兵营，受挫后成立名为"七·二六运动"政党组织。1956年率部在奥连特省登陆，并在马埃斯特腊山区建立根据地，开展游击战争。1959年推翻巴蒂斯塔独裁统治，解放古巴全境，继而领导古巴人民与帝国主义的封锁和威胁作斗争，坚持走社会主义道路。

【历史背景】

《历史将宣判我无罪》是菲德尔·卡斯特罗在攻打蒙卡达兵营失败被捕后，于1953年10月16日在法庭上所作的自辩词。

【演讲词】

诸位法官先生：

这里所发生的现象是非常罕见的：一个政府害怕将一个被告带到法庭上来；一个恐怖和血腥的政权惧怕一个无力自卫、手无寸铁、遭到隔离和诬蔑的人的道义信念。因此，在剥夺了我的一切之后，又剥夺了我作为一名主要被告出庭的权利。请注意，所有这些都发生在停止一切保证、严格地执行公共秩序法以及对广播、报刊进行检查的时候。现政权该是犯下何等骇人的罪行，才会这样惧怕一个被告的声音啊！

我应该强调那些军事首脑们一向对你们所持的傲慢不逊的态度。法庭一再下令停止施加于我的非人的隔离，一再下令尊重我的最起码的权利，一再要求将我交付审判，然而无人遵从，所有这些命令一个一个遭到抗拒。更恶劣的是，在第一次和第二次开庭时，就在法庭上，在我身旁布下了一道卫队防线，阻止我同任何人讲话——哪怕是在短短的休息时间，这表明他们不仅在监狱里，而且即使是在法庭上，在你们各位面前，也丝毫不理会你们的规定。当时，我原打算在下次出庭时把它作为一个法院的起码的荣誉问题提出来，但是，我再也没有机会出庭了。他们作出那些傲慢不逊的事之后，终于把我们带到这儿来，为的是要你们以法律的名义——而恰恰是他们，也仅仅是他们从 3 月 10 日以来一直在践踏法律——把我们送进监狱，他们要强加给你们的角色实在是极其可悲的。"愿武器顺从袍服"这句拉丁谚语在这里一次也没有实现过。我要求你们多多注意这种情况。

但是，他们的所有这些手段到头来都是完全徒劳的，因为我勇敢的伙伴们以空前的爱国精神出色地履行了他们的职责。"不错，我们是为古巴的自由而战斗了，我们决不为此而反悔。"当他们挨个被传去讯问的时候，大家都这样说，并且跟着就以令人感动的勇气向法庭揭露在我们的弟兄们身上犯下的可怕罪行。虽然我不在场，但是由于博尼亚托监狱的难友们的帮助，我能够足不出牢房而了解审判的全部详情，难友们不顾任何严厉惩罚的威胁，运用各种机智的方法将剪报和各种情报传到我的手中。他们就这样报复监狱长塔沃亚达和副监狱官罗萨瓦尔的胡作非为，这两个人让他们一天到晚劳动，修建私人别墅，贪污他们的生活费，让他们挨饿。随着审判的进展，双方扮演的角色颠倒了过来：原告成了被告，而被告却变成了原告。在那里受审的不是革命者，而是一位叫作巴蒂斯塔的杀人魔王！如果明天这个独裁者和他的凶残走狗们会遭到人民的判决的话，那这些勇敢而高尚的青年人现在受到判决又算得了什么呢？他们被送往皮诺斯岛，在那里的环形牢房里，卡斯特尔斯的幽灵还在徘徊，无数受害者的呼声还萦绕在人们耳中。他们被带到那里，背乡离井，被放逐到祖国之外，隔绝在社会之外，在苦狱中磨灭他们对自由的热爱。难道你们不认为，正像我所说的，这样的情况对本律师履行他的使命来说是不愉快的和困难的吗？

经过这些卑污和非法的阴谋以后，根据发号施令者的意志，也由于审判者的软弱，我被押送到市立医院的这个小房间里，在这里悄悄地对我进行审判，让别人听不到我的讲话，压住我的声音，使任何人都无法知道我将要说的话。那么，庄严的司法大厦又作什么用呢？毫无疑问，法官先生们在那里要感到舒适得多。我提醒你们注意一点：在这样一个由带着锋利刺刀的哨兵包围着的医院里设立法庭是不适合的，因为人民可能认为我们的司法制度病了，被监禁了！

我请你们回忆一下，你们的诉讼法规定，审判应当"公开进行，允许旁听"；然而这次开庭却绝对不许人民出庭旁听。只有两名律师和六名记者获准出庭，而新闻检查却不许记者在报纸上发表片言只语。我看到，在这个房间里和走廊上，我仅有的听众是百来名士兵和军官。这样亲切地认真关怀我，太叫我感谢了！但愿整个军队都到我面前来！我知道，总有那么一天，他们会急切希望洗净一小撮没有灵魂的人为实现自己的野心而在他们的军服上溅上的耻辱和血——这些可怕的污点。到那一天，那些今天逍遥自在地骑在高尚的士兵背上的人们可够瞧的了！当然，这是假定人民没有早就把他们打倒的话。

最后，我应该说，我在狱中不能拿到任何论述刑法的著作。我手头只有一部薄薄的法典，这是一位律师——为我的同志们辩护的英勇的包迪利奥·卡斯特利亚诺斯博士刚刚借给我的。同样，他们也禁止马蒂的著作传到我手中；看来，监狱的检查当局也许认为这些著作太富于颠覆性了吧。也许是因为我说过马蒂是 7 月 26 日事件的主谋的缘故吧。

此外，他们还禁止我携带有关任何其他问题的参考书出庭。这一点也没关系！导师的学说我铭刻在心，一切曾保卫各国人民自由的人们的崇高理想，全都保留在我的脑海中。

我对法庭只有一个要求：为了补偿被告在得不到任何法律保护的情况下所遭受的这么多无法无天的虐待，我希望法庭应允我这一要求，即尊重我完全自由地表达我的意见的权利。不这样的话，就连一点纯粹表面的公正也没有了，那么这次审判的最后这一段将是空前的耻辱和卑怯。

我承认，我感到有点失望。我原来以为，检察官先生会提出一个严重的控告，会充分说明，根据什么论点和什么理由，以法律和正义的名义，应该判处我 26 年徒刑。然而没有这样。他仅仅是宣读了《社会保安法》第 148 条，根据这条以及加重处分的规定，要求判处我 26 年徒刑。我认为，要求把一个人送到不见天日的地方关上四分之一世纪以上的时间，只花两分钟提出要求和陈述理由，那是太少了。也许检察官先生对法庭感到不满意吧？因为，据我看到，他在本案上三言两语了事的态度，同法官先生们颇有点儿矜持地宣布这是一场重要审讯的庄严口吻对照起来，简直是开玩笑。因为，我曾经看到过，检察官先生在一件小小的贩毒案上作十倍长的滔滔发言，而只不过要求判某个公民六个月徒刑。检察官先生没有就他的主张讲一句话。我是公道的，我明白，一个检察官既然曾经宣誓忠诚于共国和宪法，要他到这里来代表一个不合宪法的、虽有法规为依据但是没有任何法律和道义基础的事实上的政府，要求把一个古巴青年，一个像他一样的律师，一个也许像他一样正直的人判处 26 年徒刑，那是很为难的。然而检察官先生是一位有才能的人，我曾看到许多才能比他差得远的人写下长篇累牍的东西，为这种局面辩护。那么，怎能认为他是缺乏为此辩护的理由，怎能认为——不论任何正直的人对此是感到如何厌恶——他哪怕是谈一刻钟也不成呢？毫无疑问，这一切隐藏着幕后的大阴谋。

诸位法官先生：为什么他们这么想让我沉默呢？为什么甚至中止任何申述，这让我何以有一个驳斥的目标呢？难道完全缺乏任何法律、道义和政治的根本，竟不能就这个问题提出一个严肃的论点吗？难道竟然这样害怕真理吗？

难道是希望我也只讲两分钟，而不涉及那些自 7 月 26 日以来就使某些人夜不成眠的问题吗？检察官的起诉只限于念一念《社会保安法》的一条五行字的条文，难道他们以为，我也只纠缠在这一点上，像一个奴隶围着一扇石磨那样，只围绕着这几行字打转吗？我绝不接受这种约束，因为在这次审判中，所争论的不仅仅是某一个人的自由的问题，而是讨论根本的原则问题，是人的自由权利遭到审讯的问题，讨论我们作为文明的民主国家存在的基础的问题。我不希望当这次审判结束时，我会因为不曾维护原则、不曾说出真理、不曾谴责罪行而感到内疚。

　　检察官先生这篇拙劣的大作不值得花一分钟来反驳。我现在只限于在法律上对它作一番小小的批驳，因为我打算先把战场上七零八碎的东西扫除干净，以便随后对一切谎言、虚伪、伪善、因循苟且和道德上的极端卑怯大加讨伐，这一切就是 3 月 10 日以来，甚至在 3 月 10 日以前就已开始的在古巴称为"司法"的粗制滥造的滑稽剧的基础。

【艺术赏析】

　　菲德尔·卡斯特罗把法庭当讲坛，宣传革命主张，揭露独裁政府所犯下的滔天罪行，剥开了法庭践踏法律的虚伪嘴脸。

　　阅读全文，我们能深深地感受到菲德尔·卡斯特罗滔滔不绝的非凡口才，他的语言充满了激情和逻辑力量，昂扬着不屈的斗志，思想开阔而又机智灵活。这篇演词观点鲜明、措词犀利、说理充分、令人叫绝，是一篇优秀的论辩演讲。

齐心协力，共同斗争

加麦尔·纳赛尔

【演讲者简介】

加麦尔·阿卜杜勒·纳赛尔（1918—1970），埃及前总统。阿拉伯埃及共和国奠基者。生于邮电职员家庭。在军事学院学习和任教期间，秘密组建"自由军官组织"，1952年领导该组织推翻了埃及封建王朝。1953年埃及共和国成立后，历任副总理、总理、代总统，1956年当选总统。1962年任阿拉伯社会主义联盟主席。奉行独立自主和不结盟政策，反对帝国主义和犹太复国主义，为阿拉伯民族解放和第三世界的反帝事业作出了重要贡献。

【历史背景】

20世纪60年代初，非洲民族解放运动如火如荼。1961年3月25日，第三届全非人民大会在开罗举行，纳赛尔在开幕式上发表了这篇演讲。

【演讲词】

先生们，朋友们，非洲各友好国家人民代表团的代表们：

在争取自由的伟大斗争的一次战斗以后，我又一次能同大家会晤，并在这个对自由怀有信心的首都接待你们，我感到高兴。为共同目标一致奋斗的战友、斗争伙伴和战士们聚会一堂，再没有比这更愉快的了，我们的心也没有比这时候更接近的了。而且这种聚会是在斗争的间隙中进行，以便加强互相联系、交流经验、研究这种经验的适用范围，并根据共同愿望来制定争取自由斗争的新目标。

我在 1957 年，与现在差不多的时候，就在这里，在开罗，同前来参加亚非人民团结大会的非洲各国人民的代表团见过面。当时，苏伊士运河之战刚结束不久，那次战争已成为我们长期的、艰巨的解放战争中最著名的一次战役。它也大大地加强了决心从剥夺和压制自己意志的人手里夺回自己意志的非洲人民取得胜利的信心。

现在，1961 年刚刚开始，我们又在一场痛苦的战役之后，在开罗，同非洲各国人民的代表团见面了。这次是刚果战役；尽管我们感到遗憾，却不能不承认：在这次战役中，尽管我们为它付出了无数的牺牲和生命，而自由的力量未能取得胜利。但是，在现阶段承认这一点，丝毫不会影响我们争取自由的、不可动摇的必胜信心。

如果我们在刚果战役中没有取得胜利，那么，我们应当指出两个情况：第一，必须考虑到刚果战役还在继续；第二，这一战役不过是非洲人民和全世界人民争取自由的伟大斗争中的一个阶段。

我毫不怀疑，斗志昂扬的人民只要研究一下他们所经历的危机，并从中吸取应有的教训，他们一定能够从不幸和波折中获得教益。他们将会了解到，所取得的这些教训和觉悟在斗争的未来阶段所起的作用将会大大超过以往所蒙受的损失。根据这种情况，我可以大胆地说，就我们的经验来说，刚果人民所受的损失，非洲独立国家和全世界自由人民为支持刚果人民的自由事业所付出的一切努力，都只不过是对斗争的前途所投下的巨大资本，以便收复殖民主义从刚果人民手中夺去的阵地和保证非洲大陆其他地区沿着自由的道路前进。

因此，为了更有效地支持负责抗敌的刚果民族力量，为了保证在整个非洲大陆上争取自由胜利的可能性，研究一下我们正在经历的危机，认真地、勇敢地正视它，以便从战斗的灰烬中找出更大的、新的希望，从烈士和被害者的坟墓中产生更坚决的新的生命和更坚强的青年一代，确实是非常重要的。

先生们，朋友们，如果我们公正地、客观地分析我们最近几个月的经历，不去考虑那些使我们脱离实质问题的一切次要细节，排除那些足以影响感情和印象的情绪或因素，那么我们可以从刚果事件中看出主要的两点。

正是这两点使刚果的斗争走上错误的道路。正是从这两点出发，局势才发生变化的。反对自由的人们乘机利用这种变化来剥夺刚果人民以牺牲为代价而取得的果实，从而使非洲自由事业未能在刚果取得足以加强和巩固其地位的胜利。

第一点是：我们中间大多数人认为帝国主义在非洲已经完结，改变了它的目的，并已开始卷铺盖准备动身了。这种看法确实存在过，而实际上帝国主义却一心要赖在这里不走，并决心抓紧它从真正主人手里夺去的全部财富，不肯放手。

第二点是：帝国主义国家在一个共同目标下采取了互相支持的一致立场；而在我们这方面，我们所维护的权利却未能使我们团结在一个阵地上。我们应该坚守这个阵地。我们确信：保卫这一阵地的安全，就是保卫我们自己的安全，也就是保卫自由。

弟兄们，朋友们，非洲各友好国家人民代表团的代表们！认为帝国主义已经在非洲放下武器，或者就要放下武器的想法，是一种违反我们自身利益、违反历史的时代错误，甚至是比这更严重的错误。各种危险从四面八方向我们侵袭。这种危险威胁着一切独立的根本基础，甚至威胁到独立的本质，因为，在外表上，这种危险是伪装得足以掩藏实际威胁和致命危险的。不了解这种危险，就是比时代错误更严重的错误，简直可以说是阴谋。帝国主义还没有放下武器，反帝斗争不仅没有结束，而且矛盾更加尖锐了，因为帝国主义更根深蒂固了。

如果说 1960 年的特点是"非洲的跃进"，那么 1961 年的特点应该是加速这种跃进、巩固其根基、扩大其基础的"非洲的前进"。这就是大家在这里光荣地代表的非洲各国人民应该承担起来的伟大责任。

先生们，朋友们，非洲各友好国家人民的代表团的代表们，我必须在这里指出，我们已经在胜利的道路上前进了好几步，这几步使我们满怀希望，使我们对于争取非洲自由和非洲统一的斗争的前途，对于为巩固独立和大大发挥非洲人民创造性的斗争的前途满怀信心。卡隆布兰卡大会团结了一定数目的独立的非洲国家，这是我们在胜利的道路上迈出的最重要的一步。

这次大会的召开表明了非洲的信念，非洲大陆必将实现自己的天然的团结，因此非洲人必须齐心协力、共同斗争，必须同呼吸、共命运。

【艺术赏析】

他分析了卢蒙巴事件后的非洲形势，总结了教训：帝国主义在非洲并没有完结；非洲人民必须团结起来对付帝国主义。演讲充满战斗激情和辩证思维，主题明确，中心突出，使人既看到存在的问题和困难，又看到前途和希望。

这篇演讲使广大非洲人逐步团结起来对付帝国主义，并鼓舞了非洲人民的士气。

种族隔离制度绝无前途

曼德拉

【演讲者简介】

纳尔·罗利赫拉赫拉·曼德拉，1918 年 7 月 18 日出生于南非特兰斯凯一个大酋长家庭，先后获南非大学文学学士和威特沃特斯兰德大学律师资格，当过律师。曼德拉自幼性格刚强，崇敬民族英雄。他因是家中长子而被指定为酋长继承人。但他表示："决不愿以酋长身份统治一个受压迫的部族"，而要"以一个战士的名义投身于民族解放事业"。他毅然走上了追求民族解放的道路。

【历史背景】

《种族隔离制度绝无前途》是曼德拉出狱后的首次演讲。他全面阐述了南非非洲人国民大会的政策，表达了与南非当局种族隔离政策斗争到底的决心，呼吁国际社会继续对南非当局实行制裁。

【演讲词】

朋友们，同志们，南非同胞们：

我以和平、民主和全人类自由的名义，向你们大家致敬。我不是作为一名预言家，而是作为你们谦卑的公仆，作为人民的公仆，站在这里和你们面前。

你们经过不懈的奋斗和英勇牺牲，使我今天有可能今天站在这里，因此，我要把余生献给你们。

在我获得释放的今天，我要向千百万同胞、向全球各地为我的获释而不懈斗争的同胞，致以最亲切、热烈的感谢。

今天，大多数南非人——无论黑人还是白人，都已认识到种族隔离制度绝无前途。为了确保和平与安全，我们必须依靠声势浩大的决定性行动来结束这种制度。我国各个团体和我国人民的大规模反抗运动和其他行动，终将导致也只能导致民主制度的确立。种族隔离制度给我们这片大陆造成了难以估量的破坏。成千上万个家庭的生活基础遭到了摧毁。成千上万人流离失所，无法就业。我们的经济濒临崩溃，我们的人民卷入了政治冲突。我们在1960年采取了武装斗争的方式，建立了非洲人国民大会的战斗组织——"民族之矛"，这纯属为反抗种族隔离制度的暴力而采取的自卫行动。

今天，必须进行武装斗争的种种原因依然存在。我们别无选择，只有继续进行武装斗争。我们希望不久将能创造出一种有利于通过谈判解决问题的气氛，不再有必要开展武装斗争。我是非洲人国民大会忠诚而遵守纪律的一员。因此，我完全赞同它所提出的目标、战略和策略。现在需要把我国人民团结起来，这是一项一如既往的重要任务。任何领导人都无法独自承担起所有这些重任。作为领袖，我们的任务是向我们的组织阐明观点，并允许民主机制来决定前进的道路。

关于实行民主的问题，我感到有责任强调一点：运动的领导人要由全国性会议通过民主选举而产生。这是一条必须坚持、毫无例外的原则。

今天，我希望能向大家通报：我同政府进行的一系列会谈，其目的一直是使我国的政治局势正常化。我们还没有开始讨论斗争的基本要求。我希望强调一下，除了坚持要求非洲人国民大会和政府进行会晤以外，我本人从未就我国的未来问题同政府进行过谈判。

谈判还不能开始——谈判不能凌驾于我国人民之上，不能背着人民进行。我们的信念是：我国的未来只能由一个在不分肤色的基础上通过民主选举而产生的机构来决定。要谈判消灭种族隔离制度问题，就必须正视我国人民的压倒一切的要求，即建立一个民主的、不分肤色的和统一的南非。白人垄断政权的状况必须结束，还必须从根本上改造我国的政治制度和经济制度，以便使种族隔离制度造成的不平等问题得到解决，并保证我们的社会彻底实现民主化。

我们的斗争已经到了决定性时刻。我们呼吁人民要抓住这个时机，以便使民主进程迅速地、不间断地得到发展。我们等待自由等得太久了，我们不能再等了。现在是在各条战线上加强斗争的时候了。现在放松努力将铸成大错，我们的子孙后代将不会原谅这个错误。地平线上出现的自由奇观应该能激励我们付出加倍的努力。只有通过有纪律的群众运动，胜利才有保障。

我们呼吁白人同胞加入我们的行列，共同创造一个新南非。自由运动也是你们的政治归宿。我们呼吁国际社会继续采取行动，孤立这个实行种族隔离制度的政府。如果在目前取消对这个政府的制裁，彻底消灭种族隔离制度的进程就会有夭折的危险。我们向自由迈进的脚步不可逆转、我们不应让畏惧挡住我们的道路。由统一、民主和不分肤色的南非实行普选，是通向和平与种族和谐的唯一大道。最后，我想回顾一下我在 1964 年受审时说过的话，这些话在当时和现在都一样千真万确。我说过："我为反对白人统治而斗争，也为反对黑人统治而斗争；我珍视民主和自由社会的理想，在这个社会中，人人和睦相处，机会均等。我希望为这个理想而生，并希望实现这个理想；但是如果需要，我也准备为这个理想而死。"

【艺术赏析】

这篇演讲追昔抚今，充满对同胞的感激和对人民的热爱之情，语言朴实有力。曼德拉的名字、曼德拉的声音鼓舞南非人民最终取得彻底的胜利。

最后的录音演讲

帕特里斯·卢蒙巴

【演讲者简介】

帕特里斯·卢蒙巴（1925—1961），刚果民主共和国首任总理，民族解放运动领袖。1959 年 11 月因领导反比利时斗争被捕入狱；1960 年 6 月刚果（利）正式独立，任总理。主张国家独立和统一，奉行反帝反殖和不结盟政策。1960 年 9 月政变后，被解除总理职务。次年被害。1961 年 3 月，第三届全非人民大会追授他为"非洲英雄"。

【历史背景】

卢蒙巴被捕期间，外国记者设法同他会面，并录下了他向刚果人民发表的这篇演讲。

【演讲词】

亲爱的同胞们！共和国的公民们！

我谨向你们致以问候！我深信，今天你们将高兴地听到一个已发誓决不背叛自己人民的人的声音。

无论命运是好是坏，我将永远站在你们一边。为了使我国摆脱外国统治，我曾和你们共同战斗过。现在，我正同你们站在一起，为巩固我们的民族独立而奋斗。我还将和你们一起，为保卫刚果共和国的领土完整和民族统一而斗争。我们已作出选择，就是赤胆忠心地为祖国服务，我们将永不偏离这条道路。自由就是实现这一目标的理想，我国人民几个世纪以来一直为之奋斗和牺牲。

我们生来是自由的，但是，整整80年来，我们一直处于奴隶状态而不能自由地生活。这是饱受压迫、羞辱和剥削的80年。在这80年里，我国人民完全被剥夺了应该享有的最神圣的权利。正是为了结束殖民主义所代表的耻辱的20世纪，使刚果人民能够自己管理自己、管理自己国家的事务，我们进行了一场反抗那些篡夺我们权利的人为的决定性战斗。

历史业已证明，独立决不会轻而易举地给任何一个民族降临。独立必须经由斗争才能获得。为了争取独立，我们必须组织和动员我国的全部有生力量。刚果人民响应了我们的号召。正是由于这样一股力量源泉，我们才能给没落的殖民主义以致命的打击。一些美洲前殖民地就是以这种方式才获得解放的。在这一点上，我想提醒你们，1776年美国国会通过的《独立宣言》宣布：推翻殖民统治，使各统一的殖民地脱离英国管辖，然后成为一个自由独立的国家。因此，刚果民族主义者不过是沿着法国、比利时、美国、俄国以及其他民族主义者的足迹前进而已。我们为自己的斗争选择了唯一的武器，这就是非暴力。这是可以让我们在尊严和荣誉中取得胜利的唯一武器。我们在解放运动中的口号一直是：刚果要立即独立，刚果要完全独立。

我们从来不允许自己对过去的占领者表露出仇恨和敌视。我们反对的是殖民统治，而不是任何个人。不仅如此，我们还充分意识到，建立在仇恨和痛苦基础上的统治是无论如何不会持久的。我们的政治纲领始终是：刚果应该是刚果人民的。在那些愿意为刚果服务的任何国籍的技术人员的帮助下，刚果的事务由刚果人民自己来管理。作为人类大家庭的一员，独立的刚果决不能把自己孤立起来。而且，如果没有其他国家的帮助，世界上任何一个国家都无法生存下去。我认为，我们必须同种族主义和部落主义进行斗争，因为它们是人与人之间、国家与国家之间建立和睦关系的障碍。在获得独立、将国家事务掌握在自己手中的过程中，我们从未打算要把那些定居在这里的欧洲人赶走或没收他们的财产。恰恰相反，我们始终相信，他们会适应新的现实，他们在经商、创办实业、科学技术等方面的经验会给这个年轻的国家带来好处。

我的政府庄严地保证，我们将确保外国人的人身安全和财产安全。那些公司对刚果经济发展是必不可少的，必须正常运行并得到更安全的保护。我国的政治独立如果不伴随社会和经济的迅速发展，那么这种独立将不可能对本国人民有利。我们历来反对控制别国的政策，并选择了尊重的每一个国家的主权，在平等基础上进行合作的政策。

我们选择了积极的中立主义政策。在推行这一政策的过程中，我们希望同所有尊重我国主权和尊严、不以任何方式干涉我国事务的国家保持友好关系。

我们反对强权集团政策，我们认为这种政策有碍于世界和平事业，并阻碍各国人民之间的友好交往的加强。我们不想追随任何集团。如果我们不谨慎行事，便会陷入同我们去年6月30日埋葬的殖民主义一样危险的新殖民主义泥淖。帝国主义者的战略就是要在刚果保持殖民体制，他们只是要调换一下在舞台上表演的角色，也就是说以那些不费吹灰之力即可加以摆布的新殖民主义者来代替比利时殖民主义者。

这就是帝国主义者以他们的恩赐和支持威逼利诱我们去做的事。诚如我一贯表示的，我非常赞同比利时、美国、法国、德国、瑞士、加拿大、意大利及其他国家私人公司在这里建立机构，和我们做买卖，但是我将永远竭尽全力反对对我们的人员进行贿赂和对我国进行分裂活动的阴谋。我们是非洲人，并且希望将来仍然是非洲人。我们有自己的哲学、自己的风俗和自己的传统，而且同其他民族的哲学、风俗和传统一样崇高无比。放弃我们自己的哲学、自己的风俗和自己的传统，单纯地接受其他民族的哲学、风俗和传统，这将否定我们自己的民族个性。我们的目标，即每一个热爱祖国的刚果人的目标，必须是通过相互理解和民族和睦，团结起来共同建设我们的国家。

我们的近期规划是：齐心协力，共同开发我国的财富，建立民族经济，迅速提高全体公民的生活水平。我们决心团结一致，为非洲和我们国土的解放贡献一切。我们的希望，即我国全体男男女女的希望，就是使和平与秩序支配一切。为了能过上幸福生活并真正获得独立的果实，我们每一个人都渴望和平与秩序。

如果说刚果人在获得独立之前必须团结一致，以便同殖民主义压迫者进行战斗，那么，今天，为了勇敢地面对危害独立的人，团结一致就是刚果人的义务了。我们的得救就在于团结一致、共同工作。任何个人如果仅凭单独行动，是不能建立伟大的刚果的。

我国的敌人觊觎着我们。全世界正注视着我们。我们必须毫不迟疑地行动起来，维护我国英勇人民的荣耀与声誉。我们并不想为了获得独立而相互残杀，我们只是希望采取团结、有纪律、尊重全体人民的办法来建设我们的国家。

亲爱的同胞们，战斗中的同志们，这就是为什么我号召你们以兄弟般的精神来结束自相残杀的战争，结束内部和部落之争、个人之间和兄弟之间的对峙。如果由于盲目轻率而未能挫败某些人试图从分歧中获利、破坏我国独立、延缓我国经济和社会发展步伐等一连串阴谋，那么，我们子孙后代必将严酷地审判我们。

许多国家准备援助我们，但是为了使这种援助落实，我们务必首先恢复国内的秩序，并为这种合作创造有利条件。以上就是一直同你们并肩作战的一个成员所要说的话，为的是要让这个国家勇往直前，并有效地发挥它作为非洲解放运动旗手的作用。公民们，为建立一个团结、自豪和繁荣的刚果前进吧！

灿烂前途的曙光已出现在我国的地平线上！独立和拥有主权的刚果共和国万岁！

【艺术赏析】

这篇演讲的语言质朴无华，语气真诚无比，态度坚决，表达了要为民族解放奋斗终身的勇气和决心，令人鼓舞振奋。

这篇谈话阐明了卢蒙巴的政策主张，表达了对独立、尊严的无比渴望，充满对祖国的深情，对美好未来的向往，在整个非洲激起巨大反响，卢蒙巴因而成为人们争颂的传奇式英雄。

奴婢时代结束的先声

卡扎菲

【演讲者简介】

卡扎菲（1942—），利比亚"九·一"革命领导人，武装部队最高统帅、上校。1961年在利比亚大学攻读历史。1963年加入班加西军事学院，1965年毕业。1964年在军事学院组织秘密团体"自由军官组织"。1966年被派英国桑赫斯特皇家军事学院受训。1969年9月1日领导以"自由军官组织"为核心的青年军官发动政变，推翻伊德里斯王朝，建立阿拉伯利比亚共和国，任革命指挥委员会主席和武装部队总司令，并升为上校。1971年6月任阿拉伯社会主义联盟主席。

【历史背景】

利比亚女子军事学院是利比亚培养女军官的学校。该学院位于利比亚首都的黎波里近郊。学院是在利比亚领导人卡扎菲的亲自过问下于 1979 年成立的，是世界上最早的女子军事学院。本篇是卡扎菲于 1981 年在利比亚女子军事学院学员毕业典礼上的演讲。

【演讲词】

建立女子军事学院在过去是不可能的。诬蔑者说，不可能有任何妇女挺身而出参加这样一所学院。但事实证明他们错了。革命所带来的变化已经战胜这种心理，并造就了一代新人。

今天，世界上第一所女子军事学院的学员在利比亚民众国毕业，而将成为军官，我们为此感到自豪。这是新生事物。

在美国陆军中也有 15 万名妇女在服役，但这支庞大队伍不是作战部队，她们在美国陆军中也不受重视，这批妇女是供娱乐消遣的，分配给她们的工作是低贱的，不过是表示对妇女的恩赐而已。而我们，阿拉伯人，东方穆斯林人，我们是新兴力量和新文明的缔造者，不能允许妇女被买卖。

自从革命肇始之日，我们就对所有妇女——特别是欧洲妇女——在愚昧、落后的社会中被当做廉价商品买卖的现象进行抨击，其中也包括利比亚昔日的君主制政权，它曾开设游乐性夜总会，作为妇女卖笑的场所。欧洲妇女错误地自以为获得了解放，事实上却仍然被买卖，她们是欧洲军队中的娱乐品。

然而在利比亚民众国和这场伟大的革命中，我们坚决主张尊重妇女，并高举她们的旗帜。我们下定决心使利比亚妇女获得彻底解放，从而使她们摆脱受压迫和被征服的世界，她们可以在一个民主的环境中成为自己命运的主宰。在这样一个民主的环境中，她们和社会的所有其他成员一样，都具有同等的机会。

阿拉伯各国的男人和妇女都面临着外来侵略的威胁。但是，在阿拉伯国家内部，妇女事实上一直处于压迫、封建主义和商业利益等势力的统治之下。我们呼吁爆发一场革命，解放阿拉伯民族的妇女。这是一颗炸弹，它将震撼整个阿拉伯地区，并将推动被囚禁在宫殿和市场中的妇女们冲破牢笼，起来反抗她们的监禁者、剥削者和压迫者。这一号召无疑将会在整个阿拉伯民族和全世界产生深远的影响。今天不是平凡的日子，而是预兆奴婢时代结束的先声，是阿拉伯民族妇女解放的开端。

我们决心要使这场革命摧毁反动派的大本营和他们的堡垒，袭击这些奴役阿拉伯妇女的高大宫殿，捣毁它们，使从大西洋到阿拉伯湾的妇女统统获得解放。我们愿意宣布，利比亚军事院校的大门不但对利比亚的阿拉伯女青年敞开，而且对拉阿拉民族和非洲的所有女青年都是敞开的。战斗还在继续。

【艺术赏析】

这是一篇慷慨激昂的讲话，语言热烈而又富于激情，整篇演讲充满了解放阿拉伯妇女的决心和勇气。整体语言风格简明扼要、不卑不亢、激情四射，给人以震撼力和感染力。

本篇演讲意义深远，这是奴婢时代结束的预兆和先声，是阿拉伯民族妇女解放的开端，在阿拉伯妇女解放运动史上有很大的影响。

第二篇

公平·正义

公平正义之声源于坚定的信念与伟大的历史责任感，
最简单的概念却是人们最艰辛的追求。

论雅典之所以伟大

伯里克利

【演讲者简介】

伯里克利（约公元前495—公元前429）。古雅典政治家、战略家，出身名门，24岁从政，善于思辨。受哲学家阿那克萨哥拉民主思想的影响，推崇奴隶主民主政治。公元前444年当选将军，连续15年执掌军权，成为雅典的实际统治者。当政期间，对内推行和完善奴隶主民主制，废除任职财产资格限制，鼓励工商业和文化发展；对外与波斯言和，加强提洛同盟，维护雅典海上利益，使雅典进入鼎盛时期，成为"希腊的学校"。为称雄希腊地区，公元前431年率兵迎战斯巴达，史称"伯罗奔尼撒战争"，初期互有胜负，但战局发展对雅典不利。公元前430年，他在攻讦声中落选将军，并被课以巨额罚金。次年再度当选。不料瘟疫席卷雅典，染疾而终。

【历史背景】

本篇是公元前431年，伯里克利在雅典公民为伯罗奔尼撒战争中阵亡的将士举行国葬时发表的演说，被认为是描述雅典奴隶主民主政治的范文。

【 演讲词 】

我们为有这样的政体而感到喜悦。我们不羡慕邻国的法律，因为我们的政体是其他国家的楷模，而且是雅典的独创。我们这个政体叫做民主政体。它不是为少数人，而是为全体人民。无论能力大小，人人都享有法律所保障的普遍平等，并在成绩卓著时得享功名。担任公职的权利不属于哪个家族，而是贤者方可为之。家境贫寒不成其为障碍。无论何人，只要为祖国效力，都可以不受阻碍地从默默无闻到步步荣升。我们可以畅通无阻地从一个职位走向另一个职位；我们无所顾忌地共享亲密无间的日常生活；我们既不会为邻人的我行我素而烦恼，也不会面露不悦之色——这有伤和气，却无补于事。这样，我们一方面自由而善意地与人交往，另一方面又不敢以任何理由触犯公益，因为我们遵从法庭和法律，特别是那些保护受害者的法律，以及那些虽未成文，但一旦违反即为耻辱的法律。另外，为了陶冶身心，我国法律还规定了十分频繁的节假日，赛会和祭祀终年不断。届时美不胜收，蔚为大观，欢愉的气氛驱散了忧郁。我们的雅典如此伟大，致使宇内各地的产品云集于此。这些精美产品和国内产品一样，给雅典人带来了习以为常的乐趣。

我们在军事政策上也胜过敌人，我们的方针与敌人的方针截然不同。雅典向世界敞开大门，我们并不担心敌人会窥得那些从不隐藏的秘密，使我们蒙受损失，也从不以此为由，把前来寻求进步和猎奇的外国人驱逐出境。比较而言，我们不大依靠战备和谋略，而是信赖公民们与生俱来的爱国热忱和行动。在教育方面，某些国家的人从小就要接受严酷的训练，以便在成年后承受辛劳；我们雅典人的生活尽管温文尔雅，却能像他们一样勇敢地面对任何战争危险。

在生活方式上，我们既文雅又简朴，培育着哲理，又不至于削弱思考。我们以乐善好施而非自我吹嘘来显示自己的富有。承认贫困并不可耻，无力摆脱贫困才确实可耻。我们既关心个人事务，又关心国家大事；即便那些为生活而奔忙的人也不乏足够的参政能力。因为唯独雅典人才认为，不参与国事乃平庸之辈，而不止是懒汉。我们能作出最准确的判断，并善于捕捉事情的隐患。我们不认为言论会妨碍行动，而认为在未经辩论并作好充分准备之前，不应贸然行动。这是雅典人与众不同的优点：行动时我们勇气百倍，行动前却要就各项措施的利弊展开辩论。有些人的勇气来自无知，深思熟虑后却成了懦夫。毫无疑问，那些深知战争的灾患与和平的甜美，因而能临危不惧的人，才称得上具有最伟大的灵魂。

我们在行善方面也与众多的民族不同。我们不是靠接受承诺，而是靠承担义务来维护友谊。根据感恩图报之常理，施惠人对受惠人拥有优势；后者由于欠了前者的情，不得不扮演比较乏味的角色，他觉得报答之举不过是一种偿还，而不是一项义务。只有雅典人才极度乐善好施，但不是出于私利，而是纯属慷慨。综述未尽之言，我只想加上一句：我们雅典总的来说是希腊的学校，我们之中的每一个人都具备了完美的素质，都有资格走向沸腾的生活的各个方面，都有最优雅的言行举止和最迅速的办事作风。

至于你们这些幸存者，你们可以为改善命运而祈祷，但也应把保持这种英勇抗敌的精神和激情视为己任。不要仅凭高谈阔论来判定这样做的利弊。因为每一个夸夸其谈的人都能把众所周知的道理和奋勇抗敌的益处诉说一遍。你们要把祖国日益壮大的景象系在心上，并为之着迷。等你们真正领悟到了雅典的伟大，你们再扪心自问，雅典之伟大乃是由那些刚毅不拔、深知己任、在战斗中时刻有着荣誉感的将士们缔造的。一旦他们的努力不能成功，需要他们以大无畏气概来报效祖国，他们不认为这是耻辱，因而作出最崇高的奉献。他们就这样为国捐躯了，他们中的每个人都将千古流芳。他们的陵墓将永放光华，因为这不仅是安葬英灵的墓穴，而且是铭刻英名的丰碑。无论何时，只要谈到荣誉或实践荣誉，人们就会提到他们。他们永垂不朽。

【艺术赏析】

本篇抒发了对雅典奴隶主民主制的自豪感，高度赞扬了"慷慨而生、慷慨而亡"的阵亡将士，演说深沉、庄严、有力，令人肃然起敬。通篇说理缜密，讲求词藻，刻意铺陈，以繁茂取胜，反映了当时诡辩学派修辞家的影响。

我们已遍地燃起自由的希望

西塞罗

【演讲者简介】

马库斯·图留斯·西塞罗（公元前106—公元前43），罗马共和国末期著名政治家、哲学家和文学家，也是西方享有盛名的大演讲家。西塞罗出身于富裕的骑士家庭，在罗马和希腊受过良好的教育，他很早就开始了政治生涯，起初从事法律辩护，后来进入政界。

【历史背景】

公元前44年，安东尼在执政官任期届满时提出要得到高卢行省的统治权，西塞罗和元老院中的大多数人都看穿了安东尼这一要求的目的是控制罗马政局，当然不予批准。于是双方爆发冲突。元老院中形成了强大的反安东尼派，西塞罗成为这一反对派的首领。从公元前44年到公元前43年4月，西塞罗鼓起如簧之舌，连续发表14篇反对安东尼的演讲，对安东尼进行了激烈攻击，本文是其中一篇。

【演讲词】

罗马人！在今天这次盛会中，你们遇见了这么多人，比我记忆中所见过的都要多，这种场面令我急切地渴望去保卫自己的国家，内心燃起重新把它建立起来的伟大希望，虽然我的勇气一直未曾衰竭。最令人难熬的时刻就是现在——黎明前的微曦时。我恨不得立刻出现在保卫自由的阵线上，挺身而出成为一位领导者。然而，即使以前我有这种想法并可以实践，可现在却已不是那种时代了。因为像今天，罗马的子民们，也许你们不相信，这种场面只是我们所面临的许多事务中的一些琐事罢了，我们已替未来的行动打下了基础。元老院不再是口头上把"安东尼"视为敌人，而是以实际的行动表示他们已把他视为一个敌人。直到现在我心里还一直觉得很高兴，相信你们也一样。我们能够在这样完全一致、鼎沸的气氛中，一致认为他是我们的敌人，并通过了这项宣言。

罗马人，我赞美你们，是的，我非常赞美你们。当你们激起那令人可喜的意气，跟随那最优秀的年轻人，或者甚至说他只是个孩子——他的名字是年轻人，那是由于他的岁数，他的行为已属于永恒而不朽。我曾收集到许多事迹。我曾听过许多事的情节，我也曾读过许多故事，但是在这整个世界上，在漫长的历史中，却不曾见闻过这样的事。当我们被奴隶制度所压迫，当恶魔的数量与日俱增，当我们没有任何保障，当我们深恐马可·安东尼采取致命性的报复手段时，这个年轻人承袭了没有人愿意去承担的冒险计划，他以超越所有我们所能想象的方式来解决问题，他召集了一支属于他父亲的、所向无敌的军队，阻挡安东尼想用武力方式造成国家不幸的那种最不仁义的狂乱。

只要是在这里的人，谁不看得非常清楚！要不是多亏了恺撒所召集的军队，安东尼的报复岂不是早将我们夷为平地？因为这次他回来时意志里燃烧着对所有人仇恨的火焰，身上更沾染着屠杀过市民的血腥，在他的脑海里除了全然毁灭的意念之外，什么也容不下。如果恺撒没有组成这一支他父亲的最勇敢的军队，你们的安全和你们的自由靠谁来保护？为了表示对他的赞美和崇敬——为了他如神一般不朽精神的表现，他已被冠以最神圣而不朽的荣耀——元老院已接受了我的提议，通过了一项政令，将把前所未有的最好的头衔委任于他。

马可·安东尼啊！你还能玩弄什么坏主意呢？恺撒对你宣战，实在是应该受到极力称赞的。我们应该极尽最美丽的言辞来赞美这支队伍，也由此离弃你。这完全是因为你的缘故。如果你不是选择做我们的敌人，而是成为议会的一员，这全部的赞美都是你的。

罗马人！你们面对的不是一个放荡邪恶的人，而是一头没有人性、凶暴的野兽。现在，他既然跌落陷阱之中，就在此地将其焚毁吧！要是让他逃了出来，你们就再也难逃暗无天日、苦闷的深渊。他现在正被我们已出发的大军围困，四面紧紧地包围起来。近日，新的执政官将派出更多的军队去支援。像你们目前所表现的，继续献身于此壮烈之举吧。在每一次为理想而战的战役中，你们从未表现得比今天更加协同一致，你们从未与元老院之间有过如此诚挚的配合。再也不要彷徨，今天的问题已不再是生活条件的抉择，而是我们如不能全然光荣地活着，就是面临放荡与耻辱的毁灭。

虽然凡人皆难免一死，此乃天性，然而，勇士们却善于保护自己，除去属于不逊或残酷的死。罗马的种族和名称是不容被夺取的，罗马人！我由衷地恳请你们——去保护它！这是我们所留下的产业和象征。虽然每一事物都是易流逝的、暂时而不确定的，唯有美德能够深深地扎下它的根基。它永不为狂暴所中伤、侵蚀，它的地位永远无法动摇。你们的祖先正是靠这种精神，才能首先征服了意大利，继而摧毁迦太基、打败诺曼底，在这个帝国的统领下，消灭了那最强悍的国王和最好战的国家。

不久的将来，由于各位与元老院之间史无前例完美而和谐的配合，以及我们的战士和将领们英勇的表现和幸运的引导，你们可以看到那甘冒风险沦为盗贼的无名小子安东尼被打败。现在显示：很久以来，这是第一次的盛举，我们已遍地燃起自由的希望。

【艺术赏析】

西塞罗的演讲很注重修辞章法，他的语言经过仔细的加工、精心的锤炼，不但词汇丰富、句法讲究，而且语句流畅、结构匀称，读来抑扬顿挫、铿锵有力。世人公认，西塞罗对语言的运用达到了挥洒自如的程度，他堪称为运用语言的楷模。

这篇演讲好像是一篇战前激动人心的动员令，又像是慷慨激昂地声讨敌人的一篇檄文，洋溢着一股乐观的激情，激发起人们的斗争精神，具有很强的鼓动力。

对威勒斯的控告

西塞罗

【演讲者简介】

西塞罗（公元前106—公元前43），古罗马政治家、哲学家。他以广博的知识和雄辩艺术被誉为罗马最伟大的演讲家。

【历史背景】

公元前73年，威勒斯任西西里总督，对当地百姓搜刮抢劫，行迹恶劣，西西里人民忍无可忍，终于对他提出控告。西西里人请西塞罗担任控告威勒斯一案的起诉人，《对威勒斯的控告》是他对威勒斯的控告演讲。

【演讲词】

各位元老，长期以来存在着这样的见解：有钱人犯了罪，不管怎样证据确凿，在公开的审判中总是安然无事。这种见解对你们的社会秩序十分有害，对国家十分不利。现在，驳斥这种见解的力量正掌握在你们手中。在你们面前受审的是个有钱人，他指望以财富来开脱罪名；但是在一切公正无私的人心目中，他本身的生活方式和行为就足以给他定罪了。我说的这个人就是凯厄斯·威勒斯。假如今天他不受到罪有应得的惩处，那不是因为缺乏罪证，也不是因为没有检察官，而是因为司法官失职。威勒斯青年时放荡无行，后就任财务官时，除为恶之外，又岂有其他？他虚耗国库；他欺骗并出卖一位执政官；他弃职逃离军队使之得不到补给；他劫掠某省；他践踏罗马民族的公民权和宗教信仰权！威勒斯在西西里任总督时，更是恶贯满盈，使他的劣迹遗臭万年。他在这期间的种种决策触犯了一切法律、一切判决先例和所有公理。他对劳苦人民的横征暴敛无法计算。他把我们最忠诚的盟邦当作仇敌对待。他把罗马公民像奴隶一样施以酷刑处死。许多杰出人士不经审讯就被宣布有罪而遭流放，暴戾的罪犯因却因用钱行贿得以赦免。

威勒斯，我现在要问，你对这些控告还有什么辩解的话？不正是你这个暴君，胆敢在意大利海岸目力所及的西西里岛上，将无辜的不幸公民帕毕列阿斯·加弗斯·柯申纳斯钉在十字架上，使他受辱而死吗？他犯了什么罪？他曾表示要向他国家的法官上诉，控告你的残酷迫害！他正要为此乘船归来时，就被捉拿到你面前，控以密探之罪，受到严刑拷打。虽然他宣称："我是罗马公民，曾在卢西乌斯·普列蒂阿斯手下工作。他现在盘诺马斯，他将证明我无罪！"这个声明毫无用处，你对这些抗辩充耳不闻，你残忍之极，嗜血成性，竟下令施此酷刑！"我是罗马公民"这句神圣的话，即使在最僻远之地也还是安全的护身凭证，但柯申纳斯语音未绝，你就将他处死，钉在十字架上！

啊，自由，这曾是每个罗马人的悦耳乐音！啊，一度是神圣不容侵犯的罗马公民权，而今却横遭践踏！难道事情真已至此地步？难道一个低级的地方总督，他的全部权力来自罗马人民，竟可以在意大利目力所及的一个罗马省份，任意捆缚、鞭打、刑讯并处死一位罗马公民吗？难道无辜受害者的痛苦叫喊、旁观者的同情热泪、罗马共和国的威严以至畏惧国家法制的心理都不能制止那残忍的恶人吗？那人恃仗自己的财富，打击自由的根基，公然蔑视人类！难道这恶人可以逃脱惩罚吗？诸位元老一定不可以这样做啊！一旦这样做，你们就会挖去社会安全的基石，扼杀正义，给共和国招来混乱、杀戮和毁灭！

【艺术赏析】

本篇演讲语言富有激情，措辞很有分寸，文中多种修辞手法并用，排比、反问等使该篇演讲大气磅礴，字里行间充满了对古罗马官员普遍贪污的控告和对自由公平的向往、崇尚。西塞罗以其广博知识和雄辩艺术被誉为罗马最伟大的演说家。对威勒斯的控告篇幅不长，内容充实，揭露威靳斯令人发指的罪行，有力的论据和尖锐的反诘构成气势凌厉的抨击，被后世西方政治家奉为楷模，终于胜诉。

演讲唤起了民众的公平自由意识，有力地控诉了贪官污吏的胡作非为，正是这篇演讲成功地说服了元老院，并使威勒斯受到了应有的惩罚。

独立宣言永存

韦伯斯特

【演讲者简介】

丹尼尔·韦伯斯特 （1782—1852），美国资产阶级政治家，辉格党创始人，曾两度出任国务卿。他以演讲著称。杰弗逊就任美利坚合众国的第三任总统时，丹尼尔·韦伯斯特成了他的挚友和助手，为传播《独立宣言》中的民主思想立下了汗马功劳。美国人说："杰弗逊起草了《独立宣言》，韦伯斯特传播了《独立宣言》。"这突出地说明了人们对他卓越口才的认可。

【历史背景】

本篇是《独立宣言》签订 50 周年之际，韦伯斯特为悼念美国第 2 任总统亚当斯和第 3 任总统杰斐逊同时逝世而发表的讲话。

今天，当我们悼念美国独立战争中杰出的政治家亚当斯先生、发扬美国革命传统的亚当斯先生时，为支持美国独立而大声疾呼的动人场面又浮现在我们的眼前。

不管沉浮，不论生死，任凭幸存或毁灭，我都衷心拥护这次通过《独立宣言》的表决。的确，开始的时候，我们的目的并非在于独立，但是，上帝决定了这种结局。英国的不公正行为，使它看不到自己的真正利益之所在，却迫使我们拿起了武器，不管英国怎样顽固坚持殖民立场，我们都要战斗下去，直到独立已唾手可得时，我们便伸手把它拿过来，因为它是属于我们的。既然这样，为什么我们要把《独立宣言》拖延下去呢？难道竟有人如此软弱，至今还希望与英国和解，指望它来保障北美的生存和自由，保障自己的生存和荣誉吗？难道不是您——那位坐在椅子上的先生，难道不是他——坐在你身边的那位可敬的同事，难道你们两位不是被放逐、受惩罚的对象吗？英国的政权依然存在，在毫无希望得到英王宽恕的情况下，你们除了当化外顽徒之外，能做什么样的人呢？如果我们把独立推迟下去，那么，我们是要把战争坚持下去，还是放弃呢？我们要服从包括波士顿港法案在内的国会议案吗？我们还要允许自我毁灭吗？我们愿意看到国家受蹂躏、权利遭践踏吗？不！我们不想屈服，也将永不屈服。

当我们推举出华盛顿去冒种种政治风险，甚至可能会招致战争危难之时，我们曾保证：不论出现什么情况，即使倾家荡产甚至献出生命，也要全力支持他。难道现在我们却想违背在上帝面前立下的敬重华盛顿的神圣誓言吗？我相信在座的诸位宁可看到一场大火把大地烧掉，一次地震把地球毁灭，也不愿看到我们的一句誓言化为泡影！十二个月前，也是在这个地方，我曾建议：为了捍卫美国的自由，不论是他自告奋勇也好，还是人们推选他也好，应当任命华盛顿当三军司令。就我来说，假如在支持他的过程中有半点犹豫动摇，那我就情愿做一个白痴，甘心受到一切惩罚。

我们必须把战争坚持下去，坚持到底。既然战争要坚持下去，那么为什么要把独立宣言的实施长期地推迟呢？宣言会使我们坚强起来，会使我们赢得国际声誉，各个国家会同我们交往。可是，我们现在要是承认自己是拿起武器造英王反的叛民，各国就绝不会和我们打交道了。不仅如此，我相信，一旦我们独立，英国就会很快同我们进行和谈。它不会同意以撤销一些法律条文的方式承认，它对我们所做的一切都是非正义的和压迫的行为。如果顺应了我们的独立潮流，那么，它的尊严所受的损害就会比在论战中向叛臣让步要小得多。对前者，它会认为是命运的结果，对后者，它会感到是自己的耻辱。那么，为什么，先生，为什么，我们不尽快地把内战变成民族战争呢？既然我们要把战争进行下去，而且最终我们必定会取得胜利，那么为什么不把我们自己放到享受一切胜利利益的地位上去呢？

若是我们失败的话，情况也再坏不到哪里去。况且，我们不会失败。我们的事业会召集起陆军，我们的事业也将会创造出海军。人民，人民，如果我们忠于人民，那就会使我们，使全体人民把光荣的斗争进行到底。我不管其他人如何多变，可是我了解这些殖民地的人民，反抗英国侵略的思想在他们的心里已经根深蒂固。实际上，每个殖民地的人民都表示，只要我们带头，他们就响应。

先生们，宣言将鼓舞人民，增加人民的勇气。与其仅仅为了恢复权利、纠正冤情、得到英王赠给的特许豁免权而进行一场持久的流血战争，还不如将其倾注于完全独立的光荣目标，让人民吸进新生活的空气。你要是在军队面前宣读独立宣言，勇士们就会拔刀出鞘，发出誓言，去维护它，宁愿战死在疆场上；你要是到教堂的讲坛上去发表这个宣言，它必将赢得宗教界的赞成，热爱宗教自由的感情就将以它为核心，信徒们就将坚守宣言，将同宣言共存亡；你要是把宣言拿到娱乐大厅去公诸于众，让那些听到敌人的第一声炮响的人们看看它，让那些看到自己的子弟在帮克高地的战场上或者在莱科西顿大街和康克得大街上倒下去的人们看看它，那么，整个大厅都会迸发出支持宣言的雷鸣般的吼声。

先生，我知道人世间的事情变幻无常。我明白了，经过这一天的事情后我彻底明白了。当然，我和你都不会后悔。我们可能活不到这一天——实现宣言的日子，我们可能死去，到死的时候仍然可能还是殖民地的人，仍然是奴隶。死，可能在绞架上屈辱地死去。就那样好了。假如天意要我把这微不足道的生命献给我们的国家，我将随时准备着，在需要牺牲的时刻死。让这个时刻到来吧！然而，在我活着的时候，让我有一个国家，起码有一个希望中的国家，有一个自由的国家吧。

不管我的命运如何，我坚信这个宣言将永存。为了它，可能得付出钱财，也可能得付出鲜血和生命。但是，只要宣言存在，就会加倍补偿这两方面的损失。透过现在的黑暗，我看到了未来的光明，它就像天上的太阳一样。我们将使它成为光荣的、不朽的一天。当我们进入坟草的时候，我们的子孙一定会纪念这一天。他们将怀着感恩戴德的心情。像欢庆节日一样燃起篝火，张灯结彩来庆祝这一天。这一天在一年一度到来的时候，他们将共洒热泪如涌泉。那泪水再也不是殖民者的泪水，不是奴隶的泪水，不是悲痛的泪水，那泪水是狂欢的泪水、感激的泪水、喜悦的泪水。先生，在上帝面前，我坚信这个时刻一定会到来。我赞成这个宣言，我的全部心血都贡献给它。我所有的一切、我的整个身躯、我今生今世的一切希望都准备随时倾注于它。最后，我再重申开始时讲的话：不论生死，也不管幸存或毁灭，我都支持这个宣言。上帝保佑，这是我生时的夙愿，死时的希望：现在独立，永远独立。

杰出的预言家和忠诚的爱国者亚当斯先生，您所说的一天是光荣的一天，它将一年一度降临人间。您的声明将和它连在一起，您一生的光荣也将同您逝世这一天一样，永远不会被人们忘记。

【艺术赏析】

演讲的主题是弘扬、继承美国传统。这篇演讲被誉为"炉火纯青"、"无人匹敌"的经典作品。演说者怀着深切的感情，以亚当斯的口吻追忆了美国革命传统，使人仿佛回到了独立战争年代。这次演说取得了巨大成功，以致一位听众在自己的日记中写道："韦伯斯特的演说无愧于他的名望，也无愧于今天的隆重仪式。他的魅力、风格、声调无人匹敌，达到了炉火纯青的程度。"

韦伯斯特的演讲使人们对逝者陷入深深的缅怀之中，也显示了《独立宣言》的伟大。

反对通过惩治机器破坏者的法案

乔治·拜伦

【演讲者简介】

乔治·戈登·拜伦（1788—1824），英国浪漫主义诗人。生于破落贵族家庭，1808年从剑桥大学毕业，步入诗坛。诗路宽广，擅长讽刺，多阐发对民主自由的向往和对专制压迫的憎恨。代表作《唐璜》讥讽资产阶级的虚伪，抨击欧洲封建势力，为世界文学之瑰宝。1823年迁居希腊，次年在希腊革命中献身，年仅36岁。

【历史背景】

1812年，反对工业化的"勒德分子"们为了保住工作，冲入纺织厂，捣毁新安装的机器设备。纺织厂主成了贫困手工业者们发泄愤怒的靶子，很多人被处死刑，本篇是1812年拜伦在议会上的著名演讲，旨在为那些被判处死刑的纺织工人辩护。

【演讲词】

你们把这些人叫做贱民，放肆、无知而危险的贱民，你们认为似乎只有砍掉几个多余的脑袋才能制服这个"多头的妖魔"……我们是否还记得我们在好多方面都有赖于这种贱民？这些贱民正是在你们的田地上耕作、在你们家里伺候并且组成你们海军和陆军的人。

……

但在这个时候，即成千成百陷入迷途而又惨遭不幸的同胞正在极端困苦与饥饿中挣扎的时候，你们那种远施于国外的仁慈，看来现在应该推及国内了。

……

抛开新法案中显而易见的欠缺公道和完全不切实际不谈，难道你们现有的法典中处死刑的条文还不够多吗？

……

你们打算怎样实施这个新法案？你们能够把全郡的工人都关到监狱里去吗？你们是否要在每块土地上都装上绞刑架，像挂上稻草人那样绞死活人？既然你们一定要贯彻这项措施，你们是否准备十个人中必杀一个？是否要宣布该郡处于戒严状态，把周围各地都弄得人烟稀少、满目荒凉？……这些措施对饥饿待毙、走投无路的人民来说，又算得了什么？难道那些快要饿死的，在你们的刺刀面前拼命的困苦到极点的人，会被你们的绞架吓退吗？当死成为一种解脱时，这正是你们所能给他们的唯一解脱，死能够迫使他俯首听命吗？

【艺术赏析】

全篇简练精悍、逻辑严密、气势凌厉，具有无可辩驳、所向披靡的战斗性，读起来有一种不可抵挡的力量。

演讲以一连串诘问，无情地揭露了统治集团的虚伪与残暴，他毫不掩饰自己站在"机器破坏者"，即饥寒交迫、奋起反抗的无产者一边。他说，正是被统治者蔑称为"贱民"的劳动者，养活了这些大人先生。他明确地断言，惩治机器破坏者的法案是不可行的，因为对于那些快要饿死、困苦到极点的人，死或许是唯一解脱，绞刑是吓不退他们的！

让更多的人幸福

欧文

【演讲者简介】

　　罗伯特·欧文（1771—1858），英国空想社会主义者，也是一位企业家、慈善家。为了改善资本主义制度下工人群众的困苦状况，欧文于1800~1828年在苏格兰自己的几个纺织厂内进行了改革试验，并取得了空前的成功。因此，后人把他定位为人本管理的先驱，称之为"现代人事管理之父"。

【历史背景】

　　欧文的空想主义在某种程度上是成熟的，虽然他本人后来做过几次建立理想社会的实践，均以失败告终。本篇是欧文1817年在伦敦中心区酒家向工人发表的演讲。

【演讲词】

　　今天我到这里来，不是为了满足无聊和无用的虚荣心。我来到大家面前，是为了完成一项庄严而极其重要的任务。我所重视的，不是要博得大家的好感和未来的名望，这两项在我看来都没有什么价值。支配我的行动的唯一动机，是希望看到你们和全体同胞到处都能实际享受到大自然所赋予我们的极其丰厚的幸福，这是我终身抱定、至死不移的愿望。

　　世人如果具有智慧的话，早就会在以往许多世代中发现：人们一向追求的这种恩惠，这种非财富所能购买的天赐，一直是掌握在世人手中，甚至连那些历来最不受尊敬的人也能拥有这种幸福。幸福的条件虽然遍地皆是，但愚昧却挡住了我们的视线，它用荒谬绝顶的精神环境重重围住这些条件，这种环境严密万分，而且牢牢地挡住了任何大胆的冒险者，因此连世代积累的经验也一直未能突破它的重重阴影。

　　这种黑暗环境的统治虽然有无数奇形怪状的毒蛇猛兽防卫，但终于成为过去。

　　经验将它的形迹深深地印在以往的时代中，并毫不疲倦、毫无恐惧、毫不松懈地在它那正义的道路上坚持到底。当敌人睡着的时候，它在前进；当敌人没有注意它的行动时，它在悄悄地往前爬。它前进时虽然步步艰巨而又危险，但终于使敌人惊慌失措、狼狈不堪地看到它跨越外层的障碍而来。一切黑暗势力马上开始了凶险可怖的活动，准备对这个胆大妄为的来犯者实行报复。

　　经验是真知与灼见之母，因而它的一切举止都是明智而又坚定的。以往它一直把自己的伟大和力量隐藏起来，现在它突然展示出它那万能的真理之镜，镜上闪耀出这样神圣的光辉，使得黑暗中的全体妖魔都在这种耀眼逼人的光芒下惊骇退缩，而这种光芒一下就刺中了他们的心房。这些妖魔完全绝望地溃逃了，甚至现在还在慌忙地向四面八方逃跑，永远离开我们的住处，让我们能充分地享受完整的团结、真正的美德、持久的和平和实际的幸福。

　　朋友们，今天我希望你们都投到"经验"这位胜利的领导者的旗帜下面来。请不要为这一建议而感到惊恐。由于原先曾受到这位永无过失的教师的教导，我甚至在目前就要更前进一步，现在我要向你们说：你们将在今天这个日子里被迫归于经验的旗帜之下，今后你们将永远无法背离它，而今天这个日子后世也将永志不忘。这位领导者的统治和管辖将使你们感到十分公平和正确，你们将不会感到任何压迫。在经验的城池中绝不会有饥饿和贫困的危机。由于愚昧和迷信而兴建的监狱将永远敞开大门，监狱的刑具将留作经验应得的战利品。在它的永无差错的规律下，你们的体力和智力都将得到发展，你们将得到良好的教育和工作，这一切对于你们自己和旁人都将是有用的、愉快的和有利的，因而使你们再也不想离开你们的正义道路。

【艺术赏析】

这篇演讲反映了欧文思想的深刻性与复杂性，尽管欧文思想的矛盾使这篇演讲在内容上呈现出精华与糟粕并存的复杂风貌。在表达上，由于这篇演讲是向工人发表的，所以它在语言上尽量做到深入浅出，它不同于抽象的高深的学理探讨，而是尽量把深奥的理论用工人能听懂的形象化语言表达出来。这种使理论形象化、具体化的主要手段就是对比喻的大量运用，例如，他把许多抽象的概念比作"奇形怪状的毒蛇猛兽"、"妖魔"、"万能之镜"、"城池"等等，从而使演讲既生动活泼，又使听众易于理解。

这篇演讲揭示了英国社会苦难、贫困和悲惨的状况，指出要克服这种状况所造成的饥饿和贫困危机，就必须投奔到"经验"这位胜利的领导者的旗帜下，只有这样，才能实际享受到大自然所赋予的极其丰厚的幸福。

论妇女选举权

苏珊·安东尼

【演讲者简介】

苏珊·安东尼（1820—1906），出生在马萨诸塞州的亚当斯，1845年随家庭迁到纽约州的罗切斯特。她是19世纪美国女权主义者、社会活动家，对争取美国妇女参政权贡献卓著。晚年致力于国际妇女运动，为国际妇女理事会和国际女权联合会的创始人之一，于1906年3月13日去世。

【历史背景】

在1872年的美国总统大选中，安东尼带领一群妇女前往投票所参加投票。由于当时妇女投票是违法的，她被逮捕并遭到起诉，在1873年6月被传讯。在此之前，她前往纽约州北部大部分地区进行了演讲，说明剥夺女性的选举权是不合理的。这篇演讲词是她在传讯时的辩护词。

【演讲词】

朋友们、同胞们：

我今晚站在你们面前，被控在上次总统选举中犯有所谓无投票权而参加投票的罪。今天晚上我想向你们证明，我投票选举不但无罪，相反，我只是行使了我的公民权。这项权利是国家宪法确保我和一切美国公民所有的，无论哪一州政府都无权剥夺。

联邦宪法的序言有如下词句：

"我们，合众国的人民，为组成一个更完美的联邦，确立公理，保障国内安宁，提供共同防务，促进普遍福利，永保我们及子孙后代得享自由之福，特制定此美利坚合众国宪法。"

组成这个联邦的是我们，是人民，不是男性白人公民，也不是男性公民，而是我们全体人民。我们组成这个联邦，不仅为了使人民得享自由之福，而且要保障自由；不仅为了给我们中的一半及子孙后代的一半人以自由，而是给全体人民，给男子同时也给妇女以自由。投票权是这个民主共和政府保障公民自由的唯一手段，要是妇女不得运用投票权，那么，向妇女侈谈自由的赐福就是莫大的讽刺。

任何州政府，如果以性别为参加选举的条件，必然会剥夺整整半数人民的选举权。这等于通过一项剥夺公民权的法律或事后追认的法律，因此，这样做实在是违犯了我国的最高法律，令妇女及其后代的所有女性永远被剥夺自由。这个政府并未获得由人民的赞同而对女性行使如此规定的正当权利。对于她们来说，这个政府不是民主政体，也不是共和政体；它是可憎的专制政体，是可恨的性别独裁，是地球上所有专制中最可恨的专制制度。相形之下，有钱人统治穷人的富人专制，受教育者统治未受教育者的劳心者专制，甚至撒克逊人统治非洲人的种族专制，人们或许还稍能忍受。但是，这种性别专制却使每家人的父亲、兄弟、丈夫、儿子得以统治母亲、姐妹、妻子、女儿，使一切男子成为统治者，一切妇女成为奴婢。这种专制给全国的每一个家庭带来不和、纷争和悖逆。

韦伯斯特、伍斯特和布维尔都认为，公民的定义是有权投票和有权在政府供职的美国人。那么，现在要解决的唯一问题是：妇女是不是人？我很难相信，反对我们的人中有谁敢说她们不是。妇女既然是人，也就是公民。无论哪一个州都无权制定新法或重新执行旧法以剥夺妇女的权利或特权。因此，现今，无论哪一州的一切歧视妇女的宪法或法律，正如以往一切歧视黑人的法律一样，都是无效的、非法的。

【艺术赏析】

在演讲中，她依据合众国宪法辩论，使反对者没有反驳的余地，整篇演讲简洁有力，逻辑论证严密。她一开始直截了当地说明事情的原委：因为在选举中投了票而被指控。但是她说：“今天晚上我想向你们证明，我投票选举不但无罪，相反，我只是行使了我的公民权。这项权利是国家宪法确保我和一切美国公民所有的。无论哪一州政府都无权剥夺。”接着引述了宪法的内容说明自己的合法性。整篇演讲没有一句废话，句句铿锵有力，不仅以情动人，而且以宪法和逻辑力量让自己无懈可击。

一位倡导国际和平的伟人

怀特

【演讲者简介】

怀特（1832—1918），美国教育家与外交家，1899年海牙和平会议的主席。

【历史背景】

本文发表于1899年海牙和平会议期间，为赞扬荷兰法学家修果·格劳秀斯而作。

【演讲词】

诸位阁下、市长先生、来自各大学的诸位先生、尊敬的和平会议同事们，诸位女士、先生：

美国代表团今天来到这里是为了执行一项特殊的任务。我们受惠于荷兰甚多，现在我们奉命代表我国对荷兰表示一份谢意。

这份谢意是对一位所有文明国家都理应引为骄傲的人而发的，全世界和我们一同感谢他。他是一位诗人、学者、历史学家、政治家、外交家、法学家，也是《论战争与和平的法律》的作者。

在一切并不自诩为由神启示而写成的著作中，这部由一位在政治与宗教上都受到摈斥和仇恨的人写成的书已被证明是人类最大的福音。它比别的任何著作更能使人类少受多少无谓的苦难、悲痛与忧愁；它比别的任何著作更能使军人的职业变得高尚；它比别的任何著作更能促进和平的赐福，减少战争的恐怖。

因此，在这座墓前，美国代表团受命向长眠在墓中，被全世界有思想的人们尊崇感谢并称他为格劳秀斯的修果·德·格鲁特献上我们简朴的礼赞。

一切国家都深深受惠于格劳秀斯，美国乐于承认为这些国家中之一。他的思想在我国广大人民中影响巨大，深入人心，也许没有别的国家可以相比拟。阿历克塞·德·托克维尔是最有哲理思想的研究美国制度的学者，他说过：美国人生活中最显著而又令人赞赏的事情莫过于对法律的广泛研究了。德·托克维尔无疑是正确的。在我国各地的大学和学院中，有大批青年正在从事各国法律的专门研究；他们不仅从职业观点进行研究，并且是从人类热切希望了解国际权利与义务的基本原则的角度去研究。

我的同胞惠顿、肯特、费尔特、伍尔西、达纳、劳伦斯和其他人的许多著作都不断地发展最先由格劳秀斯给予生命与力量的思想。这表明在格劳秀斯开辟的这片伟大园地里，我们的国家也进行了耕耘并开花结果。

格劳秀斯思想的幼芽影响了许多作家，使他们的工作开花结果，我可以举出许多例证，但现在我只举其三：

第一个例子是阿伯拉罕·林肯的行为。在内战激烈进行期间，他就认识到需要制定一部更富有人性的法典，以指导我们南、北两方的军队在战场上的行为。他把这部法典的起草工作委托给弗朗西斯·利伯。利伯受全世界法学家敬重，是当时格劳秀斯在美国最重要的信徒。

第二个例子是尤里西斯·格兰特将军的行为。经过长期剧烈的战争，他奉命接受他伟大的敌手李将军投降时，拒绝接受这位败将长期勇敢地佩带着的佩剑。格兰特将军除去要求败军解甲回家外，没有提出任何其他条件。他不允许采取任何报复行动，只是简单地说："让我们共享和平吧。"

第三个例子是美国全民族的行为。当那场使千百个家园荒芜、近百万人牺牲生命的残酷战争结束时，得胜的联邦没有对发动战争、主张分裂的南方的任何一个政治家或任何一个作战的兵士进行报复。从那一天起，直到现在，每年内战停战纪念日到来之时，从南方到北方，不论穿蓝色制服的北军军士的墓地或是穿灰色的制服的南军军士的坟头，都缀饰着簇簇鲜花。我可以肯定地说，尽管我的同胞可能有这样的缺点和那样的错误，但他们深受仁爱与人道精神的影响；这种精神正是由格劳秀斯带到现代世界来的，没有人可以在这方面和他相比。

【艺术赏析】

　　这篇演讲用大量的事实论述自己的观点，事实充分，言之有理，很有说服力。整篇演讲字里行间流露出的是对荷兰法学家修果·格劳秀斯的崇敬和怀念之情。

劳动者的觉悟

陈独秀

【演讲者简介】

　　陈独秀（1879—1942），安徽怀宁人，中国共产党创始人和早期领导人之一。陈独秀是在我国现代史上留下了深刻痕迹的人物。他从早年积极宣传民主思想，猛烈抨击封建思想文化，到大力传播马克思主义，倡导成立中国共产党，最后堕落为反党的托派分子，自有其深刻的思想根源和历史根源。但是他早年那些叱咤风云、领时代

之潮流的呐喊，仍不失为珍贵的历史资料。他于
1932 年 10 月被国民党逮捕，1937 年 8 月出狱，
1942 年病逝。

【历史背景】

《劳动者的觉悟》是陈独秀 1902 年 5 月 1 日在上海船务、栈房工界职合会的演讲，当时人们对于劳动极其不重视，总是认为皇帝最有用最贵重，或是说做官的读书的最有用最贵重，这篇演讲唤醒了人们的觉悟。

【演讲词】

世界上是些什么人最有用最贵重呢？必有一班糊涂人说皇帝最有用最贵重，或是说做官的读书的最有用最贵重。我以为他们说错了，我以为只有做工的人最有用最贵重。

这是因为什么呢？

我们吃的粮食是那种田的人做的，不是皇帝总统做官的读书的人做的；我们穿的衣服是裁缝做的，不是皇帝总统做官的读书的人做的；我们住的房屋是木匠瓦匠小工做的，不是皇帝总统做官的读书的人做的；我们坐的各种车船都是木匠铁匠漆匠做的；还有许多机器匠、驾船工人、掌车工人、水手、搬运工人等，才能把我们的货物和我们自己送到远方，这都不是皇帝总统做官的读书的人的功劳。这世界上若是没有种田的、裁缝、木匠、瓦匠、小工、铁匠、漆匠、机器匠、驾船工人、掌车工人、水手、搬运工人等，我们便没有饭吃，没有衣穿，没有房屋住，没有车坐，没有船坐。可见社会上各项人，只有做工的是台柱子，因为有他们的力量才能把社会撑住；若是没有做工的人，我们便没有衣食住和交通，我们便不能生存；如此，人类社会岂不是要倒塌吗？所以我说只有做工的人最有用最贵重。

但是现在人的思想都不是这样，他们总觉得做工的人最无用，最下贱；反是那不做工的人最有用最贵重。我们现在一方面盼望不做工的人快快觉悟自己无用的下贱；一方面盼望做工的人快快觉悟自己有用，贵重。

世界劳动者的觉悟计分二步：第一步觉悟是要求待遇改良，第二步觉

悟是要求管理权。现在欧美各国劳动者的觉悟已经是第二步，东方各国像日本和中国劳动者的觉悟远不过第一步。

在表面上看起来，欧、美、日本的劳动者都在那里大吹大擂地运动；其实日本劳动者底觉悟和欧美大不相同。因为他们觉悟后所要求的有第一步第二步的分别。第一步觉悟后是劳动者对国家资本家要求待遇改良，像减少时间，增加工价，改良卫生，保险教育等事；第二步觉悟后是要求做工的人自身站在国家资本家地位，是要求做工的人自己起来管理政治、军事、产业，和第一步觉悟时仅仅要求不做工的人对于做工的人改良待遇大不相同。第一步要求还是讨饭吃，必须到了自己有饭吃的时候，油盐柴米菜蔬锅灶碗碟等都拿在自己手里，做工的人的权利才算稳固。否则无论如何改良待遇，终是别人的恩惠、赏饭。

中国古人说："劳心者治人，劳力者治于人。"现在我们要将这句话倒转过来说："劳力者治人，劳心者治于人"。

各国劳动者的第二步觉悟、第二步要求并没有别的奢望，不过是要求做工的劳力者管理政治、军事、产业，居于治人的地位；要求那不做工的劳心者居于治于人的地位。

我们中国的劳动运动还没有萌芽，第一步觉悟还没有，怎说得到第二步呢？不过我望我们国里做工的人一方面要晓得做工的人觉悟确有第二步境界，就是眼前办不到，也不妨作此想；一方面要晓得劳动运动才萌芽的时候，不要以为第一步不满意，便不去运动。

【艺术赏析】

演讲以"世界上是些什么人最有用最贵重"的设问为开篇，在回答了"只有做工的人最有用最贵重"后，又深入诱导听众懂得劳动者觉悟的两种层次，用极其通俗易懂的语言讲清楚：第一步是讨饭吃，第二步是将油盐柴米菜蔬锅灶碗碟都拿在自己手中，"否则无论如何改良待遇，终是仰仗别人底恩惠、赏饭。"全文简洁明了，通俗流畅。

演讲一反"劳心者治人，劳力者治于人"的古训，通俗地阐明了"劳动创造世界"，"社会上各项人只是做工的是台柱子"的历史唯物主义思想。

作家和战争

海明威

【演讲者简介】

欧内斯特·海明威（1899—1961），美国小说家，一向以文坛硬汉著称，是美利坚民族的精神丰碑，1954年度（第五十四届）诺贝尔文学奖获得者、"新闻体"小说的创始人。约翰·肯尼迪总统在唁电所说："几乎没有哪个美国人比欧内斯特·海明威对美国人民的感情和态度产生过更大的影响。"他称海明威为"20世纪最伟大的作家之一。"

【历史背景】

1936年7月18日，西班牙驻摩洛哥的殖民军首领佛朗哥发动叛乱，反对人民阵线政府。西班牙人民奋起反击叛军，西班牙内战由此爆发。随后德、意根本无视不干涉协定，通过葡萄牙转运站继续大规模向叛军提供军事援助。英法采取不干涉的绥靖政策，拒绝支援西班牙人民阵线。但50多个国家的进步人士和共产党人组成了"国际纵队"，到西班牙和共和国军民并肩作战，共同抵御法西斯的侵略。

海明威参加了西班牙反对弗朗哥的战斗，从1937年2月到1938年11月，他四次去西班牙，以战地记者的身份前去采访报道，后来就直接参加了"国际纵队"，直到战争失败才回国。这篇演讲是海明威于1937年6月

14 日在美国作家同盟大会上的讲话，此前他在西班牙内战前线报道了法西斯分子围攻马德里之战。

【演讲词】

作家的任务是不会改变的。作家本身可以发生变化，但他的任务始终只有一个，那就是写得真实，并在理解真理何在的前提下把真理表现出来，并且使之作为他自身经验的一部分深入读者的意识。

没有比这更困难的事情了，正因如此，所以无论早晚，作家总会得到极大的奖赏。如果奖赏来得太快，这常常会毁掉一个作家。如果奖赏迟迟不至，这也常常会使作家愤懑。有时奖赏直到作家去世后才来，这时对作家来说，一切都已无所谓了。正因为创作真实、永恒的作品是这么困难，所以一个真正的优秀作家迟早都会得到承认。只有浪漫主义者才会认为世界上有所谓"无名大师"。

一个真正的作家在他可以忍受的任何一种现有统治形式下，几乎都能得到承认。只有一种政治制度不会产生优秀作家，这种制度就是法西斯主义。因为法西斯主义就是强盗们所说出的谎言。一个不愿意撒谎的作家是不可能在这种制度下生活和工作的。

法西斯主义是谎言，因此它在文学上必然是不育的。就是到它灭亡时，除了血腥屠杀史，也不会有历史。而这部血腥屠杀史现在就已尽人皆知，并为我们中的一些人在最近几个月所亲眼目睹。

一个作家如果知道发生战争的原因以及战争是如何进行的，他对战争就会习惯。这是一个重要发现。一想到自己对战争已经习惯，你简直会感到吃惊。当你每天都在前线，并且看到阵地战、运动战、冲锋和反攻，如果你知道人们为何而战，知道他们战得有理，无论我们有多少人为此牺牲和负伤，这一切都有意义。当人们为把祖国从外国侵略者手中解放出来而战，当这些人是你的朋友，新朋友、老朋友，而你知道他们如何受到进攻，如何一开始几乎是手无寸铁地起来斗争的，那么，当你看到他们的生活、斗争和死亡时，你就会开始懂得，有比战争更坏的东西——胆怯就更坏，背叛就更坏，自私自利就更坏。

在马德里，上个月我们这些战地记者一连十九天目睹了大屠杀。那是德国炮兵干的，那是一场精心策划的屠杀。

我说过，对战争是会习惯的。如果对战争科学真正感兴趣（而这是一门伟大的科学），对人们在危急时刻如何表现的问题真正感兴趣，那么，这会使人专心致志，以至于考虑一下个人的命运就会像是一种卑鄙的自爱。

但是，对屠杀是无法习惯的。而我们在马德里整整目睹了十九天的大屠杀。

法西斯国家是相信总体战的。每当他们在战场上遭到一次打击，他们就将自己的失败发泄在和平居民身上。在这场战争中，从1937年11月中旬起，他们在西部公园受到打击，在帕尔多受到打击，在卡拉班切尔受到打击，在哈拉玛受到打击，在布里韦加城下和科尔多瓦城下受到打击。每一次在战场遭到失败之后，他们以屠杀和平居民来挽回不知由何说起的自己的荣誉。

我开始描述这一切，很可能只会引起你们的厌恶。我也许会唤起你们的仇恨。但是，我们现在需要的不是这个。我们需要的是充分理解法西斯主义的罪恶和如何同它进行斗争。我们应该知道，这些屠杀只是一个强盗、一个危险的强盗——法西斯主义所作的一些姿态。要征服这个强盗，只能用一个方法，就是给它以迎头痛击。现在在西班牙，人民正给这个法西斯强盗以痛击，像一百三十年以前在这个半岛上痛击拿破仑一样。法西斯国家知道这一点，并且决心蛮干到底。意大利知道，它的士兵们不愿意到国外去作战，尽管他们有精良的装备，却不能同西班牙人民军相比，更不能同国际纵队的战士们相比。

德国认识到，它不能指望意大利，在任何一场进攻战中不能依赖这个盟国。不久前我读到，冯·布龙贝尔克参加了巴多略元帅为他举行的声势浩大的演习。但是，在远离任何敌人的威尼斯平原演习是一回事，在布里韦加和特里乌埃戈依之间的高原上，同第十一和十二国际纵队以及里斯特、康佩希诺和麦尔的西班牙精锐部队作战，遭到反攻并损失三个师，那就是另一回事了。轰炸阿尔美利亚和占领被出卖的不设防的马拉加是一回事，在科尔多瓦城下死伤七千和在马德里的失败进攻中死伤三万人，则又完全是另一回事。

我开始时说过要写得好而真实是多么困难，能够达到这种技巧的人都一定会得到奖赏。但是，在战时（而我们现在正不由自主地处于战争时期），奖赏是要推迟到将来的。描写战争的真实是有很大危险的，而探索到真实也是有很大危险的。我不确切知道美国作家中有谁到西班牙寻求真实去了。我认识林肯营的很多战士，但是，他们不是作家。他们只会写信。很多英国作家、德国作家到西班牙去了，还有很多法国作家和荷兰作家。当一个人到前线来寻求真实时，他是可能不幸找到死亡的。如果去的是十二个人，回来的只是两个人，但是，这两个人带回来的真实却实实在在是真实，而不是被我们当作历史的走了样的传闻。为了找到这个真实是否值得冒这么大的危险，这要由作家自己决定。当然，坐在学术讨论会上探讨理论问题要安全得多。各种新的异端，各种新的教派，各种令人惊叹的域外学说，各种浪漫而高深的教师——对那些人来说，总是可以找到的，他们也似乎信仰某种事业，但却不想为这个事业的利益而奋斗，他们只想争论和坚持自己的阵地，这种阵地是巧妙地选择的，是可以平平安安占据的。这是由打字机支撑并由自来水笔加固的阵地。但是，对于任何一个希望研究战争的作家来说，现在正有，而且在相当长的时期内一直都会有可去的地方。看来，他们还会经历很多不宣而战的年代。作家们可以用不同的方式参加这些战争。以后也许会有奖赏。但是，作家们不必为此而感到不好意思，因为奖赏很久都不会来的。对此也不必特别寄予希望，因为，也可能像拉尔夫·福克斯和其他一些作家那样，当领取奖赏的时间到来时，他们已经不在人间了。

【艺术赏析】

演讲一开始，演讲者还是在阐述一些基本的文学观点，但是作为一个有着亲身经历、对法西斯分子无比痛恨的作家，海明威是无法避开战争而只谈文学的。接下来他就痛斥法西斯的罪恶以及法西斯主义对作家和文学的破坏，由此引出他的主题：作家的使命是什么？在这里，演讲者认为：作家应该到前线去，去了解战争发生的原因，分析战争双方的正义和非正义。"要征服这个强盗，只能用一个方法，就是给他以迎头痛击。"他号召广大作家，对法西斯的痛恨不能只停留在仇恨上，而要去斗争，去战斗，整篇演讲字里行间充满对法西斯侵略者的无比痛恨。

这篇演讲极具感染力和号召力，激发广大作家到前线去的战斗热情，语言上含蓄简洁，让人回味无穷。

我们不向别人借贷历史

泰戈尔

【演讲者简介】

泰戈尔（1861—1941），印度作家、诗人、社会活动家，出生于地主家庭，曾留学英国，所作歌曲《人民的意志》，1950 年被定为印度国歌。1921 年在桑地尼克创办国际大学。一生著作丰厚，作品对英帝国主义统治下的下层人民的悲惨生活和妇女的痛苦处境表示同情；谴责封建和种族制度，描写帝国主义官僚的专横。诗歌格调清新，具有民族风格，同时带有神秘色彩和感伤情调，他的创作对印度文学的发展影响很大，于 1913 年获诺贝尔文学奖。

【历史背景】

第一次世界大战为印度民族主义的发展带来了重大影响，印度精英阶层在战时积极支持英国，希望以此换取民族自治。《我们不向别人借贷历史》是泰戈尔于 1925 年访问美国时所发表的演讲。

【演讲词】

印度从无任何真正的国家主义意识存在。即使我自孩童时代就被教导要崇拜国家胜于尊敬上帝和人类，但是长大后我又不再相信这种说法。我相信我的同胞若能摒弃"国家重于人类理想"的教育主张，将更能维护他们的祖国。

现在的印度知识分子都试着接受一些违反祖先遗训的历史教训。事实上，所有的东方国家都企图承认非其本身生存奋斗结果的历史，譬如日本认为她因西化而日渐强大，但是当她耗尽其本身的文化遗产，而只余下那些借来的文化武器时，她发现已无法自行发展了。

因为欧洲拥有属于她自己的过去，所以她的力量就蕴藏在她的历史中。我们印度必须坚定地不向别人借贷历史，假如我们抹煞自己的历史，就无异在自杀。你所借来的不属于自己的东西只会摧毁你的生命。

所以，我认为印度在自己本土上竟相仿效西洋文明是有百害而无一利的。假如我们能遵循自己的道路，无惧外来的侮辱，开创自己的命运，将来必然是受益无穷的。

我们必须确信我们的前途是光明的，正等待那些有抱负有理想的人去开创。为崇高的目标努力工作以改善现有的生活是每一个人的特权。我们不应一味盲从、顺应别人成功的实例，或固守成规、滞泥不变。我们应该满怀理想，大步迈向无可限量的未来。

我们必须承认，西方人来到印度是不可改变的事实。但是我们更应该将东方文化展现给西方人看，让他们知道东方人对世界文明是卓有贡献的，印度人不会向西方人乞讨，虽然西方人可能是如此想。我并非有意排斥西方文化，欲采取闭关自守政策，我只希望东西方能密切合作。假如上帝是派英国来此地充任东西方合作的桥梁，我会十分乐意地接受。我相信人性天良会促使西方人体认他们所承担的真正使命。但当我发觉他们的所作所为有辱其信誉及使命时，我不禁对西方文明有所微辞了。西方人不应为了满足其个人私欲，仗其强大国力嫁祸于世界。他们应该扶助贫弱，教导无知，使这个世界免受更严酷的灾难，消除侵略和不平等现象。同时他们不应以追求物质繁荣为目的，而应深深体认他们正在为拯救道德世界，使其免受物质凌虐而努力。

我并非特别反对某一个国家，我只是不同意许多国家对"国家"一词所持的一般观念。国家是什么？

国家是集合整个民族力量的组织，它不断地力求殖民扩张，以提高效率厚植国力。但是这种夜以继日追求强盛和效率的努力使人们筋疲力尽，反而丧失了他原有的自我牺牲、努力创造的高尚本能。人类不再为追求道德，转而维持为国家这个机器组织牺牲自己。他自觉已经满足道德良知，所以形成人类世界的新威胁。当他向其以智慧创造而非完整人格促成的国家尽责时，他的良心不再感到沉重的压力。因此，热爱自由的人们仍在许多地方保留奴役制度，并以完成国家责任自慰。本性正直的人却容许残酷不义的思想和行为，还误以为自己在代天行道，赏罚严明。诚实的人却不断地奴役低能者，剥夺人权以求自我扩张。我们日常生活中已经看到许多本性善良的人因经商营利而日趋冷酷无情，我们就可以想象"国家"这个组织已使人们争权夺利，在世界上造成一片道德混乱。

几年来我们一直由态度绝对政治化的统治者支配，因此国家主义已构成印度的一大威胁，并且成为印度问题的症结所在。尽管我们已继承了自己的文化遗产，试着自我发展，却不知将来国家的命运如何。

我相信印度最需要的是自我发愤图强，努力建设。为此，我们必须历尽风险，坚守岗位，维持正义，不屈不挠地赢得道德上的胜利。我们应该向那些支配我们的人显示我们具有道德勇气及力量，有为真理正义受苦受难的耐力。

【艺术赏析】

本篇演讲从个人讲到国家，从民族讲到人类，句句带有理性的剖析，字字闪着哲理的光辉。

演讲以《我们不向别人借贷历史》为题，阐明了一个国家和一个民族只有立足本国，发展自己的文化，才能带来光明，才能开创未来的深刻道理；控诉了殖民统治使人们丧失良知、泯灭道德、甘为奴隶的异化现象。

开辟通向和平之路是人类的共同使命

铃木善幸

【演讲者简介】

铃木善幸（1911—2004），1980~1982 年任日本自由民主党总裁、首相。1955 年加入自由民主党，曾任第一副干事长和十任总务会长。历任池田内阁邮政相、内阁官房长官、佐藤内阁厚生相、福田内阁农林相。1980 年当选自民党总裁并出任首相。

【历史背景】

《开辟通向和平之路是人类的共同使命》是铃木善幸于 1982 年 6 月在联合国第二次裁军大会上发表的演讲。

【演讲词】

在第一次联合国裁军特别大会上，世界各国聚集一堂，为人类共同的愿望——持久和平进行了会谈，终于一致通过了争取国际性裁军的最终文件。这对于把维护世界和平与安全作为主要目的的联合国来说，的确是件划时代的大事。

但从至今的形势看，事态并未朝着最终文件所揭示的方向发展，裁军的步伐不仅迟迟没有进展，以核武器为首的军备反而进一步扩大。世界用于军事的总开支现已远远超过五千亿美元。

核武器在质和量上都有增长趋势，现在世界上拥有的核弹头相当于一百多万枚广岛型原子弹。自 1963 年禁止部队核试验条约生效以来，核试验丝毫没有减少。尽管有核不扩散条约，但核武器扩散的危险仍在增长。

另一方面，我们不能忽视日益增大的常规武器的威胁。军备竞赛给和平造成了极大威胁，对此，各国国民忧心忡忡，加重了他们的经济和社会负担。这不能不说是件令人遗憾的事。

今天，我带着日本国民在促进裁军，特别是核裁军决议中所寄托的心愿出席这次特别大会。我和世界各国人民一样深深感受到，是对和平的强烈愿望把我们聚集在这里。只有齐心协力，共同实现这一愿望，开辟通向和平的道路才是我们的共同使命。

我想指出，从裁军的观点来看，当今在通向持久和平的道路上存在三个问题。第一，应通过促进国家间的信任关系，改变军备毫无止境地不断扩充的状况，削减军备首先应该削减对人类生存构成最大威胁的核武器。第二，应有效地运用由于裁军而创造出来的人和物的余力，消除阻碍和平的社会动乱和贫困。第三，加强和扩充联合国维护和平的职能，以便有可能促进裁军。当有关军事、经济、政治这三个侧面的努力相辅相成，并有机地发挥作用时，才能开辟一条走向持久和平的道路。我建议将以上三点当作裁军方面的和平三项原则。

首先我想谈谈裁军问题。促进裁军的前提是国家之间结成相互信任的关系。但遗憾的是，我不得不指出，近年来，在军备竞赛的背景下，这种信任关系受到严重损害。特别是由于苏联显著增加了具有高性能的机动性中程导弹的部署，以及对阿富汗发动的违反联合国宪章原则的军事入侵，使亚洲国家对安全问题更为担忧。

接下来，我想主要就裁军问题谈一下我国的看法。

第一，我们面临的最优先课题是实现核裁军。实现没有核武器的世界，避免第二次出现核惨祸——这是遭受过原子弹轰炸的国家——日本的愿望，也是世界各国人民的共同愿望。为早日实现这一愿望，首先必须扎扎实实地采取核裁军的具体措施。我强烈呼吁，以有核国家为首的世界各国采取有效措施，避免再一次使用核武器。为此，核大国应首先带头努力大幅度削减核武器。

第二，必须停止谋求核武器更尖端化的研究。我国已表明反对所有国家的一切核试验。我呼吁所有国家都参加部分禁止核试验条约。今年，在日内瓦裁军委员会上终于达成协议，设立有关禁止核试验的工作委员会，这是值得欢迎的事情。我国强烈期望它能够加速裁军委员会的谈判，促进缔结全面禁止包括地下核试验在内的核试验条约。

第三，防止核扩散条约为防止有核国家的扩大打下了重要的基础，我国再次呼吁所有非成员国，不论是有核国还是无核国，都要尽快地加入该条约。同样，我国也希望国际上继续作出努力，争取在有条件的地区设立无核区。保障已放弃选择发展核武器道路的无核国家的安全，使其免遭威胁。

第四，和平利用原子能问题。原子能是将来人类不可缺少的能源，促进和平利用原子能至关重要。同时，世界各国非常关心能在和平利用原子能方面消除不安全因素。尤其重要的是，要确保用于和平目的的原子能设施的安全。因此强烈希望各国的合作能取得成果，我国也要为此努力作出贡献。

第五，我国十分支持禁止研究、生产和储存化学武器。这种武器是仅次于核武器的大规模杀伤性武器。

第六，裁减常规武器。裁军的最优先课题无疑是裁减核武器。但与此同时，如果不裁减常规武器，就不能实现包括销毁核武器在内的全面彻底的裁军。

我国从坚持和平国家的基本立场出发，将继续执行全面禁止出口武器的政策。裁军同各国的安全保障有着密切的关系，因此，在有关国家之间，为充分保证相互遵守裁军的检查措施是不可缺少的。我国将为世界裁军运动的顺利发展进行合作，向联合国提供我国有关原子弹爆炸的珍贵资料，供全世界人民利用。同时希望联合国裁军特别研究计划能为年青一代提供访问广岛的和长崎的机会。我国将给予合作。

接着谈谈关于作为保卫和平的裁军三原则的第二支柱——裁军创造出来的人的能力与有效地利用资源的重要性。

我国宪法中明确写有"全世界人民都具有免除恐怖和贫乏，并在和平中生存的平等权利"。我们应该把世界看成是一个共同体，有效、恰当并且公正地把属于整个世界所有人的物质资源进行分配并加以充分利用。但是，目前世界的军事开支已达世界生产总值的 6%。这无论对发展中国家还是先进国家，都会造成社会、经济上的巨大压力。目前，地球上一方面不断地生产新式武器，一方面仍有许多人在饥饿贫困上挣扎。这种状况酿成了社会的不稳定，同时也成了地区纠纷的诱发因素。因此，帮助发展中国家克服所遇到的巨大困难，不仅有助于这些国家在经济上、社会上的稳定，而且对世界经济的发展起到协调和扩大的作用。

第三根支柱是联合国如何提高维护和平机能的问题。

37 年前，联合国作为普通的国际机构开始工作，其崇高的任务在于维护国际的和平及安全，给人类带来繁荣。我认为，联合国在通过为防止地区纠纷的重新发生和扩大所开展的维持和平活动，以及制止大规模战争的作用方面，应给予高度的评价。但是，联合国并没有成功地建立创立联合国当初所期待的那种安全保障体制。要抑制重新激化起来的军备竞赛，使裁军取得具体进展，必须进一步扩大并发展维护和平活动，强化维和活动的机能，建立起足以应付国际纠纷的体制。我确信，这样可起到对国际纠纷防患于未然的效果。以联合国的权威促成国家间的信赖关系，进而开辟促进裁军的道路。

为提高联合国维护和平的作用，我国一向主张加强联合国对国际纠纷进行实际调查的作用，并提出限制联合国秘书长活动极限及否决权的提案。我要求联合国尽快对以下几个方面进行研究：一、联合国对防止与和平解决国际纠纷所能起到的作用；二、关于依靠成员国开展联合国维护和平活动的合作体制；三、关于建立专门掌握世界各地形势，公布基本状况的机构设置的可行性研究。我国将尽可能地对这些研究给予合作。

众所周知，我国因第二次世界大战，国土化为一片瓦砾，数百万人失去了宝贵的生命，广岛、长崎遭到了难以用语言形容的核爆炸的灾难。我们日本人绝不再重蹈战争的覆辙，并希望人类不要再遭受核战争的威胁。这个强烈的愿望已经深深地铭刻在每个日本国民的心里，永远不会磨灭。

我国基于这样的誓言，制定了以和平为国策的宪法。宪法明文规定："日本国民期望永久的和平，深怀支配人类相互关系的崇高理想，信赖爱好和平的各国人民的公正与信心，决心保持我们的安全与生存。"在该宪法下，我国决心不做军事大国，坚持不拥有、不制造、不引进的无核三原则。

我是从战火的废墟中走过来的，立志从事政治工作，我将与国民一起，为实现我国宪法的理想，建立一个没有战争的社会而努力。

我们将遵从理性，顽强拼搏，用和平方式把充满信任、安居乐业的地球传给我们的子孙。我们期待着误入歧途的人做出正确的选择。

在这次特别大会上，我希望国际社会能为完成这一使命再迈出坚定的第一步。同时，在大会结束以前我要再次表明我国政府将为此竭尽全力。

【艺术赏析】

演讲者在演讲过程中，运用罗列事实的方法，充分表达自己演讲的主旨。同时，演讲者一开始就表明自己与听众的立场一致，拥护裁军，从而达到了与听众情感交流，更易被接受的目的。

这篇演讲表达了演讲者对于和平的向往，对于改变人们对日本的一贯印象起到了积极作用。

思想·智慧

倾听智者的思考，

就是在黑暗中跟随那些手持火把的人。

论出版自由

约翰·弥尔顿

【演讲者简介】

约翰·弥尔顿（1608—1674），英国诗人，政论家，新闻自由思想奠基人之一。生于富裕的清教徒家庭。1632年获剑桥大学硕士学位，并开始创作活动。早期作品充满清教观念和人文主义思想。1638年旅居意大利，会见被囚禁的伽利略，深受震动。1640年回国投身革命，属于独立派，写了大量反对封建专制、捍卫共和政体的作品。1652年双目失明后仍疾书不已。斯图亚特王朝复辟后他屡遭迫害，但不向君主政体妥协。晚年穷困潦倒，在逆境中创作名诗《失乐园》、《复乐园》和《力士参孙》。

【历史背景】

本篇发表于英国资产阶级革命风起云涌之际。1643年，革命阵营的上层长老派试图与王党妥协，促使国会通过了一项新闻检查法案。为捍卫出版自由，反对检查制度，弥尔顿以演讲词的形式向国会提出了这篇呼吁。本文节选一部分以飨读者。

【演讲词】

出版检查之弊：

如果我们想依靠对出版的管制来达到淳正风尚的目的，那我们便必须管制一切消遣娱乐，管制一切令人们赏心悦目的事物。除端肃质朴者外，一切音乐都不必听，一切歌曲都不编不唱。同样舞蹈也必设官检查，除经获准、确属纯正者外，其余一切姿势动作俱不得用以授徒；此节柏拉图书中本早有规定。但要想对家家户户的古琴、提琴、吉它逐一进行检查，此事确乎非动用 20 个以上检查官莫办。这些乐器当然都不能任其随便絮叨，而只准道其所应道。但是那些寝室之内低吟着的绵绵软语般的小调恋歌又应由谁去制止？还有窗前窗下、阳台露台也都不应漏掉；还有坊间出售的种种装有危险封皮的坏书；这些又由谁去禁绝？20 个检查官敷用吗？村里面自也不应乏人光顾，好去查询一下那里的风笛与三弦都宣讲了些什么，再则都市中每个乐师所弹奏的歌谣、音阶等等，也都属在查之例，因为这些便是一般人的《理想乡》与蒙特梅耶……脱离现实世界而遁入那些碍难施行的"大西岛"或"乌托邦"式的政体，绝不会对我们的现状有所补益。想要有所补益，就应当在这个充满邪恶的浊世中，在这个上帝为我们所安排的无可逃避的环境中，更聪明地立法。

言论自由之利：

正像在躯体方面，当一个人的血液活鲜，各个基本器官与心智官能中的元气精液纯洁健旺，而这些官能又复于其机敏活泼的运用中恣骋其心智的巧慧的时候，往往可以说明这个躯体的状况与组织异常良好；同理，当一个民族心情欢快、意气欣欣，非但能绰有余裕地去保障其自身的自由与安全，且能以余力兼及种种坚实而崇高的争论与发明的时候，这也向我们表明了它没有倒退，没有陷入一蹶不振的地步，而是脱掉了衰朽腐败的陈皱表皮，经历了阵痛而重获青春，从此步入足以垂懿范于今兹的真理与盛德的光辉坦途。我觉得，我在自己的心中仿佛瞥见了一个崇高而勇武的国家，好像一个强有力者那样，正从其沉酣之中振身而起，风鬟凛然。我觉得，我仿佛瞥见它是一头苍鹰，正在振脱着它幼时的健翮，它那目不稍瞬的双睛因睁对中午的炎阳而被燃得火红，继而将它的久被欺诓的目光疾扫而下，俯瞰荡漾着天上光辉的清泉本身，而这时无数怯懦群居的小鸟，还有那些性喜昏暗时分的鸟类，却正在一片鼓噪中上下翻飞，对苍鹰的行径诧怪不已；众鸟的这种恶毒的叽叽喳喳预示着未来一年的派派系系。

【艺术赏析】

全文节选的篇幅不长，但言词犀利、雄辩滔滔、说理严密、措辞幽默、语言灵活，充满热情，奔放自如，掷地有声，表达了作者对封建专制的憎恨和对出版自由的向往。

这既是向英国国会提出的一篇演讲词，也是一篇争取言论自由的战斗檄文。

保持为共产主义奋斗的志向

加里宁

【演讲者简介】

米哈伊尔·伊万诺维奇·加里宁（1875—1946），苏联党和国家主要领导人之一，被誉为"全俄老总管"。生于农民家庭。1893年加入俄国社会民主工党。1911年当选为俄国社会民主工党（布）候补中央委员。1919年根据列宁提议，接替去世的斯维尔德洛夫，任苏维埃中央执行委员会主席。此后历任党的中央委员、政治局候补委员、政治局委员，1938 年起任最高苏维埃主席团主席，1946 年因病辞职，同年去世。

【历史背景】

加里宁任职期间特别关心青年的成长，对青年教育问题发表过许多重要演讲。这里选用的是他在苏联共青团五大上的演讲。

【演讲词】

同志们：

我代表苏维埃中央执行委员会向共产主义青年团第五次代表大会祝贺。请允许我在讲话中不提政治问题和代表大会的议事日程。

同志们，过去的 5 年是非常独特的、新颖和极其光辉的年代。在这 5 年中，在这段最艰苦的时期内，全体工农群众——共产党员和非党人士，都在"战胜我们的敌人"这一个愿望下团结起来。在邓尼金逼近图拉，同时尤登尼奇又威胁着彼得格勒的时期中，这一点表现得特别明显。在这个时期中，各阶层劳动人民只想着一件事：保持已经争得的自由。自然，在这个时期中，无论全体民众或各个部队，英雄气概都达到了最高限度。现在，我们处在暂时歇息的时期，当这些鲜明的战斗情景越来越远、越来越模糊的时候，对于我们来说，这些情景就越来越珍贵，越来越可爱了。因为在这一时期中，一切不良的、恶劣的东西都被遗忘了，被铲除了，从历史的地平线上消失了，而一切最鲜明的、最美丽的东西却保留下来，而且时间愈久，就愈突出地、愈鲜明地浮现在新的青年一代面前。同志们，无疑我们还没有这样一些诗人、剧作家和艺术家，能够把这些最伟大的历史事件用鲜明的艺术形象表现出来，以便将来教育革命的后一代。我们现在仅仅凭回忆录，凭大量搜集到的、未经整理的原始材料来追忆这些情景。

我们所处的这个时期是非常复杂、独特和有趣的。我们现在可以看到，一个在前线上曾表现出最伟大的英雄气概、刚毅精神和指挥大量部队的才能的战士，回到日常工作岗位以后，农民的贫困对他显得特别刺目。

现在，在这次战争中作出重大牺牲的残疾军人正从前线回来，他们需要最细心的照顾，需要特殊的母亲般的关怀——如果可以这样说的话。同志们，我们知道得很清楚，他们大多数都缺少最必要的东西。可是，在这个时候，那些根本没有在这场刚刚结束的斗争中出过一点儿革命热力的人却在利用目前的情况，利用新经济政策，过着很好的生活，而且愈过愈美。我现在向你们引述前天我和列夫·托尔斯泰的爱女亚历山大娜·里沃芙娜·托尔斯达雅的一段简短的谈话吧。

她说："我整整一个夏天都没有闲过，现在觉得挺好。可是，难道不能把这个讨厌的新经济政策给取消吗？"有意思的是，受到新经济政策影响最大的不是共产党员，而是在实行新经济政策以前实际要求过新经济政策的人。为什么新经济政策给亚力山大娜·里沃芙娜这种人的影响比给共产党员的影响来得大呢？只因为和资产阶级势力作坚决斗争的共产党员在看出需要稍微利用一下资产阶级势力的时候，就毫无顾忌地采用新经济政策，虽然他非常明白新经济政策的许多缺点。如果我们让鱼活下去，那么鱼就需要水。如果我们要实行新经济政策，那么必然就会随之产生许多不良现象。可是，除了这一切不良现象外，还有好的现象，这些好的现象最后将引导我们走向共产主义的胜利。只有共产党才能看到新经济政策的这些缺点，但是它也看到，新经济政策实际上会使共产主义获得最终的胜利。同志们，这里清楚地显示出来：共产主义的思想方法能够给每个参加实际生活的人指出最好的方向。

每一个年满 20 岁的人都应有为人民、为人类服务的志向。

同志们，让我向你们表示一点希望：我们共产主义青年要更充分地掌握马克思主义的思想方法，因为这种方法最能使我们在各种复杂的生活环境中辨清方向。

同志们，我希望我们的共产主义青年今后跟过去一样，仍旧遵循着革命的教训，保持着为共产主义而斗争的志向。

【艺术赏析】

这篇演讲很讲究措辞，既能够表达出作者的殷切希望，又不伤害青年人的自尊心，具有很高的艺术感染力和号召力。

演讲篇幅不长，但紧密联系现实生活中的重大问题，谆谆善诱，语重心长，充满了革命前辈对青年一代的深情厚爱和殷切希望，今天读来仍具有现实意义。

无声的中国

鲁迅

【演讲者简介】

鲁迅（1881—1936），浙江绍兴人，原名周树人，字豫山、豫亭，后改名为豫才。他时常穿一件朴素的中式长衫，头发像刷子一样直竖着，浓密的胡须形成了一个隶书的"一"字。毛主席评价他是伟大的无产阶级文学家、思想家、革命家，是中国文化革命的主将。他也被人民称为"民族魂"。

【历史背景】

中国几千年来用的一直是极繁难的文字，因为繁难，所以大部分整天忙于生计的普通民众根本不能学会，更不能在生活中使用，文字成了少数士大夫的专利。这样的文字不仅未能成为思想互相交通的工具，反倒阻碍了人与人之间的交流，难懂的古文成了中国走向文明、走向现代的障碍。为提倡白话文和新文化，鲁迅于1927年2月16日在香港青年会作了名为《无声的中国》的演讲。

以我这样没有什么可听的无聊的讲演，又在这样大雨的时候，竟还有这许多来听的诸君，我首先应当声明我的郑重感谢。

我现在所讲的题目是：《无声的中国》。

现在，浙江、陕西都在打仗，那里的人民哭着呢还是笑着呢，我们不知道。香港似乎很太平，住在这里的中国人，舒服呢还是不舒服呢，别人也不知道。

发表自己的思想、感情给大家知道是要用文章的，然而拿文章来达意，现在一般的中国人还做不到。这也怪不得我们；因为那文字先就是我们的祖先留传给我们的可怕的遗产。人民费了多年的工夫，还是难于运用。因为难，许多人便不理它了，甚至于连自己的姓也写不清是张还是章，或者简直不会写，或者说道：Zhang。虽然能说话，而只有几个人听到，远处的人们便不知道，结果也等于无声。又因为难，有些人便当作宝贝，像玩把戏似的，之乎者也，只有几个人懂——其实是不知道可真懂，而大多数的人们却不懂得，结果也等于无声。文明人和野蛮人的分别，其一是文明人有文字，能够借此把他们的思想、感情传给大众，传给将来。中国虽然有文字，现在却已经和大家不相干，用的是难懂的古文，讲的是陈旧的古意思，所有的声音都是过去的，都就是只等于零的。所以，大家不能互相了解，正像一大盘散沙。

将文章当作古董，以不能使人认识，使人懂得为好，也许是有趣的事罢。但是，结果怎样呢？结果是我们已经不能将我们想说的话说出来，我们受了损害，受了侮辱，总是不能说出些应说的话。拿最近的事情来说，如中日战争，拳匪事件，民主革命这些大事件，一直到现在，我们可有一部像样的著作？民国以来，也还是谁也不作声。反而在外国，倒常有说起中国的，但那都不是中国人自己的声音，是别人的声音。

这不能说话的毛病，在明朝是还没有这样厉害的；他们还比较能够说些要说的话。待到满洲人以异族侵入中国，讲历史的，尤其是讲宋末的事情的人被杀害了，讲时事的自然也被杀害了。所以，到乾隆年间，人民大众便更不敢用文章来说话了。所谓读书人，便只好躲起来读经，校刊古书，做些古时的文章，和当时毫无关系的文章。有些新意也还是不行的；不是学韩，便是学苏。韩愈、苏轼用他们自己的文章来说当时要说的话，那当然可以的。我们却并非唐宋时人，怎么做和我们毫无关系的时候的文章呢？即使做得像，也是唐宋时代的声音，韩愈、苏轼的声音，而不是我们现代的声音，然而直到现在，中国人却还要耍着这样的旧戏法。人是有的，没有声音，寂寞得很。人会没有声音的么？没有，可以说是死了。倘要说得客气一点，那就是已经哑了。

要恢复这多年无声的中国是不容易的，正如命令一个死掉的人："你活过来！"我虽然并不懂得宗教，但我以为正如想出现一个宗教上之所谓"奇迹"一样。

首先来尝试这工作的是"五四运动"前一样，胡适之先生所提倡的"文学革命"。"革命"这两个字在这里不知道可害怕，有些地方是一听到就害怕的。但这和文学两字连起来的"革命"却没有法国革命的"革命"那么可怕，不过是革新，改换一个字，就很平和了，我们就称为"文学革新"罢，中国文字上，这样的花样是很多的。那大意也并不可怕，不过说：我们不必再去费尽心机，学说古代的死人的话，要说现代的活人的话；不要将文章看作古董，要做容易懂得的白话文章。然而，单是文学革新是不够的，因为腐败思想能用古文做，也能用白话做。所以后来就有人提倡思想革新。思想革新的结果是发生社会革新运动。这运动一发生，自然一面就发生反动，于是便酿成战斗……

但是，在中国，刚刚提起文学革新，就有反动了。不过白话文却渐渐风行起来，不大受阻碍。这是怎么一回事呢？就因为当时又有钱玄同先生提倡废止汉字，用罗马字母来替代。这本也不过是一种文字革新，很平常的，但被不喜欢改革的中国人听见，就大不得了了，于是便放过了比较平和的文学革命，而竭力来骂钱玄同。白话乘了这一个机会，居然减去了许多敌人，反而没有阻碍，能够流行了。

中国人的性情是总喜欢调和折中的。譬如你说，这屋子太暗，须在这里开一个窗，大家一定不允许的。但如果你主张拆掉屋顶，他们就会来调和，愿意开窗了。没有更激烈的主张，他们总连平和的改革也不肯行。那时白话文之得以通行，就因为有废掉中国字而用罗马字母的议论。

其实，文言和白话的优劣的讨论，本该早已过去了，但中国是总不肯早早解决的，到现在还有许多无谓的议论。例如，有的说："古文各省人都能懂，白话就各处不同，反而不能互相了解了。"殊不知这只要教育普及和交通发达就好，那时就人人都能懂较为易解的白话文；至于古文，何尝各省人都能懂，便是一省里，也没有许多人懂得的。有的说："如果都用白话文，人们便不能看古书，中国的文化就灭亡了。"其实呢，现在的人们大可以不必看古书，即使古书里真有好东西，也可以用白话来译出的，用不着那么心惊胆战。他们又有人说，外国尚且译中国书，足见其好，我们自己倒不看么？殊不知埃及的古书，外国人也译；非洲黑人的神话，外国人也译。他们别有用意，即使译出，也算不了怎样光荣的事的。

近来还有一种说法是思想革新紧要，文学改革倒在其次，所以不如用浅显的文言来作新思想的文章，可以少招一重反对。这话似乎也有理。然而，我们知道，连他长指甲都不肯剪去的人，是决不肯剪去他的辫子的。

因为我们说着古代的话，说着人家不明白，不听见的话，已经弄得像一盘散沙，痛痒不相关了。我们要活过来，首先就须由青年们不再说孔子孟子和韩愈、柳宗元们的话。时代不同，情形也两样，孔子时代的香港不这样，孔子口调的"香港论"是无从做起的，"吁嗟阔哉香港也"，不过是笑话。

我们要说现代的、自己的话；用活着的白话将自己的思想、感情直白他说出来。但是，这也要受前辈先生讥笑的。他们说白话文卑鄙，没有价值；他们说年轻人作品幼稚，贻笑大方。我们中国能做文言的有多少呢，其余的都只能说白话，难道这许多中国人就都卑鄙，没有价值的么？至于幼稚，尤其没有什么可羞，正如孩子对于老人，毫没有什么可羞一样。幼稚是会生长，会成熟的，只不要衰老、腐败就好。倘说待到纯熟了才可以动手，那虽是村妇也不至于这样蠢。好的孩子学走路，即使跌倒了，她绝不至于叫孩子从此躺在床上，待到学会了走法再下地面来的。

青年们可以先将中国变成一个有声的中国。大胆地说话，勇敢地进行，忘掉了一切利害，推开了古人，将自己的真心的话发表出来——真，自然是不容易的。譬如态度，就不容易真，讲演时候就不是我的真态度，因为我对朋友、孩子说话时候的态度是不这样的——但总可以说些较真的话，发些较真的声音。只有真的声音，才能感动中国的人和世界的人；必须有了真的声音，才能和世界的人同在世界上生活。

我们试想现在没有声音的民族是哪几种民族。我们可听到埃及人的声音？可听到安南（越南古称）、朝鲜的声音？印度除了泰戈尔，别的声音可还有？

我们此后实在只有两条路：一是抱着古文而死掉，一是舍掉古文而生存。

【艺术赏析】

鲁迅的这篇演讲具有凝练、简洁、顿挫而又富有回味的语言风格，具有强烈的艺术感染力和震撼力，是中国文学的精品。

《无声的中国》表面上是讲文字、文学革新，实质是对一个泱泱大国，有悠悠历史的民族却无声于世界的悲叹，同时愤怒抨击了几千年的封建专制与封建文化对人们的束缚。在讲演中，他从语言文化入手，分析了中国是怎样成为"无声的中国"的，他找出了病根，并开出了一剂药方："舍掉古文而生存。"因为中国几千年来用的一直是极繁难的文字，繁体字是在建国后才慢慢废止的，因为繁难，所以大部分整天忙于生计的普通民众根本不能学会，更不能在生活中使用，文字成了少数士大夫的专利，这样的文字不仅未能成为思想互相交通的工具，反倒阻碍了人与人之间的交流，难懂的古文成了中国走向文明、走向现代的障碍。造成当时中国的"无声"也有历史的原因，清代以来的思想禁锢使人不敢说自己想说的话。接着鲁迅回顾了"五四"以来的白话文运动，他认为只有白话文才能使人更好地交流，思想的革新需要有白话文这样一个工具来传达，也就是"我们要说现代的、自己的话；用活着的白话，将自己的思想、感情直白地说出来"。唯有如此，中国才能摆脱无声状态，才能避免亡国的危险。

当选为英国保守党领袖后的演讲

撒切尔夫人

【演讲者简介】

玛格丽特·撒切尔即玛格丽特·希尔达·撒切尔（1925—），英国历史上第一位女首相，20世纪80年代国际政治中举足轻重的头面人物。她在担任两届首相期间执行的内政和外交政策素以"强硬"闻名，撒切尔遂被冠以"铁娘子"的称号。

【历史背景】

1975年2月11日，英国保守党选出了第一位女领袖，前教育大臣玛格丽特·撒切尔击败了前首相爱德华·希思和其他14名竞争者。这里节选的是1975年撒切尔当选为保守党领袖后的演讲。

【演讲词】

我知道你们会理解，我从第一次出席党的大会那一年起，就循着像我们的领袖温斯顿·丘吉尔那样伟大的人——一个命中注定会把英国的名字在自由世界的历史上提高到至高无上地位的人——的足迹前进，我感到他的那种谦卑。还有安东尼·艾登，他为我们树立了拥有财产自由的目标。还有哈罗德·麦克米伦，在他领导期间提出了许许多多每个公民都能实现的理想。还有亚历克·道格拉斯-霍姆，他获得了我们所有人对他的爱慕和崇敬。还有爱德华·希思，他成功地领导党取得了1970年大选的胜利，并英明地引导我们国家在 1973 年加入了欧洲共同体。他们都有一个共同点，即每个人都遇到了他那个时代的挑战。然而，我们这个时代的挑战是什么呢？我认为我们面临着两个挑战：克服我们国家的经济和财政问题；恢复英国和我们自己的自信心。

我批评的不是英国，而是社会主义；并且我将继续这样做……因为它对英国是有害的。英国和社会主义是不能等同起来的，只要我还健在，只要我一息尚存，就决不会使它们等同起来。

一个国家，如果它的经济和社会生活被国有化和政府控制、统治的话，是不可能繁荣兴旺的……还有其他一些事正在这个国家发生。我们正目睹一些人对我们的价值观念，对那些想获得荣誉和发挥所长的人，对我们的传统和伟大的过去进行蓄意攻击。还有那些腐蚀着我们民族自尊心的人把英国近几个世纪的历史歪曲成没有变化的、黑暗的、压抑和失败的历史，歪曲成为一个绝望的时代而不是充满希望的时代。

请让我向你们陈述我的观点：一个人有按他的意愿工作的权利；有花他所挣来的钱的权利；有拥有财产的权利；有把这个政府当做公仆而不是太上皇的权利。所有这些都是英国的传统，它们是一个自由国家的实质，其他所有的自由都有赖于这一点。

【艺术赏析】

从这篇演讲可以看出，撒切尔夫人比较少用虚言巧语兜圈子、敷衍听众、也少用客套话、应酬语、大段的景色描绘、感情抒发。她的演讲善于直截了当地提出问题，而且爱把论点置于尖锐对立的条件下，在一种论战的气氛中表明态度。有时，她大刀阔斧地斩除过于烦琐的论证，直接用斩钉截铁的语气旗帜鲜明地亮出自己的立场，如"英国和社会主义是不能等同起来的，只要我还健在，只要我一息尚存，就决不会使它们等同起来"。这些语言虽质朴无华，但掷地有声，令听众精神抖擞。据目击者说，当撒切尔夫人演讲完毕，全体代表欢呼起来，"直到把嗓子都喊哑了"。听其声，观其文，可以想见"铁娘子"果敢有力的风姿。

这篇演讲坚定了政党内部人士的团结，为巩固其政治地位起了积极作用。

就职演讲

肯尼迪

【演讲者简介】

肯尼迪（1917—1963），美国第35任总统，民主党人。生于马萨诸塞州一个富豪世家。毕业于哈佛大学。1946年当选众议员，1952年当选参议员。1961年当选为总统，时年43岁，为美国历史上经选举产生的最年轻的总统，1963年在得克萨斯州达拉斯市遇刺身亡。

【历史背景】

1961年1月20日，美国历史上最年轻的总统肯尼迪宣布就职，这是他职时的演讲。

【演讲词】

首席法官先生、艾森豪威尔总统、尼克松副总统、杜鲁门总统、尊敬的牧师、各位公民：

今天我们不是要庆祝政党的胜利，而是要庆祝自由的胜利。这象征着一个结束，也象征着一个开端；表示了一种更新，也表示了一种变革。因为我已在你们和全能的上帝面前，宣读了我们的先辈在将近170年以前拟定的庄严的誓言。

现在的世界已大不相同了，因为人类的巨手掌握着既能消灭人间的各种贫困，又能毁灭人间的各种生活的力量。但我们的先辈为之奋斗的那种革命信念在世界各地仍然有着争论。这个信念就是：人的权利并非来自国家的慷慨，而是来自上帝恩赐。

今天，我们不敢忘记我们是第一次革命的继承者。让我们的朋友和敌人都同样听见我此时此地的讲话：火炬已经传给新一代美国人，这一代人在本世纪诞生，在战争时期经受过锻炼，在艰难痛苦的和平时期经受过陶冶，他们为我国悠长的传统感到自豪，他们不愿目睹或听任我国一向保证的、今天仍在国内外作出保证的人权渐渐遭到剥夺。

让每个国家都知道——不论它希望我们繁荣还是希望我们衰落——为确保自由的存在和自由的胜利，我们将付出任何代价，承受任何负担，应付任何艰难，支持任何朋友，反抗任何敌人。这些就是我们的保证——而且还有更多的保证。

对那些和我们有着共同文化和精神渊源的老盟友，我们保证待以诚实朋友那样的忠诚。如果我们团结一致，我们就能在许多合作事业中无往而不胜；如果我们分歧对立，我们就会一事无成，因为我们不敢在争吵不休而四分五裂时去迎接强大的挑战。对那些我们欢迎加入到自由行列中来的新国家，我们恪守我们的誓言，决不能让一种更为残酷的暴政来取代行将消失的殖民统治。我们并不总是指望他们会支持我们的观点。但我们始终希望看到他们坚强地维护他们自己的自由——而且要记住，在历史上，凡愚蠢地骑在虎背上谋求权力的人，都是以葬身虎口而告终。

对世界上身居茅舍和乡村、为摆脱普遍贫困而斗争的人们，我们保证尽最大努力帮助他们自救，不管所需要的时间有多长——之所以这样做，并不是因为共产党可能正在这样做，也不是因为我们需要他们的选票，而是因为这样做是正确的。自由社会如果不能帮助众多的穷人，也就无法保全少数富人。对我国南面的姐妹共和国，我们提出一项特殊的保证——在一个争取进步的新同盟中，把我们善意的话变为善意的行动，帮助自由的人们和自由的政府摆脱贫困的枷锁。但是，我们所希望的这种和平革命决不可以成为敌对国家的牺牲品。我们要让所有邻国都知道，我们将和他们在一起，反对在美洲任何地区进行的侵略和颠覆活动，让其他国家都知道，本半球的人仍然想做自己家园的主人。联合国是主权国家的世界性议事场所，是我们在战争手段大大超过和平手段的时代里最后、最美好的希望所在，因此，我们重申予以支持的保证，以防止它仅仅成为谩骂的场所，加强它对新生国家和弱小国家的保护，并扩大它的行使法令的管束范围。

最后，对那些想与我们为敌的国家，我们提出一个要求而不是一项保证：在科学释放出可怕的破坏力量，把全人类卷入到预谋或意外的自我毁灭的深渊之前，让我们双方重新开始寻求和平。

我们不敢以怯弱来引诱他们。因为只有当我们毫无疑问地拥有足够的军备时，我们才能毫无疑问地确信永远不会使用这些军备。

但是，这两个强大的国家集团都无法从目前所走的道路中得到安慰——发展现代武器所需的费用使双方负担过重，致命的原子武器不断扩散理所当然地使双方忧心忡忡。但是，双方却在争着去改变那制止人类发动最后战争的不稳定的恐怖均势。

因此，让我们双方重新开始——双方都要牢记，礼貌并不意味着怯弱，诚意永远有待于验证。我们决不要由于害怕而谈判，但我们决不能害怕谈判。

让双方都来探讨使我们团结起来的问题，而不要操劳那些使我们分裂的问题。让双方首次为军备检查和军备控制制订认真而又明确的提案，把毁灭他国的绝对力量置于所有国家的绝对控制之下。让双方寻求利用科学的奇迹，而不是乞灵于科学造成的恐怖。让我们一起去探索星球、征服沙漠、根除疾患、开发深海，并鼓励艺术和商业的发展。让双方团结起来，在全世界各个角落倾听以塞亚的训令："解下轭上的索，使被欺压的得自由。"如果合作的滩头阵地能逼退猜忌的丛林，那么就让双方共同作一次新的努力，不是建立一种新的均势，而是创造一个新的法治世界，在这个世界中，强者公正待人，弱者感到安全，和平将得到维护。所有这一切不可能在第一个 100 天内完成，也不可能在第一个 1000 天或者在本届政府任期内完成，甚至也许不可能在我们居住在这个星球上的有生之年完成。但是，让我们从现在就开始吧。

公民们，我们方针的最终成败与其说掌握在我的手中，不如说掌握在你们的手中。自从合众国建立以来，每一代美国人都曾受到召唤去证明他们对国家的忠诚。响应召唤而献身的美国青年的坟墓遍及全球。现在，号角已再次吹响。它不是召唤我们拿起武器，虽然不是召唤我们去作战，虽然我们严阵以待。它召唤我们为迎接黎明而承受漫长斗争的重任，年复一年，"欣喜地满怀希望，耐心地经受考验"，去反对人类共同的敌人——专制、贫困、疾病和战争本身。

为反对这些敌人，确保人类更为丰裕的生活，我们能够组成一个包括东西南北各方的全球大联盟吗？你们愿意参加这一历史性的努力吗？

在漫长的世界史中，只有少数几代人在自由处于最危急的时刻被授予保卫自由的责任。我不会推卸这一责任，我欢迎这一责任。我不相信我们中间有人想同其他人或其他时代的人交换位置。我们为这一努力所奉献的精力、信念和忠诚将照亮我们的国家和所有为国效劳的人，而这火焰发出的光芒定能照亮全世界。因此，我的美国同胞们，不要问你们的国家能为你们做些什么，而要问你们能为自己的国家做些什么。全世界的公民们，不要问美国将为你们做些什么，而要问我们共同能为人类的自由做些什么。最后，不论你们是美国公民还是其他国家的公民，你们应要求我们献出我们同样要求于你们的高度力量和牺牲。问心无愧是我们唯一可靠的奖赏，历史是我们行动的最终裁判，我们祈求上帝的保佑和帮助，但我们知道，上帝在这个世界上的工作确实就是我们自己的工作，因此，让我们走向前去引导我们所热爱的国家吧。

【艺术赏析】

这篇演讲被认为是美国历届总统就职演讲中最精彩的演讲之一。它虽是施政演讲，却颇具文采，妙语连珠，佳句迭出，使人读来颇有兴味。

肯尼迪在就职演讲中提出了"新边疆"施政纲领：一方面，要对付国内的经济危机和社会危机；另一方面又要在国际上与苏联争霸。他宣称，为此将不惜"付出任何代价，承受任何负担，应付任何艰难，支持任何朋友，反抗任何敌人"。在短暂的任期内，他确实为此费尽心机，他制造了入侵古巴的吉隆滩事件和苏联导弹事件，发动和扩大了侵越战争；同时又加紧向亚非拉地区渗透，强化与苏联的争夺，露出一副咄咄逼人的姿态。

东京留学生欢迎会上的演讲词

章太炎

【演讲者简介】

章太炎（1869—1936），浙江余杭人，中国近代著名学者、思想家。章太炎从一个封建学者转变为积极投身资产阶级革命，后来又"渐入颓唐"，鲜明地表现出民族资产阶级在阶级和民族矛盾激化时的阶级属性。1936年病逝。

【历史背景】

《东京留学生欢迎会上的演讲辞》是章太炎出狱，同盟会派员迎他赴日主办《民报》时，于1906年7月15日在日本留学生欢迎会上的一次讲演。

【演讲词】

今日承诸君高谊，开会欢迎，实在愧不克当；况且自顾生平，并没有一长可恃，愈觉惭愧。只就兄弟平生的历史与近日办事的方法，略讲给诸君听听。

兄弟少小的时候，因读蒋氏《东华录》，其中有戴名世、曾静、查嗣庭诸人的案件，便就胸中发愤，觉得异种乱华是我们心里第一恨事。后来读郑所南、王船山两先生的书，全是那些保卫汉种的话，民族思想渐渐发达。但两先生的话却没有什么学理。自从甲午以后，略看东西各国的书籍，才有学理收拾进来，当时对着朋友说这逐满独立的话，总是摇头，也有说是疯颠的，也有说是叛逆的，也有说是自取杀身之祸的。但兄弟是凭他说个疯颠，我还守我疯颠的念头。

壬寅春天，来到日本，见着中山，那时留学诸公在中山那边往来，可称志同道合的不过一两个人。其中偶然来往的总是觉得中山奇怪，要来看看古董，并没有热心救汉的心思。暗想我这疯颠的希望毕竟是难遂的了，就想披起袈裟，做个和尚，不与那学界政界的人再通问讯。不料监禁三年以后，再到此地，留学生中助我张目的人较从前增加百倍，才晓得人心进化是实有的。以前排满复汉的心肠也是人人都有，不过潜在胸中，到今日才得发现。自己以前所说的话，只比得那"鹤知夜半，鸡知天明。"夜半天明，本不是那只鹤、那只鸡所能办得到的，但是得气之先，一声胶胶喔喔的高啼，叫人起来做事，也不是可有可无。到了今日，诸君所说民族主义的学理圆满精致，真是后来居上，兄弟岂敢自居先辈吗？只是兄弟今日还有一件要说的事，大概为人在世，被他人说个疯颠，断然不肯承认，除那笑做山水诗豪画伯的一流人，又作别论，其余总是一样。独有兄弟却承认我是疯癫，我是有神经病，而且听见说我疯癫，说我有神经病的话，倒反格外高兴。为什么缘故呢？大凡非常可怪的议论，不是神经病人断不能想，就能想也不敢说。说了以后，遇着艰难困苦的时候，不是神经病人断不能百折不回，孤行己意。所以古来有大学问成大事业的，必得有神经病才能做到。诸君且看那希腊哲学家苏格拉底，可不是有神经病的吗？那提出民权自由的卢梭，为追一狗，跳过河去，这也实在是神经病。那穆斯林先知穆罕默德，据今日宗教家论定，是有脏燥病的。像我汉人，明朝熊廷弼的兵略，古来无二，然而看他《气性传》说，熊廷弼是个疯子。近代左宗棠的为人，保护满奴，残杀同类，原是不足道的。但他那出奇制胜的方略，毕竟令人佩服。这左宗棠少年在岳麓书院的事，种种奇怪，想是人人共知。更有德毕士马克，曾经在旅馆里头叫唤堂官，没有答应，便就开起枪来，这是何等性情呢？仔细看来，那六人才典功业，都是神经病里流出来的。为这缘故，兄弟承认自己有神经病；也愿诸位同志，人人个个，都有一两分的神经病。近来有人传说，某某是有神经病，某某也是有神经病，兄弟看来，不怕有神经病，只怕富贵利禄当面现前的时候，那神经病立刻好了，这才是要不得呢！略高一点的人，富贵利禄的补剂，虽不能治他的神经病，那艰难困苦的毒剂，还是可以治得的，这总是脚跟不稳，不能成就什么气候。兄弟尝这毒剂是最多的。算来自戊戌年以后，已有七次查拿，六次都拿不到，到第七次方才拿到。以前三次，或因别事株连，或是普拿新党，不专为我一人；后来四次却都为逐满独立的事。但兄弟在这艰难困苦的盘涡里头，并没有一丝一毫的懊悔，凭你什么毒剂，这神经病总治不好。或者诸君推重，也未必不由于此。若有人说，假如人人有神经病，办事必定瞀乱，怎得有个条理？但兄弟所说的神经病并不是粗豪卤莽，乱打乱跳，要把那细针密缕的思想装载在神经病里。譬如思想是个货物，神经病是个汽船，没有思想，空空洞洞的神经病必无实济；没有神经病，这思想可能自动的吗？以上所说是略讲兄弟平生的历史。

至于近日办事的方法，一切政治、法律、战术等项都是诸君已经研究的，不必提起。依兄弟看，第一要在感情，没有感情，凭你有百千万亿的拿破仑、华盛顿，总是人各一心，不能团结。当初柏拉图说："人的感情，原是一种醉病。"这仍是归于神经的了。要成就这感情，有两件事是最（要）的：第一是用宗教发起信心，增进国民的道德；第二是用国粹激动种性，增进爱国的热肠。

先说宗教。近来像宾丹、斯宾塞那一流人崇拜功利，看得宗教都是漠然。但若没有宗教，这道德必不得增进，生存竞争，专为一己，就要团结起来，譬如一碗的干子，怎能团得成面？欧美各国的宗教，只奉耶稣基督，虽是极其下劣，若没有这基督教，也断不能到今日的地位。那伽得《社会学》中，已把斯宾塞的话驳辩一过。只是我们中国的宗教，应该用哪一件？若说孔教，原有好到极处的。就是各种宗教，都有神秘难知的话杂在里头，唯有孔教，还算干净，但他也有极坏的。因为孔子当时原是贵族用事的时代，一班平民是没有官做的，孔子心里，要与贵族竞争，就教化起三千弟子，使他成就做官的材料。从此以后，果然平民有官做了。但孔子最是胆小，虽要与贵族竞争，却不敢去联合平民，推翻贵族政体。他《春秋》上虽有"非世卿"的话，只是口诛笔伐，并不敢实行的，所以他教弟子，总是依人作嫁，最上是帝师王佐的资格，总不敢觊觎帝位。及到最下一级，便是委吏乘田，也将就去做了。诸君看孔子生平，当时摄行相事的时候，只是依傍鲁君，到得七十二国周游数次，日暮途穷，回家养老，那时并且依傍季氏，他的志气，岂不一日短一日吗？所以孔教最大的污点是使人不脱富贵利禄的思想。自汉武帝专尊孔教以后，这热衷于富贵利禄的人总是日多一日。我们今日想要实行革命，提倡民权，若夹杂一点富贵利禄的心，就像微虫霉菌，可以残害全身，所以孔教是断不可用的。若说那基督教西人用了，原是有益；中国用了，却是无益。因中国人的信仰基督并不是崇拜上帝，实是崇拜西帝。最上一流是借此学些英文、法文，可以自命不凡；其次就是饥寒无告，要借此混日子的；最下是凭仗教会的势力，去鱼肉乡愚，陵轹同类。所以中国的基督教总是伪基督教，并没有真基督教。但就是真基督教，今日还不可用。因为真基督教，若野蛮人用了，可以日进文明；若文明人用了，也就退入野蛮。试看罗马当年，政治学术，何等灿烂，及用基督教后，一切哲学都不许讲，使人人自由思想一概堵塞不行，以致学问日衰，政治日敝，罗马也就亡了。那继起的日耳曼种，本是野蛮贱族，得些基督教的道德，把那强暴好杀的心，逐渐化去，就能日进文明，这不是明白的证据吗？今日的中国虽不能与罗马并称，却还可称伯仲，断不是初起的日耳曼种可相比例。所以真正的基督教，于中国也是有损无益。再就理论上说，他那谬妄可笑，不合哲学之处，略有学问思想的人，决定不肯信仰，所以也无庸议。孔教、基督教既然必不可用，究竟用何教呢？我们中国本称为佛教国。佛教的理论，使上智人不能不信；佛教的戒律，使下愚人不能不信。通彻上下，这是最可用的。但今日通行的佛教也有许多杂质，与他本教不同，必须设法改良，才可用得。因为净土一宗，最是愚夫愚妇所尊信的。他所求的，只是现在的康乐，子孙的福泽。以前崇拜科名的人，又将那最混账的《太上感应篇》、《文昌帝君阴骘文》等与净土合为一气，烧纸、拜仟、化笔、扶箕，种种可笑可丑的事，内典所没有说的，都一概附会进去。所以信佛教的，只有那卑鄙恶劣的神情，并没有勇猛无畏的气概。我们今日要用华严、法相二宗改良旧法。这华严宗所说，要在普度众生，头目脑髓，都可施舍与人，在道德上最为有益。这法相宗所说，就是万法唯心。一切有形的色相、无形的法尘，总是幻见幻想，并非实在真有。近来康德、索宾霍尔诸公，在世界上称为哲学之圣。康德所说"十二范畴"，纯是"相分"的道理。索宾霍尔所说"世界成立全由意思盲动"，也就是"十二缘生"的道理，却还有许多哲理，是诸公见不到的。所以今日德人，崇拜佛教，就是为此。在哲学上今日也最相宜。要有这种信仰，才得勇猛无畏，众志成城，方可干得事来。佛教里面，虽有许多他力摄护的话，但就华严、法相讲来，心佛众生，三无差别。我所靠的佛祖仍是靠的自心，比那基督教人依傍上帝、扶墙摸壁、靠山靠水的气象，岂不强得多吗？

有的说中国佛教已经行了二千年，为甚没有效果？这是有一要点。大概各教可以分为三项：一是多神教，二是一神教，三是无神教。也如政体分为三项：一是贵族政体，二是君主政体，三是共和政体。必要经过君主政体的阶级，方得渐入共和政体；若从这贵族政体，一时变成共和政体，那共和政体必带种种贵族的杂质。必要经过一神教的阶级，方得渐入无神教，若从这多神教一时变成无神教，那无神教必带种种多神教的杂质。中国古代的道教，这就是多神教。后来佛教进来，这就是无神教。中间未经一神教的阶级，以致世人看佛，也是一种鬼神，与那道教的种种鬼神，融化为一。就是刚才所说的烧纸、拜忏、化笔、扶箕等类，是袁了凡、彭尺木、罗台山诸人所主张的。一般社会，没有一人不堕这坑中，所以佛教并无效果。如今基督教来，崇拜一神，惜摧陷廓清的力，把多神教已经打破，所以再行佛教，必有效果可见的了。

有的说印度人最信佛教，为甚亡国？这又是一要点。因为印度所有，只是宗教，更没什么政治法律。这部《摩奴法典》就是所罗门所撰定。从来没有政治法律的国，任凭何教，总是亡国。这咎不在佛教，在无政治法律。我中国已有政治法律，再不会像印度一样。若不肯信，请看日本可不是崇信佛教的国吗？可像那印度一样亡国吗？

有的说佛教看一切众生皆是平等，就不应生民族思想，也不应说逐满复汉。殊不晓得佛教最重平等，所以妨碍平等的东西必要除去。满洲政府待我汉人种种不平，岂不应该攘逐？且如所罗门教分出四性阶级，在佛教中最所痛恨。如今清人待我汉人，比那刹帝利种虐待首陀罗更要厉害十倍。照佛教说，逐满复汉，正是分内的事。又且佛教最恨君权，大乘戒律都说："国王暴虐，菩萨有权，应当废黜。"又说："杀了一人，能救众人，这就是菩萨行。"其余经论，王、贼两项，都是并举。所以佛是王子，出家为僧，他看做王就与做贼一样，这更与恢复民权的话相合。所以提倡佛教，为社会道德上起见，固是最要；为我们革命军的道德上起见，亦是最要。总望诸君同发大愿，勇猛无畏。我们所最热心的事，就可以干得起来了。

次说国粹。为甚提倡国粹？不是要人尊信孔教，只是要人爱惜我们汉种的历史。这个历史是就广义说的，其中可以分为三项：一是语言文字，二是典章制度，三是人物事迹。近来有一种欧化主义的人，总说中国人比西洋人所差甚远，所以自甘暴弃，说中国必定灭亡，黄种必定剿绝。因为他不晓得中国的长处，见得别无可爱，就把爱国爱种的心，一日衰薄一日。若他晓得，我想就是全无心肝的人，那爱国爱种的心必定风发泉涌，不可遏抑的。兄弟这话，并不像做《格致古微》的人，将中国同欧洲的事，牵强附会起来；又不像公羊学派的人，说什么三世就是进化，九旨就是进夷狄为中国，去仰攀欧洲最浅最陋的学说，只是就我中国特别的长处，略提一二：

先说语言文字。因为中国文字，与地球各国绝异，每一个字，有他的本义，又有引申之义。著在他国，引申之义，必有语尾变化，不得同是一字，含有数义。中国文字，却是不然。且如一个天字，本是苍苍的天，引申为最尊的称呼，再引申为自然的称呼。三义不同，总只一个天字。所以有《说文》、《尔雅》、《释名》等书，说那转注、假借的道理。又因中国的话，处处不同，也有同是一字，彼此声音不同的；也有同是一物，彼此名号不同的。所以《尔雅》以外，更有《方言》，说那同义异文的道理。这一种学问，中国称为"小学"，与那欧洲"比较语言"的学，范围不同，性质也有数分相近。但是更有一事，是从来小学家所未说的，因为造字时代先后不同，有古文大篆没有的字，独是小篆有的；有小篆没有的字，独是隶书有的；有汉时隶书没有的字，独是《玉篇》、《广韵》有的；有《玉篇》、《广韵》没有的字，独是《集韵》、《类篇》有的。因造字的先后，就可以推见建置事物的先后。且如《说文》"兄"、"弟"两字，都是转注，并非本义，就可见古人造字的时代，还没有兄弟的名称。又如"君"字，古人只作"尹"字，与那"父"字，都是从手执杖，就可见古人造字的时代，专是家族政体，父权君权，并无差别。其余此类，一时不能尽说。发明这种学问，也是社会学的一部。若不是略知小学，史书所记，断断不能尽的。近来学者，常说新事新物，逐渐增多，必须增造新字，才得应用，这自然是最要，但非略通小学，造出字来，必定不合六书规则。至于和、合两字，造成一个名词，若非深通小学的人，总是不能妥当。又且文辞的本根，全在文字，唐代以前，文人都通小学，所以文章优美，能动感情。两宋以后，小学渐衰，一切名词术语，都是乱搅乱用，也没有丝毫可以动人之处。究竟什么国土的人，必看什么国土的文，方觉有趣。像他们希腊、梨俱的诗，不知较我家的屈原、杜工部优劣如何？但由我们看去，自然本种的文辞方为优美。可惜小学日衰，文辞也不成个样子。若是提倡小学，能够达到文学复古的时候，这爱国保种的力量，不由你不伟大的。

第二要说典章制度。我们中国政治总是君权专制，本没有什么可贵，但是官制为什么要这样建置？州郡为什么要这样分划？军队为什么要这样编制？赋税为什么要这样征调？都有一定的理由，不好将专制政府所行的事，一概抹杀。就是将来建设政府，哪项须要改良？哪项须要复古？必得胸有成竹，才可以见诸施行。至于中国特别优长的事，欧美各国所万不能及的，就是均田一事，合于社会主义。不说三代井田，便从魏、晋至唐，都是行这均田制度。所以贫富不甚悬绝，地方政治容易施行。请看唐代以前的政治，两宋至今，哪能仿佛万一。这还是最大最繁的事，其余中国一切典章制度，总是近于社会主义，就是极不好的事，也还近于社会主义。兄弟今天，略举两项：一项是刑名法律。中国法律，虽然近于酷烈，但是东汉定律，直到如今，没有罚钱赎罪的事，唯有职官妇女，偶犯答杖等刑，可以收赎。除那样人之外，凭你有陶朱、猗顿的家财，到得受刑，总与贫人一样。一项是科场选举。这科举原是最恶劣的，不消说了，但为甚隋、唐以后，只用科举，不用学校？因为隋、唐以后，书籍渐多，必不能像两汉的简单。若要入学贩置书籍，必得要无数金钱。又且功课繁多，那做工营农的事，只可搁起一边，不能像两汉的人，可以带经而锄的。唯有律赋诗文，只要花费一二两的纹银，就把程墨可以统统买到，随口咿唔，就像唱曲一般，这做工营农的事，也还可以并行不悖，必得如此，贫人才有做官的希望。若不如此，求学入官，不能不专让富人，贫民是沉沦海底，永无参预政权的日了。这两件事，本是极不好的，尚且带几分社会主义的性质，况且那好的吗？我们今日崇拜中国的典章制度，只是崇拜我的社会主义。那不好的，虽要改良；那好的，必定应该顶礼膜拜，这又是感情上所必要的。

第三要说人物事迹。中国人物，那建功立业的，各有功罪，自不必说，但那俊伟刚严的气魄，我们不可不追步后尘。与其学步欧美，总是不能像的；何如学步中国旧人，还是本来面目。其中最可崇拜的，有两个人：一是晋末受禅的刘裕，一是南宋伐金的岳飞，都是用南方兵士，打胜胡人，可使我们壮气。至于学问上的人物，这就多了。中国科学不兴，唯有哲学，就不能甘居人下。但是程、朱、陆、王的哲学，却也无甚关系。最有学问的人，就是周秦诸子，比那欧洲、印度，或者难有定论；比那日本的物茂卿、太宰纯辈，就相去不可以道里计了。日本今日维新，那物茂卿、太宰纯辈，还是称颂弗衰，何况我们庄周、荀卿的思想，岂可置之脑后？近代还有一人，这便是徽州休宁县人，姓戴名震，称为东原先生，他虽专讲儒教，却是不服宋儒，常说"法律杀人，还是可救；理学杀人，便无可救"。因这位东原先生生在满洲雍正之末，那满洲雍正所作朱批上谕，责备臣下，并不用法律上的说话，总说："你的天良何在？你自己问心可以无愧的吗？"只这几句宋儒理学的话，就可以任意杀人。世人总说雍正待人最为酷虐，却不晓是理学助成的。因此那个东原先生，痛哭流涕，做了一本小小册子，他的书上，并没有明骂满洲，但看见他这本书，没有不深恨满洲。这一件事，恐怕诸君不甚明了，特为提出。照前所说，若要增进爱国的热肠，一切功业学问上的人物，须选择几个出来，时常放在心里，这是最紧要的。就是没有相干的人，古事古迹，都可以动人爱国的心思。当初顾亭林要想排斥满洲，却无兵力，就到各处去访那古碑古碣传示后人，也是此意。

以上所说，是近日办事的方法，全在宗教、国粹两项，兄弟今天不过与诸君略谈，自己可以尽力的，总不出此两事。所望于诸君的，也便在此两事。总之，要把我的神经病质传染诸君，更传染与四万万人。至于民族主义的学理，诸君今日已有余裕；发行论说刊刻报章的事，兄弟是要诸君代劳的了。

【艺术赏析】

　　章太炎演讲的一个重要的艺术特色是熔学识与胆识为一炉，力陈利弊，讲演从简述自己生平开始，颇具寓意地谈到自己因有"逐满独立"思想被人视为"有神经病"，戏谑地嘲弄了那些因"富贵利禄补剂"，或因"艰难困苦的毒剂"而治愈的"神经病"。继而提出中国人要同仇敌忾完成历史使命，须注重两件事：其一，用宗教发起信心，增进国民的道德；其二，用国粹激动种性，增进爱国的热肠。在宗教一事上，章太炎力荐佛教，认为佛教的真谛在于提倡平等，而数千年雄踞中国思想界的儒教，其要害是使人不脱富贵利禄的思想。在谈到国粹问题时，章太炎像是一位历数家珍的主顾，从语言文字到典章制度，再到人物事迹。这样既显示出章先生的广闻博识，又表现出他的一片爱国热忱。

　　这篇演讲体现了章太炎思想转变的轨迹，也深深地激励着当时渴望进步的青年志士。

在为周总理举行的文艺晚会上的讲话

杜尔

【演讲者简介】

　　哈迈德·塞古·杜尔（1922—1984），几内亚首任总统，国家党总书记。非洲民族解放运动先驱之一，长期从事工会运动。1958年几内亚独立，杜尔任总理，年底任总统，直至1984年病逝。

【历史背景】

　　几内亚是黑非洲最早与中国建交的国家，一直与中国保持着友好关系。1964年周总理访几内亚，杜尔举行文艺晚会欢迎周总理一行，并发表了这篇热情洋溢的讲话。

【 演讲词 】

　　几内亚人民及其党和政府感到特别高兴和骄傲，能通过你——总理先生，并通过陪同你前来访问的代表团成员向英雄的中国人民致敬，因为对于世界上一切遭受统治和剥削势力奴役的各国人民来说，中国人民反对帝国主义和封建主义的双重统治的英勇斗争，过去和现在始终是令人鼓舞的源泉和自觉的勇敢精神的范例。

　　除了自己对意识形态的选择、丰富的经验以及正义和和平的目标以外，中国人民的英勇斗争还体现了各国人民享有当家做主和掌握自己命运的自由、不可剥夺的权利。正是在这方面，中国人民的英勇业绩刻画出一种不可抗拒的有历史意义的进步，以各国人民之间的真正平等和一切种族和所有的人之间一律尊重自由，来代替种族歧视和统治的由来已久的可耻的历史。

在举世闻名的万隆会议上有力地宣告的各国人民拥有自由决定自己的命运的权利的原则，有力地把民族解放斗争向前推进，而民族解放斗争在过去20年中是走向人类物质和精神福利的普遍发展的决定性因素之一。

以统治和剥削为特征的同一的历史条件，形成了各国人民之间显而易见的兄弟般的战友之谊，他们已经动员起来为恢复自己的民族权利、为从事国内经济建设和恢复自己的人格而斗争。

尽管在中华人民共和国同几内亚共和国之间有不同之处，但是也存在着决定他们的行动的根本相同之点，这种行动的特点是同样力求保证自己国家的人民享有正义、平等和自由，保证自己国家的经济和社会发展，消除一切人剥削人的现象。事实上，在我们两国获得民族独立以后，我们两国人民就着手进行全面的复兴工作，办法是不断适应发展所有政治、经济、社会和文化结构的需要，使之同我们两国的历史悠久的特性紧密地结合起来。这就要求有意识、有成效地把国家的全部有生力量动员起来，这种动员只能建立在使每一个人都有责任感的真正民主的基础之上。因此，正如由具有崇高威望的领袖——我的朋友毛泽东主席所领导的中国共产党一样，几内亚民主党摒弃了自由民主主义的虚假形式，充分信赖人民的创造力，并且发动人民积极参与审议、决定国家的行动，并享受其裨益。

诚然，革命是不能输入也不能输出的。但是同样真实的是，在类似的历史条件下发生、建立在相同的原则基础上、争取实现相似的目标的革命，必然属于同样的性质，以同样的名义归属于势将决定全世界发展的性质的唯一历史潮流。我们正是在两国的物质力量和人力得到充分发挥的情况下，建立起把中华人民共和国和几内亚共和国联结在一起的休戚与共的关系，更不用说把中国人民和几内亚人民在整个亚非关系的范围之内紧紧团结在一起的真挚友好的深厚情谊了。

总理先生和亲爱的贵宾们，你们的党和你们的政府在我们为巩固独立和争取迅速发展经济的斗争中，给予几内亚共和国大量的无私援助，我们能代表我国人民和我们的党为此向你们表示热烈的感谢，这使我们感到特别愉快。

你们在我国短暂访问期间，可以看到促使几内亚人民进行革命斗争的现实情况，以及几内亚人民迅速加以改变来达到保证他们获得完全的经济独立的发达状态的决心。在为争取社会进步与民主的斗争中锻炼和提高了革命觉悟的我国人民，始终是从根本上反对帝国主义和殖民主义的。我国人民坚决地选择了非资本主义的发展途径，从而走上了完全为人民谋福利和行使真正主权的、协调和平衡发展的道路。除了古典的社会主义教义和理论之外，曾经遭受外国统治的各国人民所特有的一项新的原理主要在非洲确立下来，这是对势将加速社会发展进程的一个贡献。本着思想为人民服务而不是人民为思想服务这个根本原则，几内亚民主党出于一心为人民服务、代表人民和为了人民的意愿从事政治活动，这就意味着绝对的平等和完全的自由。在我国人民目前所处的历史条件下，这种平等和自由只有在一个"民族民主"的制度下才能得到维护和保证。这种制度超越依然存在于我国社会内部的不可避免的差异，有意识地把我们的创造性活动导向争取社会进步和民主。

本着不论对方社会制度如何、要同世界各国人民建立合作和兄弟般友好的坚决意志，我们党和我国政府在不结盟和积极中立的基础上作出了努力，这种积极中立并不是对互相谅解、积极互助、真正和平的世界的来临采取漠不关心的中立态度。因此，政治制度不同的国家间的和平共处，是我国政府所继续遵循的原则之一。

这种观点正是几内亚共和国在国际上奉行的政策的基础，这种观点是完全符合万隆原则的，我们党和我国政府决心要使这些原则付诸实施，以便消除存在于国际关系中的任意造成的差异，这些任意造成的差异特别明显地表现在经济和技术高度发展的国家一意要把统治和剥削强加于不发达国家，具体说来就是在经济和贸易交往方面的极不公正的条件以及明目张胆地要在世界范围内保持其拥有特殊利益的霸权。

总理先生，在这里要向你重申，几内亚共和国毫无保留地支持中华人民共和国，以使贵国人民毫不迟延地在联合国组织内和所有国际机构内占有自己应有的席位。邪恶势力永远不会心甘情愿地放弃加深人类的穷困、对各国人民进行经济剥削以及政治和军事统治的罪恶勾当，除非迫于劳动群众的强有力和不断斗争。只有劳动群众才能抗击和消灭它们的压迫势力。为了获得这样的彻底胜利，各国人民和被压迫群众只能依靠自己的自觉一致行动、不惜牺牲和对正义和进步事业的忠诚。

非洲各国人民正在为争取一劳永逸地彻底摆脱帝国主义统治、殖民主义剥削和新殖民主义的欺骗而进行胜利的斗争，朝着如上述的和平、团结和人类普遍进步的前景迈进。争取幸福和维护尊严的这些目标，是非洲国家争取非洲统一、建立经济共同体和非洲共同市场以及复兴和发扬自己的民族文化的斗争的基础。

为了这个崇高的目的，各国人民——特别是有觉悟的各国人民，必须继续和加强他们争取自由与和平，反对帝国主义、殖民主义、封建主义和一切形式的对人民和人类进行压迫和剥削的斗争。显然，要由更加直接地同强加于中国人民的令人不能容忍的歧视有关的亚非各国人民来采取决定性的行动，以使中华人民共和国能在下届联大会议时就在这个国际组织中占有自己的席位；因此，我们借此机会不仅向亚非各国政府，而且也向世界各国政府发出庄严的呼吁，呼吁它们一致投票赞成人民中国进入国际组织。

【艺术赏析】

通篇演讲感情真挚、观点鲜明、端庄得体，富有时代气息，是一篇优秀的外交演讲。这篇演讲同时表达了对中国人民的友好情谊，并借机阐述了对国际事务的看法。

在北京外交学院的演讲

基辛格

【演讲者简介】

　　基辛格即亨利·艾尔弗雷德·基辛格（1923—），美国前国务卿。生于德国费尔特市，为犹太人后裔。是美国历史上第一个原籍非美国人的国务卿和第一个兼任总统国家安全事务助理的国务卿。任职期间推行"均势外交"。

【历史背景】

　　1971年基辛格首访中国，1972年2月又陪同时任总统尼克松来华访问，随后又多次访问中国。本篇是基辛格于1983年11月在北京外交学院的演讲。

【演讲词】

　　我对应邀来外交学院讲话感到非常荣幸。我知道诸位要听清楚我讲的英语一定会有困难，因为我讲英语带有德语的口音。对我来说，每次访问中国都使我心情激动。我们两国重新建立关系时，双方当然都有重要的具体原因。大国之间的长期关系确实只能建立在对国家利益的正确理解的基础上。此外，我在多次来中国访问期间，还同许多人结下了个人的友谊，并留下了那么多亲切的回忆。就我而言，这些交往不仅反映了国家利益，而且也带有感情色彩，这么说是违背了在执行外交政策时我自己的某些原则。我应邀同你们谈谈美苏关系问题。大约在一周前我才接到邀请，因此我来不及写成讲稿，我只能按照提纲来讲。我并不是因为你们是中国听众才这样谈论这一问题的，我对你们讲的内容同我对其他听众所讲的一样。

美国和苏联之间的关系是极其复杂的，部分原因是两国有极其不同的历史经历。在第二次世界大战结束之前，美国实际上一直无须执行什么对外政策，它受到两个大洋的保护。对我们来说，并不存在强大邻国的问题。因此，美国当时形成的对外政策的观点，部分是孤立主义的，部分是道义上的。那时，大多数美国人认为，历史的偶然性使我们有幸在地理上远离他国，这也反映了我们在道义上的优势。在第一次世界大战结束时以及第二次世界大战期间，美国所寻求的只是能够再次回到它以前与外国隔绝的地位。第一次世界大战结束时，威尔逊总统坚持认为美国应该与势力均衡之类的概念划清界限。我们当时考虑建立世界性组织，甚至考虑建立世界政府，大多数美国人认为，美国人有责任改善世界，而不仅仅是控制世界。当杜鲁门总统去参加波茨坦会议时，他拒绝提前与英国首相会晤，因为他不想让斯大林认为我们和英国串通一气来对付苏联。第二次世界大战结束时，大多数美国人梦寐以求的是发挥今天不结盟运动所起的那种作用，也就是在英国与苏联的冲突中充当仲裁人，采取超脱的立场，执行独立的外交政策。

我之所以提到这一切，是因为与苏联发生冲突并非美国人天生的嗜好，和苏联发生争执是不符合绝大多数美国人的愿望的。现在我简要谈一谈俄国的历史。由于完全可以理解的原因，即今日的苏联及昔日的帝俄地处辽阔的平原，没有自然疆界，俄国的历史就是一部扩张史，既向西扩张，又向东扩张。19世纪扩张到西伯利亚，18世纪末、19世纪初扩张到欧洲。人们经常说，俄国人有理由感到不安，因为他们常常受到侵犯。这是事实，他们确实经常受到侵犯。但是，如果你翻开任何一本历史上的地图集，将任何一个世纪末与任何一个世纪初的欧洲、亚洲和世界的地图相比较，你就会发现，俄国仿佛永无休止地向亚洲、中东和欧洲推进。这一点也是事实。在苏联占领阿富汗之前，在19世纪后半叶，帝俄就已占领了位于阿富汗以西的许多独立的公国。人们有时说，从历史上看，不管谁统治现代俄国，都会感到不安全，除非他在边界两侧都派驻军队。在第二次世界大战结束时就出现了这一问题。美国当时突然发现，苏联军队正在东欧建立政府；原来许多美国人认为美苏关系会是合作关系，但结果却变成了敌对关系。因此，"二战"后两国关系曾多次出现过紧张。但是，认为这种紧张都具有同样的根源是错误的。在我看来，就美国和苏联而言，东西方关系的根本问题是十分简单的。如果苏联愿意成为一个同其他国家一样的国家，那么就有可能制定出共处原则并让美国做出同苏联共处的具体安排。如果苏联认为，它能够确立像勃列日涅夫主义那样的原则，根据这种主义，它有权强行扶植它所喜欢的政府，或当它认为是正确的政府遭到威胁时，它有权进行干涉，那么紧张就会持续下去。

我注意到，中国曾就中苏关系问题表明，要改善关系，必须先满足三个条件。美国就没有那样系统和那样明确。美国的历史毕竟比中国任何一个朝代都要短。因此，我们没有用同样明确的语言来表达我们的要求。但是，我相信，从根本上说，美国所面临的问题与中国完全一样。如果苏联愿意在它目前的疆界内与别国共处，那就肯定可以找到做出某些具体安排的途径。否则，如果我们声称我们可以在不作某些重大调整的情况下就能解决问题，这对任何人都没有好处，对美国没有好处，对直接或间接依赖于美国的人也没有好处。正是本着这种精神，我想谈谈首脑会谈前夕的当前形势，并提出几点看法。如果像一位教授那样抽象地分析形势，人们就必须讲出许多理由，说明为什么他们认为一个缓和紧张形势的时期对各方都有好处。在西方，人们常常把这归结为苏联新领导的个性。但我认为没有必要对受过一些马克思主义训练的听众强调客观条件比个性重要。像苏联这样的制度不可能产生和平主义的共产党总书记。但是，我之所以认为苏联有可能出现寻求缓和的动机，是因为苏联社会面临着某些客观趋势，至少抽象地看，这是它必须着重关心的。在我看来，首先必须承认目前这种政府制度过分依赖于个人，尚未实行像中国近几月、近几年来所开始采取的那种轮换制度。如果这个问题得不到解决，必然会出现周期性的争夺领导权的斗争。为了解决这个问题，必须有一段安定的时期。

第二个问题同苏联经济的性质有关。经验表明，完全由中央计划机构管理、不允许权力下放、不让下面发挥积极性的经济体制会使经济停滞不前，无法实现社会的愿望。在这方面，又是中国的经验给其他国家提供了或应当提供极其重要的借鉴。我个人认为，问题并不在于生产资料归谁来掌握，而在于决策权是集中还是分散以及物质刺激在各级的作用。如果人们读一读苏联领导人就本国经济问题在报纸和电台上向苏联公众所说的那些话，那么，他就能理解在国际形势紧张的情况下，苏联为什么不愿进行改革。所以，我认为，改善关系的客观条件是存在的。在核时代，关于这种力量的许多传统看法已不再适用，这就使问题复杂化了。在核时代，很有可能战争既无战胜国，又无战败国，大家都打输。而在战争结束时，却记不清发生战争的起因。但是，情况肯定将发生巨大的变化。所有这些理由都说明，苏、美有达成某种具体谅解的可能性。然而，也还存在一些障碍：一是在美国有许多人倾向于把外交政策看作是精神病学的一个分支。他们因此相信国与国之间的关系同人与人之间的关系是一样。他们更喜欢治标而不治本的办法。二是在苏联方面，存在这样一个问题：那些想搞经济改革的人感到难以同时在外交政策上也采取灵活态度。所以，在苏联方面，可能也有类似的倾向，即希望建立某种缓和的气氛，而不去解决我们所面临的任何问题。在西方，常有人说当代压倒一切的问题是军备控制。在一定程度上，武器限制当然是重要的。但是，消除国际紧张局势的根源主要并不在于此，这也是事实。国际紧张局势的根源在于政治冲突，在于企图扩张势力，企图把单方面的解决办法强加于人。因此，我建议，首脑会晤必须解决三个基本原则，三个已确定的根本问题：

第一，地区性的冲突。只要强国可以进攻弱小邻国而不受惩罚，就不可能有和平。不能到处都推行勃列日涅夫主义，也不应当承认可以用输入武器的办法来加剧国际冲突的原则。因此，双方都必须实行克制。作为一个美国人，我当然认为，苏联在超级大国中的侵略性要大得多。第二，两个超级大国在相互之间的关系中，必须建立起某种体现互相克制的行动准则，并表现于具体的政治安排之中。换句话说，它们不应当威胁和平精神，也不应当相互进行威胁。第三点才是军备控制问题，这一点也具有同样的重要性。这一点涉及十分复杂的技术问题。我想强调指出：提出一些数字上的关系是容易的，而且很动听，但实际上却毫无意义。今天，对于苏联提出的双方将各自的核武器裁减50%的建议，人们议论纷纷。但是，事实上双方各有多达一万个以上的弹头。在没有任何防御力量的情况下，减少 50%并不使形势有所变化。如果原来是能够毁灭人类 20 次，现在只能毁灭 10 次，这并未取得任何根本性的进展。

我认为，一个政府有寻求保护其人民的道义责任。我认为最有效的军备控制是把进攻力量和防御力量联系起来的军备控制。这样的军备控制最少可能产生核战争，即使由于某种原因发生了战争，也最有可能减少伤亡。我深信，如果我们采取一种也许可以称之为中国人的谈判方式，如果我们清楚地阐明在政治关系和战略关系中稳定的基本因素是什么的话，那么这样的军备控制就可以实现。

现在，我想在这方面简单地谈谈中国在世界和平及美苏关系方面所起的作用。中、美重新建立了关系，先是接触，然后是建立关系，因为两国都认识到，如果彼此不了解对方的观点，不可能建立一个安全的世界。美国十分关心中国的完整、独立和发展，这并不是作为一种反苏行动，也不是因为我们达成了这方面的协议，而是因为不能将一个具有这样的历史、幅员和重要性的国家排除在国际均衡之外。几年前，曾有一些美国人说，美国应当打所谓中国牌。这是荒谬可笑的。中国不是一张可以往美国打的牌，中国是活生生的现实，必须作为现实来对待。只要中国独立强盛，它本身的分量就有助于全球平衡。在这个意义上，中国独立的外交政策是符合全世界的利益的。现在，人们有时猜测苏中关系可能改善以及这种改善可能对美国和美苏关系产生的影响。我愿向你们谈谈我对这个问题的看法。苏中关系极端紧张不符合美国的利益，发生战争则更不符合美国的利益，因为这将使整个国际形势激化。中国回到 50 年代那样，成为苏联的亲密盟友对美国也不利。但是，最终北京不是根据什么对美国有利，而是根据什么对中国有利来对这些问题作出决定的。我认为，中国和美国在这方面的利益是非常相近的。极端紧张的关系不可能符合中国的利益，与苏联结盟不可能符合中国的利益，作为苏联的盟国而同美国处于冲突的地位也不可能符合中国的利益。中国要在这两个极端之间确定自己的地位。至于美国，历史把它置于这样的地位，即它必须保卫世界上许多友好国家的独立和完整，否则就不可能有均衡。随着历史的发展，随着其他国家力量的壮大，将可以减轻美国肩上的部分担子，许多美国人对此都会表示欢迎。美国人当然对缓和紧张形势的任何机会都表示欢迎。我在政府任职时，参与了与苏缓和政策的实施，我现在仍认为这项政策是正确的，只要这个政策是以现实主义为基础，并导致真正的克制，而不仅仅是形式主义的宣言。我已说过，我认为存在着取得进展的客观条件，能否取得进展，那就要看是否具备了某些具体条件。政治家所能做的一切都是保持对话，并确保让世界人民理解我们所讲的和平条件是什么。就中国和美国而言，一个强大的不断发展的中国是符合共同利益的。我们这些 70 年代初到中国的人都必然会钦佩中国政府和中国人民在适应情况变化、承担使 10 亿人民现代化这一宏伟崇高的任务方面所表现出来的勇气和想象力。就中国和美国而言，保持对话是很重要的，这样我们可以了解彼此对世界的看法以及对实现和平的必要条件的看法——各方都有自己的看法，都独立地追求自己的利益。双方的利益在一些带根本性的原则问题上吻合，但在某些策略问题上存在分歧，在和平问题上却没有分歧。在你们向我提出的美苏关系问题上，我只能说：这一直是个根深刻的问题。存在着很好的机会，但如果我们以为靠口号就能抓住这一机会，那我们是在欺骗自己。如果我们愿意为此而努力，我想我们是能够获得长时间的和平的，这对全世界人民都有利。在这个进程中，美国对中国的关系将起重大作用。

谢谢诸位。

【艺术赏析】

演讲者一开始强调自己多次到中国访问，对中国人民怀有深深的感情，一下子拉近了自己与听众的距离，语言严谨、思路清晰。

这篇演讲比较全面地反映了当时美国对待中国、前苏联的政策，也使人可从中读到一个外交家的智慧和风采。

中美友好来往的大门终于打开了

周恩来

【演讲者简介】

周恩来（1898—1976），伟大的马克思主义者，无产阶级革命家，党和国家的卓越领导人，杰出的政治家、外交家。周恩来是一位杰出的演讲家，他的演讲气魄宏伟、思维敏捷、口才雄辩，具有一种不可战胜的逻辑力量。

【历史背景】

1972 年 2 月，在中美两国隔绝几十年后，时任美国总统首次访华，周恩来在欢迎宴会上作了《中美友好来往的大门终于打开了》的演讲。

【演讲词】

首先，我高兴地代表毛泽东主席和中国政府向尼克松总统和夫人，以及其他的美国客人们表示欢迎。

同时，我也想利用这个机会代表中国人们向远在大洋彼岸的美国人民致以亲切的问候。

尼克松总统应中国政府的邀请前来我国访问，使两国领导人有机会直接会晤，谋求两国关系正常化，并就共同关心的问题交换意见，这是符合中美两国人民愿望的积极行动，这在中美两国关系史上是一个创举。

美国人民是伟大的人民。中国人民是伟大的人民。我们两国人民一向是友好的。由于大家都知道的原因，两国人民之间的来往中断了二十多年。现在，经过中美双方的共同努力，友好来往的大门终于打开了。目前，促使两国关系正常化，争取和缓紧张局势已成为中美两国人民强烈的愿望。人民，只有人民，才是创造世界历史的动力。我们相信，我们两国人民这种共同愿望，总有一天是要实现的。

中美两国的社会制度根本不同，在中美两国政府之间存在着巨大的分歧。但是，这种分歧不应当妨碍中美两国在互相尊重主权和领土完整、互不侵犯、互不干涉内政、平等互利和和平共处五项原则的基础上建立正常的国家关系，更不应该导致战争。中国政府早在1955年就公开声明，中国人民不要同美国打仗，中国政府愿意坐下来同美国政府谈判，这是我们一贯奉行的方针。我们注意到尼克松总统在来华前的讲话中也谈到："我们必须做的事情是寻找某种办法使我们可以有分歧而又不成为战争中的敌人。"我们希望，通过双方坦率地交换意见，弄清楚彼此之间的分歧，努力寻找共同点，使我们两国的关系能够有一个新的开始。

【艺术赏析】

这篇演讲中，周恩来借祝酒词代表中国人民向远在大西洋彼岸的美国人民致以亲切问候，表达了中国人民对美国人民的友谊。演讲本身就包含着热情洋溢的情绪，还简明有力地表达了演讲者的政治主张。演讲分寸拿捏到位、措辞准确，语气真诚而不做作，思维清晰，态度明确，友好而坦诚，有很强的艺术感染力。

通篇演讲词以政治家和外交家的风度和气派，赢得了各国首脑的一致好评。

总统告别演讲

克林顿

【演讲者简介】

威廉·杰斐逊·克林顿（1946—），美国律师、政治家，美国民主党成员，曾任阿肯色州州长和第42任美国总统。在克林顿执政期间，美国经历了历史上和平时期持续时间最长的一次经济发展。

【历史背景】

美国2000总统大选，第43任总统乔治-W-布什宣誓就任美国总统。这篇总统告别演讲是2001年元月18日美国前总统克林顿卸任时的演讲。

【 演讲词 】

同胞们，今晚，我作为你们的总统，在白宫总统办公室向你们作最后一次演讲。

我深深地感谢你们给了我两次机会和荣誉，为你们服务和工作，并同你们一道为我们进入21世纪做准备。

在此，我要感谢戈尔副总统、我的内阁部长们以及所有和我一同走过过去8年的同仁们。

这是一个极具变革性的年代，你们为新的挑战做好了准备。是你们使我们的社会更强大，我们的家庭更健康和安全，我们的人民更富裕。

　　同胞们，我们已迈进全球信息化的时代，这是美国复兴的伟大时代。

　　作为总统，我所做的每一个决定，每一个行政命令，提议和签署的每一项法令，都在努力为美国人民提供工具和创造条件，去实现美国人民梦想的未来——一个美好的社会，繁荣的经济，清洁的环境，一个更自由、更安全、更繁荣的世界。

　　凭借着我们永恒的价值，我不断前进。机会属于所有的美国公民；责任源自全体美国人民；所有美国人民组成了一个大家庭。我一直在为寻求一个更小、更现代化、更有效率、面对新时代的挑战而充满创意和思想、永远把人民的利益放在第一位、永远面向未来的新型的美国政府而努力。

　　我们一同工作，使美国变得更加美好。我们的经济正在打破一个又一个的纪录。我们已创造了 2200 万个新的工作岗位，现在的失业率是 30 年来最低的，购房率达到一个空前的高度，经济增长的持续时间是历史上最长的。

　　我们的家庭、我们的社会变得更加强大。3500 万美国人曾经享受联邦休假，800 万人获得社会保障，犯罪率是 25 年来最低的，1000 多万美国人享受更多的大学贷款，更多的人接受大学教育。我们的学校也在改善，更高的办学水平、更大的责任感和更多的投资使得我们的学生取得更好的考试和毕业成绩。

　　目前，已有 300 多万美国儿童在享受着医疗保险，700 多万美国人已经脱离贫困线。人们的收入在大幅度提高。我国的空气和水源更洁净，食品和饮用水更安全。宝贵的土地资源得到了近百年来前所未有的保护。

　　美国已成为世界上每个地方促进和平和繁荣的积极力量。此时，我非常高兴地将领导权移交给新任总统，强大的美国正面临未来的挑战。

　　今晚，我希望能把三个关于我们未来的构想留给你们：第一，美国必须保持良好的财政状况。经过 4 个财政年度的努力，我们已经破纪录地把财政赤字变为盈余。并且，我们已偿还了 6000 亿美元的国债，正向着 10 年内彻底偿还国债的目标迈进，这是 1835 年以来的第一次。

　　只有这样做，才能给我们带来更低的利率、更大的经济繁荣，才能迎接未来更大的挑战。如果我们作出明智的选择，我们就能偿还债务，解决在生育高峰期出生的一大批人的退休问题，对未来进行更多的投资，并减轻税收。

第二，由于世界各国的联系日益紧密，为了美国的安全与繁荣，我们应继续融入世界。在这个特殊的历史时刻，更多的美国人民享有前所未有的自由。我们的盟国比过去更加强大。全世界人民期望美国成为和平与繁荣、自由与安全的力量。全球经济给予美国人民以及全世界人民更多的机会去工作、生活、更好地养活家庭。

但是，促进世界一体化一方面为我们创造了良好的机会，同时也使我们在全球范围内更易遭致破坏性力量、恐怖主义、有组织的犯罪、贩毒活动以及致命性武器和疾病传播的威胁。

尽管世界贸易不断扩大，但它没能缩小处于全球经济前沿的我们与数十亿处于生死边缘的人们之间的距离。

要解决世界贫富两极分化，需要的不是同情，而是实际行动。贫穷有可能被我们的漠不关心激化成为火药桶。

托马斯·杰斐逊在他的就职演讲中告诫我们结盟的危害，但在我们这个时代，美国不能，也不可能使自己脱离整个世界。如果我们想把我们共享的价值观赋予这个世界，我们必须承担起这个责任。

如果 20 世纪的历次战争，尤其是最近在科索沃地区和波斯尼亚爆发的战争，能够让我们得到某种教训的话，我们从中得到的启示应是：由于捍卫了我们的价值观并领导了自由和和平的力量，我们才达到了目标。我们必须坚定勇敢地信奉这个信念和责任，在语言和行动上与我们的同盟者站在一起，领导他们按这条道路前进；在全球经济中遵循以人为本，让不断发展的贸易使所有国家的所有人受益，在全世界范围内提高人们的生活水平并实现他们的梦想。

第三，我们必须牢记，如果我们不团结一致，美国就不能领先世界。随着我们变得多样化，我们必须更加努力地团结在共同价值观和共同人性的旗帜下。

我们必须努力工作，克服存在的种种分歧。于情于法，我们都要让我们的人民受到公正的待遇，不论他是哪一个民族、信仰哪种宗教、什么性别或性取向，无论他们何时来到这个国家，我们都要时时刻刻为了实现先辈们建立的高度团结的梦想而奋斗。

希拉里、切尔西和我同所有美国人民一道，向即将上任的布什总统、他的家人及新政府致以衷心的祝福，希望新政府能够勇敢面对挑战，高举自由大旗在新世纪阔步前进。

对我来说，当我离开总统宝座时，我充满了更多的理想，比初进白宫时更加充满希望，并坚信美国的好日子还在后面。

我的总统任期就要结束了，但是我希望我为美国人民服务的日子永远不会结束。在我未来的岁月里，我再也不会担任一个比美利坚合众国总统更高的职位、签订一个比美利坚合众国总统所能签署的更为神圣的条约。当然，没有任何一个头衔能让我比作为一个美国公民更为自豪的了。

谢谢你们！愿上帝保佑你们！愿上帝保佑美国！

【艺术赏析】

这篇演讲语言真挚，热情、诚恳表达了演讲者对大家的感谢和对美国未来的祝福。这篇演讲宣告克林顿总统生涯的结束，标志着美国即将进入一个新的时期。

你们出色的、英雄的劳动使世界吃惊

高尔基

【演讲者简介】

马克西姆·高尔基（1868—1936），苏联作家，苏联社会主义文艺奠基人。原名阿历克赛·马克西莫维奇·彼什科夫。生于木工家庭，只读过两年小学。1892年用"高尔基"为笔名发表处女作《马卡尔·楚德拉》，从此踏上文坛。1906年写成著名长篇小说《母亲》，被认为是第一部社会主义现实主义作品。一生创作了大量小说、诗歌、剧本以及文论、政论文章，为文化事业作出了重大贡献，被列宁称为"无产阶级艺术的最杰出的代表"。1905年参加俄国社会民主工党；1929年当选苏联中央执行委员会委员；1934年当选为苏联作家协会第一任主席。

【历史背景】

《你们出色的、英雄的劳动使世界吃惊》是高尔基在1932年苏联共青团第7届全苏代表会议上的讲演。当时他是共青团第七届全苏代表会议的代表。

【演讲词】

同志们，我要讲的也许超出你们这里讨论过的问题的范围。但你们是"工农青年近卫军"，你们是本国主人，在我们的现实里，没有而且不可能有哪一个问题不受到你们的注意。不应有这样的问题，同志们，你们的处境比我那时代的青年好得无可比拟了。我们的兄弟不得不在自由主义、民粹派、消极的和积极的无政府主义——托尔斯泰、克鲁泡特金等人的无政府主义的形形色色的理论中迷失方向。无政府主义是小市民意识形态的最高成就，我们当中有许多人曾为它而度过了一生。

你们处在另一种环境里。展现在你们面前的是马克思和恩格斯在《共产党宣言》中所揭示和阐述的无可争辩的世界真理的最纯真的源泉。马克思和恩格斯所阐明和预料到的，就你们看见的，如今正实现。资本主义世界正在腐烂、瓦解。弗拉基米尔·列宁的教导正在由你们来实现。象格林柯同志刚才说的，这是你们千万只手实现的。

在已做出的一切基础上，在追求拟定的目标指引下，我国社会主义教育一定会成为日益有成效的、更容易实现的事业。

我觉得，我们的青少年社会主义教育一定会成为更有成效的事业。它是否成为这样的事业呢？我对自己，也对你们提出这个问题。我觉得，这个事业进行得并不像应有和必需的那样有成效。它进行得不大有成效，因为，你们知道，在我国，家庭和学校之间有一些脱节现象。学校比家庭更社会主义化。

学校比家庭更社会主义化；儿童比父母更左倾。这是事实。你们当中有许多人亲自体验到这一点。儿童在学校里不仅读书，在一定程度上还要受社会主义教育。在学校里给儿童讲到建设的崇高任务，告诉他们未来应该是什么。但是，他们放学回到家里，他们就进入了过去的时代。你们看，同志们，情况就是这样。这当然也是非常重要的。家庭至今还是很难把旧的市民生活习惯改掉，可是孩子已经摆脱这种生活习惯。

然而很可能，这种生活习惯会毁掉他们当中的许多人。你们都知道，过去的时代把人培养成个人主义者。我们是资产阶级个人主义的敌人。我们要创造出集体主义的人、国际主义的人。我们能不能创造出这样的人呢？你们，共青团员，无疑会肯定而坚决地回答这个问题：是的，我们能创造出来！

但是还有一种事实不能不提出来。我们大多数青年期望进中等技术学校，期望当工程师。同志们，这是非常自然的。我们正要使国家工业化。我们需要大批工程师干部。这是对的。不错。但是，同志们，除此以外，我们还需要许多别的干部。例如，我们需要大批医生干部，需要保卫国家健康的人。在我国，他们的人数还很少。比起工程师来，他们处在另一种艰苦得多的环境里。因此，青年不大愿意进医学系，你们自己知道这一点，许多教师和教授都可以证实这一点。我已经提到，工程师是需要的，医生——小儿科、卫生学等等的专家也很需要。

需要合理分配力量。我们的青年应该到文化力量缺乏的任何地方去，这些力量可以改造而且已经在改造我们的国家。

我可以列举好些事实，说明医科学校的大学生转入工业中等技术学校，也可以指出这样一桩事实：有一个人学成后当医生，跑到某地行医，医术不好，人们埋怨他。他本人也知道自己是个蹩脚医生。他写道："我对医学没有兴趣，我爱好文学。"然而他还是留在那里，干自己的事业。

我不打算再谈这些事实。但是我知道很多这样的事实。

同志们，我提出了问题，这是个很重要的问题。医学是保卫国家健康的科学。儿童的健康在医生手里，这些儿童几年以后就会站在你们的岗位上。在我国，有才能的专家不多，很少，而且他们逐渐会死掉。然而他们创造了巨大的很好的遗产。他们会这样说：瞧，我们的青年不善于利用这些遗产；不仅在乡村，而且在城市，如果我们留下蹩脚的医生，很蹩脚的医生，发生这样的情况是很可能的。这就必须想点办法。

我再说一遍：对你们来说，这个问题不能是别人的问题。总之，对你们来说，在这个国家里，没有什么是别人的，不可能有你们不该响应的事情。今天你们是共青团员，明天你们就是党员，站在责任重大的岗位上。因此我觉得，你们必须认真注意事情的这一方面，从事正确的培养，分配你们的力量。

我们在文化方面有点落后。可是你们青年精力这么充沛，这不会引起惊慌，也不会责备你们。你们能够干得很好。很好地干吧。你们能够胜任一切。你们是刚强的、精力充沛的人，你们懂得生活的革命问题和社会主义劳动的意义。

我再说一遍：不可能而且不应该有哪一个问题不受到你们的注意。同志们，我的话讲完了，希望你们更加强你们的能力，以更出色的、英雄的劳动，使全世界吃惊。

【艺术赏析】

这篇演讲语言上简明质朴、不拖泥带水，有很强的号召力和感染力。对"工农青年近卫军"表现出足够的信心，并说明工农青年近卫军只要合理分配力量，到文化力量缺乏的任何地方去，这些力量可以改造而且已经在改造我们的国家。

本篇演讲密切联系当时的社会实际，向共青团员们指出了进行社会主义教育的迫切性和重要性，提出了培养目标的问题，相信他们定能"以更出色的、英雄的劳动，使全世界吃惊"。

哲学史开讲辞

黑格尔

【演讲者简介】

格奥尔格·威廉·弗里德里希·黑格尔（1770—1831），德国哲学家，出生于今天德国西南部符腾堡州首府斯图加特。1801年，30岁的黑格尔任教于耶拿大学。直到1829年，就任柏林大学校长，其哲学思想才最终被定为普鲁士国家的钦定学说。因此，说他大器晚成毫不过分。1831年，他在德国柏林去世。

【历史背景】

当时哲学在很多学校停讲，成了一门几乎消沉的科学，海德堡大学重新开设了这门课，使其重新受到注意和爱好。本文是黑格尔1816年10月28日在海德堡大学教授哲学史的开讲辞。

【演讲词】

诸位先生：

我所讲授的对象是哲学史。而今天我又是初次来到本大学，所以请诸位让我首先说几句话。我感到特别愉快，恰好在这个时机我能够在大学里面重新恢复我讲授哲学的生涯。因为这样的时候似乎业已到来，即可以期望哲学重新受到注意和爱好，这门几乎消沉的科学可以重新扬起它的呼声，并且可以希望这个对哲学久已不闻不问的世界又将倾听它的声响。时代的艰苦使人对于日常生活中平凡的琐屑兴趣予以大大的重视，现实上很高的利益和为了这些利益而作的斗争曾经占据了精神上一切的能力和力量以及外在的手段，因而使得人们没有自由的心情去理会那较高的内心生活和较纯洁的精神活动，以致许多较优秀的人才都为这种艰苦环境所束缚，并且部分地牺牲在里面。因为世界精神太忙碌于现实，所以它不能转向内心，回复到自身。现在，现实的这股潮流既然已经打破，日尔曼民族既然已经从最恶劣的情况下开辟出道路，且把它自己的民族性——一切有生命的生活的本源——拯救过来了。所以我们可以希望，除了那吞并一切兴趣的国家之外，教会也要上升起来；除了那为一切思想和努力所集中的现实世界之外，天国也要重新被思维到。换句话说，除了政治的和其他与日常现实相联系的兴趣之外，科学、自由合理的精神世界也要重新兴盛起来。

我们将在哲学史里看到，在其他欧洲国家唯，科学和理智的教养都有人以热烈和敬重的态度在从事钻研，唯有哲学，除了空名字外，却衰落了，甚至到了没有人记起、没有人想到的情况，只有在日尔曼民族里，哲学才被当做特殊的财产保持着。我们曾接受自然的较高的号召去做这个神圣火炬的保持者，如同雅典的优摩尔披德族是爱留西的神秘信仰的保持者，又如萨摩特拉克岛上的居民是一种较高的崇拜仪式的保存者与维持者，又如更早一些，世界精神把它自己最高的意识保留给犹太民族，俾使它自己作为一个新精神从犹太民族里产生出来。我们现在一般地已经达到这样一种较大的热忱和较高的需要，即对于我们有理念以及经过我们的理性证明的事物才有热情和行动。确切点说，普鲁士国家就是这种建筑在理智上的国家。但是，像前面所提到的时代的艰苦和对于重大的世界事变的兴趣也曾阻遏了我们深彻地和热诚地去从事哲学工作，分散了我们对于哲学的普遍注意。这样一来，坚强的人才都转向实践方面，而浅薄空疏就支配了哲学，并在哲学里盛行一时。我们可以说，德国自有哲学以来，哲学这门科学的情况看起来从来没有像现在这样坏过。空洞的词句、虚骄的气焰从来没有这样飘浮在表面上，而且以那样自高自大的态度在这门科学里说和做，就好像掌握了一切的统治权一样。为了反对这种浅薄思想而工作，以日尔曼人的严肃性和诚实性来工作，把哲学从它所陷入的孤寂境地中拯救出来——去从事这样的工作，我们可以认为是接受我们时代的较深精神的号召。让我们共同来欢迎这一个更美丽的时代的黎明。在这时代里，那曾向外驰逐的精神将回复到它自身，得到自觉，为它自己固有的王国赢得空间和基地，在那里，人的性灵将超脱日常的兴趣，而虚心接受那真的、永恒的和神圣的事物，并以虚心接受的态度去观察并把握那最高的东西。

我们老一辈的人是从时代的暴风雨中长成的，我们应该赞羡诸君的幸福，因为你们的青春正是落在这样一些日子里，你们可以不受扰乱地专心从事真理和科学的探讨。我曾经把我的一生贡献给科学，现在我感到愉快，因为我得到这样一个地方，可以在较高的水准、在较广的范围内，与大家一起工作，使较高的科学兴趣能够活跃起来，并帮助、引导大家走进这个领域。我希望我能够值得并赢得诸君的信赖。但我首先要求诸君只须信赖科学，信赖自己。追求真理的勇气和对于精神力量的信仰是研究哲学的第一个条件。人既然是精神，则他必须而且应该自视为配得上最高尚的东西，切不可低估或小视他本身精神的伟大和力量。人有了这样的信心，没有什么东西会坚硬顽固到不对他展开。那最初隐蔽蕴藏着的宇宙本质也并没有力量可以抵抗求知的勇气，它必然会向勇毅的求知者揭开它的秘密，将它的财富和宝藏公开给他，让他享受。

【艺术欣赏】

这篇演讲首先对重新教授哲学表达了自己喜悦的心情，对哲学应该抱有的态度有了明确的要求，语言平和而有亲和力，让人易于接受。

这篇演讲意味着哲学这门几乎消沉的科学可以重新扬起它的呼声，并且可以希望这个对哲学久已不闻不问的世界又将倾听它的声响。

命运与历史

尼采

【演讲者简介】

　　弗里德里希·威廉·尼采（1844—1900），德国唯心主义哲学家、唯意志论者。尼采曾在波恩大学和莱比锡大学攻读神学和古典哲学，后长期在瑞士巴塞尔大学任古典哲学教授。精通古希腊、罗马演讲术，主要著作有《悲剧的诞生》以及《查拉图斯拉如是说》、《善恶的彼岸》、《道德的世系》等。

【历史背景】

　　《命运与历史》是尼采于 1862 年春在他与朋友们创办的格玛尼亚文学协会上发表的演讲。

【演讲词】

　　如果我们能够用无拘无束的自由目光审视基督教学说和基督会史，我们就一定会发表某些违背一般观念的意见。然而，我们从婴儿开始就被束缚在习惯与偏见的枷锁里，童年时代的印象又使我们的精神无法得以自然发展，并确定了我们的秉性的形成。因此，我们如若选择一种更为自由的观点，以便由此出发，对宗教和基督教作出不偏不倚、符合时代的评价，我们会认为这几乎是大逆不道。

试图作出这样一个评价，可不是几个星期的事，而是一生的事。

因为，我们怎么能够用青年人苦思冥想的成果去打倒两千年之久的权威，破除各个时代有识之士的金科玉律呢？我们怎么能够因幻想和不成熟的观点而对宗教发展所带来的所有深深影响世界历史的痛苦与祸福置之不理呢？

要想解决几千年一直争论不休的哲学问题，这纯粹是一种恣意妄为：推翻只把追随有识之士的信念的人抬高为真正的人的观点，对自然科学和哲学的主要成果一无所知却要把自然科学与哲学统一起来，在世界史的统一和原则的基础尚未向精神显露自己的时候，最终从自然科学和历史中提出一种实在体系。

一无指南针，二无向导，却偏偏要冒险驶向怀疑的大海。这是愚蠢的举动，是头脑不发达的人在自寻毁灭。绝大多数人将被风暴卷走，只有少数人能发现新的陆地。那时，人们从浩瀚无垠的思想大海之中，常常渴望着返回大陆：在徒劳的冥想中，对历史和自然科学的渴望心情常常向我袭来！

历史和自然科学——整个时代遗赠给我们的奇异财富，预示我们未来的瑰宝，独自构成了我们可以在其上面建造冥想的塔楼的牢固基础。

我常常觉得，迄今为止的整个哲学多么像是巴比伦一座宏伟塔档；高耸入云乃是一切伟大追求的目标；人间天堂何尝不是这样。民众中极度的思想混乱就是没有希望的结局；倘若民众弄明白整个基督教是建立在假设基础上的，势必会发生巨大变革；什么上帝的存在、什么永生、什么圣经的权威、什么灵感等等，都将永远成为问题。我曾经试图否定一切：啊，毁坏易如反掌，可是建设难于上青天！而自我毁灭显得更为容易；童年时代的印象、父母亲的影响、教育的熏陶，无不牢牢印在我们的心灵深处，以致那些根深蒂固的偏见凭理智或者纯粹的意志不那么容易消除。习惯的势力，更高的需求，同一切现存的东西决裂，取消所有的社会形式，对人类是不是已被幻想引入歧途两千年的疑虑，对自己的大胆妄为的感觉——所有这一切在进行一场胜负未定的斗争，直至痛苦的经验和悲伤的事件最终再使我们的心灵重新树起儿童时代的旧有信念。但是，观察这样的疑虑给情感留下的印象，必定是每个人对自己的文化史的贡献。除了某种东西——所有那些冥想的一种结果之外，不可能会有其他东西铭刻在心了，这种结果并不总是一种知识，也可能是一种信念，甚至是间或激发出或抑制住一种道德情感的东西。

如同习俗是一个时代、一个民族或一种思想流派留下的结果，道德是一般人类发展的结果。道德是我们这个世界里一切真理的总和。在无限的世界里，道德可能只是我们这个世界里的一种思想流派留下的结果而已；可能从各个世界的全部真理结论中会发展起一种包罗万象的真理！可是，我们几乎不知道，人类本身是否不单单是一个阶段，一个一般的、发展过程中的时代，人类是不是上帝的一种任意形象。人也许仅仅是石块通过植物或者动物这种媒介而发展起来的，不是吗？人已经达到了尽善尽美的程度吗？而且其中不也包含着历史吗？这种永无止境的发展过程难道永远不会有个尽头？什么是这只巨大钟表的发条呢？发条隐藏在里面，但它正是我们称之为历史的这只巨大钟表里的发条。钟表的表面就是各个重大事件。指针一个小时一个小时从不停歇地走动，12 点钟以后，它又重新开始新的行程；世界的一个新时代开始了。

人作为那种发条不能承载起内在的博爱吗？这样两方面都可以得到调解。或者，是更高的利益和更大的计划驾驭着整体吗？人只是一种手段还是目的呢？

我们觉得是目的，我们觉得有变化，我们觉得有时期和时代之分。我们怎么能看到更大的计划呢？我们只是看到思想怎样从同一个源泉中形成，怎样从博爱中形成，怎样在外部印象之下形成；怎样获得生命与形体；怎样成为良知、责任感和大家的共同精神财富；永恒的生产活动怎样把思想作为原料加工成新的思想；思想怎样塑造生活，怎样支配历史；思想怎样在斗争中相互包容，又怎样从这种庞杂的混合体中产生新的形态。各种不同潮流的斗争浪涛此起彼落，浩浩荡荡，流向永恒的大海。

一切东西都在相互围绕着旋转，无数巨大的圆圈不断地扩大。人是最里面的圆圈之一。人倘若想估量外面圆圈的活动范围，就必须把自身和邻近的其它圆圈抽象化为更加广博的圆圈。这些邻近的圆圈就是民族史、社会史和人类史。寻找所有圆圈共有的中心，亦即无限小的圆圈，则属于自然科学的使命。因为人同时在自身中，并为了自身寻找那个中心，因此，我们现在认识到历史和自然科学对我们所具有的唯一的深远意义。

在世界史的圆圈卷着人走的时候，就出现了个人意志与整体意志的斗争。随着这场斗争，那个极其重要的问题——个人对民族、民族对人类、人类对世界的权利问题就显露出来，随着这场斗争，命运与历史的基本关系也就显露出来。

对人来说，不可能有关于全部历史的最高见解。伟大的历史学家和伟大的哲学家一样都是预言家，因为他们都从内部的圆圈抽象到外部的圆圈。而命运的地位还没有得到保证；我们要想认清个别的乃至整体的权利，还需要观察一下人的生活。

什么决定着我们的幸福生活呢？我们应当感谢那些卷动我们向前的事件吗？或者，我们的禀性难道不是更像一切事件的色调吗？在我们的个性的镜子里所反映的一切不是在与我们作对吗？各个事件不是仿佛仅仅定出我们命运的音调，而命运借以打击我们的那些长处和短处仅仅取决于我们的禀性吗？爱默生不是让我们问问富有才智的医生，禀性对多少东西不起决定作用以及对什么东西压根儿不起决定作用？

我们的禀性无非是我们的性情，它鲜明地显示出我们的境遇和事件所留下的痕迹。究竟是什么硬是把如此众多的人的心灵降为一般的东西，硬是如此阻止思想进行更高的腾飞呢？是宿命论的头颅与脊柱结构，是他们父母亲的体质与气质，是他们的日常境遇，是他们的平庸环境，甚至是他们的单调故乡。我们受到了影响，我们自身没有可以进行抵挡的力量，我们没有认识到，我们受了影响。这是一种令人痛心的感受：在无意识地接受外部印象的过程中，放弃了自己的独立性；让习惯势力压抑了自己心灵的能力，并违背意志让自己心灵里播下了萌发混乱的种子。

在民族历史里，我们更广泛地发现了这一切。许多民族遭到同类事情的打击，他们同样以各种不同方式受到了影响。

因此，给全人类刻板地套上某种特殊的国家形式或社会形式是一种狭隘做法。一切社会思想都犯这种错误。原因是，一个人永远不可能再是同一个人；一旦有可能通过强大的意志推翻过去整个世界，我们就会立刻加入独立的神的行列，于是，世界历史对我们来说只不过是一种梦幻般的自我沉迷状态；幕落下来了。而人又会觉得自己像是一个与外界玩耍的孩子，像是一个在早晨太阳升起时醒过来，笑嘻嘻将噩梦从额头抹去的孩子。

自由意志似乎是无拘无束、随心所欲的，它是无限自由、任意游荡的东西，是精神。而命运——如若我们不相信世界史是个梦幻错误，不相信人类的剧烈疼痛是幻觉，不相信我们自己是我们的幻想玩物——却是一种必然性。命运是抗拒自由意志的无穷力量。没有命运的自由意志，就如同没有实体的精神、没有恶的善，是同样不可想象的，因为有了对立面才有特征。

命运反复宣传这样一个原则："事情是由事情自己决定的。"如果这是唯一真正的原则，那么人就是暗中在起作用的力量的玩物，他不对自己的错误负责，他没有任何道德差别，他是一根链条上必不可少的一个环节。如果他看不透自己的地位，如果他不在羁绊自己的锁链里猛烈地挣扎，如果他不怀着强烈的兴趣力求搞乱这个世界及其运行机制，那将是非常幸运的！

正像精神只是无限小的物质，善只是恶自身的复杂发展，自由意志也许不过是命运最大的潜在力量。如果我们无限扩大物质这个词的意义，那么，世界史就是物质的历史。因为必定还存在着更高的原则，在更高的原则面前，一切差别无一不汇入一个庞大的统一体；在更高的原则面前，一切都在发展——阶梯状的发展，一切都流向一个辽阔无边的大海——在那里，世界发展的一切杠杆重新汇聚在一起，联合起来，融合起来，形成一个整体。

【艺术赏析】

整篇演讲内容层次分明、思路清晰，极富逻辑性，充满辩证关系，措辞准确、形象生动，显示出很高的演讲才能。简练的语言中蕴涵了博大精深的思想，他鲜明的观点、明快的节奏、严谨的逻辑让听众沉浸在一部情节环环相扣的电影之中，不舍得放弃任何一个细节。为加强演讲效果，他还综合运用比喻、排比、设问等多种修辞方法，一步步将主题推进。

这篇演讲使人们对辩证地看问题的基本方法有了大致的认识，对于正确认识世界和改造世界有了正确的方法，把命运和历史之间的关系以哲学的思想加以解释说明。

论想象力的培养

戈申

【演讲者简介】

戈申（1831—1907），英国政治家、教育家，曾任国会议员、英国驻土耳其大使、爱丁堡大学校长等职。

【历史背景】

《论想象力的培养》是戈申于 1877 年在利物浦学院所作的演讲词。他以一个教育家的身份着重论述了培养想象力的重要性。

【演讲词】

我的讲话是主张培养想象力的。我的话既是对那些最富足的、前程远大的人说的，也是对最贫穷、最卑微的人说的。我要努力不犯一些医生有时会犯的错误，那就是他们向每周收入两镑的病人建议喝香槟酒和到海滨作短期休养。

那么，我是从什么意义上使用"想象力"这个词的呢？《约翰逊字典》上有答案。我希望你们特别注意约翰逊如何解说"想象力"一词。他对"想象力"下的定义是"构思出理想图画的能力"，"向自己或他人描述不在眼前的事物的能力"。

这就是我要求你们在学校中、在家庭藏书室里以及用一切我能得到的手段影响你们去培养的能力，我确信这是做得到的；我希望我能引导你们，并向你们说清楚为什么应该培养这种能力。我重复一遍，这是构思出理想的图画以及向你们自己和他人描述不在眼前的事物的能力。我在下面的讲话使用"想象力"这个字时，就具有这样的含义。

沿着这条思路，我相信可以把我的意思讲清楚。不在眼前的事物是什么呢？例如历史就是。历史讲的是过去的事情。从某一意义来说，历史并不存在你脑中——那就是说，你看不到过去的事情；但是学习历史使你得到并增强理解不在眼前的事物的能力。因此我愿向你们推荐历史课，那是一门最值得学习的课程。

又例如各种外国游记。这又是一些不在你身旁的事物，因为你触摸不到它们。但阅读各种游记会使你认识那些不存在于你自己脑中的事物。至于说到构思出理想图画的能力，我建议你们请教诗人、戏剧家和想象力丰富的作家，阅读一切时代、一切国家的伟大文学作品。这种学习能够令你们在一个新大地中生活、活动与思考，这天地有别于你们周围的狭小世界。这种学习会给你们开辟各种新的乐趣的源泉，这种乐趣——我可以说，往往会上升为幸福。

【艺术赏析】

这篇演讲短小精悍、言简意赅，非常生动形象地说明了如何培养想象力以及培养想象力的重要性。越来越多的人对想象力培养的重视来源于这篇演讲，这既是对那些最富足的、前程远大的人，也是对最贫穷、最卑微的人提出的一种正确主张。

培养独立工作和独立思考的人

爱因斯坦

【演讲者简介】

爱因斯坦（1879—1955），德国物理学家，生于符腾堡乌尔姆。早年取得瑞士国籍，1913年重新获得德国国籍，1933年迁居美国，1940年加入美国籍。1905年获得哲学博士学位。1909年起历任苏黎世大学等校教授，后任美国普林斯顿高等研究所研究员。为反抗纳粹，建议并参加第一颗原子弹的研制工作。在物理学的许多领域都有重大贡献。最重要的功绩是建立了狭义相对论，并推广为广义相对论。他还提出了光的量子概念等理论。因发现光电效应定律，于1921年获诺贝尔物理学奖。著有《相对论的意义》等。

【历史背景】

《培养独立工作和独立思考的人》是爱因斯坦于1936年10月15日在纽约州立大学举行的"美国高等教育300周年纪念会"上的讲稿。这一年爱因斯坦57岁，已经是一个享誉世界的伟大物理学家。

在纪念的日子里，通常需要回顾一下过去，尤其是要怀念一下那些由于发展文化生活而得到特殊荣誉的人们。这种对于我们先辈的纪念仪式确实是不可少的，尤其是因为这种对过去最美好事物的纪念必定会鼓励今天善良的人们去勇敢奋斗。但这种怀念应当由从小生长在这个国家并熟悉它的过去的人来做，而不应当把这种任务交给一个像吉卜赛人那样到处流浪并且从各式各样的国家里收集了他的经验的人。

这样，剩下来我能讲的就只能是超乎空间和时间条件但同教育事业的过去和将来都始终有关的一些问题。进行这一尝试时，我不能以权威自居，特别是因为各时代的有才智的善良的人们都已讨论过教育这一问题，并且无疑已清楚地反复讲明他们对于这个问题的见解。在教育学领域，我是个半外行，除了个人经验和个人信念以外，我的意见就没有别的基础。那么我究竟是凭着什么而有胆量来发表这些意见呢？如果这真是一个科学的问题，人们也许就因为这样一些考虑而不想讲话了。

但是对于能动的人类的事务而言，情况就不同了，在这里，单靠真理的知识是不够的；相反，如果要不失掉这种知识，就必须以不断的努力来使它经常更新。它像一座矗立在沙漠上的大理石像，随时都有被流沙掩埋的危险。为了使它永远闪耀在阳光之下，必须不断地勤加拂拭和维护。我就愿意为这工作而努力。

学校向来是把传统的财富从一代传到一代的最重要机构。同过去相比，今天就更是这样。由于现代经济生活的发展，家庭作为传统和教育的承担者的功能已经削弱了。因此比起以前来，人类社会的延续和健全要在更高程度上依靠学校。

有时，人们把学校简单地看做一种工具，靠它来把最大量的知识传授给成长中的一代。但这种看法是不正确的。知识是死的，而学校却要为活人服务。它应当在青年人中发展那些有益于公共福利的品质和才能。但这并不意味着应当消灭个性，使个人变成仅仅是社会的工具，像一只蜜蜂或蚂蚁那样。因为由没有个人独创性和个人志愿的统一规格的人所组成的社会，将是一个没有发展可能的不幸的社会。相反，学校的目标应当是培养独立工作和独立思考的人，这些人把为社会服务看做自己最高的人生问题。就我所能作判断的范围来说，英国学校制度最接近于这种理想的实现。

但是人们应当怎样来努力达到这种理想呢？是不是要用讲道理来实现这个目标呢？完全不是。言辞永远是空的，而且通向毁灭的道路总是和多谈理想联系在一起的。但是人格绝不是靠所听到的和所说出来的言语，而是靠劳动和行动来形成的。

因此，最重要的教育方法总是鼓励学生去实际行动。初入学的儿童第一次学写字便是如此，大学毕业写博士论文也是如此，简单地默记一首诗，写一篇作文，解释和翻译一段课文，解一道数学题目，或做体育运动，也都是如此。

但在每项成绩背后都有一种推动力，它是成绩的基础，而反过来，计划的实现也使它增长和加强。这里有极大的差别，与学校的教育价值关系极大。同样，工作的动力可以是恐怖和强制，追求威信荣誉的好胜心；也可以是对于对象的诚挚兴趣和追求真理与理解的愿望，因而也可以是每个健康儿童都具有的天赋和好奇心，只是这种好奇心很早就衰退了。同一工作的完成，对于学生教育影响可以有很大差别，这要看推动工作的主因究竟是对苦痛的恐惧，是自私的欲望，还是快乐和满足的追求。没有人会认为学校的管理和教师的态度对塑造学生的心理基础没有影响。

我以为对学校来说，最坏的事是主要靠恐吓、暴力和人为的权威这些办法来进行工作。这种做法伤害了学生健康的感情、诚实的自信；它制造出的是顺从的人。这样的学校在德国和俄国成为常例；在瑞士以及差不多在一切民主管理的国家里也都如此。要使学校不受到这种一切祸害中最坏的祸害的侵袭，那是比较简单的。只允许教师使用尽可能少的强制手段，这样教师的德和才就将成为学生对教师的尊敬的唯一源泉。

第二项动机是好胜心，或者说得婉转些，是期望得到表扬和尊重，它根深蒂固地存在于人的本性之中。没有这种精神刺激，人类合作就完全不可能；一个人希望得到同类赞许的愿望肯定是社会对他的最大约束力之一。但在这种复杂感情中，建设性同破坏性的力量密切地交织在一起。要求得到表扬和赞许的愿望本来是一种健康的动机；但如果要求别人承认自己比同学、伙伴们更高明、更强有力或更有才智，那就容易产生极端自私的心理状态，而这对个人和社会都有害。因此，学校和教师必须注意防止为了引导学生努力工作而使用那种会造成个人好胜心的简单化的方法。

达尔文的生存竞争以及同它有关的选择理论被很多人引证来作为鼓励竞争精神的根据。有些人还以这样的办法试图伪科学地证明个人之间的这种破坏性经济竞争的必然性。但这是错误的，因为人在生存竞争中的力量全在于他是一个过着社会生活的动物。正像一个蚁垤里蚂蚁之间的交战说不上什么是为生存竞争所必需的，人类社会中成员之间的情况也是这样。

因此，人们必须防止把习惯意义上的成功作为人生目标来向青年人宣传。因为在那样的标准下，一个获得成功的人从他人那里所取得的，总是无可比拟地超过他对他们的贡献。然而看一个人的价值应当是从他的贡献来看，而不应当看他所能取得的多少。

在学校里和生活中，工作的最重要动机是在工作和工作的结果中的乐趣，以及对这些结果的社会价值的认识。启发并且加强青年人的这些心理力量，我看这该是学校的最重要的任务。只有这样的心理基础才能引导出一种愉快的愿望，去追求人的最高财富——知识和艺术技能。

要启发这种创造性的心理才能，当然不像使用强力或者唤起个人好胜心那样容易，但也正因为如此，才更有价值。关键在发展于孩子们对游戏的天真爱好和获得他人赞许的天真愿望，引导他们为了社会的需要参与到重要的领域中去。这种教育的主要基础是这样一种愿望，即希望得到有效的活动能力和人们的谢意。如果学校从这样的观点出发胜利完成任务，它就会受到成长中的一代的高度尊敬，学校规定的课业就会被他们当做礼物来领受。我知道有些儿童就对在学时间比对假期还要喜爱。

这样一种学校要求教师在他的本行成为一个艺术家。为了能在学校中养成这种精神，我们能够做些什么呢？对于这一点，正像没有什么方法可以使一个人永远健康一样，万应灵丹是不存在的。但是还有某些必要的条件是可以满足的。首先，教师应当在这样的学校成长起来。其次，在选择教材和教学方法上，应当给教师很大的自由。因为强制和外界压力无疑也会扼杀他在安排他的工作时所感到的乐趣。

如果你们一直在专心听我的想法，那么有件事或许你们会觉得奇怪。我详细讲到的是我认为应当以什么精神教导青少年。但我既未讲到课程没置，也未讲到教学方法。譬如说究竟应当以语文为主，还是以科学的专业教育为主？

对这个问题，我的回答是：照我看来，这都是次要的。如果青年人通过体操和远足活动训练了肌肉和体力的耐劳性，以后他就会适合任何体力劳动。脑力上的训练以及智力和手艺方面技能的锻炼也类似这样。因此，那个诙谐的人确实讲得很对，他这样来定义教育："如果人们忘掉了他们在学校里所学到的每一样东西，那么留下来的就是教育。"就是这个原因，我对于遵守古典文史教育制度的人同那些着重自然科学教育的人之间的争论，一点也不急于想偏袒哪一方。

另一方面，我也要反对把学校看做应当直接传授专门知识和在以后的生活中直接用到的技能的那种观点。生活的要求太多种多样了，不大可能允许学校采用这样专门的训练。除开这一点，我还认为应当反对把个人作为死的工具。学校的目标始终应当是使青年人在离开它时具有一个和谐的人格，而不是使他成为一个专家。照我的见解，这在某种意义上，即使对技术学校也是正确的，尽管它的学生所要从事的是完全确定的专业。学校始终应当把发展独立思考和独立判断的一般能力放在首位，而不应当把取得专门知识放在首位。如果一个人掌握了他的学科的基础，并且学会了独立思考和独立工作，就必定会找到自己的道路，而且比起那种其主要训练在于获得细节知识的人来，他会更好地适应进步和变化。

最后，我要再次强调一下，这里所讲的虽然多少带有点绝对肯定的口气，其实，我并没有想要求它具有比个人的意见更多的意义。而提出这些意见的人除了在他做学生和教师时积累起来的个人的经验以外，再没有别的什么东西来做他的根据。

【艺术赏析】

本文的语言充分体现了爱因斯坦作为物理学家的语言严谨性和科学性，不拖泥带水、没有过多的抒情，语言质朴。干脆、利落、直击问题，给人以酣畅痛快的感觉。

爱因斯坦说："学会独立思考和独立判断比获得知识更重要。不下决心培养思考习惯的人，将失去生活的最大乐趣。"通过这篇演讲，很多父母认识到在教育孩子时，千万不要教给孩子现成的答案，要让孩子独立思考，学会自己获取知识，学会发现，学会创造。

电脑对人类行为的影响——未来而不是现在

本杰明·亚历山大

【演讲者简介】

本杰明·亚历山大（1921—），美国现代科学家。1957年获哲学博士学位。曾任政府官员、国立健康服务和发展中心主任，1984年任哥伦比亚大学校长。

【历史背景】

本篇是亚历山大于1982年12月在哥伦比亚大学保罗·卡尔系列讲座上所作的演讲。

【演讲词】

你们也许还记得几周前在《华盛顿邮报》上发表的一篇文章，它披露了一种新的不幸者的类型——电脑寡妇。电脑寡妇显然是这种既被誉为世界救星，又被贬为全球恶魔的神奇机器的最新受害者。

这篇文章描述了电脑迷们的生活，他们把每个晚上和周末都花在家用电脑上——玩游戏，发明游戏，编制程序，以及寻求其他新奇的玩法。

文章继续报道了小型电脑已成为严重的家庭纠纷的祸根。电脑迷们不顾他们的妻子和儿女，抛弃了自己的家庭责任。文章指责家用电脑破坏了男人和妻子之间的正常关系，并且报道了好几个因为沉溺于电脑游戏而引起离婚的例子。

这一切促使哥伦比亚大学电脑科技系的一位成员指出："电脑已经改变了我们的交往、教育、娱乐的方式，现在它似乎又在影响我们的生育了。"自从 20 世纪 30 年代诞生电脑以来，电脑时代始终向前发展，一直没有倒退过。电脑已经永久性地紧密结合在我们的个人生活结构和社会结构之中。它已经成为对社会具有重要意义的和在经济上必不可少的事物。除了逃避尘世、独居在某些山顶的隐士，没有一个美国人的生活未曾受到电脑的影响。电脑技术已成为我们生活中的一个公认的组成部分。我们中的大多数人都把电脑看作是理所当然、应该拥有的东西。

由于电子硅集成电路块的出现，几年前曾被认为是令人惊愕的技术进展而黯然失色了。这种只有手指尖大小却具有惊人的强大威力的集成电路块，其计算能力相当于 25 年前应用的一间房间大小的计算机的能力。硅集成电路块的出现意味着人类技术的一次量子飞跃。

电脑革命对人类行为的影响程序还刚刚开始可以估量。你怎么可能跟踪那种能在极其迅速的时间，用计算机的术语来说，是在 1 毫微秒内发生的因果关系呢？几乎每一项电脑技术的重大成就和新的应用都带来了正反两方面的结果。我们现在听到的无论是外行还是专家的意见，基本上都是建设性的。一方面是学龄儿童的家长抗议非常流行的电子游戏对自己孩子生活的影响。另一方面是一位马萨诸塞州理工学院的著名电脑科学家对人类越来越依赖电脑的情况深表忧虑。人们关注和担心的事情还有个人隐私的遭到侵犯、电脑犯罪，等等。

情况已变得日益严重。家长们不得不采取行动，寻求控制；地区的主管机关也通过法律限制电子游戏机房的营业时间；美国卫生局医务主任更是公开谴责这种对许多现少年充满诱惑力的电子游戏。

几星期前，卫生局医务主任 C.埃弗雷特·库普指出，电子游戏对少年儿童的心理健康可能是一种危险品。他说："他们的身心深深陷入到电子游戏中去了，这种游戏中没有什么积极的、建设性的东西。一切都是消灭、杀人、破坏，而且干得干净利落。"

库普的意见在最近一期的《喷气》杂志上得到了反应。哈佛大学著名精神病专家阿尔文・波圣博士指出："我认为医务主任的忧虑很有道理，因为在我们的青少年中已经有这么多暴力事件，所以我们必须十分谨慎地对待我们的所作所为和我们所教给孩子的价值观。"波圣博士相信"电子游戏在助长社会暴力问题方面有极大可能"。他指出，没有头脑、但在智力上却是无可争议的电子游戏"正在教唆孩子们，暴力是某种可能接受的方式，是表达愤怒的一种合理的手段"。对于我们中的大多数人来说，那种认为电脑的差错会引发一场核战争的担心事实上是一种杞人之忧。但我们不能光归罪机器，因为电脑只是一个听话的蠢货。它准确地执行主人告诉它的命令——既不多，也不少。它完美地按照指令办事，但当指令不正确时，差错就会发生。如果输入一个错误的程序，一台军事电脑就会把导弹送往错误的方向，或者在错误的时刻发射出去。

几年前，一位海军上将，即后来的参谋长联席会议主席托马斯・穆勒在众议院的一个委员会上承认："不幸的是，我们已经变成这些该死的电脑的奴隶了。"众所周知，我们每天都有可能发生电脑程序的差错或者面临某种故障的威胁，从而造成一系列无法挽救的毁灭性后果，五角大楼证实的报告记录了由于所谓的电脑差错，美国的导弹系统曾一度处于随时开火状态。

我们害怕那种由电脑引爆的核打击，但它正是我们享受电脑技术的好处所支付的代价的一部分。即使我们能够一直侥幸地控制住我们的军用电脑，还有其他的控制问题吸引我们的注意力。我们必须对一位电脑科学家所说的"全球个人档案的威胁"保持警惕。他指的是政府机构和私营团体共同拥有的记录我们的情况的情报。关于我国现有的数据库有多少，我们没有精确的数字，但只要你想一下金融机构、医院、新旧雇主、国内税务局、社会生活保障署、联邦调查局、人口统治局等各种与人民有关的联邦机构，以及百货公司、信用机构、执法机构、法院等拥有的我们大家的情报规模就足够了。这些情报多数是客观的、冷酷的、完整的、线性的数据。它们可能准确，也可能不准确。许多数据是个人无法看到的，而且在大多数情况下你无法对这些数据验证、核实或者提出异议。由于许多公司从事着多种经营，它们把被兼并的公司的人事情报看作是自己理所当然应该继承的财产。这种情报的集中化，无论在经济上还是政治上都会是一种有力的武器。联邦法规保护个人隐私不受侵犯，但却始终存在着滥用个人情报的潜在威胁。正如我们在"水门事件"调查期间所揭发的那样，政府泄露或提供了许多个人档案，不恰当地查阅或利用了机密数据，甚至利用联邦纳税记录进行政治迫害和个人报复。

还有一桩可能发生的最坏的事情，那就是政府将会掌握一个无比巨大的电脑联网系统。这种主张可能会在为了方便行事或提高效率或国家安全的名义下提出来。如果这个主张得到实行，我们将被一下子推到另一个陌生时代的开端。它将是我们所珍爱的个人隐私不受干涉的自由的结束。

雄踞电脑能力前沿的是所谓的"人工智能"的开发。这种极端复杂的科学力图使电脑脱离目前所处的只是根据指令行事的"机器傻瓜"的范畴。这一领域的科学家正在设计赋予电脑的类人智能和程序。它的前景是，人工智能可以成为一种不可思议的工具，能把人的智力进一步扩大到从未梦想过的程度。尽管人工智能仍处在襁褓阶段，但目前正在进行的研究已可以使机器人收集垃圾、采煤，清除核反应堆的放射场。这种新技术的阴暗面是，人们担心它会被人利用而变成潜在的帮凶。例如，有人早就建议，可以把懂得语言的电脑设计成实际上能对每一个人的谈话进行监听的工具；也可把电脑侦视器设计成能向当局汇报后者感兴趣的事情的机器。

有些社会评论家担心，电脑的广泛应用最终将导致人类智力的衰退。有人则忧虑，电脑将使我们的生活统一化，我们将不得不与某些工艺和技巧告别。

然而，马丁·加德纳——《数学狂欢》杂志的作者却宣称："我们不明白的是，如果电脑正在把人们解放出来，使他们能够从事更有兴趣的工作，那么为什么一定要坐下来用笔计算7的平方根呢？"

我个人并不同意上述观点，不过这种观点确有许多支持者。这些乐观主义者认为，这种拥有近乎无限能力和灵活性的新的精密技术将会扩大个人的自由。例如，人们可以在家中的终端而不是办公室进行工作；可以根据自己的学习进度自修各种科目；购物电子化；可以把纳税、投资、保险、汽车维修等个人必要的记录组合成整件。

如果电脑能够在个人身上产生好的结果，它也可以在个人身上产生坏的结果。无须用枪对准银行出纳员的白领阶层的电脑犯罪率正在日益增长。执法机关不得不通过训练警察制止电子窃贼的培训计划来对付这一现象。有些科学家则担心另一种犯罪活动。卡内基-梅隆大学的 D.雷·里迪的忧虑是，如果大学拥有的尖端微电脑掌握在坏人手中，他就可以指令其他电脑切断电话，停止银行服务和我们日常生活所依赖的其他系统的业务。这样一来，整个社会就被破坏了。不过，我还是同意艾萨克·阿西莫大的观点，他说："我们正在走向这样一个时期，在这个时期，我们必须解决的难题正在变得没有电脑就无法解决。我不担心电脑，我担心的是缺乏电脑。"人类拥有一切力量和弱点，拥有一切只有人类才拥有的感情。我希望每一项新的惊人的技术突破都会遇到来自心理学家、社会学家、医学家和法律专家以及一切能够监督、评估新技术对人的影响的其他各种专业人士的怀疑主义的质难。既然我们正在向着新的、前所未闻的领域前进，我们就需要小心谨慎地弄清这种运动对于我们生活的含义。我们需要在电脑能够提供的好处和什么是对人类最美好的事物之间权衡轻重，及时提醒。社会面临的真正挑战是：我们是否会让电脑诱惑我们去滥用、甚至践踏下列基本价值——诚实、自由、平等、相互信任、爱情、尊重法律和他人的权利以及其他兄弟人类的幸福；因为这些基本价值正是一个文明社会赖以生存的基础和希望。

【艺术赏析】

本篇演讲语言上通俗易懂，从不同方面论述了电脑对人类的影响——未来而不是现在，说理循序渐进，一步步说明自己的观点，令人不得不信服。

演讲要求人们更加理性地对待每一项新的惊人的技术突破带给人类的影响，尤其是电脑的发明对人类的巨大影响。

科学的发展——从古代中国到现在

李政道

【演讲者简介】

李政道（1926—），美籍华裔物理学家，生于上海。1946年公费去美国芝加哥大学深造。1950年获哲学博士学位。1955年任哥伦比亚大学物理学副教授，1960年升任教授。1964年被选为美国科学院院士。至今荣任哥伦比亚大学费米讲座物理学教授。他在物理学方面的贡献是与杨振宁一起推翻了宇称守恒定律。为此，两人同获1957年诺贝尔物理学奖。当时他只有31岁，成为历史上第二个最年轻的诺贝尔奖获得者。

【历史背景】

《科学的发展——从古代中国到现在》是李政道于1992年11月在复旦大学"李政道物理奖颁发大会"上的演讲。

【演讲词】

整个科学的发展与全人类的文化是分不开的，在西方是如此，在中国也是如此。

可是科学的发展在西方与中国并不完全一样。在西方，尤其是如果把希腊文化也算作西方文化的话，可以说，近代西方科学的发展和古希腊有更密切的联系。古希腊也和现代的想法基本相似，即觉得要了解宇宙的构造，就要追问最后的元素是什么。大的物质是由小的元素构造的，小的元素是由更小的粒子构造的，所以是从大到小，从小到更小。这个观念是古希腊时就有的，一直到近代。可是中华民族的文化略有不同。我们是从开始就感觉到，微观的元素与宏观的天体是分不开的。所以中国人从开始就把五行与天体联系起来。五行的一个很原始的看法就是金、木、水、火、土。可是在很早的时候，中国就有相当重要的科学观察结果，在全世界恐怕最早的即是超新星的观察。全世界最早的有关新星的记录是甲骨文，原件在台湾中央研究院。"Nova"这个名词是中国人定的，这是在公元前1300年，是全世界最早的记录。世界上最早最全面的超新星记录是在宋朝1054年发现的。

中国很早的时候就有科学的仪器，就是商朝的悬机，大概是玉做成的。把它的中间架在一个架子上，当中一头对北极，而天是在转的，北极是不动的，因此这个星体正好是北斗。张衡的浑天仪是自动的，它以水源来推动，用齿轮的方法，自己会动，整个是自动的。第谷·布赖的观天仪器是1598年，张衡是125年，期间相差了1400多年。

可是紧跟着从明末清初开始，中国科学地位下降了。这个望远镜在17世纪初，即明末清初时做成的。在西方，望远镜是帮助文艺复兴的第一步，它是崭新的科学仪器。我们没有跟上这一步。第二步，西方抓住了基础物理和应用物理的关系。在19世纪，经过法拉第的试验，麦克斯韦在1864年创建了电磁理论概念，即把磁生电、电动生磁这两个现象完全用精密的麦克斯韦方程组表示出来。此后很快就产生了19世纪末的发电机、电动马达，一直到20世纪的电报、电视、雷达，所有的现代通信设备都是从这两个东西里出来的，因为经过麦克斯韦电磁学说，所有的总关键都抓住了。一切与电、磁有关的东西都是受麦克斯韦方程组规律控制的。从迈克尔逊和莫利的实验就产生了相对论，从普朗克的公式就产生了量子力学。到了1925年，整个基础科学的了解被人们完全操纵了，之间还有第二次世界大战，到了1950年初，原子结构、分子物理、原子核能、半导体、超导体、计算机，这些20世纪的文化都产生了。

　　如果没有量子力学，没有相对论，就没有 20 世纪的文化。再过 20年，20 世纪 70 年代末 80 年代初，这些理论已达到顶点。回顾以上一段科学史，可知基础科学、应用科学与我们的物质文化的关系是如何紧紧相扣、不可分割。我们现在正处在 20 世纪末，当我们面向 21 世纪时，不禁要问，什么是 21 世纪的科学文明呢？什么是现在面临的最重要的问题呢？这是今天我要讲的主要问题。中国从商朝到汉朝，科学文明一直是走在前列的，为什么到明末清初中国的科学却落后了、文艺复兴完全在西方发展？道理之一是在物理上、在科学上。我们觉得所有的物质的动因、它的原理是由一些很基本、很简单的理论操纵的，我们能找出这些原理，就可以知道一切东西的原理，如 19 世纪的电磁理论和 20 世纪的相对论和量子力学。18 世纪很难了解 19 世纪的文化，在 19 世纪根本无法想象 20 世纪的文化。同样，我们 20 世纪也很难猜测 21 世纪的科学文化是什么。所以我提出，如何恢复中华民族在科学界的地位。在 19 世纪前，无疑中国是处于领导地位，今天不是。这里的主题至少有两个：第一个是要了解基础科学和应用科学的机制关系；第二个是当我们展望 21 世纪时，我们必须要了解当代科学的大问题，了解了这些大问题，才有可能突破，其他问题才迎刃而解。了解当代的大问题对于了解 21 世纪的科学发展无疑是有帮助的，当然，这只能是猜测。

　　当代的科学大问题，与 19 世纪末相当的大问题，在宇宙学里有两个：一个是类星体，一个是暗物质；粒子物质学里有两个：一个是对称破缺，一个是不可见夸克。若能了解这些问题，将对 21 世纪的科学发展产生重大作用。我先来解释宇宙学里的大问题。类星体是什么，新星忽然一下子亮度超过太阳 1 至 10 万倍，超新星又比新星亮 1 至 10 万倍，寿命从几天到 1 至 2 年。类星体更厉害，其亮度是 1000 个银河系的亮度总和，而每个银河系里有 1000 亿个太阳，每个太阳几乎可以生存 100 亿年。那么，什么东西产生类星体能量？核能是普通的太阳能，它与核能之比相当于核与油灯之比。我们尚不知道其能量来自何处。我们宇宙里至少有 100 万个类星体，其中仔细研究了近 1000 个。我们宇宙间有一种我们尚不了解的发能方式，它远远超过核能，远远不是我们所能想象的。

　　下面谈一下暗物质。所谓看得见的物质是指用光学、红外、放射等手段，即凡是用仪器能推出的有能量的物质。然而，我们发现，在银河系里，有个叫做星系群的圆球，里面有 20 个像银河系那样的星体，通过研究整个星系群里每个星云的运动可以推出地心引力，从地心引力里求出来，就发现在星系群里，有四分之三的物质是我们看不见的，这就是暗物质。暗物质有很高的能量产生，有相当的普遍性。但我们不知道其原因何在，来源如何。以上两个就是当代天体研究上的大问题。

我们了解的理论，如量子色动力学、爱因斯坦的普遍相对论，所有这些理论有 17 个参数，都是对称出来的，可是在我们的宇宙里，对称的量子数是不守恒的。其中第一个重要发现就是宇称不守恒，现在还有不少东西不守恒。这就很奇怪，我们的很多理论是根据对称产生的，可是为什么我们的世界又是不对称的，这是非常奇怪的。那么是否我们相信对称就是错误的呢？不然，我们有很充分的实验证据表明，我们这个宇宙、我们这个世界是不对称的，这两个是非常奇怪的现象。这表明现有的全部知识是很不全面的，但一定另外存一个力，这个力是推动对称的。这个力是什么？我们不了解，但它的存在我们知道。现在我们认为，真空在里面起作用。真空与以太不同，它是洛伦兹不变的，可它有很复杂的性质，真空很可能是可以变化，如果我们了解了不对称的来源，很可能我们可以了解质量的来源，包括暗物质。

第二个谜即看不见的夸克。所有的强子、核子是由夸克来的，有强作用。所有的强子都是由夸克构造的，但单独的夸克是看不见的，从来没有人看见过，这也是很稀奇的。但若你据此说夸克观念是错误的，那就不然。我们有充分的实验证据表明夸克是存在的。我们知道其质量不大，但就是看不见。所以，为什么一切强作用的物质是由夸克组成，而为何夸克又看不见，这是当代的一个很大的奇怪的事情。

现在我们猜不到 21 世纪的文化是什么，就如同在 19 世纪我们猜不到 20 世纪的文化将是怎样一样。同样，若我们真能激发真空的话，很可能我们对宇宙的了解要远远超过 20 世纪。将来的历史会写上：是在我们这个时代，把微观的世界和宏观的世界用科学的方法连接起来。

最后送给复旦青年两句话：复兴文化，且且生光。

【艺术赏析】

演讲者反复强调了中西方在科学上的贡献及互补关系。在演讲中列举材料事实，更具说服力，显示了科学家的严谨和理性。演讲更加激发了复旦莘莘学子对科学锲而不舍的热情。

应有格物致知精神

丁肇中

【演讲者简介】

丁肇中（1936—），美籍华裔物理学家。山东日照人。他在美国出生，但在中国长大。1956年移居美国，就读于密歇根大学。1962年获博士学位。1963年在日内瓦欧洲原子核研究委员会供职。1964年返回美国。1969年被麻省理工学院委任为物理学教授。1974年在长岛布鲁克黑文国立实验室工作时，发现了一种新的亚原粒子，即J粒子。他由于这项工作，获1976年诺贝尔物理学奖。1977年被选为美国科学院院士。

【历史背景】

《应有格物致知精神》是丁肇中于1991年10月在北京人民大会堂举行的"情系中华"大会上发表的演讲。

【演讲词】

我非常荣幸地接受《瞭望》周刊授予我的"情系中华"征文特别荣誉奖。我父亲是受中国传统教育长大的，我受的教育的一部分是传统教育，一部分是西方教育。为缅怀我的父亲，我写了《怀念》这篇文章。多年来，我在学校里接触到不少中国学生，因此，我想借这个机会向大家谈谈学习自然科学的中国学生应该怎样了解自然科学。

在中国传统教育里，最重要的书是"四书"。"四书"之一的《大学》里这样说：一个人教育的出发点是"格物"和"致知"。就是说，从探察物体而得到知识。用这个名词描写现代学术发展再适当也没有了。现代学术的基础就是实地的探察，就是我们现在所谓的实验。

但是传统的中国教育并不重视真正的格物和致知。这可能是因为传统教育的目的并不是寻求新知识，而是适应一个固定的社会制度。《大学》本身就说，格物致知的目的是使人能达到诚意、正心、修身、齐家、治国和田地，从而追求儒家的最高理想——平天下。因为这样，格物致知的真正意义被淹没了。

大学都知道明朝的大理论家王阳明，他的思想可以代表传统儒家对实验的态度。有一天王阳明要依照《大学》的指示，先从"格物"做起。他决定要"格"院子里的竹子。于是他搬了一条凳坐在院子里，面对着竹子硬想了七天，结果因为头痛而宣告失败。这位先生明明是把探察外界误认为探讨自己。王阳明的观点在当时的社会环境是可以理解的。因为儒家传统的看法认为天下有不变的真理，而真理是"圣人"从内心领悟到的。圣人知道真理以后，就传给一般人。所以经书上的道理是可"推之于四海，传之于万世"的。这种观点、经验告诉我们，这是不能适用于现在的世界的。

我是研究科学的人，所以先让我谈谈实验精神在科学上的重要性。科学进展的历史告诉我们，新的知识只能通过实地实验而得到，不是由自我探讨或哲理的清谈就可求到的。

实验的过程不是消极的观察，而是积极的、有计划的探测。比如，我们要知道竹子的性质，就要特别栽种竹树，以研究它生长的过程，要把叶子切下来拿到显微镜下去观察，绝不是袖手旁观就可以得到知识的。实验的过程不是毫无选择的测量，它需要有小心具体的计划。特别重要的是要有一个适当的目标，以作为整个探索过程的向导。至于这目标是怎样选定，就要靠实验者的判断力和灵感。一个成功的实验需要的是眼光、勇气和毅力。

由此我们可以了解，为什么基本知识上的突破是不常有的事情。我们也可以了解，为什么历史上学术的进展只靠很少数的人的关键性发现。

在今天，王阳明的思想还在继续支配着一些中国读书人的头脑。因为这个文化背景，中国学生大都偏向于理论而轻视实验，偏向于抽象的思维而不愿动手。中国学生往往念功课成绩很好，考试都得近一百分，但是面临需要主意的研究工作时，就常常不知所措了。

在这方面，我有个人的经验为证。我是受传统教育长大的。到美国大学念物理的时候，起先以为只要很"用功"，什么都遵照老师的指导，就可以一帆风顺了，但是事实并不是这样。一开始做研究就马上发现不能光靠教师，需要自己做主张、出主意。当时因为事先没有准备，不知吃了多少苦。最使我彷徨恐慌的是当时的唯一办法——以埋头读书应付一切，对于实际的需要毫无帮助。

我觉得真正的格物致知精神不但在研究学术中不可缺少，而且在应付今天的世界环境中也是不可少的。在今天一般的教育里，我们需要培养实验的精神。就是说，不管研究科学，研究人文学，或者在个人行动上，我们都要保留一个怀疑求真的态度，要靠实践来发现事物的真相。现在世界和社会的环境变化得很快。世界上不同文化的交流也越来越密切。我们不能盲目地接受过去认为的真理，也不能等待"学术权威"的指示。我们要自己有判断力。在环境激变的今天，我们应该重新体会到几千年前经书里说的格物致知真正的意义。这意义有两个方面：第一，寻求真理的唯一途径是对事物客观的探索；第二，探索的过程不是消极的袖手旁观，而是有想象力的、有计划的探索。希望我们这一代对于格物和致知有新的认识和思考，使得实验精神真正地变成中国文化的一部分。

【艺术赏析】

演讲要注意自己的身份，同时更要注意演讲的时间、地点与环境。丁肇中在这篇演讲中，以一个科学家的身份，从中国传统的科学思维方式讲起，到应该如何探求未知世界，其效果使听众更易接受，也易引起大家的共鸣。演讲者言辞恳切、富有说服力和感染力。

这篇演讲为中国学生了解学习科学提供更清楚的认识和更端正的态度。他给我们上了生动的一课，激起我们对"格物致知"的关注。

北大之精神

马寅初

【演讲者简介】

马寅初（1882—1982），浙江绍兴人，著名学者。1906年毕业于天津北洋大学矿冶专业。后被保送留学，先后就读于美国耶鲁大学和哥伦比亚大学，获经济学硕士、博士学位和哲学博士学位。1915年回国，应蔡元培之邀出任北京大学首任教务长。从1927年开始，先后任南京政府立法院财经委员会委员长、重庆大学商学院院长。抗战期间，因反蒋而被监禁数年。1944年恢复人身自由，但被剥夺在公立学校任教和发表文章、演讲的权利。后到上海中华工商专科学校任教。1949年任浙江大学校长。1951 年至 1960 年任北京大学校长。历任全国政协第一、三届委员，第二、四、九届常委，全国人大第一、二、五届常委，中国科学院哲学社会科学部学部委员。20 世纪 50 年代初开始研究人口问题，以大量调查分析为依据，提出控制人口数量、提高人口质量、实行人口有计划增长的人口理论，因此受到批判。1960 年以后专心从事著述。"文革"中曾焚毁自己的农业经济学著作《农书》的手稿。1979 年中共中央为他彻底平反。

【历史背景】

《北大之精神》是作者于 1927 年 12 月 19 日出席在杭州举行的庆祝北京大学建校 29 周年纪念大会时的演讲。当时作者已在南京政府任职。

【演讲词】

今日为母校二十九周年纪念，令人发生深切之印象。现学校既受军阀之摧残而暂时消灭，但今天之纪念会仍能在杭州举行，聚昔日师友同学至二百数十人之多，可见吾北大形质暂时虽去，而北大之精神则依然存在。

回忆母校自蔡先生执掌校务以来，力图改革，五四运动，打倒卖国贼，作人民思想之先导。此种虽斧钺加身然毫无顾忌之精神，国家可灭亡，而此精神当永久不死。然既有精神，必有主义，所谓北大主义者，即牺牲主义也。服务于国家社会，不顾一己之私利，勇敢直前，以达其至高之鹄的。

苟有北大之牺牲精神，无论举办何事，则结果之良好，俱可期而待。今以浙江一省而论之，如以北大牺牲精神移办政府与党务，则不出一年，必可为全国之模范省。盖浙江现时之地位，较他省优良之点甚多。财政之统一一也：浙江之财政厅，能统辖全省财政，较之江苏、安徽、福建等省，俱远过之。江苏因为孙传芳之战事未了，所统一者仅长江以南之一部分。安徽在前数月间虽征收税吏，俱归二三军队首领所委派。福建即菜担妓女，亦俱贴印花，其财政上之紊乱，可以想见。至湖广、江西等省，更无须深论矣。金融之平稳二也。全省无滥发纸币，引起金融之扰乱。军队之统一三也。教育之优良完全四也。此次革命军兴，全省所受之损失不大五也。既具此五种之优点，苟政治能上轨道，办事人员俱抱北大精神而徐图改革，则将来之浙江，必较今日可以远胜万倍。

虽然，欲图改革，必须自环境之改造入手。重心不在表面，而在人心。今日国家社会之所以每况愈下，根本原因在于吏治之不良，道德之堕落。如寅初回浙未久，而请寅初代谋统捐局长者，不知凡几。且有欲寅初推荐往禁烟局者，彼辈之心理，以为寅初现正在反对禁烟局，则寅初推荐之人员，禁烟局不敢不留用。际此生活困难之时，在政界谋事，果属生活问题，情尚可原。然来寅初处谋事之人，甚至预先说价，必须月薪至若干元以上，或有其它不正当之收益者而后可。是故中国大半人民，虽其私人道德，亦有甚好者，但脑筋中实无一"公"字之印象。故公家观念之薄弱，已达极点。而对一己之升官发财，譬诸厕所之苍蝇，群相鹜集。故无论何界，苟有一人稍有地位，则其亲戚朋友，全体连带而为其属下，家庭观念之深切，世无其右。当知吾人对于国家社会之义务，应以人民之幸福为前提，不当以个人弥补亏空或物质享受为目的。北大昔日既为群众之导师，今而后当如何引导人民，打破家庭观念，而易以团体观念；打破家庭主义，而易以国家主义，恢复人生固有之牺牲精神。否则，若仅有表面之革命，恐虽经千百次，于国家于社会仍无补于事也。

且中国人民之心理，对公家事，若不相干，可以不负责任。如寅初此次反对鸦片，时有人以"在此种社会何必做恶人"之语，来相劝勉，若寅初家中妇女，如作此语，寅初本可不加深责。然此种浅薄之语，竟发诸现在之官吏与夫东西留学生之口。呜呼！一人公正之勇气能有几何，今不以努力助鼓励，而反以冷水浇头，人心至此，可深浩叹！中国人以"不"字为道德，如不嫖、不赌、不饮酒、不吸烟，果属静止之道德。然缺乏相当之努力，与夫牺牲之精神，以尽人生应有之义务。虽方趾圆颅，实类似腐尸。西人谓"lifeisactivity"（即"生命活力"——编者注），否则，反不如截发入山，做和尚之为愈，何必在世上忧忧哉。

是故以北大之精神，牺牲于社会，对于全国，或以范围过大，尚须相当时日。若仅浙江一省，则改造之目的，诚可立而待也。欲使人民养成国家观念，牺牲个人而尽力于公，此北大之使命，亦即吾人之使命也。举凡战胜环境，改造人心，驱除此等奄奄待毙不负责任之习俗，诸君当与寅初共勉之！

【艺术赏析】

这篇演讲情感朴实真挚，语言诚恳热烈，态度鲜明而坚决，给人以震撼力和感染力。

在演讲中，他对北大自"五四"运动以来形成的为国家社会的进步勇于牺牲、勇往直前的精神作了高度的评价。并用北大精神来批评时弊，指出"今日国家社会之所以每况愈下，根本原因，在于吏治之不良，道德之堕落"。他对那些买官谋缺，营营于一己私利，对"公家事"漠然不顾的鄙俗之辈进行了无情的抨击。作者在这里已深入到批判国民劣根性的层次。他对"中国人以'不'字为道德"的批判尤为发人深省。最后他号召人们以北大之牺牲精神为国家社会的进步效力。

人们一思考，上帝就发笑

米兰·昆德拉

【演讲者简介】

米兰·昆德拉（1929—），出生于捷克斯洛伐克布尔诺，自 1975 年起，一直在法国定居。

【历史背景】

耶路撒冷文学奖以耶路撒冷命名，是以伟大犹太精神为归皈的以色列人最重要的奖项。耶路撒冷文学奖创办于 1963 年，每两年颁发一次，意在表彰其作品涉及人类自由、人与社会和政治间关系的作家。这篇演讲米兰·昆德拉于在 1985 年 5 月在耶路撒冷文学奖典礼上的部分讲话。

【演讲词】

以色列将其最重要的奖项保留给世界文学绝非偶然，而是传统使然。那些伟大的犹太先人长期流亡在外，他们所着眼的欧洲也因而是超越国界的。对他们而言，"欧洲"的意义不在于疆域，而在于文化。尽管欧洲的凶蛮暴行曾叫犹太人伤心绝望，但是他们对欧洲文化的信念始终如一。所以我说，以色列这块小小的二地，这个失而复得的家园，才是欧洲真正的心脏。这是个奇异的心脏，长在母体之外。

今天我来领这个以耶路撒冷命名，以伟大犹太精神为归皈的奖项，心中充满了异样的激动。我是以"小说家"的身份来领奖的，不是"作家"。

法国文豪福楼拜曾经说过，小说家的任务就是力求从作品后面消失，他不能当公众人物。然而，在我们这个大众传播极为发达的时代，往往相反，作品消失在小说家的形象背后了。固然，今天无人能够彻底避免曝光，福楼拜的警告仍不啻是适时的警告：如果一个小说家想成为公众人物，受害的终归是他的作品。这些小说，人们充其量只能当是他的行动、宣言、政见的附庸。

小说家不是代言人。严格说来，他甚至不应为自己的信念说话。当托尔斯泰构思《安娜·卡列尼娜》的初稿时，他心中的安娜是个极不可爱的女人，她的凄惨下场似乎是罪有应得。这当然跟我们看到的定稿大相径庭。这当中并非托氏的道德观念有所改变，而是他听到了道德以外的一种声音。我姑且称之为"小说的智慧"。所有真正的小说家都聆听这超自然的声音。因此，伟大的小说里蕴藏的智慧总比它的创作者多。认为自己比其作品更有洞察力的作家不如索性改行。

可是，这"小说的智慧"究竟从何而来？所谓"小说"又是怎么回事？我很喜欢一句犹太谚语："人们一思索，上帝就发笑。"这句谚语带给我灵感，我常想象拉伯雷有一天突然听到上帝的笑声，欧洲第一部伟大的小说就呱呱坠地了。小说艺术就是上帝笑声的回响。

为什么人们一思索，上帝就发笑呢？因为人们越思索，真理离他越远。人们越思索，人与人之间的思想距离就越远。因为人从来就跟他想象中的自己不一样。当人们从中世纪迈入现代社会的门槛，他终于看到自己的真面目：堂·吉诃德左思右想，他的仆役桑丘也左思右想。他们不但未曾看透世界，连自身都无法看清。欧洲最早期的小说家却看到了人类的新处境，从而建立起一种新的艺术，那就是小说艺术。

十六世纪法国修士、医师兼小说家拉伯雷替法语创造了不少新词汇，一直沿用至今。可惜有一词被人们遗忘了。这就是源出希腊文的"Age-laste"，意指那些不懂得笑，毫无幽默感的人。拉伯雷对这些人即厌恶又惧怕。他们的迫害几乎使他放弃写作。小说家跟这群不懂得笑的家伙毫无妥协余地。因为他们从未听过上帝的笑声，自认为掌握绝对真理，根正苗壮，又认为人人都得"统一思想"。然而，"个人"之所以有别于"人人"，正因为他窥破了"绝对真理"和"千年一面"的神话。小说是个人发挥想象的乐园。那里没有人拥有真理，但人人有被了解的权利。在过去四百年间，西欧个性主义的诞生和发展就是以小说艺术为先导的。

巴汝奇是欧洲第一位伟大小说的主人翁，他是拉伯雷《巨人传》的主角。在这部小说的第三卷里，巴汝奇最大的困扰是：到底要不要结婚？他四出云游，遍寻良医、预言家、教授、诗人、哲人，这些专家们又引用希波克拉底、亚里士多德、荷马、赫拉克利特和柏拉图的言语。可惜尽管穷经皓首，到头来巴汝奇还是决定不了应否结婚。我们这些读者也下不了结论。当然到最后，我们已经从所有不同的角度衡量过主人翁这个即滑稽又严肃的处境了。

拉伯雷这一番旁征博引，与笛卡尔式的论证虽然同样伟大，性质却不尽相同。小说的母体虽穷理尽性，但是幽默。

欧洲历史最大的失败之一就是它对于小说艺术的精神，其所提示的新知识及其独立发展的传统，一无所知。小说艺术其实正代表了欧洲的艺术精神。这门受上帝笑声启发而诞生的艺术并不负有宣传、推理的使命，而是恰恰相反。它像佩内洛碧（Penelope）那样，每晚都把神学家、哲学家精心纺织的花毯拆骨扬线。

近年来，指责十八世纪已经成为一种时尚。我们常常听到这类老生常谈："俄国极权主义的恶果是西欧种植的，尤其是启蒙运动的无神论理性主义及理性万能的信念。"我不够资格跟指责伏尔泰得为苏联集中营负责的人争辩。但是我完全有资格说："十八世纪不仅仅是属于卢梭、伏尔泰、霍尔巴哈的，它也属于（甚至可能是全部）费尔丁、斯特恩、歌德和勒卢。"

十八世纪的小说之中，我最喜欢劳伦斯・斯特恩的作品《项迪传》。这是一部奇特的小说。斯特恩在小说的开端，描述主人翁开始在母体里骚动那一夜。走笔之际，斯特恩突来灵感，使他想起另外一个故事。随后在上百篇幅里，小说的主角居然被遗忘了。这种写作技巧看起来好像是在耍花枪。作为一种艺术，技巧绝不仅仅在于耍花枪。无论有意还是无意，每一部小说都要回答这个问题："人的存在究竟是什么？其真意何在？"

与斯特恩同时代的费尔丁认为答案在于行动和大结局。斯特恩的小说答案却完全不同：答案不在行动和大结局，而是行动的阻滞中断。

因此，也许可以说，小说跟哲学有过间接但重要的对话。十八世纪的理性主义不就奠定于莱布尼兹的名言"凡存在皆合理"吗？

当时的科学界基于这样的理念，积极去寻求每样事物存在的理由。他们认为凡物都可计算和解释。人要生存得有价值，就得弃绝一切没有理性的行为。所谓的传记都是这么写的：生活总是充满了起因和后果，成功与失败。人类焦虑地看着这连锁反应急剧地奔向死亡的终点。

斯特恩的小说矫正了这种连锁反应的方程式。他并不从行为因果着眼，而是从行为的终点着手。在因果之间的桥梁断裂时，他优哉游哉地从云游寻找。看斯特恩的小说，人的存在及其真意何在要到离题万丈的枝节上去寻找。这些东西都是无法计算的，毫无道理可言，跟莱布尼兹大异其趣。

评价一个时代的精神不能光从思想和理论概念着手，必须考虑到那个时代的艺术，特别是小说艺术。十九世纪蒸汽机问世时，黑格尔坚信他已经掌握了世界历史的精神。但是福楼拜却在大谈人类的愚昧，我认为那是十九世纪思想界最伟大的创见。

当然，早在福楼拜之前，人们就知道愚昧。但是由于知识贫乏和教育不足，这是有差别的。在福楼拜的小说里，愚昧是人类与生俱来的。可怜的爱玛，无论是热恋还是死亡，都跟愚昧结下了不解之缘。爱玛死后，郝麦跟布尔尼贤的对话真是愚不可及，好像那场丧礼上的演讲。最使人惊讶的是福楼拜他自己对愚昧的看法。他认为科技昌明、社会进步并没有消灭愚昧，愚昧反而跟随社会进步一起成长！

福楼拜着意收集一些流行用语，一般人常用来炫耀自己的醒目和跟得上潮流。他把这些流行用语编成一本辞典。我们可以从这本辞典里领悟到："现代化的愚蠢并不是无知，而是对各种思潮生吞活剥。"福楼拜的独到之见对未来世界的影响，比弗洛伊德的学说还要深远。我们可以想象，这个世界可以没有弗洛伊德的心理分析学说，但是不能没有抗拒各种泛滥思潮的能力。这些洪水般的思潮输入电脑，借助于大众传播媒介，恐怕会凝聚成一股粉碎独立思想和个人创见的势力。这股势力足以窒息欧洲文明。

在福楼拜塑造了包法利夫人八十年之后，也就是我们这个世纪的三十年代，另一位伟大的小说家，维也纳人布洛克写下了这么句至理名言："现代小说英勇地与媚俗的潮流抗争，最终被淹没了。"

"Kitsch"这个词源于上世纪中之德国。它描述不择手段去讨好大多数人的心态和做法。既然想要讨好，当然得确认大家喜欢听什么，然后再把自己放到这个既定的模式思潮之中。

"Kitsch"就是把这种有既定模式的愚昧用美丽的语言和感情乔装打扮，甚至连自己都会为这种平庸的思想和感情洒泪。

今天，时光又流逝了五十年，布洛克的名言日见其辉。为了讨好大众，引人注目，大众传播的"美学"必然要跟"Kitsch"同流。在大众传媒无所不在的影响下，我们的美感和道德观慢慢也"Kitsch"起来了。现代主义在近代的含义是不墨守成规，反对既定思维模式，决不媚俗取宠。今日之现代主义（通俗的用法称为"新潮"）已经融会于大众传媒的洪流之中。所谓"新潮"就得有意图地赶时髦，比任何人更卖力地迎合既定的思维模式。现代主义套上了媚俗的外衣。这件外衣就叫"Kitsch"。

那些不懂得笑、毫无幽默感的人不但墨守成规，而且媚俗取宠。他们是艺术的大敌。正如我强调过的，这种艺术是上帝笑声的回响。在这个艺术领域里没有人掌握绝对真理，人人都有被了解的权利。这个自由想象的王国是跟现代欧洲文明一起诞生的。当然，这是非常理想化的"欧洲"，或者说是我们梦想中的欧洲。我们常常背叛这个梦想，可也正是靠它把我们凝聚在一起。这股凝聚力已经超越欧洲地域的界限。我们都知道，这个宽宏的领域（无论是小说的想象，还是欧洲的实体）是极其脆弱的、极易夭折的。那些既不会笑又毫无幽默感的家伙老是虎视眈眈地盯着我们。

在这个饱受战火蹂躏的城市里，我一再重申小说艺术。我想，诸位大概已经明白我的苦心。我并不是回避谈论大家都认为重要的问题。我觉得今天欧洲文明内外交困。欧洲文明的珍贵遗产——独立思想、个人创见和神圣的隐私生活都受到威胁。对我来说，个人主义这个欧洲文明的精髓只能珍藏在小说历史的宝盒里。我想把这篇答谢辞归功于小说的智慧。我不应再饶舌了。我似乎忘记了，上帝看见我在这儿煞有介事地思索演讲，他正在一边发笑。

【艺术赏析】

这篇演讲语言幽默、诙谐，观点鲜明，在笑声中给人以启迪。整篇演讲蕴涵深意、充满激情，讽刺了战争。虽然本篇演讲较长，但听众依然兴致勃勃，因为他们可以从昆德拉颇具讽刺意味的语言中寻找到快乐的元素。这篇演讲的魅力还在于能让你在聆听之后，长久地去回味。

这篇演讲使人们更进一步认识到思考的重要性，对小说智慧的印象更为深刻。

第五篇

文化·科技

领略文化永恒之光，感受科技无穷魅力，
人类发展必将越来越精彩。

在贝多芬墓前演讲

格里尔帕策

【演讲者简介】

格里尔帕策（1791—1872），奥地利剧作家，大学时攻读法律和哲学，父亲死后当家庭教师。1813 年进入公务界，先后在宫廷图书馆、关税总署、财政部门任职，曾担任过城堡剧院的编剧。1832 年任宫廷档案馆馆长，1856 年退休。他曾先后在欧洲各国旅行，晚年获得维也纳科学院院士、莱比锡和维也纳大学名誉博士、帝国顾问和贵族院成员等荣誉。

【历史背景】

贝多芬的音乐在他生前已经得到很高的估价，这个估价我们可以从很多文献中看到。这篇演讲是格里尔帕策在贝多芬墓前的一篇演讲。

【演讲词】

我们站在这里，站在已故者的墓前，在某种意义上代表了整个民族，代表了全体德意志人民，为丧失了光彩已经减退的故土艺术——这祖国的精神财富给我们留下的那受人高度推崇的一半而悲悼。虽然用德意志语言歌唱的英雄还健在——我们祝愿他长命百岁！但是谱写动人的歌曲、用美妙的声音歌唱的最后的音乐大师，韩德尔、巴赫、海顿和莫扎特不朽荣誉的继承者和发扬者，与世长辞了。琴弦在一场声音已经消逝的演奏中折断了，我们站在折断了的琴弦旁哭泣。

一场声音已经消逝的演奏！让我这样来把他称呼！因为他是个艺术家，他生前一切都是通过艺术表现的。生活的荆棘深深地刺伤了他。啊，和善的姐妹，痛苦人的安慰者，来自上界的艺术！他像一个遇难的落水者去抓堤岸似地，投入你的怀抱。他紧紧地拉住你，甚至当你走到他那里向他说话所必须通过的门户已经关闭，他还拉住你不放。当他由于耳聋致使他不再能看见你的倩影，他还把你的画像扣在心头，当他死时，那画像还贴在他的胸口。

他是一个艺术家，然而有谁能和他并列？他像穿渡五洋四海的河马，冲破了他的艺术的疆界。从鸽子娇柔的鸣叫，到滚雷隆隆的轰响；从各种奇特的艺术手段的精心交织，致使艺术上的塑造转变为自然力无规则的可怕的任意爆发；一切他都涉足过，领略过。他的后来人是无法继续这一切的，他们必须从头开始，因为他们的这位先行者，只要艺术允许，哪件事没有做过？阿黛莱德和莱奥诺拉！维托里阿英雄欢庆凯旋！弥撒祭献的虔诚歌唱！你们，这些分成四声部、三声部的孩子啊！惊天动地的交响曲！《欢乐女神，众神爆发的美丽的火花!》你这动人的天鹅之歌！司掌歌和琴的缪斯女神啊，你们站到墓边来吧！把月桂叶撒在他的墓上！

他是一个艺术家，但他也是一个人，一个最完全意义上的人。因为与世隔绝，人们把他说成与世为敌；因为他躲避感情，人们便说他无情。唉，只有铁石心肠的人才不会逃避！正因为他感情太丰富，所以才躲避感情！如果说他逃避世界，那是因为他胸怀深处充满了爱，找不到武器来反对这个世界；如果说他躲避人群，那是因为他把一切都给了他们，然而自己却从未在他们那里得到什么。他寂寞，因为他找不到别的什么！但是一直到死，他对一切人怀有一颗富有人性的心，对亲属他怀着一颗慈父般的心，对全世界他献出了他全部的心血。

他的一生就是这样，他就这样地死去，他也会这样世世代代地活在人间。

把他一直送到这里的人们啊，你们不必过分地悲伤！你们并没有失去他，你们赢得了他。只有当生命的大门在我们身后关上，通向永生的庙堂的门户才会打开。现在，他在那里和各时代的伟人站在一起，这是无可置疑的，将来也不会有疑问。你们在离开他的安息地时，心里充满悲伤，但你们也尽可因此而放心。假若一生中，他作品的威力会像那即将到来的风暴使你们受到震动；假若你们的泪水也会在现在尚未降生的一代中淌流，那么请记住这时刻，并想到：当他被埋葬的时候，我们是在场的；当他死去的时候，我们曾为他哭泣。

【艺术赏析】

这篇纪念杰出音乐家贝多芬的演讲词对贝多芬的贡献和价值做出了积极的肯定，并用诗一般的语言尽情表达对贝多芬的赞美和热爱，以及失去他的伤感和痛惜之情，以情动人，具有极强的艺术表现力和感染力。

格里尔帕策说到贝多芬在艺术上的成就时很具体，历数了他在音乐领域里都有哪些不朽的作品。格里尔帕策把贝多芬同歌德并列，他在演说中说：我们现在德国的文化的"一半已经没有了"。指的就是贝多芬的死。他说，德国的文化的另外一半还在，指的就是指歌德还活着。这里表明了贝多芬在生前就已经得到崇高的估价。演说的中间部分说："他是一个艺术家，但他也是一个人，一个最完全意义上的人，因为他与世隔绝，人们把他说成与世为敌；因为他躲避感情，人们便说他无情。唉，只有铁石心肠的人才不会逃避！……如果说他躲避人群，那是因为他把一切都给了他们，然而自己却从未在他们那里得到什么，他寂寞，因为他找不到别的什么！但是一直到死，他对一切人怀有一颗富有人性的心，对亲属。他怀着慈父般的心，对全世界他献出了他全部的心血。"这里表明格里尔帕策认为，贝多芬艺术上不朽的成就是与他的为人和人品是一致的。这个墓前演说不长，可是一个著名的文献。

永远的莎士比亚

歌德

【演讲者简介】

　　约翰·沃尔夫冈·冯·歌德（1749—1832）是18 世纪中叶到 19 世纪初德国和欧洲最重要的剧作家、诗人、思想家。歌德除了诗歌、戏剧、小说之外，在文艺理论、哲学、历史学、造型设计等方面都取得了卓越的成就。

【历史背景】

　　启蒙运动是继文艺复兴以后的第二次资产阶级思想解放运动。17 世纪和 18 世纪，欧洲资产阶级力量逐步壮大，但是垂死的封建制度成为他们继续发展的巨大障碍，于是一些启蒙思想家以科学和理性为武器，对腐朽的封建制度和天主教会进行猛烈抨击，歌德就是他们中的一位代表。这是歌德 22 岁的时候在莎士比亚纪念日所作的以《永远的莎士比亚》为主题的讲话。

【演讲词】

　　今天，让我们来纪念这位最伟大的旅行者，同时也为自己增添荣誉，因为在我们身上也蕴藏着我们所公认的那些功绩的因素。

　　你们不要期望我写许多像样的东西！心灵的平静不适合作为节日的

盛装，同时现在我对莎士比亚还想得很少，在我的热情被激发之后，我才能臆测并感受最高尚的东西。我读到他的第一页，就使我这一生都属于他了，当我首次读完他的一部作品时，我觉得好像原来是一个先天的盲人，这时的一瞬间有一只神奇的手赋予我双目的视力。我认识到，我很清楚地体会到我的生活是被无限地扩大了，一切对于我都是新鲜的、陌生的，还未习惯的光明刺痛着我的眼睛。我慢慢学会看东西，这要感谢天资使我具有识别能力！我现在还能清楚地体会到我所获得的是什么东西。

我没有踌躇过一刹那，去放弃那遵循格律的戏剧。地点的一致对我犹同牢狱般地可怕，情节的统一和时间的一致是我们想象力的沉重桎梏。我跳进了自由的空气里，这才感到自己生长了手和脚。现在，当我认识到那些讲究规格的先生们从他们的巢穴里给我硬加上多少障碍时，以及看到有多少自由的心灵还被围困在里面时，如果我再不向他们宣战，再不每天寻找机会以击碎他们的堡垒的话，那么我的心就会愤怒得碎裂。

法国人用作典范的希腊戏剧，按其内在的性质和外表的状况来说，就是这样的：让一个法国侯爵效仿那位亚尔西巴德却比高乃依追随索福克勒斯要容易得多。

开始是一段敬神的祷告，然后悲剧庄严隆重地以完美的单纯朴素风格，向人民大众展示出先辈们的各个惊魂动魄的故事情节，在各个心灵里激动起完整的、伟大的情操；因为悲剧本身就是完整的，伟大的。

在什么样的心灵里啊！

希腊的！我不能说明这意味着什么；但我感觉到这点，为简明起见，我在这里根据的是荷马、索福克勒斯及忒俄克里托斯——他们教会我去感觉。

同时，我还要连忙接着说：小小的法国人，你要拿希腊的盔甲来做什么？它对你来说是太大了，而且太重了。

因此所有的法国悲剧本身就变成了一些模仿的滑稽诗篇。不过那些先生们已从经验里知道，这些悲剧如同鞋子一样，只是大同小异，它们中间也有一些乏味的东西，特别是经常都在第四幕里，同时他们也知道这些又是如何按照格律来进行的。这方面我就无需多花笔墨了。

　　我不知道是谁首先想出把这类政治历史大事题材搬上舞台的。对这方面有兴趣的人，可以借此机会写一篇论文，加以评论。这发明权的荣誉是否属于莎士比亚，我表示怀疑；总而言之，他把这类题材提高到至今似乎还是最高的程度。眼睛向上看的人是很少的，因此也很难设想，会有一个人能比他看得更远，或者甚至能比他攀登得更高。

　　莎士比亚，我的朋友啊！如果你还活在我们当中的话，那我只会和你生活在一起；我是多么想扮演配角匹拉德斯，假如你是俄来斯特的话！而不愿在德尔福斯庙宇里做一个受人尊敬的司祭长。

　　先生们，我想停笔，明天再继续写下去；因为现在滋长在我内心里的这种心情，你们也许不容易体会到。

　　莎士比亚的戏剧是个美妙的万花镜，在这里面，世界的历史由一根无形的时间线索串连在一起，从我们眼前掠过。他的构思并不是通常所谈的构思；但他的作品都围绕着一个神妙的点，还没有一个哲学家看见过这个点并给予解释，在这里我们个人所独有的本性，我们从愿望出发所想要的自由，同在整体中的必然进程发生冲突。可是我们败坏了的嗜好是这样迷糊住我们的眼睛，我们几乎需要一种新的创作，来使我们从这暗影中走出来。

　　所有的法国人及受其传染的德国人，甚至于维兰也在这件事情上和其他一些更多的事情一样，做得不太体面。连向来以攻击一切崇高的权威为职业的伏尔泰在这里也证实了自己是个十足的台尔西特。如果我是尤利西斯的话，那他的背脊定要被我的王笏打得稀烂！

　　这些先生当中的大多数人对莎士比亚的人物性格表示特别反感！

　　我却高呼：要自然的真实，自然的真实！没有比莎士比亚的人物更自然的了！

　　这样一来，于是乎他们一起来扭住我的脖子。

　　松开来，让我说话！

　　他与普罗米修斯竞争着，以对手作榜样，一点一滴地刻画着他的人物形象，所不同的是赋予了巨人般的伟大性格——正因为如此，我们才认不出他们是我们的兄弟，然后以他的智力吹醒了他们的生命。他的智力从各个人物身上表现出来，因此大家看出他们之间的亲属关系。

我们这一代凭什么敢于对自然加以评断？我们又能从什么地方来了解它？我们从幼年起在自己身上所感到的以及在别人身上所看到的，这一切都是被束缚住的和矫揉造作的东西。我常常都在莎士比亚面前而内心感到惭愧，因为有时发生这样的情形：在我看了一眼之后，我就想到——要是我的话，一定会把这些处理成另外一个样子！接着我便认识到自己是个可怜虫，从莎士比亚的笔下摭绘出的是自然的真实，而我所塑造的人物却都是肥皂泡，是由虚构狂所吹起的。

虽然我还没有开头，可是我现在却要结束了。

那些伟大的哲学家们关于世界所讲的一切也适用于莎士比亚：我们所称之为恶的东西，只是善的另外一个面，是对善的存在不可缺少的，与之构成一个整体，如同热带要炎热，拉普兰要上冻，以致产生了一个温暖的地带一样。莎士比亚带着我们去周游世界；而我们这些娇生惯养、无所见识的人遇到每只没见过的飞蝗却要惊叫起来：先生，它要吃我们呀！

先生们，行动起来吧！请你们替我从那所谓高尚嗜好的乐园里唤醒所有的纯洁心灵，在那里，他们饱受着无聊的愚昧，处于半睡半醒的状态，他们内心里虽充满激情，可是骨头里却缺少勇气，他们还未厌世到致死的地步，但是又懒到无所作为，所以他们就躺在桃金娘和月桂树丛中，过着他们的萎靡生活，虚度光阴。

【艺术赏析】

发表这篇演讲时，歌德是个 **22** 岁的少年，这篇慷慨激昂、文采飞扬的少年之作几乎使许多过往者和后来者羞愧难当。歌德的演讲完全是针对诗歌和莎士比亚的，他在演讲中表现出使人信服的对莎士比亚在学识和美学上的把握，这是最难得的。这篇演讲交织着理性的学识和感性的慷慨，整篇演讲饱含激情、语言热烈，表达了对莎士比亚的无比崇敬和怀念之情。

这篇演讲是对莎士比亚一生文化成就的高度概括和评价，表达了对莎士比亚的高度认同和无限热爱。

在莫泊桑葬礼上的演说

左拉

【演讲者简介】

    埃米尔·左拉（1840—1902），自然主义创始人，1872 年成为职业作家，左拉是自然主义文学流派的领袖，19 世纪后半期法国重要的批判现实主义作家，自然主义文学理论的主要倡导者，被视为 19 世纪批判现实主义文学遗产的组成部分。

【历史背景】

    左拉既是莫泊桑的老师，又是他的兄长、朋友兼战友，这种关系的形成始于 1879 年他们在梅塘别墅的文学聚会。当时，一群作家聚集在左拉周围，结成了自然主义的"梅塘集团"。1893 年 7 月 6 日，经过长时间与病魔的抗争，43 岁的莫泊桑与世长辞了。法国文学界一颗璀璨的明星就这样殒落了。在他的葬礼上，当时法国的著名作家左拉作了著名的《在莫泊桑葬礼上的演说》，对他的文学创作作了很高的评价。

【演讲词】

    请允许我以法兰西文学的名义讲话，作为战友、兄长、朋友，而不是作为同行向吉·德·莫泊桑致以最崇高的敬意。

    我是在居斯塔夫·福楼拜家中认识莫泊桑的，他那时已在 18~20 岁之间。此刻他又重现在我的眼前，血气方刚，眼睛明亮而含笑，沉默不语，在老师面前像儿子对待父亲一样谦恭。他往往整整一个下午洗耳恭听我们的谈话，老半天才斗胆插上片言只语；但这个表情开朗、坦率的棒小伙子焕发出欢快的朝气，我们大家都喜欢他，因为他给我们带来健康的气息。他喜欢剧烈运动，那时流传着关于他如何强悍的种种佳话。我们却不曾想到他有朝一日会有才气。

《羊脂球》这杰作，这满含柔情、讥嘲和勇气的完美无缺的作品，爆响了。他下车伊始就拿出一部具有决定意义的作品，使自己跻身于大师的行列。我们为此感到莫大的愉快；因为他成了我们所有看着他长大而未料想到他的天才的人的兄弟。而从这一天起，他就不断地有作品问世，他高产、稳产，显示出炉火纯青的功力，令我惊叹。短篇小说、中篇小说源源而出，无限地丰富多彩，无不精湛绝妙，令人叹为观止；每一篇都是一出小小的喜剧，一出小小的完整的戏剧，打开一扇令人顿觉醒豁的生活的窗口。读他的作品的时候，可以是笑或是哭，但永远是发人深思的。

啊！明晰，多么清澈的美的泉源，我愿看到每一代人都在这清泉中开怀畅饮！我爱莫泊桑，因为他真正具有我们拉丁的血统，他属于正派的文学伟人的家族。诚然，绝不应该限制艺术的天地：应该承认复杂派、玄妙派和晦涩派存在的权利。佢在我看来，这一切不过是堕落，如果你愿意的话，也可以说是一时的离经叛道，总还是必须回到纯朴派和明晰派中来的，正如人们终归还是吃那使他获得营养而永不会使他厌腻的日常必吃的面包。

莫泊桑在 15 年中发表了将近 20 卷作品，如果他活着，毫无疑问，他还可以把这个数字扩大 3 倍，他一个人的作品就可以摆满一个书架。可是让我说什么呢？面对我们时代卷帙浩繁的产品，我有时真有点忧虑不安。诚然，这些都是长期认真写作的成果。不过，对于荣誉来说这也是十分沉重的包袱，人们的记忆是不喜欢承受这样的重荷的。那些规模庞大的系列作品，能够留传后世的从来都不过是寥寥几页。谁敢说获得不朽的不更可能是一篇三百行的小说，是未来世纪的小学生们当做无懈可击的完美的典范，口口相传的寓言或者故事呢？

先生们，这就是莫泊桑光荣之所在，而且是更牢靠、最坚实的光荣。

那么，既然他以昂贵的代价换来了香甜的安息，就让他收着对自己留下的作品永远富有征服人心的活力这一信念，香甜地安息吧。他的作品将永生，并将使他获得永生。

【艺术赏析】

整篇演讲一气呵成，有热情的赞美和高度的评价，也有深切的痛悼。这篇演讲平静、自然，既表达了自己的悲伤、惋惜的心情，也充满了缅怀和赞美，是一篇充满敬意的演讲词。

左拉作为莫泊桑的"战友、兄长、朋友"，对他的文学创作作了很高的评价。

无意的剽窃

马克·吐温

【演讲者简介】

马克·吐温（1835—1910），原名萨缪尔·兰亨·克莱门，是美国的幽默大师、小说家、作家，也是著名演讲家，19世纪后期美国现实主义文学的杰出代表。

【历史背景】

《无意的剽窃》是霍姆斯博士七十寿辰（1879年12月3日）时，马克·吐温在波士顿为他祝寿的致词。

【演讲词】

主席先生、各位女士、先生：

为了亲临为霍姆斯博士祝寿，再远的路程我也要前来。因为我一直对他怀有特别亲切的感情。你们所有的人都会有这样的体验，一个人一生中初次接到一位大人物的信时，总是把这当成一件大事。不管你后来接到多少名人的来信，都不会使这第一封失色，也不会使你淡忘当时那种又惊又喜又感激的心情。流逝的时光也不会湮灭它在你心底的价值。第一次给我写信的伟大人物正是我们的贵客——奥列弗·温德尔·霍姆斯。这也是第一位被我从他那里偷得了一点东西的大文学家。这正是我给他写信以及他给我回信的原因。我的第一本书出版不久，一位朋友对我说："你的卷首献词写得漂亮简洁。"我说："是的，我认为是这样。"我的朋友说："我一直很欣赏这篇献词，甚至在你的《傻子国外旅行记》出版前，我就很欣赏这篇献词了。"我当然感到吃惊，便问："你这话什么意思？你以前在什么地方看到这篇献词？""唔，几年前我读霍姆斯博士《多调之歌》一书的献词时就看过了。"当然啦，我一听之下，第一个念头就是要了这小子的命，但是想了一想之后，我说可以先饶他一两分钟，给他个机会，看看他能不能拿出证据证实他的话。我们走进一间书店，他果真证实了他的话。我确确实实偷了那篇献词，几乎一字未改。我当时简直想象不出怎么会发生这种怪事；因为我知道一点，绝对毋庸置疑的一点，那就是，一个人若有一茶匙头脑，便会有一份傲气。这份傲气保护着他，使他不致有意剽窃别人的思想。那就是一茶匙头脑对一个人的作用——可有些崇拜我的人常常说我的头脑几乎有一只篮子那么大，不过他们不肯说这只篮子的尺寸罢了。后来我到底把这事想清楚了，揭开了这谜。在那以前的两年，我有两三个星期在桑威奇岛休养。这期间，我反复阅读了霍姆斯博士的诗集，直到这些诗句填满我的脑子，快要溢出来。那献词浮在最上面，信手就可拈来，于是不知不觉地，我就把它偷来了。说不定我还偷了那集子的其余内容呢，因为不少人对我说，我那本书在有些方面颇有点诗意。当然啦，我给霍姆斯博士写了封信，告诉他我并非有意偷窃。他给我回了信，十分体谅地对我说，那没有关系，不碍事。他还相信我们所有的人都会不知不觉地运用读到的或听来的思想，还以为这些思想是自己的创见呢。他说出了一个真理，而且说得那么令人愉快，帮我顺顺当当地下了台阶，使我甚至庆幸自己亏得犯了这剽窃罪，因而得到了这封信。后来我拜访他，告诉他以后如果看到我有什么可供他作诗的思想原料，他尽管随意取用好了。那样他可以看到我是一点也不小气的，于是我们从一开始就很合得来。从那以后，我多次见过霍姆斯博士。最近，他说——噢，我离题太远了。

我本该向你们，我的同行、广大公众和教师们说出我对霍姆斯的祝词。我应该说，我非常高兴地看到霍姆斯博士的风采依然不减当年。一个人之所以年迈，非因年岁而是由于身心的衰弱。我希望许多许多年之后，人们还不能真正地说："他已经老了。"

【艺术赏析】

马克·吐温的这篇演讲词写得既真切又幽默，既坦诚又真诚。祝寿词中既有发自肺腑的祝福，祝福对自己有帮助、支持、理解的长者的七十高龄，又坦陈自己曾经有过的"无意间的剽窃"，借用名人诗作中的诗句而使自己功成名就，还有对长辈豁达大度、成人之美的高尚德行的赞美。字里行间既有幽默的调侃又有真诚的自辩；既表现出无比的自豪，又充满了无限的感激。由此可以说，这是一篇独具特色的祝寿演讲词。

这篇演讲词淋漓尽致地表达了作者的智慧和幽默，也是一种自我鞭策。

纪念伏尔泰逝世一百周年的讲话

雨果

【演讲者简介】

维克多·雨果（1802—1885），法国浪漫主义作家，人道主义的代表人物，19世纪前期积极浪漫主义文学运动的代表作家，法国文学史上卓越的资产阶级民主作家，被人们称为"法兰西的莎士比亚"。

【历史背景】

伏尔泰是法国启蒙思想家、文学家、哲学家，18世纪法国资产阶级启蒙运动的旗手，被誉为"法兰西思想之王"、"法兰西最优秀的诗人"、"欧洲的良心"。1878年5月30日是他的百年祭日，法国文学史上最伟大的作家雨果为此发表讲话。

【演讲词】

一百年前的今天，一颗巨星陨落了。但他是永生的。他离开人世时已年登耄耋，他著述极富。他肩负着最荣耀也最艰巨的责任，那就是：培育良知，教化人类。他在咒骂与祝福声中溘然长逝：被旧时代所诅咒，又受到未来的祝福。这二者都是至高无上的光荣。在他弥留之际，一方面，他受到同时代人和后世子孙的欢呼赞美；另一方面，像其他曾经和旧时代搏斗过的人一样，那对他怀有深仇大恨的旧时代也得意扬扬地发出了叫骂声。他不仅是一个人，他是整整一个时代。他曾尽己任，完成了一项使命。他已完成的工作显然是天意选派他去完成的，这天意同样明白地体现在命运的法则和自然的法则之中。

这位伟人所生活的 84 个年头经历了达到极点的专制时期和刚刚露出一线晨曦的革命年代。他诞生时，路易十四尚在王位；他去世时，路易十六已经戴上了王冠。他的襁褓映照着王朝盛世的余辉，他的灵柩则投射从大深渊里透出的最初光芒。

在这轻薄无聊、凄惨忧郁的时世下，伏尔泰独自一人，面对宫廷、贵族和资本的联合力量，面对那股毫无意识的强力——群盲；面对那些无恶不作的官吏，他们专门媚上欺下，俯伏于国王之前，凌驾于人民之上；面对那些教士，他们是伪善与宗教狂的邪恶混合体。让我再说一遍，伏尔泰独自一人，同社会上一切邪恶的联合力量宣战，向这茫茫的恐怖世界宣战，并与之搏斗。他的武器是什么呢？是那轻若微风、重如霹雳的一枝笔。

他用这武器进行战斗，用这武器赢得胜利。

让我们向伏尔泰的英灵致敬吧。

伏尔泰胜利了。他发动了一场非同寻常的战争，一场以一敌众的战争，一场气壮山河的战争。这是思想向物质作战，理性向偏见作战，正义向不义作战，被压迫者向压迫者作战；这是善之战，仁爱之战。伏尔泰具有女性的温柔和英雄的震怒，他具有伟大的头脑和浩瀚无际的心胸。

他战胜了陈旧的秩序和陈旧的教条，他战胜了封建君主、中古时代的法官和罗马的教士。他把黎民百姓提高到尊严的地位。他教化、他慰抚、他播种文明。他为西尔旺和蒙贝利而战，也为卡拉斯和拉·巴尔而战。他承受了一切威胁、辱骂、迫害、毁谤。他还遭到了流放。但是他不屈不挠，坚如磐石。他以微笑战胜暴力，以讽刺战胜专横，以嘲弄战胜宗教的自命一贯正确，以坚韧战胜顽固偏执，以真理战胜愚昧无知。

我刚才说到微笑，我要在这里停一停。微笑！这就是伏尔泰。

只有希腊、意大利和法兰西这三个民族曾经用人的名字来总结和命名时代，使这些时代具有某种人的品格。我们说：伯里克利时代，奥古斯都时代，利奥十世时代，路易十四时代，伏尔泰时代。这些称号有重大的意义。只有希腊、意大利和法兰西民族享有以人物来命名时代的特权，这正是文明的最高标志。在伏尔泰之前，只有以某国元首来命名时代的先例。伏尔泰比国家元首更高，他是各派思想的元首，一个新的纪元以伏尔泰开始。从此我们感到，最高的统治力量应被理性所考察。文明曾服从于武力，以后，文明将服从于思想。王杖和宝剑折断了，光明取而代之。这就是说，权威已经变换为自由。自此以往，对于人民，高于一切的是法律；对于个人，高于一切的是良心。作为一个人，我们要行使权利；作为一个公民，我们要克尽职责。对于我们每一个人来说，这两方面的进步是明确分开的。

我们要面向伏尔泰那伟大的生、伟大的死和伟大的精神。让我们在他神圣的墓前鞠躬致敬。他在一百年前与世长辞，但他曾造福人类，因而永垂不朽，让我们向他请教吧。让我们也向其他伟大的思想家请教，向让·雅克、狄德罗和孟德斯鸠请教吧，他们是光荣的伏尔泰的辅翼者。让我们与这些伟大的声音共鸣。让我们在人类所流的血上再加上我们自己的血吧。够了！够了！暴君们！既然野蛮不肯退让，好吧，让文明拍案而起，让 18 世纪来帮助 19 世纪吧。我们的先驱哲人都是真理的倡导者。让我们唤起那些光辉的亡灵，请他们在策划战争的君主们面前公开宣布人类有生存的权利和良知，有争取自由的权利；请他们宣布理性支配一切；宣布劳动神圣；宣布和平应受到祝福。既然黑暗来自帝王的的宝座，让坟墓中放出光明吧！

【艺术赏析】

这篇演讲语气是缓和沉重的，又是满含深切缅怀的，同时还有对逝者的热情赞美，对伏尔泰一生的伟大成就给予肯定和高度评价。

这篇演讲指出了伏尔泰所代表的新时代思想的伟大意义——他不仅仅是一个人，而是代表着那个时代的精神。

核时代的文学

巴金

【演讲者简介】

巴金（1904—2005），原名李尧棠，现代文学家、出版家、翻译家。同时也被誉为"五四"新文化运动以来最有影响的作家之一，20世纪中国杰出的文学大师、中国当代文坛的巨匠。

【历史背景】

巴金被视为中国知识分子的良心，备受世界文学界的赞誉，不断被邀请出席各种文学会议，这是他于1984年在日本举行的第47届国际笔会上的演讲。

【演讲词】

主席先生，亲爱的朋友们：

我衷心祝贺第47届国际笔友大会在东京召开，感谢好客的东道主日本为大会做了很好的安排，让来自世界各国的作家们在安静的环境里亲切交谈，交流经验，表达彼此的思想感情。

在这个讲坛上发言，我很激动，我想到全世界读者对我们的期望。这次大会选定了它的总议题——核时代的文学和作家的关系，并要我就这个问题发表一点个人的意见。出席东京盛会跟同来的中国作家一起和全世界的同事，特别是日本的同事议论我们的文学事业，我不能不想起 39 年前在这个国土上发生过的悲剧，多次访问和见闻引起我严肃的思考。我们举行一年一次的大会，"以文会友"，盛会加强我们的团结，增进我们的友谊。但友谊不是我们的唯一目的。作家的最大目标是人类的繁荣，是读者的幸福。世界各地的作家在东京聚会，生活在日本人民中间，就不能不关心他们的喜怒哀乐。我曾经访问过有名的广岛和长崎，它们是全世界仅有的两个遭受原子弹灾害的城市，在那里，今天还可以遇到原子病患者和幸存者，还能看见包封在熔化的玻璃中的断手，还听得到关于蘑菇云、火海、黑雨等的种种叙述。据说，单是在广岛，原子弹受难者的死亡数目最终达到五十几万。我在那两个城市中听到了不少令人伤心断肠的故事，在这里我只讲一个小女孩的事情。在广岛原子弹爆炸十年后，一个 12 岁的小姑娘发了病，她相信传说，以为自己折好一千只纸鹤就能够恢复健康，她躺在病床上一天天地折下去，她不仅折了一千只，还多折了三百只，但是她死了。人们为她在和平公园里建立了"千羽鹤纪念碑"，碑下挂着全国儿童送来的无数纸鹤。我曾经取了一只蓝色硬纸折成的鹤带回上海。我没见过她，可是这个想活下去的小姑娘的形象经常在我眼前出现，好像她要求我保护她，不让死亡把她带走。倘使可能，我真愿意用我的生命换回她的幸福！这个时候，我才明白什么是作家的勇气和责任心。

东京大会选了"核时代的文学"这个总议题，选得很及时，它反映了当前时代的特点和人民的愿望。"为什么我们写作？"这一问问得好！多少年来我一直在寻求答案，并不是一问一答就能解决问题，我已经追求了一生。

每个作家从不同的道路接近文学。通过创作实践，追求真理，认识生活。为什么写作？每一本书、每一篇作品就是一次的答案。古往今来数不清的作家，读不完的作品。尽管生活环境各异、思想信仰不同，对人对事的看法也不一样，但是所有真诚的作家都向读者交出自己的心。他们的作品在读者中一代一代地流传下去。每位作家都有自己的创作道路，但也有一个共同的情况。我们写作，只是因为我们有话要说，有感情要倾吐，我们用文字表达我们的喜怒哀乐。我还记得，1961 年我在东京访问一位著名的日本作家，我们交谈了彼此的一些情况，他告诉我他原是一位外交官，患病求医，医生说他活着的日子不多，他不愿空手离开人世，还想做一件对人有益的事情，他决定把一生见到的美好的事物留给后人，便拿起笔写了小说，没有想到医生诊断错误，他作为作家一直活到今天。他一番恳切的谈话深深地印在我的心上。

我也有我个人的经历。最初拿起笔来写小说时，我只是一个刚到巴黎的中国学生，我想念祖国，想念亲人，为了让心上的火喷出来，我求助于纸笔。我住在一家小旅馆五层楼上充满煤气味的房间里，听着巴黎圣母院的钟声，急急地动着笔。过去的爱和恨、悲哀和欢乐、痛苦和同情、希望和绝望一齐来到我的笔端。写完了小说，心里的火渐渐熄灭，我得到了短时期的安宁，小说发表后得到读者的承认，从此我便走上了文学之路。从1927年到现在，除了"文革"的十年外，我始终不曾放下这支笔，我写作只是为了一个目标：对我生活在其中的社会有所贡献，对读者尽一个同胞的责任。我从未中断同读者的联系，一直把读者的期望看成对我的鞭策。我常说，如果我的作品能够给读者带来温暖，在他们步履艰难的时候能够做一根拐杖给他们加一点力，我就十分满意了。我还想起苏联卫国战争时期一个少女的故事。列宁格勒被纳粹长期包围，整个城市实行灯火管制，没有电，没有蜡烛，她在黑暗中回忆自己读过的小说，托尔斯泰的《安娜·卡列尼娜》帮助她渡过了那些恐怖的黑夜。文学作品的确经常给读者以力量和支持。

我是从读者成为作家的。在我还是一个孩子的时候，就从文学作品中汲取大量的养料。文学作品用具体的形象打动了我的心，把我的思想引到更高的境界。艺术的魅力使我精神振奋、作者们的爱憎使我受到感染。一篇接一篇，一本接一本，我如饥似渴地读着能拿到手的一切书刊，平凡的人物、日常的生活、纯真的感情、高尚的情操，激发了我的爱和我的同情。不知不觉中我逐渐改变自己对人对事的看法。优秀的作品给了我生活的勇气，使我看到理想的光辉。前辈作家把热爱生活的火种传给我，我也把火传给别人。我这支笔是从抨击黑暗开始的，看够了人间的苦难，我更加热爱生活，热爱光明。在创作实践中，我追求、我探索、我不断地磨炼自己，我从荆棘丛中走出了一条路，任何时候我都看见前面的亮光，前辈作家的"燃烧的心"在引导我们前进。即使遭遇大的困难，遭受大的挫折，我也不曾灰心、绝望，我们有一个多么丰富的文学宝库，那就是多少代作家留下来的杰作，它们支持我们，教育我们，鼓励我们，要我们勤奋写作，使自己变得更善良、更纯洁，对别人更有用，而且更勇敢。是的，面对着霸主们核战争的威胁，我们需要更大的勇气。我们的前辈高尔基在小说中描绘了高举"燃烧的心"在暗夜中前进的勇士丹柯的形象，小说家自己仿佛就是这样的勇士，他不断地告诉读者："文学的目的是要使人变得更好。"在许多前辈作家的杰作中，我看到一种为任何黑暗势力所摧毁不了的爱的力量，它永远鼓舞读者团结、奋斗、创造美好的生活。我牢记托尔斯泰的名言："凡是使人类团结的东西都是善良的、美的，凡是使人类分离的东西都是恶的、丑的。

　　亲爱的朋友们，讨论核时代的文学，我们不会忘记当前的国际紧张局势，外国军队还在侵犯别国领土，屠杀别国人民，摧残别国文化，两个核大国之间，核裁军的谈判没有取得成果，愈演愈烈的核军备竞赛就像是在世界人民头上的达摩克里斯的利剑，倘使有一天核弹头落了下来，那么受害的绝不是一个广岛，整个文明世界都面临着大的困难。然而核时代的文学绝不是悲观主义的文学，我们任何时候都不能低估人民的力量，他们永远是我们作品中的主人公。发达的科学技术是应当用来造福人类的，原子能应当为人类的进步服务。只有和平建设才能促进人类的昌盛繁荣，保卫世界和平正是作家们不可推卸的责任。核时代的文学本来应该是和平建设的文学——人类怎样用聪明才智创造美好的生活，创建灿烂的文明。在作者的笔下可以产生许多感人的诗篇，人们在生活中创造的奇迹丰富了我们的作品，我们的作品又鼓舞读者。在东京的大会上我们用欢欣的语调畅谈未来的美景，这是多自然的事情。但是我们不能这样做，我们的头上还聚着乌云，我们耳边还响着战争的叫嚣，我不能不想到广岛的悲剧。1980年春天我访问了那个城市，在和平纪念资料馆的留文簿上，我写下了我的信念："全世界人民绝不容许再发生1945年6月6日的悲剧。"关于广岛，我读过不少鲜血淋淋的报道和当时深受其害的医院院长的一本日记。那次访问日本，我特别要求去看看广岛，在那里迎接我的不是三十几年前的废墟，而是现代化城市美好繁荣的景象。美丽的和平公园就是在原子弹爆炸中心的废墟上建立起来的。我们陶醉在濑户内海下的一片春光中：如茵的草地、盛开的樱花、觅食的鸽群、嬉笑的儿童，华丽的神社，高效率的工厂，繁华、清洁的街道……短短的两天中，我看了许多、也想了许多。我对广岛人说："我看到了和平力量，建设力量的巨大胜利。"我又一次认识到无比强大的人民的力量，这是任何核武器所摧毁不了的，在广岛我上了这动人心魄的一课。不允许再发生广岛的悲剧，人民的力量是不能忽略的。

亲爱的朋友们，各国作家在东京集会讨论核时代的文学，我们大的愿望就是不让任何一个国家遭受核武器的祸害。我们反对战争，更反对核战争。我们主张和平，更期望长期的和平。我们并不轻视自己，笔捏在我们手里就可能产生一种力量。通过潜移默化，文学塑造人们的灵魂。水滴石穿，作品的长期传播会深入人心。用笔作武器，我们能够显示真理，揭露邪恶，打击黑暗势力，团结正义的力量，只要世界各国一切爱好和平、主持正义的人们紧密地团结在一起，掌握着自己的命运，世界大战、核战争就一定能够避免。总有一天广岛和平公园中的"和平之灯"会熄灭，那就是世界上没有了核武器，也就是原子能完全用来为人类的幸福与安乐服务的时候。那么广岛人对和平的热烈愿望就完全实现了。

亲爱的朋友们，到东京参加大会，我感到特别亲切。在会场中我看见了不少熟悉的友人。中日两国人民之间有两千年交往的历史，有一千多年的文字之交。中国的古文化对日本有很深的历史，有一千多年的灿烂历史。在这里，我仿佛又听见我国现代文学的奠基人鲁迅和郭沫若的声音。他们都曾在日本学习、生活，结交了许多肝胆相照的朋友。我知道他们都是从这里开始了以文学为武器的战斗旅程。我 1935 年也曾在日本住过一段时间。20 世纪 60 年代中的几次访问，我总是满载友情而归。在日本作家中我有不少知己朋友，文学的纽带把我们的心拴在一起。频繁往来，相互信任，大家的心融合在一起，燃着友谊的火，为子孙万代铸造幸福。我这是第二次出席笔会国际大会。我参加过 1981 年的里昂—巴黎大会。这样一个历史悠久的、曾经同罗曼·罗兰、高尔基、肖伯纳、H.G·威尔斯这些伟大名字联系在一起的世界性组织，一向受到中国作家的尊重。长期以来，国际笔会为世界人民的进步事业，如在反法西斯时期，为国际文学交流，为各国作家之间的相互了解，做了不少工作，这是很好的事情，但是我认为我们这个组织还有不少可做的事，还可以发挥更大的潜力。我们应当团结更多的作家，让更多的人关心我们这个组织，参加这个组织。让我们的大会成为世界作家的讲坛，我们这里发出的声音得到更广泛的重视。我们的作品打动过亿万读者的心，为什么我们的声音不能成为一种强大的精神力量？为什么我们的声音不能成为亿万人民的声音？一个作家，一支笔可能起不了大的作用，但是一滴水流进海洋就有无比的力量。只要全世界的作家团结起来，亿万支笔集在一起，就能够为后代创造一个更好的世界，更美的未来。这才是我们作家的责任。这是理想，也是目标，我看见前途是十分广阔的，我希望我们的组织在今后工作中更多注意到东方和发展中国家的特点和重要性。在那些国家中，随着国家的独立、解放，出现了不少优秀的作品和作家。我相信在东京盛会后，我们的工作将会有新的更大的发展。

最后，感谢大会的组织者，尤其是井上靖先生，让我这个抱病的老人在庄严的大会上讲出我心里话。同这么多的作家在一起讨论我们事业的前途，我感到很高兴。我坚信，人民的力量一定会冲垮一切的核武器！我们的愿望终将成为现实：在一个无核武器的美丽世界中，人们将和平利用原子能，取得最大的成就。中国作家愿意和各国作家一道，为达到这个光辉目标而共同努力，贡献出自己的一份力量。

祝东京大会取得圆满成功！谢谢大家！

【艺术赏析】

善用生动、典型而又引人注意的小故事是这篇演讲的重大特色。演讲者一开始就讲了一个"千羽鹤纪念碑"的故事，以此引入中心议题。接着论述了自己和文学接触的过程。在他眼里，文学作品用具体形象打动了他，把他的思想引入较高的境界。优秀的作品给了他生活的勇气，使他看到理想的光辉。整篇演讲语言流畅优美，很有感染力。

论先锋派

尤奈斯库

【演讲者简介】

尤奈斯库（1909—1994）是法国剧作家，荒诞派戏剧代表。他致力于写作"反传统戏剧"。

【历史背景】

本文是尤奈斯库于 1959 年 6 月在国际戏剧学会主办的赫尔辛基先锋派戏剧讨论会开幕式上所作的演讲。

【演讲词】

看来，我是一个先锋派的剧作家了。因为既然我在这里，在这里参加先锋派戏剧的讨论会，我甚至觉得这是不用待言的，这完全是一次正式的会议。

现在，我们要问：先锋派到底是什么意思呢？我并不是个戏剧学的博士，也不是艺术哲学的博士，只勉勉强强算是一个人们所说的那种戏剧家。

如果我还能够对戏剧有一些看法，那么它们也特别是指我个人的戏剧而言的，因为这些看法是从我自己的创作经验中产生的。与其说它们是能起规范作用的，还不如说它们是描述性的。当然，我是希望我的那些规则同其他的人也有关系的，因为"我们"是由大家一个个的人所组成的。

但是不管怎么说，我自认为是我自己所发现的那些戏剧规律只是暂时的，它们是不断运动的。它们随着艺术创作的激情而来，自生自来。我还能够写出一部新的剧本，我的观点也可以完全改变。有时，我不得不自相矛盾，连自己也不知道是否还持原来的观点。

我仍然希望我自觉地或者本能地依靠的几个根本原则不至于改变。那么，我再一次能够对你们讲的仍然是一种完全是个人的经验。

但是，为了不至于犯太大的错误，我在到这里来以前，仍然是搜集了一些资料的。我打开了我的《拉鲁斯词典》，查了"先锋"这个词。我看到，所谓"先锋"，是指"一支武装力量——陆军、海军或空军——的先头部队，其任务是为（这支武装力量）进入行动做准备。"

这样，以此类推，戏剧中的所谓先锋派，应当是由进行突击的作家——有时还有进行突击的导演的一个小组所组成的。在他们的后面，隔开一段距离，跟着的是演员、作家和鼓动者们所组成的大部队。类推法可能是成立的，这就像阿尔贝雷斯继许多人之后，在他的一本题为《二十世纪的智力冒险》中所证实的那样："由于一种从来没有人想去加以解释（确实，要解释似乎也是很困难的）的现象，在我们这个世纪里，文学（当然，也包括艺术）的敏感性总是先于各个历史事件，后者对前者进一步作了肯定。"的确，波德莱尔、卡夫卡、皮兰德娄（"他拆开了社会、家庭和其他方面的崇高感情的结构"）和陀思妥耶夫斯基都被公正地认为是先知作家。

因此，先锋派就应当是艺术和文化的一种先驱的现象，从这个词的字面上来讲是说得通的。它应当是一种超前风格，是先知，是一种变化的方向……这种变化终将被接受，并且真正地改变一切。这就是说，从总的方面来说，只有在先锋派取得成功以后，只有在先锋派的作家和艺术家有人跟随以后，只有在这些作家和艺术家创造出一种占支配地位的学派、一种能够被接受的文化风格并且能征服一个时代的时候，先锋派才有可能事后被承认。所以，只有在一种先锋派已经不复存在，只有在它已经变成后锋派的时候，只有在他已被"大部队"的其他部分赶上甚至超过的时候，人们才可能意识到曾经有过先锋派。这是一支向何处去的"大部队"呢？

我倾向于用"反对"、"决裂"这样的词来给先锋派下定义。当大部分作家、艺术家和思想家自以为他们适合时代的时候，反叛作家已经意识到要反对时代了。事实上，各种思想家、艺术家或者重要人士，在某种时候，只是赞同一些僵化的形式。他们还以为是越来越牢固地安居于思想、艺术和任何一种社会秩序之中呢。他们认为是现实的东西，其实早已经开始动摇，出现了一些裂缝，不过他们没有怀疑过罢了。事实上，迫于形势，一种制度建立之日，已是它过时之时。当一种表达形式被认识时，它已经陈旧了。一件事情一旦说定，那就已经结束，现实已经超过它了。它已是一个僵化的想法，一种表达方式——同样，一种存在方式——一旦被接受或者简单地被允许，那它就已经是不能允许的了。一个先锋派的人就如同是国家内部的一个敌人，他发奋要使它解体，起来反叛它，因为一种表达形式一经确立之后，就像是一种制度，也是一种压迫的形式。先锋派的人是现存体系的反对者。他是现有东西的一个批评者，是现在的批评者——而不是它的辩护士。批评过去是容易的，特别是在当局鼓励您或者容许您这样做的时候；那只是事物现状的一种固化、一种僵化、一种圣化，在暴政面前的卑躬屈膝，笔法的因循守旧。

但是，让我们把我们的话限制在一定的范围里。我明显地觉得我没有把问题说清楚。的确，先锋派这个词有几个意思。因此，它可以完全简单地被认为是与艺术戏剧近似的。所谓艺术戏剧，是指一种特别是在法国被人们称作戏剧的东西，比通俗喜剧更加文学化、更加讲究、更加大胆的戏剧。乔治·皮尔芒的看法好像就是这样，他在他 1946 年所出版的戏剧选中，把作家分成两类：一类是通俗喜剧，其中有罗贝尔·德·弗莱尔、弗朗索瓦·德·居雷尔，等等；另一类是先锋派，其中有克洛德-安德烈·皮热、帕瑟、让·阿努伊、吉罗杜，等等。今天回过头去一看，觉得是相当有趣的，这些作家差不多都变成经典的作家了。但是，莫里斯·多内在他那个时候，还有巴塔耶，也都是先锋派作家，因为他们表现出一种分裂，一种新的东西，一种反对。最后，他们加入了传统戏剧，这就是一切先锋派的归宿。无论如何，他们曾经代表了一种反对，其证据就是，这些作家在开始时受到批评界的激烈批评，批评界对他们的反对加以反对。当现实主义是戏剧生活中最通常的表现并变得过分时，先锋派作家的反对可以是对现实主义的一种对抗；而当象征主义变得过分、专横并不再体现现实的时候，先锋派可以是对某种象征主义的反对。不管怎样，被人们称之为先锋派戏剧或者新戏剧的东西，它作为一种在正式戏剧之外被承认的戏剧或者说被普遍承认的戏剧，就是这样的一种戏剧，它好像通过它的表达、探索和困难，有着一种高级的要求。

既然它的特征是由它的要求和它的困难所构成的，那么非常明显的是，它在被融合和变得易懂之前，就只能是少数人的戏剧。先锋派戏剧，或者干脆说一切新的艺术和戏剧，都是不通俗的。

一切革新的尝试受到来自各方面的因循守旧和精神上的惰性所反对，这也是必然的。很明显，并不是要一个剧作家变得不通俗。但也不是要他变得通俗。他的努力，他的创作是应把这些一时的评论置之度外的。或者是这种戏剧永远不通俗，不被承认，那么他也就什么都没有干；或者是他的作品变得通俗了，由于环境的变化，经过一段时间，很自然地为大多数人所承认。

今天，大家都懂得物理学和几何学的基本定律了，而这些学科在它们开始的时候，肯定是只有一些学者才能够理解的，它们从来也没有想到要把几何学和物理学变得通俗。人们肯定也不能指责他们只是在局限于一定范围的某种社会等级内表述真理，因为他们所表述的是毋庸置疑的客观真理。要去论述在科学和艺术之间可能存在的相似的问题，那不是我们的事。我们还都知道，在精神的这两个领域，不同是比相似来得更大的。然而，每个新的作家正是以真理的名义，去考虑战斗的。布瓦洛企图表达真理；雨果在他的《克伦威尔》的序言里，认为浪漫主义艺术是比古典主义真理更加真实和更加复杂的。现实主义和自然主义同样也企图扩展真实的范围，并揭示出新的、尚未被认识的方面。象征主义以及晚些时候的超现实主义，也同样想发现和表现隐藏着的真实。

因此，向一个作家所提出的问题，就是简简单单地让他发现真理，并且把它们讲出来。至于讲的方式，那自然是出乎意料的，因为对他来说，这讲本身就是真理。他只是为了他自己而讲出来。他是在为他自己的时候才也为其他人讲的。决不会是相反的情况。

如果我不惜一切代价，想写一些通俗的戏剧，那么我就得去冒这样的风险，那就是转述一些并不是由我个人所发现的真理，有人在别处已经向我转述了这些真理，我的已是第二手资料了。艺术家既不是教育家，也不是煽动家。戏剧创作是为了回答精神的一种需要，这种需要的本身就够了。一棵树就是一棵树，它要成为一棵树，用不着得到我的许可。这棵树不会产生是不是这样一棵树的问题，不会产生让人承认它是棵树的问题。它不去进行自我表白。它存在着，并用它的存在本身来自我表现。它不企求得到理解。不去赋予自己一种更易于被理解的形式，否则，它就不称其为一棵树了。它本身就是对什么是一棵树的解释。同样，艺术作品存在于自身之中，我构思的完全是一种没有观众的戏剧。观众是自己来的，正像他们知道把树叫作树一样，认出了这是戏剧。

贝朗热的歌曲要比韩波的诗歌通俗得多，后者在当时被认为是完全不能理解的。难道因此就应当排斥韩波派的诗歌吗？欧仁·苏是非常通俗的，普鲁斯特就不是那样。他没有被理解，他不是"对所有的人"讲话的。他只是简单地贡献出他的真理，而它对文学和思想的发展却是很有益的。难道应当禁止普鲁斯特写作而仅推荐欧仁·苏吗？今天看来，是普鲁斯特的作品更富于真理，而欧仁·苏的作品却是空虚的。值得庆幸的是，当时没有人使用权限禁止普鲁斯特用普鲁斯特的语言进行写作。

一种景象只能用适合于它的表现手段去表达，以致它就是这种表现本身，是唯一的。

但是，通俗的东西有好有坏。有人认为"通俗"戏剧是一种为知识上贫乏的人而写的戏剧，那是不正确的。我们有一种教育的或者教训的戏剧，它是一种感化的、初级的（不是原始的，那是另一回事）戏剧，是一种政治或者一种思想意识的工具。这种戏剧起到双重的作用，即进行一些既顺从大流又毫无益处的重复。

一个艺术作品应当是一种真正的、最初的直观，它由于艺术家的才能和天赋不同，在深度上和广度上是不一样的，但总是一种由其本身决定的最初的直观。然而，为了使得它能够产生和形成，就得让想象力自由地驰骋，把别人的看法和次要的因素置之度外，例如作品的命运啦，它的名声啦，是否应当体现一种思想意识啦，等等。在想象力的发展中，各种含义会自己出现，有一些有说服力，另一些则不那么令人信服。就我个人而言，我真是一点也不明白，有人怎么能够抱这样的奢望：怎么能够对所有的人讲话，怎么能得到观众的一致赞同。而在同一个等级的人里，比如这样说，一些人喜欢草毒，另一些人则爱吃干酪，有些人头痛时服用阿司匹林，还有些人胃疼时则爱用铋剂。不管怎样，我是不会因为观众是否赞同的问题而有所焦急的。或者，是的……可能……剧本一旦写成，我就要设法把它弄出去，至于他们赞同与否，那都是极为自然的事。可以肯定的是，人们从来是不能为所有的人而写作的。或者，最多不过是为大多数人而写，而在这种情况下，人们只能写一些蛊惑人心的戏剧，写一些落入俗套的戏剧。当人们想对所有的人讲话时，那实际上就是不对任何人讲，因为一般地说，那些使所有的人感兴趣的东西就很少能够使每一个具体的人感兴趣了。况且，由于一件艺术作品本身就是一件新的东西，所以它是咄咄逼人的，本能地咄咄逼人的。它冒犯观众，冒犯大部分观众，它以奇特使观众感到愤慨，奇特本身就是一件令人愤慨的事。它不能是别的情况，因为它没有走老路，而是在荒野上单独另辟了一条新径。正是从这个意义上说，我前面才讲一件艺术作品不会是通俗的。但是，从表面上看来，新的艺术不是通俗的，这倒不是由于它的本质所造成的，而是因为它的出现是出人意料之外的。所谓通俗的戏剧，实际上是更加不通俗的戏剧。它是从上而下，傲慢地强加下来的一种戏剧，是由领导的"显贵"所强加下来的，是由一类人手里强加下来的，他们事先就知道——或者自认为知道——人民需要什么，甚至只把他们所希望人民需要的东西强加下来，让人民只能思考他们所思考的东西。不合常情的是，由于自由的艺术作品在它奇特的外表之上所具有的个人主义的性质，就使它成为唯一的、从人们的内心涌现出来的、透过人们内心的作品，唯一的真正能够表现"人民"的作品。

有人说戏剧正处在危险、危机之中，这有几方面的原因。有时，人们要剧作家去宣传和捍卫各种神学，因此他们是不自由的，人们强迫他们只能捍卫、攻击、阐明这个或者那个，他们不是卫士，光是些棋子而已。在别的地方，束缚戏剧的不是各种体系，而是习俗、恐怖、僵化的精神上的习惯和一些规定。当戏剧能够在思想上有最大自由的地方，是想象力最为活跃的地方时，那它就变成一种僵化的习俗的体系（称之为现实主义也罢、不称之为现实主义也罢）的最大约束了。人们害怕有太多的幽默（幽默，就是自由）。人们害怕思想自由，也害怕一种过于悲剧化的或者绝望的作品。乐观主义和希望是必不可少的，违者处死。有时，人们把这样的东西称之为荒诞，因为它揭露了一种语言的可笑的特点，它是没有实质内容的、枯燥无味的、由陈词滥调和标语口号所构成的；因为它揭露了事先就知道的戏剧行动。但是我，我要让一只乌龟出现在舞台上，让它变成帽子，变成歌曲，变成古代的胸甲骑兵，变成泉水，人们在剧中要敢想，这里是人们最不敢想的地方。

除了对机器房的技术可能性要有所限制之外，我不主张别的还有什么限制，人们将会说我写的是杂耍歌舞，写的是杂技。好极了，让我们和杂技合为一体吧！人们可以指责作家过于专横，但是想象力可不是专横的，它是一位启示者。如果没有思想自由的完全保证，作家就不能称其为作家，他就不能讲出一些别人还没有讲过的东西。至于我，我给自己作了规定，除了我的想象力的法则以外，别的什么法则也不承认；而既然想象力是有法则的，那么这又是一个新的证明，证明了想象力终究不是专横的。

有人说，人的特征就是他是会笑的动物；他尤其是有创造能力的动物。他把一些本来在世界中不存在的事物引进世界里来，例如：庙宇、兔棚、两轮车、火车头、交响乐、诗歌、主教座堂、香烟，等等。常常，驱使创造所有这些事物的那种实用价值只是个借口而已。活着有什么用呢？就是为了活着。一朵花有什么用呢？就是一朵花。一座庙宇、一个主教座堂有什么用呢？是为了保护教徒吗？我觉得不是的，既然庙宇已经改作他用，而人们却继续在仰慕着。庙宇是为了向我们显示建筑艺术的法则而服务的，而且这些法则可能正是我们的精神所显示出来的世界建筑术的法则，既然精神已经把它们认出来了。但是，戏剧如果缺少胆量，就会自我消灭。看来，人们并不懂得人们所创造的世界不能是假的。只有在我想写真实并只限于真实时，它才是假的，因而写的是虚假的真实。当我创造时，当我想象时，我才意识到那是真实的。没有什么比想象的结构更为明显和"合乎逻辑"的了。我甚至还可以说，正是世界使我觉得它是不合理的，它变得不合理了，为我的理智所不容。只是在我的精神里，我重新找到了我一直努力使我的精神重新适应，使我的精神服从的法则。但是，这已经超过我们今天所要谈的了。

当一个作家写一部作品，比如说一部剧本，我们可以说他是清楚地或者模糊地感觉到他在进行一场战斗的，如果他有什么东西要讲出来，那不是因为其他人还没有把这件事情讲明白，就是因为人们不知道怎样讲明白，他要讲点新的东西。要不然，他为什么要写作呢？讲出他所要讲的东西，让人们接受他的世界，这本身就是战斗。一棵树要生长，就必须克服物质上的障碍。对于一个作家来说，这个物质是已经做了的，已经讲了的。更确切地说，他之所以写作，并不是为了赞成或者反对某件事情，他是不管这些事情的，正是从这个意义上讲，每个艺术家虽然力量有大有小，但都是一个革命者。如果他模仿，如果他抄袭，如果他只是举些例子加以说明，那他就是微不足道的。因此，好像诗人都是反对一种传统的（由于他们自身的存在，这种斗争常常是不由自主的）。

然而，如果诗人觉得语言不再能够写出真实，不再能够表达出一种真理时，他们就还要努力以一种更加激烈、更加雄辩、更加清楚、更加准确、更加合适的方式，把真实写出来，最好地表达出来。在这方面，他们努力回到已经过时的传统上去，把它现代化，使它重新获得生命。一个先锋派的剧作家可以觉得（无论如何，他有此愿望）他的戏剧比他周围那些人的写得好。因此，他的活动是一次真正的回到源头去的尝试。什么源头？戏剧的源头。回到戏剧的内在模式上去，人们重新找到戏剧性的人物和永久而深刻的形式。

帕斯卡尔自己找到了几何学的原理；少年时的莫扎特就自己发现了音乐的基础。当然，只有很少的艺术家才能同这两位巨人相比。然而，我觉得肯定的是，人们虽然雄辩地称某种东西为天生的戏剧，但是如果不能再对它进行一点创造，那么人们也就不能拥有它。看来，我差不多还可以肯定的是，如果所有的图书馆和博物馆在一次巨大的地壳激变中全部沉没，那么幸免于难的人迟早总会重新发现绘画、音乐和戏剧的，因为它们具有一些作用，这些作用与人的呼吸一样都是自然的、不可缺少的和本能的。那些没有发现戏剧的作用的人，也就不是块搞戏剧的料子。而为了能够有所发现，可能就必须要有某种无知，某种天真，一种从上述的天真中所产生出来的胆量，但是这种天真并不是头脑简单，这种无知并不是要取消知识，它只是吸收知识，把知识加以更新。艺术作品不是没有见解的。但是既然艺术作品是生活及其表现，那么这些见解就是从生活中来的，并不是艺术作品能产生一些思想。相矛盾的是，新的作家正是那些竭力返回到最老的东西中去的人。这些最老的东西是，在一种要更加清楚、更加朴实、更加纯戏剧化的戏剧作品中的新的语言和主题；寻求传统，但拒绝传统主义；概括知识和创造、真实和想象、个别和普遍——或者像人们今天所说的，个人和集体；脱离阶级，超阶级的表现手法。在说出索绕在我脑际的一些基本的念头时，我表达了我最深刻的人道主义，超越了一切阶级的和各种心理的樊篱，自发地赶上了所有的人。我表达了我的孤独，同所有人的孤独聚在一起；我活着的快乐或者生存的奇怪心情也是所有的人都有的——如果说现在所有的人都拒绝从其中看清自己的话。像爱尔兰作家布伦丹·贝汉的一个剧本《马丁的顾客》，就是从作家独特的经验——监狱中产生出来的。不过，我却觉得我同它是有关的，因为剧本使这个监狱变成了所有的监狱，使它变成了全世界，使它变成了所有的社会。很明显，在这座英国的监狱里，有些囚犯，也有些看守。因此，就有奴隶和主人、统治者和被统治者。一些人和另一些人被关在同一堵围墙里。囚犯们仇视他们的看守，看守们鄙视他们的囚犯。但是，囚犯们之间也互相厌恶；看守们之间也不能相互了解。如果在看守们和囚犯们之间发生一次简单的冲突，如果剧本只局限于写这场非常明显的冲突，那就没有什么新的、深刻的、富有揭示性的东西，只是写了一个粗浅的、过分简单的事实。但是通过这个剧本，贝汉让我们看清了更加复杂的现实。在这座监狱里，一个人要被处决了。将被处决的犯人没有在舞台上出现。但他在我们的意识中出现了，使我们在思想上极难摆脱他。这就是剧中的主人公。或者更正确地说，这个主人公就是死亡。看守和囚犯共同感觉到这个死亡。作品深刻的人道主义就在于大家超越于看守和囚犯的区别之上的这种烦扰、这种可怕的相通的苦恼。这是一种超越于各种隔离之上的相通，一种几乎是无意识的友爱，但是作家让我们意识到了。所有的人本质上的一致，被他向我们揭示出来了。这可以帮助一切敌对的营垒互相靠近。确实，我们突然觉得囚犯们和看守们都是要死的，一个问题超过了其他所有的问题，这个问题使他们团结在一起，支配着他们。这就是一部通俗的戏剧，写了在同一个苦恼中的相通。这是一部旧戏，因为它涉及的是一个基本的和永久的问题；但这又是一部新戏，是一部局限在一个地方的戏，因为讲的是一个特定国家历史上的某个时刻的监狱。

20 世纪初，特别是将近 20 年代时，在精神和人类活动的各个领域，曾出现过一个广泛的全世界的先锋派运动。在我们的智力习惯上发生了一次动荡。从克莱到毕加索，从马蒂斯到蒙德里安，从主体派到抽象派的现代绘画，都表现了这次动荡、这次革命。它也出现在音乐和电影中，它还征服了建筑。哲学和心理学发生了根本的变化。科学（我谈这些是不够资格的）给我们描绘了世界的新景象。一种新的风格被创造出来并继续发展。这个时代的特点是有着统一的风格——综合了多种风格，它相应地在建筑和诗歌、数学和音乐中都有明显的体现。比如，在凡尔赛的城堡和笛卡儿的思想中，就存在着本质的统一。从安德烈·勃勒东到马雅柯夫斯基、从马里内蒂到特里斯唐·查拉或者阿波利奈尔的整个文学和戏剧，从印象派的戏剧到超现实主义，直到福克纳和多斯·帕索的新近的小说，特别是纳塔丽·萨罗特和米歇尔·比托尔的最新的小说，都加入了这场更新的潮流。但是整个文学上的这些活动没有变成一种运动，而在戏剧方面好像1930 年就停止了。现在，最落后的就是戏剧了。先锋派的活动即使没有在整个文学中停止，那么至少在戏剧中是停止了。各种战争、革命、纳粹主义、其他形式的暴政、教条主义，以及在其他国家中的因循守旧的僵化，现在都阻止了先锋派的发展。应当继续发展下去。至于我，我希望成为那些力图使这场运动重新发展起来的普通的创造者当中的一个。确实，这个被抛弃了的先锋派并没有过时，但它被埋葬了，老的戏剧形式又反动地卷土重来，它们有时还居然自称是新的形式呢。现在的戏剧不是我们这个时代的。它表现了一种陈旧的心理学，一种通俗的结构，一种因循守旧的审慎，以及一种现实主义——它可以说它自己不是习俗的，而实际上确是如此的，它屈服于一些威胁着艺术家的教条。

法国电影的青年一代要比戏剧的同行们先进得多。青年一代的电影工作者是在影片资料馆和电影俱乐部里培养出来的。他们是在那里接受的教育。在那里，他们看了艺术影片、古典影片、先锋派的影片、非商业影片、非通俗影片，它们由于其非商业性质，通常是从来不在大礼堂里演的，即使在那里演，也只是演一个很短的时期。

戏剧还需要这些试验的场所、这些实验的礼堂，以逃避浅薄的公众。唉，在某些国家，还有一个危险，还有一个逃脱不掉的祸害，那就是老板。他们在那里就像些暴君，戏要卖座；而要能卖座，就必须砍掉一切大胆的地方，砍掉一切有创造精神的地方，只有这样才能不惊动任何人。有个老板要我改写我的各个剧本，让它们变得容易理解些。我问他有什么权利干预我剧本的结构问题，因为它只应当同我有关，只应当同我的导演有关。我觉得他虽然出钱演戏，但这并不能使他拥有一个对我的作品发号施令、进行修改的充分的理由。他对我宣称他是代表观众的。我回答他说，我们正是要对观众，也就是说对他，对他这个老板作斗争呢。对他作斗争，·或者不把他当回事。

我们需要一个自由的国家，这个国家对思想和艺术开放，它相信它们的存在是必要的，相信必须要有一些实验场所。一种发明或者科学理论在得到推广之前，总是要在实验场所里进行准备、试验和思考的。我要求剧作家能得到像学者一样进行他们的试验的可能。人们不能说，一项科学发现因此就是不通俗的。我不相信从我内心的深处所产生的一些精神现实会是不通俗的。卖座率高并不见得总是通俗的。诗人的高贵并不像一个社会等级的虚假的高贵那样是一种虚假的高贵。在法国，我们有一些引人入胜的作家，如让·热内、贝克特、沃蒂埃、皮歇特、舍阿代、奥迪贝尔蒂、盖尔德罗德、阿达莫夫、乔治·内弗，他们在继续写作，反对季洛杜派、呵努依派、让-雅克·贝尔纳派，等等。他们还仅仅构成一些起点，预示着一种生动而自由的戏剧有可能发展起来。

所谓先锋派，就是自由。

【艺术赏析】

这篇演讲详细、全面论述了先锋派的特点、代表、象征意义和时代特色，语言严谨，逻辑清晰，思路开阔。

这篇演讲使先锋派的概念逐渐深入人心，不失为一篇推广先锋派的优秀演讲词。

接受诺贝尔文学奖时的演讲

福克纳

【演讲者简介】

威廉·福克纳（1897—1962），美国小说家、诗人。生于美国南部。1918 年在加拿大受训成为英国皇家空军飞行员。1924 年发表首部作品，即诗集《大理石的牧神》。1926 年发表第一部长篇小说《士兵的报酬》。此后作品多以南部生活为背景，揭示南方种植园主的没落腐朽生活。主要作品有《喧嚣与狂怒》、《当我垂死的时候》、《圣殿》、《城镇》、《大厦》以及一些短篇故事。1949 年获诺贝尔文学奖。

【历史背景】

本文是福克纳于 1949 年 12 月在斯德哥尔摩诺贝尔文学奖颁奖会上发表的著名演讲。

【演讲词】

我感到，这个奖金不是授予我个人的，而是授予我的工作的——一生献身于表现人类的精神痛苦和不安，不求荣耀，更不为谋利，只求以人类精神为原料、创造出一些前所未有的东西来。因此，对这项奖，我谨代为保管。至于奖金，不难找到一个与设奖的本来目的和意义相称的捐赠机会。此刻，我站在一个顶点，或许有些已同样献身于表现人类精神痛苦的男女青年在倾听我的演讲。他们当中有人将在某一天站到我现在站的位置上。所以我也趁此机会为他们喝彩。

我们今天的悲剧，是普遍存在着对实际问题的担心。到现在它已持续很久，我们甚至能够泰然处之。精神问题不复存在。只有一个问题：我何时会倒大霉？因此，现在从事写作的青年忘掉了人类内心在天人交战时闪现的各种问题，但只有这些问题能够产生优秀作品，因为只有它们才值得写，才值得称为人类的痛苦和不安。

他必须重新认识它们。他必须告诫自己：一切事物中最卑劣的是胆怯，还要告诫自己永远忘掉它。他的创作室应该不容其他任何东西存在，只留下内心亘古常存的真情与真理——爱和荣誉感、怜悯和自豪、同情和奉献精神；缺少这些古老而普遍存在的真实性，任何故事或小说都注定只能是昙花一现、没有生命力的东西。在他这样做之前，他写的东西应该受到诅咒，因为他描写的不是爱，而是淫欲，他描写的是打败，但是人们在失败中所丧失的都是毫无价值的东西；他描写的是胜利，但获胜者没有希望，甚至没有怜悯和同情心。他为世上无一具尸体不留下伤疤而感到悲痛。他描写的不是心灵，而是腺体。

他在重新认识那些问题之前，就像身处人类末日的前夕，看着它的到来而写作。我拒绝接受人类末日的说法。有人可以很随便地说，人类由于忍耐，所以将永存，即使在最后那个血红的、逐渐消逝的黄昏中，世界末日的钟声从退潮后突出的岩石那边响起并消失时，还会有一点声响，是他那微弱的、不绝的声音还在说话。我不能接受这些。我深信，人类不仅会忍耐，而且会获胜。人类之所以永存，不在于万物之中唯有他能连绵不绝地发出声音，而在于他有灵魂，有一种会同情。奉献和忍耐的精神。诗人和作家的责任就是描写这些东西。他的殊荣就是去鼓舞人心，唤起人类过去引以为荣的勇气、荣誉感、希望、自豪、同情、怜悯与奉献精神，以增强其忍耐力。诗人的声音不仅应该记录人类的活动，也应该是帮助人类忍耐和获胜的后盾和支柱。

【艺术赏析】

通篇演讲简短质朴，有很强的艺术感染力。演讲者一开头就说"我感到，这个奖金不是授予我个人的，而是授予我的工作的———一生献身于表现人类的精神痛苦和不安……更不为谋利，只求以人类精神为原料……"表现出作者的谦逊，整篇文章没有一点矫揉造作之势，娓娓道来，显得水到渠成。

在这篇演讲中，福克纳首先表明自己矢志献身于表现人类的精神痛苦和不安，不求名利，他呼吁作家应该只有人类心灵永恒的真情，充满了历史使命感和责任感。

普希金纪念像揭幕致词

屠格涅夫

【演讲者简介】

伊凡·谢尔盖耶维奇·屠格涅夫（1818—1883），俄国批判现实主义小说家、诗人和剧作家。出生于世袭贵族之家，1833年进入莫斯科大学文学系，一年后转入彼得堡大学哲学系语文专业，毕业后到德国柏林大学攻读哲学、历史和希腊与拉丁文。在欧洲，屠格涅夫见到了更加现代化的社会制度、被视为"欧化"的知识分子，并主张俄国学习西方，废除包括农奴制在内的封建制度。

【历史背景】

普希金是俄国著名的文学家、伟大的诗人、小说家及现代俄国文学的创始人，19世纪俄国浪漫主义文学主要代表，同时也是现实主义文学的奠基人，现代标准俄语的创始人，被誉为"俄国文学之父"、"俄国诗歌的太阳"。俄罗斯人民为了纪念他，在莫斯科市中心的斯特拉斯特内伊广场为他建立了一座纪念像。1880年6月6日，普希金纪念像揭幕，屠格涅夫在揭幕仪式上发表了这篇演讲。

【 演讲词 】

女士们、先生们：

为普希金建造纪念像得到了素有教养的全俄罗斯人民的参与、赞同，我们这么多优秀的人物，来自乡村、政府、科技、文学和艺术各界的代表在此聚会庆祝，这一切向我们表明了社会对它的一位优秀成员的由衷爱戴。我们尽量简练地阐述一下这种爱戴的内涵和意义。

普希金是俄罗斯第一位诗人艺术家。"艺术"这个词从广义上理解应包括诗歌在内。艺术是理想的再现和反映。理想存在于人民的生活根基上，决定了人民的道德风貌。艺术活动是人的基本特性之一。在人类本性中早已发现了的、明确了的艺术活动——艺术，事实上是模仿，即使在人类生存的最早期，它也已经表达出崇高精神和人类某种最优秀的东西。石器时代的野蛮人用尖石块在适当的断骨片上画熊或麋鹿头，此时其实他们已不再是野蛮人、动物类了。但人类只有到了天才们用创造力自觉、充分、有特色地表现自己艺术的那一刻，它才获得了自己的精神面貌和自己的声音，从而有了宣布自己在历史中自身地位的权利。于是，它开始和那些承认它的民族友好共处。怪不得希腊被称为荷马的国家，德国称为歌德的国家，英国称为莎士比亚的国家。我们不想否定人民生活在宗教、国家等领域内其他现象的重要性，而我们现在所指的特性是人民从自己的艺术、自己的诗歌那里得到的：人民的艺术是它活生生的个体灵魂、它的思想、它高层次含义上的语言，这也就不足为奇了。艺术一旦得以充分表现，它甚至比科学更能成为全人类的财富，因为它是有声响的、人类的、思索着的灵魂，这一灵魂是不死的，因为它能比自己的人民，自己的肉体存活得更久。希腊给我们留下了什么？留下的是它的灵魂。宗教形态以及随后科学形态的东西同样比表现它们的人民存活得长久，这是由于在它们里面有着共同的、永恒的东西；诗歌、艺术的长存是由于有着个体的、生动的东西。普希金，让我们再重复一遍，是我们第一位诗人艺术家。诗人充分表达了人民性的本质，在他身上融合了这一本质的两个基本原则：相容性原则和独立性原则，我们可大胆地补充解释成女性和男性原则。俄国人加入欧洲大家庭比别的民族来得迟，这两种原则在我国染上了特殊的色彩。我们的相容性是双重的：既对本国的生活也对其他西方民族的生活相容，其中对西方生活中的所有精华以及有时在我们看来是苦涩的果实都能相容，我们的独立性也获得一种特殊的、不平衡的、阵发性的，但有时又是很完美的力量。这种独立性必须同外界的复杂情况、同自身的矛盾作斗争。请回忆一下彼得大帝吧！他的本性与普希金有点相似，难怪普希金对彼得大帝怀有特殊的仰慕、敬爱之情。我们现在所讲的这种双重的相容性意味深长地反映在我们诗人的生活之中：首先，他诞生在旧贵族老爷的家里；其次，贵族学校的外国化教育，由外部渗透进来的当时社会的影响，伏尔泰、拜伦和 1812 年伟大的人民战争，最后是俄国腹地的放逐，对人民生活、民间语言的沉迷，以及那著名的老奶妈讲的平凡的故事。至于涉及独立性，那么它在普希金身上很快就被激发出来，他不再摸索、徘徊，他进入了自由创作的天地。

女士们、先生们，任何艺术都是把生活拔高到理想境界的，持日常琐碎生活观点的人总是低于这一境界。这是一个应该努力去攀登的高峰。不管怎么说，歌德、莫里哀和莎士比亚始终是真正含义上的人民诗人即民族诗人。让我们作一比较，例如：贝多芬或莫扎特无疑都是民族的、德国的作曲家，他们的音乐大部分是德国音乐，然而在他们所有的作品里，你非但找不到一点从平民百姓那儿借用来的音乐痕迹，甚至也找不到与它们有相似的地方，这正是因为这种民间的、还处于自然阶段的音乐已经渗入他们的血肉之中，促使他们活跃。这好比艺术理论完全消溶于他们体内，也好像语法规则在作家活生生的创作中无影无踪一样。在另外一些离日常生活观点更远一点，更封闭一点的艺术领域内，"民间性"的提法是不可思议的。世界上有民族画家——拉斐尔、伦勃朗，但却没有民间的画家。我顺便指出，在艺术、诗歌、文学领域里提出民间性口号的只会是那些弱小的民族，他们尚未成熟或者处于被奴役、被压迫的状态下。他们的诗歌当然要去服务于另一个十分重要的目的：维护好民族自身的存在。上帝保佑，俄罗斯并不处于类似的环境中，它既不弱小也不奴役其他民族，它用不着为自身存在而担惊受怕，用不着死死地固守着独立性，它甚至可以去爱那些能指出它缺点的人。我们还是回到普希金的话题来吧！有人问，他是否能称为与莎士比亚、歌德和其他大艺术家相提并论的诗人？这一点我们暂且不谈，但他创造了我们诗歌的文学的语言，我们和我们的后代只需沿着他的才智所开辟的道路前进就可以了。从我们以上所说的话中，你们已经可以相信，我们不会同意那些当然是好心肠人的意见。他们认为，根本就不存在什么俄罗斯的标准语，那只是民众和其他一些慈善机构为我们创造的。我们反对这种说法，在普希金创造的语言里我们看到的是所有生命力的条件：俄罗斯的创作、俄罗斯的相容性，在这壮丽的语言中它们严谨地融合在一起。普希金本人就是一位出色的俄罗斯艺术家，的确如此，俄罗斯的！他诗歌的核心本质、所有特性正是和我国人民的特点本质相一致的。

一切正是这样，但是我们能否有权利称普希金为世界级的民族诗人呢？（这两种表达法往往是相吻合的）就好比我们这样称呼莎士比亚、歌德、荷马一样呢？普希金还不能与他们完全相提并论。我们不该忘记：他孤身一人却必须去做两项工作，在其他国家是相隔整整一个世纪甚至花更长时间来完成的。这两项工作分别是：创立语言和造就文学，再加上残酷的命运又增加了他的负担，命运之神几乎是幸灾乐祸地对我们的天才穷追不舍，把他从我们身边夺走——当时，他未满 37 岁。可是，我们不局限在这些悲剧的偶然性上，正因为这种偶然性，也就富有悲剧色彩。我们从黑暗中再返回光明，重来谈谈普希金的诗歌。我没有篇幅和时间一一列举他单独的作品，别人会把这件事做得更好。我们仅仅想指出，普希金在自己的创作中为我们留下了许多典型范例、典型形象（这是天才人物的又一无可置疑的特点，它们仍将在我们以后的文学创作中体现出来。请你们只要回味一下《鲍里斯·戈都诺夫》中小酒馆的场面、《格罗欣村的编年史》等便可以了。而诸如毕明以及《上尉的女儿》中的主要角色。难道不就证明了他心目中的过去同样存活在今天，存活于他所预见过的未来？

然而，普希金终未逃脱诗人艺术家、创业者所共有的结局。他感受到了同时代人对自己的冷漠；以后的几代人离他就更远了；不再需要他，不再以他的精神来教育自己。直到前不久我们才渐渐看见重新着手读他诗歌的局面。我们已经指出一个值得庆幸的事实，青年人重又回头阅读、研究普希金了，但我们不能忘记，好几代人延续不断地从我们眼前经过，在他们看来，普希金的名字匕就像其他名字一样总会被人遗忘。我们也不想过分怪罪于上几代人，我们只想扼要说明，为什么这种遗忘是不可避免的，但我们也不该不为回归诗歌的境况感到欣慰。我们特别高兴，是因为我们的青年人回头阅读，并不是像那些追悔莫及、万念俱灰、被自己的失误拖得精疲力竭的人那样寻找着他们曾经抛弃的避风港和安身处。我们很快就发现，这种回归是满足的表现，尽管只有一点满足。我们还找到了以下情况的证据：某些目标，不管是被认为可以达到还是必须达到的，都是在于把一切与生活无关的东西清除掉，把生活压缩在唯一的轨道上运行，于是，人们承认这些目标达到了，未来又会预示他们向其他目标进取。然而，已经没有任何东西会妨碍以普希金为主要代表的诗歌在社会生活众多合法现象中占有自己一席合法的地位。曾几何时，美文学几乎成了再现当时生活唯一的方式，但接着又完全退出生活舞台，美文学当时的范围过于宽大，而诗歌又被压缩到几乎等于零。诗歌一旦找到了自己自然的界限，便会永远巩固住自己的地盘。右老一代的，并不是老朽的导师的影响下，我们坚信，艺术的规则、艺术的方法又会起作用，谁精通这些呢？也许会有某位新的、尚无人知晓的、超过自己导师的天才问世，他完全可以无愧于世界级民族诗人这一称号。这个称号我们还没决定赋予普希金，但也不敢从他身上剥夺去。

无论如何，普希金对俄罗斯的功绩是伟大的、值得人民感激的。他把我们的语言进行了最后的加工，以至于使它在文字的丰富性、力度感、形式美方面甚至得到了国外语言学家的首肯，几乎被认为是继古希腊语之后的第一流语言。普希金还用典型形象、不朽的音响影响了整个俄罗斯的生活风尚，最终是他第一个用强劲的大手把诗歌这面旗帜深深地插入了俄罗斯大地。如果在他去世后，论战掀起的尘土暂时遮盖住这面光辉的旗帜，那么今天尘土已开始跌落，由他升起的常胜大旗重又辉耀高空。发出光辉吧，就像矗立在古老首都中心位置的伟大青铜圣像一样；向未来的一代又一代人宣告吧，我们有权利被称为伟大的民族，因为在这一民族中诞生了一位和其他伟大人物一样的人物：正像人们一提起莎士比亚，则所有刚识字的人都必然会想成为他的新读者。我们同样也希望，我们每一个后代都怀着爱心驻足在普希金的雕像前理解这种爱的意义。这样也就证明，他像普希金一样成了更俄罗斯化、更有教养、更自由的人了！女士们、先生们，这最后一句话请你们不必惊奇！在诗歌里蕴含着解放的力量，因为这是一种高昂的道德力量。我们更希望在不久的将来，甚至那些至今仍不想读我们诗人作品的平民百姓们的儿女也会明白，普希金这个名字意味着什么。他们会自觉地反复念叨一直在我们耳际回响的喃喃自语声："这是一座为导师而立的纪念像！"

【艺术赏析】

这篇演讲词表达了对普希金的无限思念和崇敬，高度赞扬了普希金在文学上的不朽贡献。他认为普希金是"俄罗斯第一位诗人艺术家"，说明人们纪念他和建立普希金纪念像的必要性，得到了听众的认同。屠格涅夫以一句"这是一座为导师而立的纪念像"作为结尾，使得整个演讲戛然而止，既紧扣主题又引人深思。

新文学的要求

周作人

【演讲者简介】

周作人（1885—1967），浙江绍兴人，中国现代散文家，1906年赴日本留学，1911年夏回国后在浙江从事教育工作，1917年任北京大学文科教授兼国史编纂处纂辑员。五四运动时期，周作人是新文化运动重要代表人物之一，参加发起文学研究会，同时以极大热情介绍俄国、日本、希腊文学以及波兰、匈牙利等被压迫民族的文学，并用自己的散文和新诗创作，显示了新文化运动的力量。五四运动后，周作人在继续批判旧道德旧文化的同时，其资产阶级自由主义思想开始有所发展，至第一次国内革命战争失败后，周作人的思想逐渐远离时代主流，公开鼓吹闭门读书，否定五四新文学的彻底革命性。1937年抗战爆发，北大南迁，虽经各界人士的多次劝说与敦促，周作人仍留在被日军侵占的北平，不久出任南京国民政府委员、华北政务委员会常务委员兼教育总督誉办等伪职。日本投降后，以叛国罪判刑，1949年保释出狱。新中国成立后，除写作有关鲁

迅的回忆资料外，主要从事日本、希腊文学作品
的翻译工作，1967年病逝。

【历史背景】

20世纪早期，在陈独秀、李大钊等人的领导下，掀起提倡科学、反对迷信、提倡民主、反对独裁、提倡白话文、反对文言文的新文化运动，宣传了西方的进步文化。以后，又传播了社会主义思想，反映了新型的革命阶级的要求，在社会上产生了巨大的反响。这一运动的深入发展吸引了许多年轻人，特别是青年学生集合在反帝反封建的旗帜下，为迎接一场彻底的反帝反封建的政治斗争做好了思想准备。《新文学的要求》这篇演讲是1920年1月6日周作人在北平少年学会上的讲演。

【演讲词】

今日承贵会招我演讲，实在是我的光荣。现在想将我对于新文学的要求，略说几句。从来对于技术的主张，大概可以分作两派：一是艺术派，一是人生派。艺术派的主张是说艺术有独立的价值，不必与实用有关，可以超越一切功利而存在。艺术家的全心只在制作纯粹的艺术品上，不必顾及人世的种种问题：譬如做景泰蓝或雕刻的工人，能够做出最美丽精巧的美术品，他的职务便已尽了，于别人有什么用处，他可以不问了。这"为什么而什么"的态度，固然是许多学问进步的大原因；但在文艺上，重技工而轻情思，妨碍自己表现的目的，甚至于以人生为艺术而存在，所以觉得不甚妥当。人生派说艺术要与人生相关，不承认有与人生脱离关系的艺术。这派的流弊是容易讲到功利里边去，以文艺为伦理的工具，变成一种坛上的说教。正当的解说是仍以文艺为究极的目的；但这文艺应当通过了著者的情思，与人生接触。换一句话说，便是著者应当用艺术的方法，表现他对于人生的情思，使读者能得艺术的享乐与人生的解释。这样说来，我们所要求的当然是人的艺术派的文学。在研究文艺思想变迁的人，对于各时代各派别的文学，原应该平等看待，各各还他一个本来的位置；但在我们心想创作文艺，或从文艺上得到精神的粮食的人，却不能不决定趋

向，免得无所适从：所以我们从这两派中，就取了人生的艺术派。但世间并无绝对的真理，这两派的主张都各自有他的环境与气质的原因：我们现在的取舍，也正逃不脱这两个原因的作用，这也是我们应该承认的。如欧洲文学在 19 世纪中经过了传奇主义与写实主义两次大变动，俄国文学总是一种理想的写实主义：这便因俄国人的环境与气质的关系，不能撇开了社会的问题，趋于主观与客观的两极端。我们称述人生的文学，自己也以为是从学理上立论，但事实也许还有下意识的作用：背义过去的历史，生在现今的境地，自然与唯美及快乐主义不能多有同情。这感情上的原因能使理性的批判更为坚实，所以我们相信人生的文学实在是现今中国唯一的需要。

人生的文学是怎样的呢？据我的意见，可以分作两项说明：

一、这文学是人性的；不是兽性的，也不是神性的。

二、这文学是人类的，也是个人的；却不是种族的、国家的、乡土及家族的。

关于第一项，我曾做了一篇人的文学略说过了。大旨从生物学的观点上，认定人类是进化的动物，所以人的文学也应该是人间本位主义的。因为原来是动物，故所有共通的生活本能，都是正当的，美的善的；凡是人情以外人力以上的，神的属性不是我们的要求；但又因为是进化的，故所有已经淘汰，或不适于人的生活的，兽的属性，也不愿他复活或保留，妨害人类向上的路程。总之是要还他一个适如其分的人间性，也不要多，也不要少就是了。

我们从这文学的主位的人的本性上，定了第一项的要求，又从文学的本质上，定了这第二项的要求。人间的自觉还是近来的事，所以人性的文学也是百年内才见发达，到了现代可算是兴盛了。文学上人类的倾向却原是历史上的事实；中间经过了几多变迁，从各种阶级的文艺又回到平民的全体的上面来，但又加了一重个人的色彩：这是文艺进化上的自然的结果，与原始的文学不同的地方也就在这里了。

关于文学的意义，虽然者家的议论各各有点出入；但就文艺起源上论他的本质，我想可以说是作者的感情的表现。诗序里有一节话，虽是专说诗的起源的，却可以移来作上文的说明：

"情动于中而形于言；言之不足故咏歌之；咏歌之不足，故嗟叹之；嗟叹之不足；故不知手之舞之，足之蹈之。"

我们考察希腊古代的颂歌、史诗、戏曲、发达的历史，觉得都是这样情形。上古时代生活很简单，人的感情思想也就大体一致，不出保存生活这一个范围；那时个人又消纳在族类里面，没有独立表现的机会：所以原始的文学都是表现团体的感情的作品。比如戏曲的起源是由于一种祭赛，仿佛中国从前的迎春。这时候大家的感情，都会集在期望春天的再生这一点上：这期望的原因，就在对于生活资料缺乏的忧虑。这忧虑与期待的"情"实在迫切了，自然而然地发为言动，在仪式上是一种希求的具体的表现，也是实质的祈祷，在文学上便是歌与舞的最初的意义了。后来的人将歌舞当作娱乐的游戏的东西，却不知道它原来是人类的关系生命问题的一种宗教的表示。我们原不能说事物的原始的意义定是正当的界说，想叫化学回到黄白术去；但我相信在文艺上这意义还是一贯，不但并不渐走渐远，而且反有复原的趋势。所以我们于这文学史上的回顾，也不能不相当注意，但是几千年的时间夹在中间，使这两样相似的趋势，生了多少变化，正如现代的共产生活已经不是古代的井田制度了。古代的人类的文学，变为阶级的文学；后来阶级的范围逐渐脱去，于是归结到个人的文学，也就是现代的人类的文学了。要明白这意思，墨子说的"己在所爱之中"这一句话，最注解得好。浅一点说，我是人类之一；我要幸福，须得先使人类幸福了，总有我的分；若更进一层，那就是说我即是人类。所以这个人与人类的两重的特色，不但不相冲突，而且反是相成的。古代的个人消纳在族类的里面，个人的简单的欲求都是同类所共具的，所以便将族类代表了个人。现代的个人虽然原也是族类的一个，但他的进步的欲求，常常超越族类之先，所以便由他代表了族类。譬如怕死这一种心理，本是人类共通的本性，写这种心情的歌诗，无论出于群众，出于个人，都可互相了解，互相代表，可以称为人类的文学了。但如爱自由，求幸福，这虽然也是人类所共具的，但因为没有十分切迫，在群众每每忍耐过去了；先觉的人却叫了出来，在他自己虽然是发表个人的感情、个人的欲求，但他实在也替代了他以外的人类，发表了他们自己暂时还未觉到，或没有才力能够明白说出的感

294

情与欲求了。还有一层与古代不同的地方，便是古代的文学纯以感情为主，现代却加上了多少理性的调剂。许多重大问题经了近代的科学的大洗礼，理论上都能得到了解决。如种族国家这些区别，从前当作天经地义的，现在知道都不过是一种偶像。所以现代觉醒的新人的主见，大抵是如此："我只承认大的方面有人类，小的方面有我，是真实的。"人类里边有皮色不同，习俗不司的支派。正如国家地方家族里有生理、心理上不同的分子一样，不是可以认为异类的铁证。我想这各种界限的起因是由于利害的关系，与神秘的生命上的联络的感情。从前的人以为非损人则不能利己，所以联合关系密的人组织一个攻守同盟；现在知道了人类原是利害相共的，并不限定一族一国，而且利己利人，原只是一件事情，这个攻守同盟便变了人类对自然的问题了。从前的人从部落时代的"图腾"思想，引申到近代的民族观念，这中间都含有血脉的关系；现在又推上去，认定大家都是从"人"这一个图腾出来的，虽然后来住在各处，异言异服，觉得有点隔膜，其实原是同宗。这样的大人类主义，正是感情与理性的调和的出产物，也就是我们所要求的人道主义的文学的基调。

这人道主义的文学，我们前面称它为人生的文学，又有人称为理想主义的文学；名称尽有异同，实质终是一样，就是个人以人类之一的资格，用艺术的方法表现个人的感情，代表人类的意志，影响于人间生活幸福的文学。所谓人类的意志这一句话，似乎稍涉理想；但我相信与近代科学的研究也还没有什么有冲突；至于它的内容，我们已经在上文分两项说过，此刻也不再说了。这新时代的文学家是"偶像破坏者"，但他还有他的新宗教——人道主义的理想是他的信仰，人类的意志便是他的神。

【艺术赏析】

在这篇讲演中，周作人首先批评了文学的两种倾向：即文学的艺术派和文学的人生派。他认为文学的艺术派把艺术作为唯一的文学追求是不妥的，但文学的人生派又容易滑到功利主义泥坑之中，使其成为一种人生说教。于是他提出新文学应该是人的艺术派的文学，即"著者应当用艺术的方法，表现出他对人生的情思，使读者能得到艺术的享受和人生的解释。"

周作人的这一主张实际上也成为后来文学研究会的基本宗旨，在五四运动期间对中国文学界和思想界起到了较大的影响。但是周作人在讲演中将此进一步作了阐述，得出了新文学的"人道主义文学的基调"，这就为他日后提出"以表现个人情思为主"的文学，和他把文学当成"供雅人"、"摩挲"、"抚慰和麻痹"的"小摆设"奠定了理论基础。

周作人的这篇讲演在一定程度上反映了五四时期中国文化界、思想界的争论，是那一时期社会斗争在文学上的折射，因而具有较为重要的文献价值。

我的两个祖国

赛珍珠

【演讲者简介】

赛珍珠（1892—1973），美国作家。1932年因其小说《大地》成为第一位获得普利策小说奖的女性；1938年获诺贝尔文学奖。她也是唯一同时获得普利策奖和诺贝尔奖的女作家，是作品流传语种最多的美国作家。

【历史背景】

1938年，赛珍珠荣获诺贝尔文学奖，理由是她"通过人的多种情感和生活状况来描绘中国的民情和文化，并将其作为独特而宝贵的东西献给了现代世界"。本文是赛珍珠获得诺贝尔文学奖时作的题为《我的两个祖国》的演讲。

【演讲词】

　　我无法表达出我对刚才所说的话和给予我奖金所感受到的全部感激之情。我代表我个人领奖，确信自己是接受了远远超过我在我的书中所能给予的东西。我只能希望，我今后要写的几本书将在某种程度上比我今晚的感谢更有价值。确实，我只能按照我认为是颁发这一奖励本来所遵循的精神来领奖——比起已经做过的事来，这项奖励更看重未来。我想，今后我不论写什么，只要想起今天，总会获益匪浅，深受鼓舞。

　　我也是在为我的国家美利坚合众国领奖。我们是依然年轻的人民，我们知道，我们还没有充分发挥我们的力量。这一奖赏授予一名美国人，这不只是鼓励了一个人，而是鼓舞了全体美国作家，他们深为如此慷慨的赞誉而振奋、鼓舞。

　　我还应该高兴地说，这一奖赏授予一名妇女，这在我的国家是很重要的。你们已经表彰过你们目己的塞尔玛·拉格洛夫，早就表彰过其他领域里的妇女，或许不能完全理解，一名妇女此刻站在这里，在许多国家里意味着什么。但是我不仅仅是代表作家和妇女发言，而是代表所有美国人，因为我们大家都分享着这一荣誉。

　　假如我不按自己完全非正式的方式提到中国人民，我就不是真正的我了。

　　中国人民的生活多年来也就是我的生活，确实，他们的生活始终是我的生活的一部分。我自己的国家和中国这个养育我的国家，在许多方面有相同的见解，首先是在共同热爱自由这方面相同。今天比以往更是如此，这是真的，现在全体中国人民正在从事最伟大的斗争——争取自由的斗争。

　　当我看到中国空前地团结起来反对威胁其自由的敌人时，我感到从没有像现在这样钦佩中国。就凭着这种争取自由的决心——在深刻的意义上是天性的基本美德，我知道中国是不可征服的。自由——这在今天比以往更是最宝贵的人类财富。我们——瑞典和美国——我们有自由。我的国家很年轻——但是它怀着一种特殊的情谊向你们致敬，向国土古老而自由的瑞典人民致敬。

【艺术赏析】

赛珍珠是一位与南京人民有着鱼水深情的美国友人，她是以中文为母语之一的美国著名作家，她在南京创作的小说《大地》三部曲享誉全世界，中国人民给她带上了"大地之女"的桂冠。中国文化对她有着永久的魅力，南京给了她极大的愉快和兴趣，她与中国人民一起饱经沧桑。赛珍珠生前曾加入中国国籍，**1937**年抗日战争爆发后，她积极为中国人民的反侵略战争奔走。**1935**年赛珍珠回到美国后，一直致力于中美文化交流以及亚洲与西方的文化理解，她同情、帮助中国人民，用手中的笔向全世界介绍中国和中国文化。这篇演讲字里行间流露出她对中国人民的热爱和友好感情。

许许多多的美国人正是通过赛珍珠了解到中国，并为中国人民的抗日战争解囊相助。

幸福的父母往往会有最优秀的子女

马卡连柯

【演讲者简介】

马卡连柯（1888—1939），前苏联教育家和作家。曾担任高级小学校长，1920年起积极从事流浪儿童和少年违法者的教育改造工作。他还创办了高尔基劳动普教院和捷尔任斯基公社。他认为，苏维埃的学校应培养出一大批有政治觉悟、有高度责任感和荣誉感、遵守纪律、朝气蓬勃的社会主义社会的成员。他还认为，有效的、良好的教育必须通过集体、结合劳动进行。而每个家庭也是某种意义上的集体，所以父母对子女的影响是很大的。主要著作有《父母必读》、《儿童教育演讲集》、《教育诗》等。

【历史背景】

《幸福的父母往往会有最优秀的子女》是马卡连柯于 1938 年 7 月 22 日在《社会活动家》杂志发表的讲话。

【演讲词】

每一个人都要说：我要我的儿子成为一个能够立功的人，成为一个心地好的、热情的、有希望和有志气的真正的人，同时我要他不致成为能把一切都花光的废物，因为，您看，这种好心地会使他成了一个穷光蛋，使老婆、孩子也陷入穷困的状态，而且他由于这种善良甚至会丧失精神上的财富。

我们伟大的无产阶级革命所赢得的、年年都在增长的那种人类的幸福应该属于所有的人，我呢，作为一个个别的人，也有权利来享受这种幸福。我想成为一个英雄，我想立功，我想给国家和社会作更多的贡献，同时，我也想成为一个幸福的人。我们的孩子也应该是这样的。必要的时候，他们应该毫不犹疑、毫无盘算，幸福也好，悲哀也好，不去斤斤计较地把自己贡献出来，而从另一方面来说呢，他们应该成为幸福的人。

可惜，我还没有作完全的检查，但是，我已经看到，幸福的父母往往会有最优秀的子女。而所谓幸福的父母，并不等于说他们的住宅有煤气装置、有澡盆、有一切舒适的设备。完全不是这样的。我看见许多人的住宅有五个房间，有煤气设备、有热水、冷水，此外还有两名家庭女工，可是孩子们并不好。有的妻子走掉了，有的丈夫走掉了，有的不好好上班，有的想要第六个房间或者另要一座别墅了。我也看到许多幸福的人，他们在许许多多方面都感到缺乏。我在我本人的生活当中就有这样的情况，然而，我是一个非常幸福的人，我的幸福是不依赖任何一种物质福利的。请回忆一下你们自己的最美妙的时代吧，那时候好像不是缺这个，就是少那个，可是在心灵里有一致的精神力量，可以放心前进。

这种纯粹的幸福的全部可能性、必要性、义务性是由我们的革命所赢得的，是由苏维埃制度保证的。我们的人的幸福在于我国人民的团结一致，在于对党和伟大的斯大林的信任。应该成为一个诚实的、在自己的思想和行为当中具有党性的人，因为幸福的必不可少的条件就是信念，就是正确地生活下去，就是并不在暗地里隐藏着卑鄙、懦弱、狡猾、陷害以及其他任何一种败行。这种光明磊落的、诚实的人的幸福不但给本人带来极大的好处，而且首先给自己的儿女带来极大的好处。因此，请允许我对你们这样说：为了优秀的儿女起见，你们都要成为幸福的人。鞠躬尽瘁，使用你们全部的天才、全部的能力，带动你们的朋友、熟人，都成为具有真正的人类幸福的人。可是，往往也有这样的事情，一个人打算获得幸福，于是就抓住了几块石头，将来用它们来建立幸福。我自己有一回也犯了这样的错误。在我看来，假如我一抓住这个东西的话，这当然还不是幸福，而是在以后，要在这个东西上面求得幸福。完全不是这么回事。这些作为地基用的石头，这些为了以后在它们上面盖成幸福的宫殿的石头，后来却往往砸破了人的头脑，造成了纯粹的灾难。

这一点是不难想象的，那就是说，有些幸福的父母，他们是由于自己的社会活动、自己的文化、自己的生活而感到幸福的，他们也善于支配这种幸福，这些父母经常会有优秀的子女，他们经常能正确地教育子女。

这个定义的要点就在这里，关于这个定义，我在一开始的时候就提到了：在我们的教育活动当中是应该有一个中庸之道的。中庸是介于我们重大的、献身于社会的工作与我们从社会取得的幸福之间的。不管你们采用哪一类家庭教育方法，你们都需要找到一个尺度，因此，也就需要在自己的身上培养分寸感。

拿最困难的一个问题（在我看来，这是人们的一个最困难的问题）来说吧——这就是关于纪律的问题。严厉和慈爱——这是一个最难解决的问题。

可是，在大多数的场合，人们不善于给慈爱和严厉制定标准，而在教育上，这种本领是完全必要的。最常引人注意的是人们虽然在解决这些问题，可是他们心里却在想：不错，严厉是应当有标准的，慈爱是应当有标准的，不过，这是孩子长到六七岁的时候才需要的，六岁以前是可以不要什么标准的。事实上，主要的教育基础是在五岁以前奠定的，还有，你们在五岁以前所作的一切，等于整个教育过程里的百分之九十的工作。以后，一个人的教育还在继续进行，一个人的锻炼也还在继续进行，不过，一般来说，你们却开始尝到果实，至于你们所照料的那些花朵，却在五岁以前就开过了。因此，在五岁以前，有关严厉与慈爱的尺度的问题是最重要的一个问题。人们往往过分地让一个孩子去耍脾气，让他整天叫喊，完全不让他哭泣。另一个孩子乱忙乱闹，把一切都抓在手里，这个也问问，那个也问问，没有一分钟的安静。第三个完全唯命是听，像一个玩偶。不过，在我们这里，这种情况是很少见的。

你们都可以在所有三种情况当中看到父母缺乏严厉和慈爱的标准。自然，在五岁、六岁以至七岁的时候，这个标准，这个黄金一般的中庸，某种介于严厉和慈爱之间的和谐，永远是应该具备的。

有人在这一点上反驳我说：您谈的是严厉的尺度，然而，教育孩子是可以不要任何一种严厉的。假如您理智地、慈爱地去处理一切，那么，您一辈子也用不着严厉地对待孩子的。

我认为严厉并不是什么愤怒，也不是什么歇斯底里的叫喊。完全不是这样的。严厉这个东西只有当它并不具有任何歇斯底里的特征的时候才是有效的。

我在自己的实践当中学会了怎样在非常慈爱的口吻中保持严厉。这让你能够十分温和、慈爱而又冷静地说出一些话，但是我的学生们会由于这些话而变得脸色苍白。严厉不一定是以大嚷大叫为前提的。这是多余的。你们的镇静、你们的信念、你们的坚决意志，即使在你们表现得很慈爱的时候，同样会造成强烈的印象。

"出去"——这会造成这种印象，如果说"请你离开这里"——也同样是造成那种印象，或许，甚至会造成格外强烈的印象。

第一条规则就是，要特别在你们过问孩子生活的程度这一问题上有某种标准的规则。这是一个异常重要的问题，它在家庭里面往往解决得不很正确。独立性的成分应该有多大，要给孩子什么样的自由，在哪一种程度上需要"手把手指导"，在哪一种程度上需要他自己来加以解决，禁止什么，什么应该取决于他本人的意志？

孩子走到街上去了。你们高声大叫：别往那里跑，别往这里走。这在哪一程度上才算是正确的呢？如果你们想到的只是对于孩子的无限的自由，那么，这是有害的。可是，假如孩子应该什么都问，应该永远到你们那里去，经常由你们去决定并且按照你们所说的那样去行动，那么，孩子就没有发挥自己的主动性、机动性和从事个人冒险的任何余地了。这也是要不得的。

我谈到了"冒险"这两个词。孩子在六七岁的时候已经应该在他自己的行为当中冒一冒险了，你们应该看着他冒险，应该在一定的程度上允许他去冒险，以便使孩子成为一个勇敢的人，以便使孩子不要完全由于你们的责任心的影响而形成这样的性格：妈妈说过了，爸爸也说过了，他们什么都知道，一切应该由他们来决定，我将要按照他们所说的那样去做。你们的那种最大限度的过问会使儿子不能长大成为一个真正的人。他有时长大成为一个毫无主见的，既不能作出任何的决定，又不能进行任何的冒险和勇敢行为的人；而有时候适得其反，他服从，在某种程度上服从于你们的压力，然而，奔腾着的、要求出路的力量有时爆发起来，结果演成家庭的乱事："本来是一个好孩子，结果却成了这么一副样子。"事实上，当他服从、听话的时候，他一直在变成这副样子，不过是自然所赋予他的、随着成长和学习而发展的那种力量作出他的行动罢了，起初，他秘密地进行反抗，而以后是公然反抗。

往往也有另一种极端，这也是屡见不鲜的，就是人们认为孩子应当表现出全部的主动性，应当为所欲为，至于孩子们究竟在怎样生活，他们正在干些什么，人们却完全不去注意。这样，孩子们就习惯于毫无拘束的生活、思维和决策了。许多人这样想，在这种场合能够在孩子身上培养坚强的意志。其实不是这样。在这种场合并没有培养任何意志，因为真正坚强的意志绝不是一种想要什么就获得什么的本事。坚强的意志——这不但是想要什么就获得什么的本事，也是迫使自己在必要的时候放弃什么的本事。意志——这不单纯是欲望和欲望的满足，同时也是欲望和制止，欲望和放弃。假如你们的孩子仅仅受到实现自己愿望的训练而没有受到克制那种愿望的训练，他是不会有最大的意志的。没有制动器就不可能有汽车，而没有克制也不可能有任何的意志。

我的公社社员们对于这样的一个问题一向是非常熟悉的："你为什么不克制你自己？你已经知道，这里需要抑制。"我问他们。这样的要求"你为什么不放心，你为什么拿不定主意，等我来告诉你吗?"同样是有错误的。

在孩子身上需要培植制止和抑制自己的能力。这自然不是那么简单的事。我将要在自己的书里详细地谈谈这个问题。

此外，还需要培养一种十分重要的能力，这种能力培养起来并不十分困难，这就是判断的能力。它常常表现在一些小事小节上。你们要从你们孩子的幼年时代就注意他观察怎样辨别事物，他说些什么话。这时候，如果来了一个外人，也许不完全是一个外人，而是你们的社会和你们家庭的附加的分子，如访问者、客人、姨妈或者祖母，孩子们就应该懂得什么话需要说，什么话这时候不需要说（例如在上岁数的人的面前不需要说老年的事情，因为他们不喜欢听这种话。应该一开始的时候听人讲话，然后自己说，等等）。孩子对于他们所处的情况的感觉能力，对所处时间的感觉能力——这种能力是极其需要培养的，也是不难培养的。只要在两三件事情上充分地注意一下，再跟儿女谈一谈，你们的推动就会产生良好的影响。判断能力对于周围的人来说，对于掌握和精通它的人来说是非常有益的、令人愉快的。

【艺术赏析】

演讲者抓住人们"望子成龙"的心态，提出正确的教育观点。整篇演讲深入浅出，循序渐进、通俗生动地阐述了原本复杂的教育理论。首先提到了父母的幸福问题，认为父母的幸福不单纯是物质上的幸福，而是精神生活的幸福，而这种幸福只能自给。最重要的是，父母拥有这样的幸福会给孩子的成长带来极大的帮助。接着说明父母只是言传身教，树立一个榜样。要学会正确培养孩子，培养孩子的综合能力是非常重要的。最后阐述如何从小事着手培养优秀的子女。

这篇演讲向人们表明了正确的教育观点，影响了许许多多的父母。演讲者仿佛把我们带入了课堂，生动形象的语言让我们沉浸在其中。

在大众文艺创作研究会成立大会上的讲话

赵树理

【演讲者简介】

赵树理（1906—1970），山西沁水人，中国现代小说家、戏曲作家。赵树理出身于贫农家庭，从小参加劳动，深受农民生活、情趣与语言的熏陶。1962 年，因大连会议受牵连。1965 年调到山西"省文联"工作。他始终坚持深入生活，在"文革"中，赵树理受到迫害。1970 年 9 月在太原病逝。

【历史背景】

《在大众文艺创作研究会成立大会上的讲话》是赵树理于 1949 年 11 月 15 日发表的一篇讲话。这位来自农村的作家以其特有的敏感性，提出新旧文艺界同仁要好好努力，写出人民喜闻乐见的精神粮食。

【演讲词】

大家都说我是这个家那个家，其实我并不是家——假若一定要说成个家，那我只不过是个热心家。我常到天桥一带去，看见许多小戏园子里，人都满满的，可是表演的却不是我们文艺界的东西。我们号称人民文艺工作者，很惭愧，因为人民并未接受我们的东西。广大的群众愿意花钱甚至站着去听那些旧东西，可见它是能吸引人的。它的内容多半是以封建体系为主，表扬"封建君主的尊严"、"某公子中状元"、"青天大老爷救命"、"武侠替天行道"、"神仙托梦"、"一道白光"……这些题材基本上都是歌颂封建体系的，运用这些很为群众喜爱的文艺形式，却灌输给群众许多封建性的东西，这是一件非常可惜的事。虽然群众很需要新的文艺作品，而我们也急于把我们的作品深入到群众中去，但两下接不上头，互相结合不起来。就天桥来说，我们的文艺作品很少能卖到天桥去。因此我们感到有组织大众文艺创作研究会的必要。我们想组织起这样一个会来发动大家创作，利用或改造旧形式，来表达一些新内容也好，完全创作大众需要的新作品也好，把这些作品打入天桥去，就可以深入到群众中去。

旧文艺界在一些老解放区已经有了进步性的组织，而且得到了相当成绩，但还不够。拿农村来说：已经进行十多年的旧戏曲改革运动，但只要识字的人，就仍存有旧戏本、唱本，由此来看，它远超过我们的新文艺或改造过的东西；在技术上我们也赶不上旧的。我们必须进一步在技术上、内容上努力超过旧的。在这里，现在新旧文艺界都在努力，不过有的还只是开始：解放以来，旧文艺界虽然不写"一道白光"之类的作品了，但所写新的还不能掌握政策，所以我们要好好学，渐渐学得能掌握政策，才能有好的作品产生。新文艺工作者应丢掉轻视旧戏剧旧曲艺的观点，不要认为它们低级，或觉得很简单容易，随随便便就可以写成，那是不对的。过去农村中，唱戏唱新的，但是不久就又唱旧的了——因为新的太简单，太容易，唱几回就腻了。我们要重视这些东西，要细心研究。为什么许多人愿意花钱去看去听呢？这其中是有道理的。

这里我特别再向旧文艺作者提一件事：旧文艺作家缺乏新观点，怎样建立这个新观点呢？第一要了解政策，前面已经说过了。第二要研究群众：了解群众需要什么、如何表扬模范例子；要了解新老解放区的乡村、城市、工厂等各种群众的情况，想办法使写的东西给群众解决问题，使群众听得舍不得走。我们的作品是否吸引群众，受群众欢迎是最重要的。旧形式和新内容是否配合，新写的是否比旧的受群众欢迎，都不是简单的问题，我们应该下一番工夫研究——无论形式内容，都要下工夫研究，不能随随便便对付。

我们应该大家做学生、做先生，共同学习讨论。过去文人有一个毛病，就是自己写的东西，别人不能动一笔，实际上让大家一讨论，会发现很多的漏洞，经过多次修改才能完全。这个认为自己写的作品别人不能修改的包袱是必须丢掉的。我们这个会就是为了使大家可以互相帮助、学习、创作、研究才成立的。有了作品，要彼此修改、批评建议，再拿到群众中去考验，使其成为真正为广大群众所喜爱的文艺作品。

【艺术赏析】

本篇语言平实质朴，作者娓娓道来，读起来朗朗上口，字里行间充满了文艺工作者应有的责任感和使命感，迫切要求有新内容的作品深入到群众中去，摒除那些旧思想，旧内容。

早在 20 世纪 30 年代的创作之初，赵树理就发现了新文学与人民群众的隔阂，开始考虑文艺大众化问题，并不断通过自己的创作实践，完成自己的艺术追求。在这篇演讲中，他重提二十年前的话题，提出"有组织大众文艺创作研究会的必要"，可见其耿之于怀之情。为达到文艺为大众服务的目的，赵树理既要求旧文艺工作者了解党的方针政策，了解群众的需求；又要求新文艺工作者万勿轻视旧文艺形式，要用"旧瓶装新酒"，完成文艺服务大众、文艺教育大众的历史使命。

科学史上的东方和西方

乔治·萨顿

【演讲者简介】

乔治·萨顿（1884—1956），美国著名的科学史专家。1884 年生于比利时的根特。1911 年获博士学位。1912 年创办国际性科学史杂志《爱西斯》，担任该杂志主编近 40 年，并发起成立了国际科学史学会，为科学史研究作出了重要贡献。一生出版著作 15 部，发表论文 800 余篇，其中《科学史导论》一书影响很大。

【历史背景】

萨顿生活的时代，科学史还不是一门独立的科学，很少有可供参考的工具书和文献资料。萨顿采用一种全新的方法，用几十年的时间编写了《爱西斯》。《科学史上的东方和西方》是萨顿于 1930 年在美国布朗大学所作的演讲，也是其对科学史的精辟见解。

【演讲词】

你听过美国西部牛仔的故事吧，一天他突然来到了科罗拉多大峡谷的边缘，感叹道："上帝，这里发生了什么事情！"你知道，如果这位牛仔指的是在一定时间内迅速完成的事情，那么他错了，在这个意义上，大峡谷什么也没发生。同样，科学的发展虽然比大峡谷的断裂快得多，但它是一个渐进过程。它看上去是革命的，因为我们没有真正看到这个过程，只看到巨大的成果。

从实验科学的角度（特别是在其发展的现阶段）来看，东方和西方是极端对立的。然而，我们必须记住两件事。

第一件事，实际上科学的种子——包括实验科学和数学，科学全部形式的种子是来自东方的。在中世纪，这些方法又被东方人民大大发展了。因此，在很大程度上，实验科学不只是西方的子孙，也是东方的后代，东方是母亲，西方是父亲。

第二件事，我完全确信正如东方需要西方一样，今日的西方仍然需要东方。当东方人民像我们在 16 世纪那样，一旦抛弃了他们经院式的、论辩的方法，当他们一旦真正被实验精神所鼓舞的时候，谁知道他们能为我们做什么，谁又知道他们为反对我们（上帝饶恕我）而做什么呢？当然，就科学研究领域来说，他们只能是与我们一起工作的，但是他们的应用可以是大不相同的。我们不要重蹈希腊人的覆辙，他们认为希腊精神是绝无仅有的，他们还忽视犹太精神，把外国人一律视为野蛮人，他们最后衰亡，一落千丈，就像他们的胜利顶峰曾高耸入云一样。不要忘记东西方之间曾经有过协调，不要忘记我们的灵感多次来自东方。为什么这不会再次发生？伟大的思想很可能有机会悄悄地从东方来到我们这里，我们必须伸开两臂欢迎它。

对于东方科学采取粗暴态度的人，对于西方文明言过其实的人，大概不是科学家。他们大多数既无知识又不懂科学，也就是说，他们丝毫不应享有那种被他们吹嘘得天花乱坠的优越性，而且如果听其自便，他们关于这种优越性的支离破碎的想望要不了多久就要消灭。

我们有理由为我们的美国文明而骄傲，但是它的历史记载至今还是很短的。只有 300 年！和人类经验的整体相比是何等渺小，简直就是一会儿，一瞬间。它会持久吗？它将进步，将衰退，抑或灭亡？我们的文明中有许多不健康的因素，如果我们想在疾病蔓延以前根除它们，必须毫不留情地揭露它们，但这不是我的任务。如果我们希望我们的文明能为自己辩护，我们必须尽最大力量去净化它。实现这项任务的最好的办法之一是发展不谋私利的科学；热爱真理——像科学家那样热爱真理，热爱真理的全部，愉快和不愉快的、有实际用途的和没有实际用途的；热爱真理而不是害怕真理；憎恨迷信，不管迷信的伪装是多么美丽。我们文明的长寿至少还没有得到证明，其延续与否还不一定。因此，我们心须谦虚。归根结底，主要的考验是经历沧桑而存活下来，这一点我们还没有经历过。

新的鼓舞可能仍然，而且确确实实仍然来自东方，如果我们觉察到这一点，我们会聪明一些。尽管科学方法取得了巨大的胜利，但它也还不是十全十美的。当科学方法能够被利用，并且是很好地被利用的时候，它是至高无上的。但是，若不承认这种利用也会产生两种局限，则是愚蠢的。第一个局限是，这种方法不能永远使用。有许多思想领域不能使用它。它也许永远不能应用于这些领域。第二个局限是，这种方法很容易被错误地应用，而滥用这取之不尽月之不竭的资源的可能性是骇人听闻的。

人们十分清楚，科学精神不能控制它本身的应用。首先，科学的应用常常掌握在那些没有任何科学知识的人手中，例如，为要驾驶一辆能造成各种破坏的大马力汽车并不需要教育和训练。而即使是科学家，在一种强烈的感情影响下，也可能滥用他们的知识。科学精神应该以其他不同的力量对自身给予辅勋——以宗教和道德的力量来给予帮助。无论如何，科学不应傲慢，不应气势汹汹，因为和其他人间事物一样，科学本质上也是不完满的。

人类的统一包括东方和西方。东方和西方正像一个人的不同神态，代表着人类经验的基本和互相补充的两个方面。东方和西方的科学真理是一样的，美丽和博爱也是如此。人，到处都是一样的，只不过是这种特点稍稍显著一些或是那种特点突出一些罢了。

东方和西方，谁说二者永不碰头？它们在伟大艺术家的灵魂中相聚，伟大的艺术家不仅是艺术家，他们所热爱的不局限于美；它们在伟大科学家的头脑上相会，伟大的科学家已经认识到：真理，不论是多么珍贵的真理，也不是生活的全部内容，它应该以美和博爱来补充。

我们怀着感激之情回忆起我们得之于东方的全部东西——犹太的道德热忱，黄金规则，我们引以为荣的科学的基础——这是巨大的恩惠。没有什么理由说它在将来不该无限增加。我们不应该太自信，我们的科学是伟大的，但是我们的无知之处更多。总之，让我们发展我们的方法，改进我们的智力训练，继续我们的科学工作，慢慢地、坚定地以谦虚的态度从事这一切。同时，让我们更加博爱，永远留意周围的美，永远留意我们人类同胞或者我们自己身上的美德。让我们摧毁那些恶的东西，那些损坏我们居住环境的丑的事物，那些我们对别人做的不公正的事情，尤其是那些掩盖各种罪恶的谎言。但是让我们谨防摧残或伤害那许多善良、天真事物中最弱小的东西。让我们捍卫我们的传统、我们对往昔的怀念，这些是我们最珍贵的遗产。

按照事物的本来面目认识事物——当然如此，但是我的灵魂的最高意向，我对那看不见的事物的怀恋之情，我对于美与公正的渴求，这些也都是真实和珍贵的东西。那些我所不能理解的东西并不一定是不真实的。我们必须准备经常去探求这些感觉不到的真实，正是它赋予我们的生活以高尚的情操和最根本的方向。

光明从东方来，法则从西方来。让我们训练我们的灵魂，忠于客观真理，并处处留心现实生活的每一个侧面。那不太骄傲的、不采取盛气凌人的"西方"态度而记得自己最高思想的东方来源的、无愧于自己的理想的科学家不一定会更有能力，但他将更富有人性，更好地为真理服务，更完满地实现人类使命，也将是一个更高尚的人。

【艺术赏析】

这篇演讲多处采用形象比喻的手法，说服力强，说理透彻。演讲中指出，只有把东方和西方的科学精华融合起来，才能创造更灿烂的科学时代，充分肯定了东方科学在人类历史中的贡献。演讲用词大胆、准确、周密，如"对于东方科学采取粗暴态度的人，对于西方文明言过其实的人，大概不是科学家。他们大多数既无知识又不懂科学"。在描述东西方科学的关系时指出，"实验科学不只是西方的子孙，也是东方的后代，东方是母亲，西方是父亲。"多么生动、形象啊！

演讲廓清了西方人长期以来对东方科学的偏见，在人类科学史上占有重要地位。

地球在转动

伽利略

【演讲者简介】

伽利略·伽利雷（1564—1642），意大利物理学家、天文学家。他生活于欧洲文艺复兴时代。早年毕业于比萨大学，并在该校和帕尔多瓦大学任教。他通过实验，推翻了被视为权威的亚里士多德的落体理论。他还发现了物体的惯性定律、摆振体的等时性、自由落体规律等，是近代物理学的开创者。他因积极宣传哥白尼的日心说而受到教廷和宗教裁判所的迫害，被处刑罚，还被隔离，此后仍坚持科学研究，完成了《两种新科学的对话》。伽利略被爱因斯坦称赞为"具有超群的意志、智慧和勇气，是理性思维的代表"。

【历史影响】

《地球在转动》是伽利略的代表作《关于托勒密和哥白尼两大世界体系的对话》中的一部分。

【演讲词】

昨天我们决定在今天碰头，把那些自然规律的性质和功用谈谈清楚，并尽量地谈得详细一点。关于自然规律，到目前为止，一方面有拥护亚里士多德和托勒密立场的人提出的那些，另一方面还有哥白尼体系的信徒提出的那些。由于哥白尼把地球放在运动的天体中间，说地球是像行星一样的一个球，所以我们的讨论不妨从考察逍遥学派攻击哥白尼这个假设，说其不能成立的理由开始，看看他们提出些什么论证，论证的效力究竟多大。

在我们的时代，的确有些新的事情和新观察到的现象，如果亚里士多德现在还活着的话，我敢说他一定会改变自己的看法。这一点我们从他自己的哲学论述方式上也会很容易地推论出来。他在书上说天不变等等，是由于没有人看见天上产生过新东西，也没有看见什么旧东西消失，言下之意，他好像在告诉我们，如果他看见了这类事情，他就会作出相反的结论；他这样把感觉经验放在自然理性之上是很对的。如果他不重视感觉经验，他就不会根据没有人看见过天有变化而推断天不变了。

如果我们是在讨论法律上或者古典文学上的一个论点，其中不存在什么正确和错误的问题，那么也许可以把我们的信心寄托在作者的信心、辩才和丰富经验上，并且指望他在这方面的卓越成就能使他把他的立论讲得娓娓动听，而且人们不妨认为这是最好的陈述。但是自然科学的结论必须是正确的、必然的，不以人们的意志为转移的，我们讨论时就得小心，不要使自己为错误辩护；因为在这里，任何一个平凡的人，只要他碰巧找到了真理，那么一千个狄摩西尼和一千个亚里士多德都要陷于困境。所以，辛普利邱，如果你还存在一种想法或者希望，以为会有什么比我们有学问得多、渊博得多、博览得多的人，能够不理会自然界的实况，把错误说成真理，那你还是断了念头吧。

亚里士多德承认，由于距离太远很难看见天体上的情形，而且承认，哪一个人的眼睛能更清楚地描绘它们，就能更有把握地从哲学上论述它们。现在多亏有了望远镜，我已经能够使天体离我们比离亚里士多德近三四十倍，因此能够辨别出天体上的许多事情，这都是亚里士多德所没有看见的；别的不谈，单是这些太阳黑子就是他绝对看不到的。所以我们要比亚里士多德更有把握地对待天体和太阳。

某些现在还健在的先生们，有一次去听某博士在一所有名的大学里演讲，这位博士听见有人把望远镜形容一番，可是自己还没有见过，就说这个发明是从亚里士多德那里学来的。他叫人把一本课本拿来，在书中某处找到关于天上的星星为什么白天可以在一口深井里看得见的理由。这时候那位博士说："你们看，这里的井就代表管子；这里的浓厚气体就是发明玻璃镜片的根据。"最后他还谈到光线穿过比较浓厚和黑暗的透明液体使视力加强的道理。

实际的情形并不完全如此。你说说，如果亚里士多德当时在场，听见那位博士把他说成是望远镜的发明者，他是不是会比那些嘲笑那位博士和他那些解释的人，感到更加气愤呢？你难道会怀疑，如果亚里士多德能看到天上的那些新发现，他将改变自己的意见，并修正自己的著作，使之能包括那些最合理的学说吗？那些浅薄到非要坚持他曾经说过的一切话的鄙陋的人，难道他不会抛弃他们吗？怎么说呢？如果亚里士多德是他们所想象的那种人，他将是顽固不化、头脑固执、不可理喻的人，一个专横的人，把一切别的人都当作笨牛，把他自己的意志当作命令，而凌驾于感觉、经验和自然界本身之上。给亚里士多德戴上权威和王冠的是他的那些信徒，他自己并没有窃取这种权威地位，或者据为己有。由于披着别人的外衣藏起来比公开出头露面方便得多，他们变得非常怯懦，不敢越出亚里士多德一步；他们宁可随便地否定他们亲眼看见的天上那些变化，而不肯动亚里士多德的天界一根毫毛。

【艺术赏析】

伽利略的这一著作记录了他的日心说与地球中心说之间的激烈论辩，从某种意义上说，这完全可以称作一种特殊形式的演讲。伽利略运用科学事实，有条不紊地作出分析，论证十分严密，得出的结论无可辩驳。演讲重在说理，浓厚的理性色彩是其显著特点。

这一论述为日心说的逐渐深入人心提供了理论基础和事实根据，并使人们逐渐接受伽利略的科学方法和科学态度。

人工选择和自然选择

达尔文

【演讲者简介】

达尔文即查尔斯·罗伯特·达尔文（1809—1882），英国生物学家、博物学家，进化论的奠基人。1813年，他以博物学家的身份，乘海军勘探船作为时5年的环球考察，在大量观察和采集动植物标本的过程中，经过反复深入的探讨，逐渐形成进化论思想。回国后，通过进一步的研究，完成了进化论的理论构建工作。于1859年出版《物种起源》，对当时的学术界震动很大。另有《人类的由来和性选择》、《人类和动物的表情》等著作。恩格斯认为，达尔文的进化理论是19世纪自然科学三大发现（另外两个为能量守恒和转换定律、细胞学说和进化论）之一。这一理论对于否定上帝造人说和生物神创论起了巨大作用。

【历史背景】

《人工选择和自然选择》是由达尔文的朋友胡克在林耐学会上代为宣读的一篇讲演，本文节选了一部分以供读者欣赏。

【演讲词】

第一，人工选择原理就是挑选具有品质的个体，从其中进行繁育，然后再挑选，它所起的作用是令人惊异的。甚至繁育学家们对他们自己所得到的结果也感到惊奇。他们能够影响没有受过训练的眼睛看不出来的那些差异……我相信有意识的和偶然的选择是形成各种家族的主要动力。

第二，在自然界中，我们有某些轻微的变异，偶然地出现在一切部分；我想这可以指明生存条件的变化是子代不完全类似于亲代的主要原因。

第三，我想可以指明，确有一种准确无误的力量在起作用，这就是"自然选择"……试想每种生物（甚至是象）用这样的速率在繁殖，在几年之内，最多在几个世纪或者几千年之内，地球的表面将不能容纳任何一个物种后裔。我发现很难经常记住：每个单一物种的增加是在它生命的某一段中，或者在某一短暂的后代中受到抑止。每年降生下来的只有少数能够生存并繁殖它们的种类。微小的差异常常决定着何者生存、何者灭亡！

第四，生物必须通过同其他生物进行斗争来获取食物，在一生各个不同的时期里必须躲避危险，必须散布它们的卵或种子，等等。鉴于这些无穷尽的各式各样的情形，我不能怀疑在几百万代中一个物种的一些个体生来就会带着有利于它自己的某一部分的轻微差异；这等个体将有更好的生存机会，增殖这些变异，这种变异又会因为自然选择的累积作用而缓慢地增加。这样形成的变种或是同它的亲代共存，或是消灭它的亲代，后一种情形更是常见。像啄木鸟或青槲寄生那样的生物可能这样变得适应许多偶然的情况。自然选择在生物一生的任何时期里积累了它的构造的一切部分的、在任何方面对它有用处的轻微变异。

【艺术赏析】

达尔文的这篇演讲提出了进化论的基本概念及理论框架，显示了经过深思熟虑后极为清晰的思路和鲜明的观点。演讲用词严谨、语言平实。他为人们逐步接受进化论的观点提供了理论依据，这正是进化论为世人公认之基础。

支持"物种起源"的学说

赫胥黎

【演讲者简介】

　　赫胥黎即托马斯·赫胥黎（1825—1895），英国著名博物学家，达尔文进化论最杰出的代表。赫胥黎酷爱博物学，并坚信只有事实才可以作为说明问题的证据。

【历史背景】

　　19世纪中叶，英国已经完成工业革命，科技的力量逐步显现。但即使这样，强大的宗教势力仍然非常顽固，科学每走一步都异常艰难。达尔文的"物种起源"公布以后，在英国引起轩然大波，围绕这个问题，科学和神学进行了激烈的较量，面对铺天盖地的指责和谩骂，赫胥黎在许多权威学者的一片反对声中发表这篇为达尔文的进化论辩护的演讲词。

【演讲词】

　　我曾经说过，科学家是在理性的最高法庭上对自然界最忠实的诠释者。但是，假如无知是法官的顾问，偏见是陪审团的审判长，科学家诚实的发言又有什么用处呢？就我所知，几乎所有伟大的科学真理在得到普遍接受以前，那些最有地位的大人物总坚持认为被研究的现象是直接以神意为依据的。谁要是企图去研究这些现象，不但枉费心机，而且简直是对神的亵渎。这种反对自然科学的态度具有异常顽固的生命力。在每次战役中，上述的反对态度都被击溃、受到重创，但却似乎永远不会被消灭。今天，这种反对态度已经遭到上百次的挫败，但是仍然像在伽利略时代那样猖獗横行，幸而危害性已经不那么大了。

请让我借用牛顿的一句名言：有些人一生都在伟大的真理海洋的沙滩上拾集晶莹的卵石；他们日复一日地注视着那股胸怀包藏着无数能把人类生活装点得更高尚美好的珍宝的海潮。这股气势磅礴的海潮的行进虽然缓慢，但却确定无疑地会上涨。要是这些注视着海潮上涨的人们看到那些现代的克纽斯式小人物俨然坐在宝座上，命令这股巨大的海潮停止前进，并扬言要阻止那造福人类的进程时，他们会觉得这种做法即使不那么可悲，也是可笑的。海潮涨上来了，现代的克纽斯们只好逃跑。但是，他们不像古时那位勇敢的丹麦人，他们学不会谦虚。他们只是把宝座挪到似乎是安全的远处，便又重复地干着同样的蠢事。

大众当然有责任阻止这类事情发生，使这些多管闲事的蠢人声誉扫地。这些蠢人以为不许人彻底研究全能上帝所创造的世界，就是帮了上帝的忙。

物种起源的问题并不是在科学方面要求我们这一代人解决的第一个大问题，也不会是最后一个。当前人类的思潮异常活跃，注视着时代各种迹象的人看得很清楚，19 世纪必将如 16 世纪一般发生伟大的思想革命与实践革命。但是，又有谁能知道，在这新的改革过程中，文明世界要经受什么样的考验与痛苦的斗争呢？

然而，我真诚地相信，无论发生什么情况，在这场斗争中，英国会起到伟大而崇高的作用。她将向全世界证明，至少在一个民族中，专制政治和煽动宣传并不是治国的必要选择，自由与秩序并非必然互相排斥，知识高于威严，自由讨论是真理的生命，也是国家真正统一的生命。

英国是否会起这样的作用呢？这就取决于你们大众对科学的态度了。珍惜科学、尊重科学吧，忠实地、准确地遵循科学的方法，将其运用到一切人类思想领域中去，那么，我们这个民族的未来就必定比过去更加伟大。

假如听从那些窒息科学、扼杀科学的人的意见，我恐怕我们的子孙将要看到英国的光辉像亚瑟王在雾中消失那样黯淡下来，等到他们发出像圭尼维尔那样的哀哭时，反悔已经来不及了。

【艺术赏析】

演讲者并没有正面论述进化论如何如何，而是从哲学的角度，用犀利的言辞把禁锢人们思想的宗教势力抨击得体无完肤，作为一个"进化论"的坚决拥护者，他的这篇演讲激情洋溢、锋芒毕露、妙语连珠、气势宏大，震撼听众的心灵。

本文坚决支持达尔文先生的"进化论"观点，开辟了科学通向人们内心的道路。

科学进步的障碍

波普

【演讲者简介】

波普（1902—1986），英国科学哲学家，对自然科学研究的方法和科学发展的内在机制有过深入的研究。曾在新西兰坎特伯雷大学和伦敦大学教授哲学，1965 年被封为爵士。代表著作有《科学发现的逻辑》等。

【历史背景】

本篇是波普于 1975 年在以"科学进步的障碍"为主题的纪念斯宾塞演讲会上的演讲，本文为节选。

【演讲词】

从生物学观点或进化观点看，可以把科学或科学进步看作是人类为了适应环境而采取的手段。

科学发现总是革命的、创造性的。当然，即使遗传水平也有一定的创造性：新的试探造成新的环境，产生新的环境压力，从而对各级水平都带来革命性的后果。但只有在科学水平下才有以下两个新情况。最重要的是，科学理论可以用语言来表示，甚至可以发表。理论成了我们以外的客体，可以研究的对象。现在又成了可以批判的对象。这样，采用一个理论如果不能使我们更好地适应于生存，我们就可以甩掉这种理论——通过对理论的批判，我们可让理论代替我们死亡。

问题很清楚，科学进步的客观性和合理性不能归结为科学家的个人问题。伟大科学和大科学家像大诗人一样，常由非理性的直觉所激发。大数学家也这样。彭加勒和哈达马德已指出，一个数学证明也很可能是在一种显然属于美学灵感的指引下发现的，在不知不觉之中试探出来，而不是理性思维指引的结果。我认为阻挡科学进步的最大障碍是社会的，可分为两类：经济和意识形态。

在经济方面，贫穷往往是个障碍。但近年来愈来愈清楚，富裕也会成为障碍；钞票太多的结果是思想太少。在这样的逆境中虽然也有进步，但科学精神却陷入危机。"大科学"可能毁掉伟大科学，刊物激增可能扼杀思想：宝贵的思想反而被这种洪水淹没了。

在意识形态障碍中，人们看得最多的是意识形态的偏执或宗教偏执，一般都武断而缺乏想象。历史事例不胜枚举。值得注意的倒是：即使压制也能引起进步。布鲁诺殉难和伽利略受审对科学进步所作的贡献，归根到底可能还大于宗教法庭对科学进步的反对。

新思想被忽视的事例很多，如达尔文以前的进化论、孟德尔学说。可以找到大批阻挡进步的障碍。

亚默还讲过一个更惊人的例子，即1913年爱因斯坦光子理论的否定。这理论最早发表于1905年，1921年爱因斯坦为此获得诺贝尔奖金。在推荐爱因斯坦为普鲁士科学院成员的申请书中，也写了否定光子理论这一段。这个文件是由马克思·普朗克、沃泽尔·奈恩斯特和其他两个著名物理学家共同签署的。文件对爱因斯坦赞扬备至，但要求不要因他的失足（他们显然深信光子理论也是其中的一次）而反对他。这种过于自信的态度同一年中居然还经受了密立根进行的一次严格的实验鉴定，真是令人好笑；但我们理当把它看作是科学史中一个重要的插曲，说明最大的专家们有时也会通过最富于自由思想的鉴别而携手作出武断的否定，这些人做梦也没有想到他们所相信的东西错了。对爱因斯坦的"失足"表示遗憾的话，真是再有趣、再有启发不过了。申请书是这样写的："他有时也会想得太远，例如他的光电子假说，但是不应当把这一点看得太重。要引进一点真正的新思想，即使是引进到最精密的自然科学中去，有时谁也不能不冒一点风险。"说得很好，但没有说出事情的真相。人总是要冒犯错误的风险，但也要冒受到误解或错判等不那么重要的风险。

专横武断是阻挡进步的一大障碍。我们不但应当通过讨论使别的理论也能生存，还应当有计划地寻求新的理论：什么时候占统治地位的理论过分排斥一切，我们什么时候就应当感到忧虑。如果这种理论达到了一家垄断的地步，对科学进步的危害就更严重了。

还有一个更大的危险：一种理论，甚至一种科学理论，也会变成一种时髦思想，一种宗教的替身，一种僵化的意识形态。这就是我的讲演的第二部分的中心：科学革命同意识形态革命的区别。

在一个知识分子包括科学家在内，很容易陷入意识形态或时髦思想的时代里，我认为这是一个严重的问题。这可能完全是由于宗教的衰落，由于我们这个无序社会未得到满足的不自觉的宗教需要。除了各种极权主义以外，我平生目睹了许许多多具有高度文化素养的公开声明的非宗教运动。

第一个例子是哥白尼革命和达尔文革命，这两场科学革命都引起了意识形态革命。它们双双改变了人类对自己在宇宙中地位的认识，就这点而言，这是意识形态革命。就它们各自推翻了一种占统治的科学理论而言，又显然是科学革命。

哥白尼革命和达尔文理论之所以产生那么大的意识形态影响，看来都是因为同宗教教义发生了冲突。这对我们的思想文化史意义重大，同时又反射到科学史中。但是哥白尼和达尔文同宗教发生冲突这个社会历史事实，却同这种科学理论本身的理性价值毫无关系，在逻辑上也同理论所激起的科学革命毫不相干。因此把科学革命同意识形态革命加以区别就很重要了。

我还要举例说明，有些重大科学革命并没有引起任何意识形态革命。

法拉第和麦克斯韦的革命，从科学角度看，同哥白尼革命一样伟大，也许更伟大，它改变了牛顿的中心信条，它鼓舞了一代物理学家，却没有引起一场意识形态革命。汤姆逊发现电子（及其理论）也是一场大革命。推翻古老的原子可分性理论所形成的一场革命，足以同哥白尼的成就相媲美。当汤姆逊宣布这个发现时，许多物理学家都以为他是在开玩笑。这个成就把二千四百年以来一直在争夺统治地位的两种敌对的物质理论，即原子不可分理论和物质连续性理论，一股脑儿都推翻了。要估计这个突破的革命意义，你只要记住，正是它把结构和电引进了原子，从而引进了物质构成之中，这就够了。后来到 1925 年、1926 年，海森堡、德布罗意、薛定谔以及狄拉克的量子力学，基本上也是汤姆逊电子理论的量子化。而汤姆逊的科学革命也没有产生一种新的意识形态，未导致一场意识形态革命。

还有许多重大科学革命都没有触发意识形态革命，像孟德尔革命，还有 X 射线、放射性同位素的发现以及超导的发现。这些都没有引起相应的意识形态革命。克里克和沃森的革命性发现，我也看不出曾引起什么意识形态革命。

最有意思的还是爱因斯坦革命。我是指爱因斯坦的科学革命，但它在知识分子中间产生的意识形态方面的影响，却足以与哥白尼或者达尔文革命相媲美。

爱因斯坦在物理学中的革命性发现，一个狭义相对论，它推翻了牛顿动力，用洛仑兹不变性代替了伽利略不变性。这一次革命可满足我们的合理性准则：旧理论可解释为在低于光速的情况下仍然近似正确。

但科学革命不管多么彻底，都必须保留前人的成就，因而不可能真正同传统决裂。正因这样，科学革命是理性的。当然我不是说，这就意味着凡进行这个革命的伟大科学家就应当是完全理性的人。恰恰相反，尽管我在论证科学革命的合理性，我却猜想，假如真正的科学家成了"不偏不倚"的意义上的那种"客观的和理性的人"，那么我们将发现，科学的革命性就真会被一种针也插不进的障碍挡住了去路。

【艺术赏析】

作者从经济发展、意识形态方面发展所遇到的障碍说起，指出科学发展的障碍需要"革命性"去破除。演讲逻辑严密，层次递进，体现了科学工作者严谨的思辨与智慧。

这篇演讲推动了新事物的发展，使人们对新思想的认识逐渐有了新的突破，有利于科学技术的进步。

我们在月球上散步了

奥尔德林

【演讲者简介】

巴兹·奥尔德林（1930—），美国宇航科学家。1951 年毕业于西点军校，1963 年完成关于空间轨道力学的学位论文，获麻省理工学院哲学博士学位。1966 年 11 月 11 日参加双子座 12 号进行航天飞行，成功地完成了太空行走的实验。1969 年 7 月 16 日进行阿波罗工程的登月飞行，4 天后登上月球，完成了采集标本、装置科研设备等任务。

【历史背景】

1969 年 7 月 16 日，载有阿姆斯特朗、科林斯、奥尔德林这 3 名宇航员的美国"阿波罗"11 号载人飞船，第一次把人类送上月球。《我们在月球上散步了》是奥尔德林登月归来后在国会联席会议上作的演讲。

【演讲词】

尊敬的女士们、先生们：

今天，我怀着身为美国人的高度自豪感和身为人类的谦恭心情，向你们说一句从前任何人都无权说的话："我们在月球上散步了。"但是，在静海基地留下的脚印不仅属于"阿波罗 11 号"的全体宇航员，而是由全国数以万计的人所共同留下的，他们是政府、工业界和大学的人员，是这些年来在我们之间为"水星号"、"双子座号"和"阿波罗号"辛勤劳动的工作小组和全体宇航员。

那些脚印是美国人民和你们的，你们是美国人民的代表，你们接受并支持了登月计划不可避免的挑战。同时，既然我们是为全人类的和平而踏上月球，那些脚印也是属于全世界人民的。对于所有在悠悠转动的地球上仰望夜空的人，月亮都匀洒银光，绝不厚此薄彼。因此，我们希望，太空探索的成果也将由大家平等分享，从而给整个人类带来和谐的影响。

科学考察意味着对未知世界的探索，人们根本无法预知全部结果。查尔斯·林白说过："科研成果不是最终目的，而是一条通向奥秘而又消失在奥秘中的道路。"

当我们向全世界敞开门窗，让外界了解我们的成就和失败时，当我们同世界各国分享我们的发现时，我们在太空方面取得的成就已成为我国生活方式的象征。"土星"号运载火箭、宇宙飞船的"哥伦比亚"与"鹰"等机舱，以及座舱外活动装置都已向尼尔、迈克和我证实：我国能够生产质量最高和最可靠的设备。这给予我们所有人以希望和鼓舞，以便解决地球上某些更为困难的任务，国家的目标是能够实现的。

踏上月球的第一步，也是踏上太阳系各行星和最终走向太空其他星球的一步。"对一个人来说是一小步",这句话阐述的是事实,而"对人类来说是一次巨大的跃进",则是对未来的希望。

我们国家在"阿波罗"计划上的做法,可以运用来解决国内问题;我们在未来太空探测计划中所做的工作,将决定我们的跃进究竟有多大。谢谢大家。

【艺术赏析】

整篇篇幅十分有限,称得上是短小精悍、语言简练之杰作,同时,作为一个科学家,演讲者充满自豪之情,有很强的艺术感染力,但是不骄傲。他谦虚地说"不仅属于'阿波罗11号'的全体宇航员,而是由全国数以万计的人所共同留下的",显示了崇高的思想境界。

本篇演讲的特色是既讲述了自己登月的经过,又展望了未来,富有远见性。

科学的春天

郭沫若

【演讲者简介】

郭沫若(1892—1978),原名郭开贞,字鼎堂,乳名文豹,号尚武。笔名沫若、麦克昂、郭鼎堂、石沱、高汝鸿、羊易之等。中国共产党优秀党员,致力于世界和平运动,是我国现代著名的无产阶级文学家、诗人、剧作家、考古学家、思想家、古文字学家、历史学家、书法家、学者和

著名的革命家、社会活动家，蜚声海内外。他是
我国新诗的奠基人，继鲁迅之后革命文化界公认
的领袖。

【历史背景】

文革以后，百废待兴，1978年全国科学大会开创了科技发展的崭新时代。这是 1978 年 3 月 31 日，郭沫若在全国科学大会闭幕式上的讲话。

【演讲词】

亲爱的同志们！

我们民族历史上最灿烂的科学的春天到来了。我是上一个世纪出生的人，能参加这样的盛会，百感交集，思绪万千。

在旧社会，多少从事科学文化事业的人们向往国家昌盛、民族复兴、科学文化繁荣。但是，在那黑暗的岁月里，哪里有科学的地位，又哪里有科学家的出路！科学和科学家，在旧社会所受到的，只不过是摧残和凌辱。封建王朝摧残它，北洋军阀摧残它，国民党反动派摧残它。我们这些参加过"五四"运动的人喊出过发展科学的口号，结果也不过是一场空。大批仁人志士，满腔悲仇、万种辛酸，想有所为而不能为，真是英雄无用武之地。我们不少人就是在这种暗无天日的岁月中，颠沛流离，含辛茹苦地度过了大半生。伟大领袖和导师毛主席领导中国共产党进行了艰苦卓绝的斗争，建立了新中国，人民得到了解放，科学得到了解放。毛主席和周总理又亲自为我国规划了建设社会主义现代化强国的宏伟蓝图，对科学事业和科学工作者给予了无微不至的关怀。我国的科学事业有了突飞猛进的发展。回忆起这些情景，一桩桩、一件件的往事都涌上心头，好像就在眼前一样。饮水思源，我们怎能不万分感激和无限缅怀伟大领袖毛主席和敬爱的周总理呢！万恶的"四人帮"对科学工作百般摧残，对科学工作者横加迫害，妄图重新把我们的祖国拉回到愚昧、落后、黑暗的旧社会去。但是，"蚍蜉撼树谈何易"。党中央一举扫除了这伙祸国殃民的害人虫，使我们得到了第二次解放。现在，我们可以扬眉吐气地说，反动派摧残科学

事业的那种情景，确实一去不复返了！科学的春天到来了！从我一生的经历，我悟出了一条千真万确的真理：只有社会主义才能解放科学，也只有在科学的基础上才能建设社会主义。科学需要社会主义，社会主义更需要科学。看到今天这种喜人的情景，真是无比感慨和兴奋。"老夫喜作黄昏颂，满目青山夕照明。"这是敬爱的叶副主席的光辉诗篇，完全表达出我们这一代人的心情。

我们中华民族在人类文明发展史上，曾经有过杰出的贡献。现在，在共产党的领导下，我们民族正在经历着一场伟大的复兴。恩格斯在谈到16世纪欧洲文艺复兴时曾经说过，那是一个需要巨人而且产生了巨人的时代。今天，我们社会主义祖国的伟大革命和建设，更加需要大批社会主义时代的巨人。我们不仅需要有政治上、文化上的巨人，我们同样需要有自然科学和其他方面的巨人。我们相信一定会涌现出大批这样的巨人。

科学是讲求实际的。科学是老老实实的学问，来不得半点虚假，需要付出艰巨的劳动。同时，科学也需要创造，需要幻想，有幻想才能打破传统的束缚，才能发展科学。科学工作者同志们，请你们不要把幻想让诗人独占了。嫦娥奔月，龙宫探宝，《封神演义》上的许多幻想，通过科学，今天大都变成了现实。伟大的天文学家哥白尼说：人的天职在勇于探索真理。我国人民历来是勇于探索，勇于创造，勇于革命的。我们一定要打破陈规，披荆斩棘，开拓我国科学发展的道路。既异想天开，又实事求是，这是科学工作者特有的风格，让我们在无穷的宇宙长河中去探索无穷的真理吧！

我祝愿我们老一代的科学工作者老当益壮，在新的长征中为我国科学事业建立新功，为造就新的科学人才做出贡献。

我祝愿中年一代的科学工作者奋发图强，革命加拼命，勇攀世界科学高峰。

你们是赶超世界先进水平的中坚，任重而道远。古人尚能"头悬梁，锥刺股"，孜孜不倦地学习，你们为了共产主义的伟大理想，一定会更加专心致志，废寝忘食，刻苦攻关。赶超，关键是时间。时间就是生命，时间就是速度，时间就是力量。趁你们年富力强的时候，为人民做出更多的贡献吧！

我祝愿全国的青少年从小立志献身于雄伟的共产主义事业，努力培育革命理想，切实学好现代科学技术，以勤奋学习为光荣，以不求上进为可耻。你们是初升的太阳，希望寄托在你们身上。革命加科学将使你们如虎添翼，把老一代革命家和科学家点燃的火炬接下去，青出于蓝而胜于蓝。

我的这个发言与其说是一个老科学工作者的心声，毋宁说是对一部巨著的期望。这部伟大的历史巨著，正待我们全体科学工作者和全国各族人民来共同努力，继续创造。它不是写在有限的纸上，而是写在无限的宇宙之间。

春分刚刚过去，清明即将到来。"日出江花红胜火，春来江水绿如蓝"。这是革命的春天，这是人民的春天，这是科学的春天！让我们张开双臂，热烈地拥抱这个春天吧！

【艺术赏析】

这篇演讲集议论和抒情于一体，语言朴素、感情热烈，让人读起来激动不已，具有很强的艺术感染力和震撼力，从演讲者一生中得出来一条真理："只有社会主义才能解放科学，也只有在科学的基础上才能建设社会主义。科学需要社会主义，社会主义更需要科学。"整篇文章结构严谨、紧扣主题、表达方式多种多样，多种修辞手法的运用让人听后精神百倍。

郭沫若老先生的这篇讲话稿既深刻又实事求是地阐述了当时社会所存在的一些问题，教育新一代的人要好好学习科学文化知识，用"青出于蓝而胜于蓝"这句话来鼓励我们要在前人的基础上学习更多的知识，创造更多的财富。

在北大的演讲

王选

【演讲者简介】

王选（1937—2006），曾任中国科学院院士，中国工程院院士，第三世界科学院院士。是汉字激光照排系统的创始人，他所领导的科研集体研制出的汉字激光照排系统为新闻、出版全过程的计算机化奠定了基础，被誉为"汉字印刷术的第二次发明"。

【历史背景】

本篇是王选教授在北京大学的一次演讲。

【演讲词】

我在 5 年前脱离技术第一线，一年来逐渐脱离管理的第一线，我已经 61 岁了。微软的董事长比尔·盖茨曾经讲过："让一个 60 岁的老者来领导微软公司，这是一件不可设想的事情。"同样，让一个 61 岁的老者来领导方正，也是一件不可设想的事情。有一次在北京电视台《荧屏连着我和你》这个节目里，我们几个人被要求用一句话形容我们自己是什么样的人。李素丽的一句话我记得，她说："我是一个善良的人。"非常贴切。我怎么形容自己呢？我觉得我是"努力奋斗，曾经取得过成绩，现在高峰已过，跟不上新技术发展的一个过时的科学家"。

我觉得世界上有些事情非常可悲和可笑。当我 26 岁在最前沿、处于第一个创造高峰的时候，没有人承认。我 38 岁搞激光照排，提出一种崭新的技术途径，人们说我是权威，这样说也马马虎虎，因为在这个领域我懂得最多，而且我也在第一线。但可悲的是，人们对小人物往往不重视。有一种马太效应，即已经得到的他使劲地得到，多多益善，不能得到的他永远得不到。这个马太效应，现在体现在我的头上很厉害，就是什么事情都是王选领导，其实我什么都没有领导起来，工作都不是我做的。有时候我觉得可笑，当年当我在第一线、在前沿的时候不被承认，反而有些表面上比我更权威的人要来干预，你该怎么怎么做，实际上他确实不如我懂得多。我也懒得去说服他，就采取阳奉阴违的方法，一旦干到具体活，他根本不清楚里头怎么回事。我现在到了这个年龄，61 岁，创造高峰已经过去，我 55 岁以后就没什么创造了，反而从 1992 年开始连续三年每年增加一个院士头衔，这是很奇怪的。院士是什么，大家不要以为院士就是权威，就是代表，这是误解。现在把我看成权威，这实在是好笑的，我已经脱离第一线 5 年，怎么可能是权威？世界上从来没有过 55 岁以上的计算机权威，只有 55 岁以上犯错误的一大堆人。

我发现，在人们认为我是权威这个事情上，我真正是权威的时候不被承认，反而说我在玩弄骗人的数学游戏；可是我已经脱离第一线，高峰已经过去了，不干什么事情，已经堕落到靠卖狗皮膏药为生的时候了，却说我是权威。当然，一直到今年，我 61 岁才卖狗皮膏药，讲讲过去的经历、体会，所以有人说："前几天电视上又看到你了。"我说："一个人老在电视上露面，说明这个科技工作者的科技生涯基本上快要结束了。"在第一线努力做贡献，哪有时间去电视台做采访。所以 1992 年前，电视台采访我，我基本上都拒绝了。现在为了方正有些需要、事业需要，有时候就去卖狗皮膏药，做点招摇撞骗的事情。但我是到 61 岁才这么干的，以前一直是奋斗的，所以也是可以谅解的。年轻人如果老上电视台，老卖狗皮膏药，这个人我就觉得一点出息都没有。我觉得人们把我看成权威的错误在什么地方呢？是把时态给弄错了，明明是一个过去时态，大家误以为是现在时态，甚至于以为是能主导将来方向的一个将来时态。院士者，就是他一生辛勤奋斗，做出了贡献，晚年给他一个肯定，这就是院士，所以千万不要把院士看成是当前的学术权威。

在我刚过 55 岁的时候，我提了一个建议："国家的重大项目，863 计划，学术带头人要小于或等于 55 岁。"即把我排除在外。这个当然不见得能行，但我还是坚信这是对的。我们看世界上一些企业的创业者、发明家，没有一个超过 45 岁的。王安创业时是 30 岁；英特尔的 3 个创业者，最年轻的 31 岁，另外两个人也不到 40 岁；苹果公司的开创者也只有 22 岁；比尔·盖茨创立微软的时候是 19 岁；雅虎的创业者也是不到 30 岁。所以，创业的都是年轻人。我们需要一种叫风险投资的基金来支持创业者，要看到这个趋势。

我扶植年轻人真心诚意。我们的中年教师，包括我们的博士生导师，都是靠自己奋斗过来的，都是苦出身，所以我们一贯倡导，我们的年轻人做的成果，导师没有做什么工作，导师就不署名。当然，外面宣传报道仍然是"在王选领导下……"我承认我剥削年轻人最多，但是由于大家都知道我并不是主观上要去剥削年轻人，所以对我也比较谅解，见报以后也不以为然，知道是怎么回事。扶植年轻人我觉得是一种历史的潮流，当然我们要创造条件，就是把他们推到需求刺激的风口浪尖上。在这方面我们要创造一切条件让年轻人能够出成果，特别要反对马太效应，尤其在中国。我觉得在中国，论资排辈的势力还是有的，崇尚名人，什么都要挂一个名人的头衔，开鉴定会的时候挂一个什么院士，其实院士根本不懂的。我们打破这种风气是需要努力的。

名人和凡人差别在什么地方呢？名人用过的东西，就是文物了，凡人用过的就是废物；名人做一点错事，写出来叫名人轶事，凡人呢，就是犯傻；名人强词夺理，叫做雄辩，凡人就是狡辩了；名人跟人握握手，叫做平易近人，凡人就是巴结别人了；名人打扮得不修边幅，叫有艺术家的气质，凡人呢，就是流里流气的；名人喝酒，叫豪饮，凡人就叫贪杯；名人老了，称呼变成王老，凡人就只能叫老王。这样一讲呢，我似乎慢慢在变成一个名人了，在我贡献越来越少的时候，忽然名气大了。所以，要保持一个良好的心态，认识到自己是一个非常普通的人，而且正处在犯错误的危险的年龄上，这在历史上不乏先例。

【艺术赏析】

　　这篇演讲语言质朴、态度谦逊，表达了一个德高望重、德才兼备的老科学工作者的工作态度和对年轻一代的殷切希望。

　　王选教授在演讲中表现出对科学的态度和高尚的人格，激励着北大学子奋发图强。